D0993628

El gran engaño

El gran engaño

Agustín Bernaldo Palatchi

rocabolsillo

Primera edición en este formato: junio de 2014

Av. Marquès de l'Argentera 17, pral.
08003 Barcelona
info@rocabolsillo.com
www.rocabolsillo.com

Impreso por Liberdúplex,
Crta. BV-2249, km 7,4, Pol. Ind. Torrentfondo
Sant Llorenç d'Hortons (Barcelona)

ISBN: 978-84-15759-53-2
Depósito legal: B. 10.616-2014
Código IBIC: FH

Dedicado a Raquel y Emma, por sus brillantes ideas.
A José Manuel y Xabier, por sus imprescindibles
aportaciones al personaje del inspector.
Y a Pep, por su asesoramiento como médico
en algunos capítulos.

Capítulo 1

Viernes 12-12-2008, Barcelona, 15:00

Roberto Bermúdez firmó el informe de delito, repasó el índice, se cercioró de que estuviera incluida toda la documentación relevante en el expediente y se prometió a sí mismo trabajar menos el próximo año. Al fin y al cabo, la Agencia Tributaria no agradecía los esfuerzos de quienes dedicaban más tiempo de la cuenta a investigar turbias redes de fraude.

Sí, le habían dado un despacho con inmejorables vistas a los millares de vehículos que circulaban por la ronda Litoral de Barcelona. Aquello era un premio, si se tenía en cuenta que la mayoría de los despachos de aquel edificio eran pequeños, oscuros y sin ventanas. Pero un premio insignificante, casi una burla, si ponía en el fiel de la balanza el precio pagado por su exceso de celo.

La entrada por sorpresa del inspector jefe en su despacho le pareció un mal augurio. Joan Esteba no solía visitar personalmente a los actuarios, excepto cuando tenía un buen motivo. Y para él un buen motivo podía ser encomendar a los inspectores de su confianza casos «delicados», sobre todo si eran arduos y espinosos. En fin, el tipo de expedientes que jamás recaían sobre quienes se limitaban a cumplir el horario establecido sin examinar más documentos que los aportados por los asesores.

—Hola, Roberto —le saludó, afable, el inspector jefe—. Espero no interrumpir nada.

—En absoluto. Ya me iba a casa.

—No te preocupes. Es cosa de un momento. Resulta —dijo Joan, adoptando un tono confidencial— que me acaba de llegar un oficio del juzgado de instrucción número 4 de Cerdanyola del Vallès, en el que su señoría solicita la designación de un perito para un asunto de gran calado.

—Te agradezco que me informes, pero te adelanto que no estoy interesado. Ya he tenido bastante con la experiencia de estos dos años, trabajando como inspector por las mañanas y como perito judicial por las tardes.

—Hombre, ten en cuenta que es una gran oportunidad. Se trata de desarticular una importante trama mafiosa que cuenta con ramificaciones internacionales; no solo defrauda a Hacienda y a la Seguridad Social, sino que explota a inmigrantes, trafica con estupefacientes, y puede estar financiando actividades terroristas. Es probable que sea una de las operaciones más importantes contra el crimen organizado que se haya llevado a cabo en Cataluña. La investigación policial la dirige en secreto un equipo especial de los Mossos d'Esquadra, una unidad de élite muy preparada. Sin embargo, la jueza cree que cojean un poco en temas financieros, por lo que quiere incorporar a un experto en la materia.

—Sí, ya me conozco la historia. Trabajar gratis para el juzgado y, al mismo tiempo, levantar un montón de actas a empresas para cumplir los objetivos que nos imponen desde Madrid. Mira, ya sabes que me estoy separando. El juez ha dictado unas medidas durísimas, y, si no las modifica, voy a tener que empezar a dar clases por las tardes para asumir todos los gastos. En estos momentos no me puedo permitir trabajar a doble jornada a cambio de nada.

—Soy el primero en lamentar que no haya un presupuesto específico para pagar a quienes, puntualmente, colaboráis con la justicia como peritos. Máxime en tu caso, que realizaste una labor extraordinaria. La Policía Nacional ha reconocido que fuiste tú quien desatascó la investigación, y quien logró que los principales criminales acabaran entre rejas.

—Sí, como Al Capone —Roberto sonrió—: encarcelado en Alcatraz por estafar al fisco, en vez de por sus crímenes de sangre.

—Lo cierto es que todos quedaron muy impresionados con tu trabajo.

—Sí, sobre todo mi mujer.

—Lo siento mucho, Roberto, de verdad. Sé que, últimamente, has pasado por situaciones de mucha tensión; si de mí dependiera, encargaría este asunto a otro inspector. Pero no tengo elección. El mandato judicial solicita de forma expresa que el perito seas tú. He hablado con la jueza, y me ha advertido de que no aceptará a nadie más. Sencillamente, no es posible.

—En la Administración siempre pasa lo mismo: cuanto mejor trabajes, peor. Bueno, pues estoy harto. Lo que resulta imposible es realizar un peritaje judicial complejo y, al mismo tiempo, cumplir con los objetivos mínimos que nos exigen para cobrar nuestro sueldo íntegro.

—Tienes razón. Por eso el delegado especial va a autorizar que te centres exclusivamente en la peritación judicial. Mientras dure el proceso, cobrarás el sueldo y la máxima productividad, sin necesidad siquiera de acudir a la oficina. Desde hoy mismo quedas liberado de todos tus expedientes administrativos. Se los reasignaremos a otros actuarios para que los terminen ellos. Te lo has ganado.

—Veo que lo tenéis todo pensado. Es un premio tan generoso que me deja sin argumentos ante su señoría para renunciar.

—Es que el delegado especial está muy interesado en este asunto. Confía en que será una bomba mediática, y quiere venderlo como un ejemplo de colaboración entre la judicatura, las fuerzas autonómicas policiales y la Agencia Tributaria.

—Te voy a decir la verdad, Joan: estoy quemado. En estos momentos de mi vida, no creo que pueda hacer un buen trabajo.

—Te equivocas, Roberto. Cada uno es como es; no se puede cambiar. Tú no podrías trabajar mal, ni a propósito.

Capítulo 2

Sábado 13-12-2008, Barcelona, 11:00

Brisa se arrodilló ante la cama, reclinó la mejilla sobre el pecho de su padre y, cogiéndole de la mano, comenzó a llorar profundamente. La colcha blanca bordada con el escudo de la familia sostenía su cuerpo, ataviado con un exclusivo traje a medida confeccionado con telas de Loro Piana. Sus elegantísimos zapatos Berluti brillaban como de costumbre. El lujo y el ansia de exhibir su riqueza, que habían marcado toda su vida, continuaban siendo visibles después de muerto.

Sin embargo, el penetrante hedor que desprendía impregnaba la estancia. El rostro, lívido, fruncido y salpicado de múltiples manchas violáceas, reflejaba el sufrimiento experimentado en sus últimas horas. Los ojos permanecían cerrados, sellados por unos párpados hinchados. Una hendidura amoratada recorría su cuello. Aquel surco trazado por la soga había sido el último abrazo sentido por su padre. Enfrentado a la ruina por un inesperado naufragio financiero, resultaba casi consecuente con su carácter que se hubiera suicidado. El taburete que habían encontrado bajo sus pies parecía confirmarlo. Sin embargo, ella sabía que esa no era la terrible verdad.

Todo lo sucedido en las últimas horas parecía agolparse en su mente, como empujado por una suerte de vendaval incontrolable: las alarmantes noticias sobre Bernard Madoff; las incesantes llamadas de teléfono; la zozobra de Carlos, el contable de Gold Investments; la intranquilidad de sus mejores clientes; la imposibilidad de contactar con su padre; la inevitable llegada a la mansión; el macabro espectáculo de su cuerpo inerte, colgado como una res; Carlos, el jardinero, ayudándola a bajar el cadáver; la brusca amonestación de la policía por haber manipulado la escena del crimen al trasladar a su padre hasta la cama...

Incapaz de resistir la angustia, se levantó y caminó nerviosamente hasta la ventana. Por algún motivo, los negros nubarrones que cubrían el cielo le recordaron uno de los libros que había leído con más ahínco durante su juventud: el *Bardo Thodol*, conocido popularmente como *El libro tibetano de los muertos*. Según aquel texto budista escrito más de mil años atrás en un monasterio tibetano, el alma de los recién fallecidos, confusa, sobrevuela su cadáver sin comprender todavía lo que ocurre. El *Bardo Thodol*, cual guía práctica para un viaje sin retorno, proponía recitar en voz alta ciertos consejos para ayudar a los difuntos a superar el miedo y los viejos apegos, en su tránsito hacia el más allá. Quizá morir, pensó Brisa, fuera más fácil que enfrentarse al vacío que amenazaba con engullirla.

La estridente melodía de su teléfono la obligó a salir de su ensimismamiento. No podía ignorar aquella llamada. Era el contable de Gold Investments, la prestigiosa sociedad de inversiones de su padre. Su reputación se hundiría en un negro pozo de miseria tan pronto como se descubriera la cantidad de dinero que la sociedad había confiado a Bernard Madoff.

—Hola, Carlos —saludó Brisa.

—Tengo malas noticias —anunció él—. Tal como temía, algunos clientes, inquietos por el arresto de Bernard Madoff en Nueva York, están exigiendo el reintegro de sus posiciones.

Las inversiones depositadas en Madoff Securites debían de tener la misma consistencia que una malla agujereada. Según las primeras informaciones, aquel inversor de origen judío había organizado la mayor estafa financiera de la historia empleando el viejo y burdo esquema Ponzi. Parecía imposible que cerca de cincuenta mil millones de dólares se hubieran evaporado bajo la escrutadora mirada de la Security Exchange Comisión y de las firmas auditoras que supervisaban las operaciones. Lo que estaba sucediendo aquel día parecía irreal. O tal vez lo irreal fuera lo que había ocurrido durante los últimos años. Una irrealidad forjada a base de engaños y falsas anotaciones contables, alimentada por el dinero ajeno y bendecida por la liturgia del lujo embriagante.

—Aunque no podamos recuperar los fondos depositados en Madoff Securites —dijo Carlos, resuelto—, debemos devolver cuanto antes los reintegros que nos soliciten.

«Las apariencias, si se utilizan bien, pueden tener más fuerza que la realidad», pensó Brisa. Los clientes de Goldman Investments se tranquilizarían unos a otros si atendían sus peticiones de reintegros sin aparentes problemas. Contener el pánico inicial podía ser suficiente para evitar la quiebra.

—¿Y qué propones? —preguntó Brisa, tras unos segundos de tenso silencio—. Tú, mejor que nadie, sabes cuál es el estado de sus cuentas.

—Casi no hay dinero en los bancos, y negociar un préstamo es una quimera. Ahora bien, me consta que tu padre manejaba grandes sumas desde cuentas cifradas del Royal Shadow Bank. Pese a estar domiciliadas en la isla de Man, en la práctica Mario Blanchefort, su hombre de confianza, las gestionaba desde Barcelona. Él es nuestra única esperanza. Le he localizado telefónicamente. Está en el extranjero, pero regresa esta noche y acepta reunirse contigo mañana domingo, a primera hora.

Brisa volvió a mirar el cadáver de su padre, entornó los ojos y guardó silencio.

—Comprendo el dolor que te embarga y lo difícil que resulta ocuparse precisamente ahora de problemas financieros —dijo Carlos al otro lado de la línea—, pero, de lo contrario... Si pudiera, iría yo mismo a hablar con Blanchefort, pero se niega siquiera a recibirme. Alega la confidencialidad del secreto bancario. Debes ir tú. No hay alternativa.

Capítulo 3

Roberto salió del bullicioso restaurante donde cada año celebraba la tradicional cena navideña con sus compañeros de la Agencia Tributaria para responder con tranquilidad a la llamada telefónica. Tal vez su hija, María, se había despertado llorando, después de alguna pesadilla, y reclamara escuchar su voz antes de dormirse otra vez. Se equivocó.

—¡Hijo mío, ha ocurrido algo terrible! —exclamó la voz sobresaltada de su madre—. Un hombre muy raro ha entrado en casa de repente —prosiguió, muy alterada—. Parecía extranjero, quizá yugoslavo. Decía ser tu amigo…

—¿Cómo estáis? —preguntó Roberto, ansioso.

—Bien, pero ese tipo me ha dado un susto de muerte. Mientras estaba leyendo en la cama, he oído que se abría la puerta del recibidor. Al principio he pensado quc regresabas a casa antes de lo previsto, por lo que he continuado enfrascada en la novela. Cuando le he visto entrar en mi habitación, el corazón se me ha disparado. Todavía estoy temblando.

—¿Qué quería? —preguntó Roberto, extremadamente alarmado.

—No lo sé. Se ha sorprendido al verme en tu piso. Ha dicho que quería darte una sorpresa y que volvería otro día. Antes de irse, se ha disculpado por asustarme y me ha repetido varias veces que te enviaría un mensaje para avisarte de un asunto inesperado. Con hombres tan raros apareciendo por tu casa a estas horas, no me extraña lo de tu divorcio. Oye, ¿estás metido en algún lío?

Mientras intentaba tranquilizar a su madre improvisando una historia inventada sobre aquel supuesto amigo, consultó el correo electrónico con su Blackberry. El último mensaje se titulaba: «Calma». El contenido no era precisamente tranquilizador.

> No informe a nadie de este incidente. De lo contrario, mataremos a su hija. La amenaza es real, pero no existe ningún peligro si sigue nuestras instrucciones. Tan solo queremos cierta colaboración, que le será generosamente retribuida. Pronto nos pondremos en contacto con usted. Felices fiestas.
>
> Un cordial saludo,
>
> DRAGAN

Capítulo 4

Mario, el director de las oficinas del Royal Shadow Bank de paseo de Gràcia, miró a Brisa con gran curiosidad. Por primera vez tenía enfrente a la hija de Arturo Gold, un hombre al que había llegado a conocer muy bien. Al contrario que su padre, ella no era alta y obesa, sino menuda y muy bien proporcionada. Vestía un elegante traje de chaqueta de color negro que resaltaba su media melena rubia. La frente despejada y curva, como la de su progenitor, denotaba inteligencia y empatía. Sus labios, esponjosos y sensuales, transmitían calidez. Las gafas negras, estrechas y rectangulares, enmarcaban unos ojos rasgados. La nariz, de perfil griego, hubiera aportado cierto equilibrio clásico a su rostro angulado, de no ser por aquel *piercing*, un pequeño aro dorado que adornaba su aleta derecha.

Mario repasó los datos disponibles sobre la mujer que estaba sentada frente a él: tenía treinta y dos años, había vivido en California desde los diecisiete y, por razones que desconocía, había decidido regresar a Barcelona el año anterior. No era demasiada información. Debía de ser una mujer intelectualmente capacitada, pero de carácter inestable y, por tanto, influenciable.

—Te agradezco que hayas tenido la deferencia de recibirme en domingo —dijo Brisa educadamente, tras las oportunas presentaciones.

—Al contrario. Es un placer conocerte —replicó Mario—. En nuestro banco, la prioridad son las personas. Digamos que nos gusta hacer amigos, además de clientes.

—Ha sido una suerte que estuvieras hoy en Barcelona, en lugar de en la isla de Man —comentó Brisa.

—La verdad —explicó Mario— es que solo viajo a la isla de Man para supervisar cuestiones puntuales, pues puedo gestionar la mayoría de los temas desde esta oficina, lo que me permite ofrecer un trato más personalizado a clientes tan distinguidos como tu padre, con quien me unía una sincera amistad. Te aseguro que lamento profundamente su inesperada muerte. ¡Qué desgracia! ¿Cómo ha podido ocurrir algo así? Se encontraba tan bien la última vez que nos vimos...

—Si no te importa, prefiero no recordar lo que ha pasado... —respondió Brisa, que extrajo un paño negro del bolsillo de su chaqueta. A continuación, limpió con esmero los cristales de sus gafas, pese a que ni una mota de polvo empañaba su transparencia.

Mario consideró lógico que quisiera evitar hablar de la trágica muerte de su padre, un deseo tan natural como imposible de satisfacer.

—Por supuesto, por supuesto —concedió—. Te comprendo perfectamente. Dime, ¿en qué puedo ayudarte?

—Desearía saber cuál es el estado de las posiciones de mi padre en el banco y realizar algunas transferencias a primera hora del lunes —contestó con voz firme, tras ponerse de nuevo las gafas.

—Por desgracia, no es posible técnicamente. Las formalidades legales son ineludibles y llevarán algo de tiempo. Necesitaremos el certificado de defunción y el último testamento válido de tu padre. Nuestro servicio jurídico certificará entonces la validez de la documentación aportada, y, de no surgir ningún contratiempo, pasarás a ser la nueva titular de las cuentas, como heredera. Todo el proceso podría estar resuelto dentro de unas dos semanas.

—Deben existir formas más rápidas para disponer del dinero. Necesito transferir sin demora tres millones de euros a la cuenta de Gold Investments.

—Lamento informarte —contestó Mario, pronunciando las palabras muy lentamente— de que en las cuentas de tu padre no hay tanto dinero.

Por un momento, Mario creyó ver incredulidad y sorpresa

en los ojos de Brisa. Sin embargo, al cabo de un instante, su mirada se tornó gris e indiferente, como si aquella información le importara tan poco como la previsión meteorológica de Helsinki para el próximo fin de semana.

—En tal caso, me limitaré a anotar la cifra exacta a que ascienden sus cuentas —señaló Brisa, con la expresión aburrida que emplearía un contable que estuviera solicitando datos rutinarios.

—El deber de sigilo y confidencialidad me prohíbe revelar esa información, al menos hasta que nos cercioremos de que eres la heredera. Sin embargo, voy a hacer una excepción, en atención a la amistad que me unía con tu difunto padre.

Mario trató de observar si las pupilas de la chica se expandían mientras consultaba los datos en su ordenador. Por muy bien que disimulara, pensó, algunas reacciones del cuerpo humano eran incontrolables.

—Podrás contar con doscientos cincuenta mil euros cuando arreglemos el papeleo —anunció escuetamente.

—Doscientos cincuenta mil euros en efectivo —repitió Brisa en tono monocorde—. ¿Y en cuánto puede estar valorado su porfolio de acciones?

—Lamento comunicarte que liquidó su porfolio. No tiene acciones, ni fondos, ni ningún otro producto financiero. Si necesitas hasta tres millones de euros, habría que pensar en otras alternativas. Por nuestra parte, podríamos estudiar la concesión de un préstamo.

—Agradezco el ofrecimiento —dijo Brisa—, pero supongo que habría que tasar los inmuebles, comprobar las cargas… El proceso se demoraría demasiado.

—No todas las garantías deben ser inmobiliarias. Hace años tu padre contrató en esta oficina un seguro de vida en la que figuras como única beneficiaria y cuyo importe asciende a dos millones de euros. La compañía de seguros tardará un tiempo en hacerte efectivo el pago. Nosotros podríamos adelantarte el dinero, a cambio de una comisión.

—¿Cuando crees que podría formalizarse el préstamo? —preguntó Brisa, tratando de que sus músculos faciales parecieran tan relajados como si estuviera disfrutando del atardecer en una playa solitaria.

—El tiempo que tarden nuestros agentes y abogados en constatar que la muerte de tu padre no incurre en ninguna causa de exención de responsabilidad por parte de la compañía aseguradora.

A la mente de Brisa acudió, como en un *flash*, el libro biográfico que había leído hacía poco sobre Robert Maxwell, un hombre que partiendo de la nada creó un imperio mediático mundial, vivió con la desmesura de un magnate, gozó de una influencia colosal y falleció envuelto por un mar de deudas. Su misteriosa muerte fue motivo de polémica, ya que su cuerpo cayó al océano desde la borda de su fastuoso yate mientras la tripulación dormía plácidamente.

¿Accidente, suicidio o asesinato? La respuesta valía una fortuna, ya que Robert Maxwell había suscrito una póliza de vida por un valor astronómico. Sin embargo, la indemnización no se tenía que pagar en caso de suicidio. Se contrataron detectives, diferentes especialistas analizaron los resultados de las autopsias, y corrieron ríos de tinta a favor y en contra de las diversas hipótesis. Todo fue en vano. Resultó imposible rescatar la verdad del fondo del mar. Finalmente, la compañía aseguradora se negó a pagar, alegando que se había suicidado, acuciado por su insostenible situación financiera. Los paralelismos con su padre resultaban innegables.

—¿Está contemplado el suicidio como causa de exención de responsabilidad? —preguntó al fin, mirando fijamente a Mario.

Brisa había intentado ser lo más discreta posible, dadas las circunstancias, pero Mario ya había logrado averiguar lo que deseaba saber. Impelida por su acuciante necesidad de dinero, aquella pregunta revelaba que la versión oficial sobre la muerte de su padre era el suicidio.

—En efecto —confirmó Mario—. En la póliza que contrató se excluyó expresamente esa causa.

Brisa guardó silencio, como retrayéndose a algún lejano lugar de su interior. Mario evaluó que era el mejor momento para adoptar una pose protectora, casi paternal.

—Entiendo por lo que estás pasando y siento no poder ayudarte todo lo que me gustaría. Me imagino que deberás hacer gestiones en otros bancos, pero recuerda que el nuestro, al menos, te ofrece una protección especial. Las cuentas de tu padre están domiciliadas en la isla de Man, un paraíso fiscal que garantiza el secreto bancario. Nadie te podrá reclamar jamás el dinero que está depositado allí. Y por supuesto, cuando hablo de posibles reclamaciones, me refiero también a las autoridades fiscales. Tu padre, amparado en el secreto bancario que protege a la isla de Man, nunca declaró al fisco las cuantiosas entradas de dinero en nuestro banco. Si la Agencia Tributaria tuviera conocimiento de todos esos ingresos, te exigiría a ti, como heredera, los impuestos que hubiera debido pagar tu padre durante los últimos años.

—Comprendo muy bien lo que me quieres decir.

Mario pensó que había actuado con habilidad y elegancia. El objetivo principal estaba cumplido. Brisa había entendido que no le convenía transferir el dinero depositado en las cuentas a ningún acreedor, sino guardarlo para sí. Y lo más importante: no debía revelar jamás la existencia de esas cuentas a ningún organismo oficial. Si alguien decidía investigarlas a fondo, podía suponer el fin de su exitosa carrera bancaria y el inicio de su vida como recluso en alguna sórdida prisión.

Capítulo 5

El bar de la Compañía Transmediterránea, emplazado en la terminal del muelle de Barcelona, era caro y malo. Aquella mañana, Roberto, en contra de su costumbre, lo eligió para desayunar. El resto de las cafeterías siempre estaban atiborradas de gente a las horas punta, mientras que allí uno podía confiar en no encontrarse con nadie. La soledad casi desértica de aquel local amplio y luminoso le resultaba muy útil en aquellos momentos; estaba demasiado nervioso como para fingir interés en ninguna de las animadas charlas que mantenían sus colegas durante los almuerzos. Angustiado por la amenaza recibida, se había pasado la noche en vela. Al amanecer había decidido no denunciar lo sucedido y acudir a su despacho. Para disculparse por haberse retirado tan de repente la noche anterior, aduciría que su hija había sufrido una preocupante indisposición estomacal.

Pidió un café en la barra y eligió una de las muchas mesas vacías junto a los grandes ventanales, donde se sentó y ojeó sin interés algunas páginas de *La Vanguardia*. Le resultaba imposible concentrarse siquiera en los titulares de las noticias. Por más que el corazón le pidiera lo contrario, era necesario esperar, controlar sus nervios y no cometer ninguna imprudencia que pusiera en peligro la vida de su hija. Con la vista perdida, miró con indiferencia el humo negro que desprendían las chimeneas de un gigantesco crucero. Aquellas ciudades flotantes inundaban Barcelona de «turistas exprés», ansiosos por visitar la ciudad en un puñado de horas. No era raro que algún viajero desinformado acabara comiendo en aquella infame cafetería.

Sin embargo, el tipo atlético que avanzaba decidido hasta su mesa no parecía el clásico turista desorientado.

—Hola, Roberto —lo saludó con inequívoco acento eslavo—. Mi nombre es Dragan Janković. Aquí podremos hablar tranquilamente —añadió, tomando asiento frente a él.

Roberto estudió las facciones del hombre que tal vez no dudaría en matar a su hija: tendría alrededor de unos cuarenta años, ojos entornados, pupilas azules, mirada fría, nariz aplanada de boxeador, pelo rubio cortado al cepillo, mandíbula recia y cuello ancho con nuez prominente. Vestía vaqueros, camisa gris con cuello Mao y cazadora negra de cuero. Su porte era atlético y desprendía confianza, como quien acostumbra a dar órdenes que no se cuestionan.

Frente a un individuo así, tenía que mostrarse duro y no exhibir debilidad alguna.

—Me perdonará que no le estreche la mano, señor Janković. No acostumbro a hacerlo con quienes irrumpen en mi casa a medianoche, ni tampoco con los que amenazan de muerte a mi hija.

—Siento haber asustado innecesariamente a su madre —se disculpó, pese a que su rostro no mostraba signo alguno de lamentarlo—. Pensaba que, como cada miércoles, estaría usted en casa a solas, con su hija ya dormida. Tuve que improvisar un rápido mensaje que le disuadiera de informar sobre mi visita. De otro modo, nuestro futuro proyecto hubiera podido verse comprometido, algo que nos hubiera disgustado profundamente. Al fin y al cabo, la discreción es la base de nuestro negocio.

Era evidente que, durante las últimas semanas, le habían estado siguiendo. Hacía justo un mes, desde que el juez aprobó las medidas provisionales de la separación, solo se le permitía ver a su hija los miércoles desde las cinco de la tarde hasta la mañana siguiente y uno de cada dos fines de semana. Si daba crédito a las palabras de aquel tipo, su móvil no estaba pinchado; de otro modo, habría sabido que tenía previsto acudir a la cena de Navidad. O tal vez le estuviera mintiendo. No tenía ningún motivo para confiar en él.

—Lejos de causarle perjuicio alguno —prosiguió Dragan—, nuestra intención es ayudarle. Sabemos de sus dificultades económicas a raíz de su separación. Su mujer se quedará con el piso y con su hija, y usted deberá seguir pagando la mitad de la hipoteca, además de una pensión alimenticia. La justicia, con frecuencia, es una injusticia, ¿no cree?

Aquello era una provocación. Probablemente supiera que había decidido separarse tras descubrir que su mujer tenía un amante. Sin embargo, los tribunales le habían otorgado a ella la custodia de su hija y el piso, dejándole a él la soledad y una situación económica más bien precaria.

—No imaginaba que fuera usted un hombre preocupado por la justicia, señor Janković... Aunque, pensándolo mejor, tal vez acumule motivos sobrados para estarlo.

—¿Acaso parezco preocupado? —contestó el eslavo, exhibiendo una gran sonrisa—. Es usted el que se muestra tenso y a la defensiva. Es comprensible. Cualquier animal reacciona así cuando olfatea el peligro. Y nosotros somos animales depredadores que, como los lobos, sabemos colaborar cuando es necesario. Colaboración. Eso es lo que le ofrezco. Doscientos mil euros. Diez mil euros mensuales por adelantado; el resto, cuando finalice su trabajo.

—Yo ya tengo un trabajo, señor Janković. No tan bien remunerado, pero mucho más seguro.

—Y nadie le pide que lo deje. Al contrario: queremos que termine cuanto antes ese peritaje que le han asignado.

—Veo que está usted muy bien informado, pero no lo suficiente. ¿Acaso cree que puedo ocupar mi cargo como perito y firmar inmediatamente un informe de archivo de actuaciones en el que no incrimine a nadie? Las cosas no funcionan así en España, al menos de momento. A mí me procesarían por prevaricación, y otros inspectores de la Agencia Tributaria ocuparían mi puesto en la causa judicial.

—Sigue sin entenderme. Queremos que trabaje tan bien como siempre. Lo único que le pedimos es que nos tenga informados puntualmente de todo cuanto vea y descubra. Tómelo como una generosa oferta de colaboración.

Roberto sorbió un poco de aquel café tan amargo, pensativo. Informar a aquel hombre de cuanto supiera podría implicar que los jefes de la banda criminal pudieran huir de España antes de que existieran pruebas concluyentes que permitieran su detención. Y en caso de que las evidencias fueran insuficientes, seguirían residiendo en España con la tranquilidad de saber que no los incriminarían.

—Colaborar con una banda criminal es un delito gravemente penado, señor Janković.

—Existen penas mucho más dolorosas que las impuestas por los tribunales. Toda nuestra vida es una sucesión de elecciones, y cada uno de nosotros debe decidir qué escoge en cada momento. El camino que le propongo es el más conveniente para sus intereses y para los nuestros. Se lo aseguro.

Denunciar a la policía la extorsión de la que estaba siendo objeto era muy arriesgado. Joan Esteba, el inspector jefe, le había informado de que el peritaje judicial se centraba en investigar a una peligrosa trama mafiosa cuya actividad tenía ramificaciones internacionales. Un paso en falso podría suponer la muerte de su única hija. De momento era preferible seguirles el juego.

—Dejémonos de subterfugios. El bienestar de mi hija está por encima de cualquier otra consideración. En realidad, no tengo más remedio que aceptar su propuesta.

—Es usted un hombre inteligente. La familia es lo primero. Lo sé porque yo formo parte de una gran familia que crece constantemente. Desde ahora es usted uno de los nuestros. Le protegeremos y velaremos para que nada malo le pase a su hija. A cambio, solo exigimos lealtad. No se le ocurra traicionarnos. Si se va de la lengua, si nos oculta información, de cualquier tipo, se arrepentirá amargamente. ¿Sabía que hay ejecuciones que duran semanas enteras? Cada día se corta un órgano de la víctima. Primero los dedos de los pies, luego los de las manos, después las orejas... No se imagina lo difícil que, en ciertas ocasiones, resulta morir...

—Si le llega a pasar algo a mi hija...

—No tiene nada de qué preocuparse. Sabemos proteger a los nuestros y pagar adecuadamente los servicios prestados —repuso el eslavo, poniendo sobre la mesa un pequeño sobre blanco.

—No quiero su dinero.

—Tal vez cambie de opinión antes de lo que se imagina. He conocido varios casos... En fin, no quiero aburrirle con mis historias, pero debe coger el sobre. Es parte del trato. Lo que haga después con el dinero es cosa suya. Puede quemarlo, tirarlo al mar, permitirse algunos caprichos o ponerlo a nombre de su hija oculto tras un *trust* de un paraíso fiscal.

Roberto evaluó la situación. Aquel tipo no aceptaría un no por respuesta; además, en cualquier momento, podía aparecer un compañero de trabajo y ver aquel sospechoso sobre blanco encima de la mesa. Roberto cogió el sobre y lo introdujo rápidamente en el bolsillo de su chaqueta.

Una sonrisa pareció brillar en los ojos de Dragan al despedirse.

—Es curioso: hay muchos hombres deseosos de vender su alma al diablo, pero el diablo prefiere tentar a los que se resisten a traficar con ella.

Roberto, ya a solas en la mesa, reparó en que *La Vanguardia* estaba abierta por la sección de necrológicas. Aquello no era un buen augurio. Si cometía un error, el nombre de su hija podía aparecer pronto en aquella sección. Angustiado, se acabó el poso de café que quedaba en su taza. Cuando iba a cerrar el periódico, un nombre llamó su atención. Leyó los apellidos del fallecido hasta tres veces. No había duda. Precipitadamente, salió a la calle, detuvo un taxi en la plaza Drassanes y se dirigió al cementerio de Les Corts.

Capítulo 6

El amplio y resplandeciente suelo del tanatorio de Les Corts produjo en Roberto una sensación de falsedad, como si la excesiva pulcritud y limpieza pretendiera engañar a la gente sobre la realidad de la muerte. Con paso firme se dirigió hasta el espacioso mostrador de la entrada, donde una señorita, tras consultar por segunda vez su ordenador, le repitió amablemente que no había ninguna misa prevista por el alma del señor Gold. Aquella amabilidad resultaba hasta impersonal. Centenares de señoritas hubieran empleado idéntico tono de voz, en cualquier comercio, para informarle de que no quedaban ejemplares de un determinado libro o de que se había agotado la talla del traje que deseaba adquirir. Una cortesía tan fría y carente de emoción como el suelo que pisaban.

Si el ordenador no había sufrido un ataque de amnesia, debía existir algún tipo de error. Se sacó del bolsillo la página de necrológicas que había recortado del periódico y la leyó de nuevo:

ARTURO GOLD RIBA
Nos dejó a los 66 años el día 13 de diciembre de 2008.
La ceremonia se celebrará hoy en el cementerio de Les Corts.
Sus familiares y amigos nunca le olvidaremos.

Roberto entornó los ojos y negó con la cabeza, incrédulo por no haber reparado antes en la estrella de David que aparecía en la esquela necrológica. Los textos conmemorativos de los otros difuntos venían acompañados del símbolo cristiano de la cruz, pero el de Arturo estaba presidido por una estrella judía.

En condiciones normales no se le hubiera pasado por alto algo tan llamativo, pero tras el encuentro de aquella mañana... Era comprensible. No todos los días le amenazan a uno con matar a su hija. Y había sido justo después cuando había visto la necrológica.

La esquela de Arturo Gold le estremeció. No porque le profesara un gran afecto, sino por tratarse del padre de Brisa, su mejor amiga de la infancia. Hasta que cumplió trece años habían sido inseparables, pero al finalizar un caluroso verano ella no regresó de sus vacaciones. Su padre la internó en un exclusivo colegio suizo y, desde entonces, habían perdido todo contacto. La muerte de aquel hombre le brindaba la oportunidad de verla otra vez, veinte años después de su último encuentro.

Roberto salió del aséptico e inmaculado edificio, y fue hacia el recinto del cementerio reservado a los judíos. El cementerio de Les Corts era un ejemplo de tolerancia para los vivos, pues, pese a ser mayoritariamente cristiano, la existencia de una bella zona acotada para los hebreos nunca había supuesto ningún problema, ni para unos ni para otros.

La verja de acceso estaba abierta. A estas alturas, no esperaba encontrar a nadie. No se equivocó. Las flores y los árboles eran la única compañía de los sepulcros. El sol del mediodía lucía en lo alto, y Roberto se dispuso a pasear por aquel jardín de la muerte. Era pequeño, así que no tardaría demasiado en encontrar lo que buscaba. Las inscripciones de algunas lápidas le sorprendieron. «Nos has dejado, pero no te has ido», por ejemplo, le pareció una emocionante manera de describir el misterio del amor. Otras losas le llamaron la atención por motivos muy diferentes. En una de ellas habían inscrito la clave: «M... M... Y GR... 33», que podía traducirse como «maestre masón y grado 33», el máximo de la logia. Sonrió levemente. Su padre había sido guardia civil durante la dictadura, cuando el gran enemigo invisible era la conspiración judeomasónica. Si Franco levantara la cabeza, hubiera podido encontrar en aquella tumba la confirmación de sus sospechas, aunque a juzgar por la plácida muerte del dictador los conspiradores no habían sido ni muchos ni muy poderosos.

La lectura de las inscripciones podía resultar inspiradora y hasta interesante desde el punto de vista histórico, pero Roberto estaba allí por un objetivo muy distinto. Con paso lento, prosiguió hasta que, finalmente, encontró lo que buscaba. Una lápida con la siguiente leyenda en letras cinceladas:

ARTURO GOLD RIBA (27-12-1941 - 13-12-2008).
DESCANSE EN PAZ

Obviamente, la nota necrológica de *La Vanguardia* no hacía referencia a ninguna misa porque no se había celebrado. Y no mencionaba la hora del entierro porque no se deseaba que nadie ajeno al círculo más íntimo estuviera presente durante la última despedida. Probablemente la ceremonia se había celebrado muy temprano, antes de que la gente hubiera tenido tiempo siquiera de leer el periódico. Brisa debía de estar sufriendo mucho. Roberto recordó aquella aterradora mañana de su infancia. Se preguntó si no anunciar la hora del funeral se debía solo al deseo de preservar al máximo la intimidad de las exequias o si existiría alguna otra razón. Pronto sabría la respuesta.

Capítulo 7

A Brisa se le congeló la respiración cuando el portero la avisó por el interfono de que Roberto Bermúdez quería subir a su piso. Que la visitara un espectro la hubiera impresionado menos. Hacía veinte años que no lo veía, y, sin embargo, era la única persona que la podía entender.

Al verle allí delante, las imágenes de su infancia desfilaron de nuevo por su mente como en un carrusel que girara a una velocidad prodigiosa.

—Roberto, ¿eres tú? —acertó a preguntar con un hilo de voz.

Ante ella no estaba su amigo favorito, aquel niño pecoso con el que se entendía con una sola mirada. Se había transformado en un hombre maduro, alto, esbelto, que vestía con traje negro, a juego con su pelo azabache, y que lucía una barba de dos días. Su mandíbula era prominente, al igual que su nariz aguileña. No lo hubiera reconocido de no ser por sus grandes y acuosos ojos color miel, que parecían fundirse con cuanto miraban.

—¡Ha pasado tanto tiempo...! —exclamó Brisa.

Aquellas cuatro palabras bastaron para sumergir la mente de Roberto en un mar de recuerdos repleto de momentos felicísimos y mágicos, pero también dolorosos y trágicos, que ambos habían compartido en su infancia. Desde que coincidieron en el colegio, se estableció entre ellos una conexión tan fuerte como misteriosa. Roberto era el niño más grande de la clase; Brisa, la más menuda. Ambos habían nacido en el mismo año: 1976; Roberto, a finales de febrero; Brisa, en Nochebuena. La familia de ella era la más rica del colegio; la de él, la más modesta. Sin embargo, a pesar de sus diferencias, o quizás a causa de ellas, enseguida se hicieron amigos, como si fueran dos polos opuestos que se atrajeran con la energía invisible de los imanes.

Brisa fue desde el primer momento la soñadora, la fantasiosa, capaz de convertir el acto más cotidiano en una aventura. Rebelde por naturaleza ante cualquier tipo de regla, se empeñaba en desafiar los límites y las normas que no aceptaba. Roberto, mucho menos atrevido, veía espoleada su imaginación por aquella suerte de hada Campanilla, y se convirtió inmediatamente en su protector, como un caballero de la Edad Media dispuesto a sacarla, en cualquier momento, de sus líos. De eso hacía mucho tiempo. Ya no era posible regresar al pasado ni rescatar a su padre de la muerte.

—Lo siento mucho, Brisa —dijo Roberto—. Vi la reseña en *La Vanguardia* y acudí al cementerio de Les Corts, pero ya se habían celebrado las exequias. Así que decidí probar suerte aquí, en el mismo piso donde vivías de niña.

El rostro de Brisa se contrajo en una mueca de dolor y rompió a llorar desconsoladamente. Aquel era un llanto que ya conocía, muy antiguo y muy profundo.

Roberto la ayudó a reclinarse en uno de los mullidos sofás del salón y la abrazó durante un largo rato. Ella continuó sollozando, tapándose la cara con las manos. No quería ver, y, sin embargo, veía otra vez las cuchilladas que habían segado la vida de su madre cuando era niña. La historia se repetía, y Roberto volvía a estar ahí, a su lado, como un cuarto de siglo atrás.

Las lágrimas de Brisa le transportaron, como la corriente de un río subterráneo, a la fatídica mañana en que ambos presenciaron el horror mientras jugaban en el parque. La sangre sobre la arena, los gritos de su madre, el sol brillante, el olor a muerte, el cielo inmaculado, el tiempo suspendido como un fotograma, la confusión, el sudor frío, el pánico incomprensible estallando frente a sus ojos... Entonces, Roberto la había abrazado, como ahora, intentando defenderla de algo que estaba más allá de sus fuerzas.

—Es como si hubiera vuelto a pasar —dijo como única explicación cuando dejó de llorar.

Roberto la cogió de la mano, en silencio. Era mejor no decir nada.

Brisa dejó vagar su mirada perdida por la habitación. Las cortinas de blanco satén, las alfombras persas, las mesitas de caoba y los mullidos sofás con sus plumas de oca podían desaparecer en cualquier momento, al igual que los abstractos números de las cuentas bancarias. Lo esencial de una habitación no eran las cosas que la llenaban, sino el vacío que las contenía. Del mismo modo, lo esencial de una persona no eran sus palabras. Y, sin embargo, en ciertas ocasiones, hablar resultaba ineludible.

—Han matado a mi padre, igual que mataron a mi madre —afirmó Brisa.

—¿Cómo es posible? —preguntó Roberto, perplejo.

—Apareció ahorcado en su mansión de la calle Iradier. Lo encontramos el sábado por la mañana.

—¿Había signos de violencia o…?

Brisa negó con la cabeza, enérgicamente, como si estuviera enfadada con él.

—Ya sé lo que estás pensando: nadie se dejaría colgar sin ofrecer resistencia.

—Tan solo preguntaba —dijo Roberto, a la defensiva—, aunque lo cierto es que barrunté la posibilidad del suicidio cuando me percaté de la proximidad entre su muerte y la detención de Bernard Madoff. Tu padre era un famoso gestor de valores, y quiebras como las de Lehman Brothers o estafas como la de Bernard Madoff son impredecibles *tsunamis* financieros capaces de hundir a cualquiera.

—Eso mismo piensa la policía, pero se equivocan. Yo sé que tras las muertes de mis padres se esconde la misma mano asesina.

—Tu madre falleció hace ya veinticinco años —replicó él, con un semblante que dejó traslucir preocupación, como si estuviera calculando hasta qué punto la muerte de su padre podía haber trastocado su discernimiento.

Brisa frunció las cejas a modo de protesta contra aquella acusación no formulada.

—No es razonable pensar que la misma persona haya podido actuar tantos años después —insistió Roberto, pero esta vez con voz suave y dulcificando su expresión.

—Encontraron esto dentro del cuello de mi padre —dijo Brisa, mostrando un objeto en la mano, como quien exhibe la prueba crucial en un caso controvertido.

Roberto lo examinó con detenimiento.

Era una pequeña cruz, de unos dos centímetros y medio, formada por esmeraldas incrustadas sobre una base de oro y rematada con una diminuta argolla sobre la que podía pasar una fina cadena. Las esmeraldas, pulimentadas como lágrimas, desprendían un brillo hipnótico. La otra particularidad de la joya consistía en que la cruz no estaba atravesada por un solo brazo horizontal, sino por dos. Aquel doble travesaño debía haber frenado abruptamente el descenso de la afilada barra vertical a través de la garganta del difunto.

—Es la misma joya que llevaba mi madre colgada del cuello el día que la asesinaron —explicó Brisa—. El asesino le arrancó la cadena durante el forcejeo y huyó con la cruz.

—Tenías seis años cuando pasó «aquello» —musitó Roberto.

Brisa se percató de que la atenta mirada de su amigo intentaba evaluar si la tensión había alterado su juicio.

—Me acuerdo perfectamente —replicó, tajante—. Hay cosas que se te quedan grabadas en la memoria, y que no puedes borrar.

—Yo también me acuerdo muy bien —concedió Roberto—. Estábamos jugando, como de costumbre, y de repente... Nunca lo podré olvidar. Y, sin embargo, no conservo una imagen fiel de lo sucedido, sino solo de mis propios recuerdos, que tal vez han ido cambiando a través de los años. Una foto siempre refleja la misma imagen. Un recuerdo, por el contrario, es incapaz de reproducir una imagen tal como era en un principio.

—Se lo que me intentas decir, pero no estoy loca. He recordado millones de veces las imágenes del asesinato de mi madre desde que sucedió. Es como una película de miedo que se proyecta sin parar en mi cabeza, incluso cuando duermo. Y hay detalles que me persiguen, como ese crucifijo que ella llevaba colgado del pecho. Esa misma cruz es la que atravesaba el cuello de mi padre.

—Ya sé que no estás loca —dijo Roberto, para tranquilizarla—. Estoy aquí para ayudarte en lo que pueda.

—¿Recuerdas la promesa que nos hicimos de niños en el Turó Park? —preguntó Brisa con súbita determinación.

—Perfectamente.

—Yo juré que vengaría a mi madre, y tú me prometiste que encontrarías al asesino allá donde se escondiera. ¿Mantienes tu promesa?

—Por supuesto, Brisa. Sin embargo, yo no soy policía, y aquel hijo de puta desapareció sin dejar rastro.

—No eres policía, pero eres capaz de encontrar indicios que pasan desapercibidos para los demás y de unir las piezas desechadas hasta encontrar su sentido oculto. Leí todos los reportajes que salieron sobre tu intervención como perito en el caso Cobra. Nunca había oído a la Policía Nacional deshacerse en tantos elogios con una persona ajena a su cuerpo.

—Exageraron un poco. Además, esto es algo muy diferente a los asuntos fiscales que suelo investigar. Está claro que lo de la cruz atravesada en el cuello de tu padre es algo sobre lo que se debe indagar, pero…

—Si me ayudas, encontraremos al asesino.

Capítulo 8

Roberto no solía llegar tarde a las reuniones. Aquel no era un día normal. Le habían chantajeado durante el desayuno, amenazando de muerte a su hija, y el padre de Brisa había fallecido ahorcado, con una cruz clavada en la garganta. Así pues, lo extraordinario hubiera sido presentarse puntual a su cita con el jefe del I5, el equipo policial con el que colaboraría de ahora en adelante.

El moderno edificio central de los Mossos d'Esquadra, a las afueras de Sabadell, ofrecía un aspecto inquietante. Enorme, negro, acristalado y recorrido en su totalidad por barras horizontales y verticales, parecía una prisión futurista o, con un poco más de imaginación, una fortaleza de las oscuras fuerzas galácticas de Darth Vader. Roberto sonrió para sí. Su padre, como guardia civil, había sido toda su vida un acérrimo detractor de los cuerpos de seguridad autonómicos, y, en cierto modo, él no había escapado de sus prejuicios.

Los tiempos cambian, pensó mientras le conducían por largos pasillos al despacho del jefe de la investigación. A buen seguro, estaría molesto por el retraso. Pero se equivocaba: no estaba molesto, sino muy enfadada.

Le recibió sentada tras una mesa circular; sobre ella, vio un diagrama repleto de flechas, palabras y fotos de tamaño carné.

—No estoy acostumbrada a los plantones —dijo ella a modo de presentación.

Roberto se sorprendió; no imaginaba que el equipo de élite I5 estuviera dirigido por una mujer. El pelo, muy corto, le confería una imagen agresiva que armonizaba bien con su mentón afilado. Los ojos, negros, fríos y distantes, contrastaban con unos labios cálidos, gruesos y serpenteantes. La nariz tenía una forma ligeramente aplanada. Su frente, grande y rectilínea, completaba un rostro sugestivo.

—Lamento el retraso —se disculpó Roberto—. Lo que me ha pasado hoy es difícil de creer e incluso de explicar, pero he tenido que ocuparme de asuntos personales tan imprevisibles como inaplazables.

—Como excusa no ganaría el premio a la originalidad, ni siquiera en el concurso de mi pueblo —soltó la comisaria levantándose de la silla—. Mi nombre es Marta Bassols, y me temo que de ahora en adelante tendremos que trabajar juntos —añadió, extendiendo la mano.

Roberto, disgustado por aquel trato tan grosero, dudó en estrechársela. En su lugar, la miró fijamente. Medía alrededor de un metro setenta, debía de rondar los cuarenta años; su cuerpo, delgado, no carecía de curvas, tal como mostraba su ceñido uniforme. Quizá sus modales fueran demasiado bruscos, pero tenía personalidad, y no podía pasar por alto que era él quien había llegado tarde sin avisar. Tampoco ignoraba que, si la comisaria no fuera tan atractiva, su reacción hubiera podido ser muy distinta.

—Mi nombre es Roberto Bermúdez. Estoy convencido de que nuestra colaboración será muy fructífera —afirmó. Le ofreció la mano, pero entonces fue ella la que hizo caso omiso del gesto.

—Te seré sincera, Roberto. Desde el principio me opuse a que colaboraras con nosotros, pero la jueza se mostró inflexible.

—Yo tampoco quería encargarme de esta investigación —repuso él, irritado—, pero no me han dejado alternativa.

—Claro. ¿Cómo iban a renunciar a su inspector estrella, el héroe mediático de la operación Cobra? —ironizó la comisaria.

Roberto estaba perplejo. A raíz del caso Cobra la prensa le había dedicado algunos artículos y reportajes, e incluso lo habían entrevistado en programas de radio y televisión. Aquello no le había causado más que problemas. Algunos compañeros habían comenzado a criticarle abiertamente, protestando ante sus superiores por un supuesto trato de favor en el reparto de la productividad. Otros habían llegado más lejos, al acusarle de descuidar a propósito ciertos expedientes para ocuparse exclusivamente de aquellos que le reportaban prestigio profesional. Podía entender que algunos inspectores con los que había tenido diferencias estuvieran celosos de sus éxitos, pero aquel comentario estaba completamente fuera de lugar.

—La prensa solo busca titulares llamativos para vender periódicos cuando le conviene —le replicó, secamente—. Yo solo me limito a cumplir con mi trabajo lo mejor que puedo.

—Tal vez. Sin embargo, cuando se produzcan las detenciones, los medios de comunicación buscarán audiencia. Y lo más fácil será encumbrar de nuevo al héroe de la operación Cobra. Nuestro equipo lleva meses trabajando en este caso, estamos a punto de cerrar la investigación, y ahora apareces tú para llevarte la gloria. No es nada personal, pero es lo último que necesitamos. La imagen de los Mossos es mala. Los medios resaltan los pocos casos en los que algunos compañeros han golpeado injustificadamente a detenidos, tenemos que estar más preocupados de ser educados que de luchar contra las mafias criminales... Así que, francamente, necesitamos un golpe de efecto para que el público perciba que velamos por su seguridad. La Guardia Civil y la Policía Nacional siempre salen en las fotos... Solo nos falta que la Agencia Tributaria se lleve el mérito de un asunto en el que no ha participado.

Roberto se sintió utilizado. Ahora comprendía por qué sus superiores habían insistido en liberarle de cualquier otra responsabilidad con tal de que aceptara aquel peritaje. A la Agencia Tributaria la publicidad le saldría barata, pero a él se le imponía un precio que no se podía permitir pagar: la seguridad de su hija. Sin embargo, tal vez existiera una salida airosa que no le obligara a actuar como confidente de los chantajistas durante la fase decisiva del procedimiento.

—Te diré algo, Marta. Me gustan la gente directa que no espera a que te des la vuelta para disparar. Y cuando alguien tiene razón, no me importa reconocerlo. Si la investigación está tan avanzada, me podría mantener al margen hasta después de que se produzcan las detenciones de los principales cabecillas. Los delitos fiscales no variarían y vosotros os llevarías el mérito de la investigación. Por mi parte, no habría problema. Al fin y al cabo, el trabajo de campo ha sido vuestro.

—Me alegro de que coincidamos en esto. Estamos listos para detener a los responsables últimos de la organización, de forma inminente, en cuanto pongan el pie en territorio español, y creemos que hasta ese momento sería mejor que no intervinieras en el caso. Por desgracia, la jueza ha desestimado nuestras objeciones y ha solicitado un perito de Hacienda inmediatamente. Quiere conocer por anticipado las eventuales responsabilidades fiscales y, sobre todo, desea seguir el rastro del dinero. Nuestra unidad no lleva delitos monetarios ni financieros, y ahí es donde entras tú. Comprendo los motivos de la jueza, pero el haberte elegido a ti es un golpe bajo para nosotros.

Las débiles esperanzas de Roberto se desvanecieron. Por un momento había pensado que quizá se podría inhibir durante la fase crucial de la investigación, pero le había salido el tiro por la culata. La comisaria había premiado su aparente generosidad revelándole que los capos de la trama se hallaban en el extranjero y que el operativo policial estaba preparado para detenerlos en cuanto cruzaran la frontera española. Debería ser más discreta. Era una información clave, y él, contra su voluntad, un topo, un infiltrado de la organización criminal que amenazaba a su hija. Su misión era examinar las pruebas que pudieran incriminarlos, verificar si eran sólidas y actuar como un soplón cuando tuviera información sobre posibles detenciones. Por supuesto, podía omitir ciertos datos sensibles, pero se arriesgaba a que hubiera otro topo dentro del equipo policial. Y si los mafiosos se enteraban de sus silencios selectivos, su hija correría peligro. En tales circunstancias, no se podía fiar de nadie, ni de Marta ni del resto del equipo policial, a cuyos miembros ni siquiera conocía.

—No le demos más vueltas —prosiguió la comisaria—. Tendremos que soportarnos mutuamente. Y, ¿quién sabe?, tal vez todos salgamos beneficiados de esta colaboración forzosa, sobre todo si tu trabajo está a la altura de tu fama.

Roberto pensó en las dificultades que tendría una mujer para imponer su autoridad a los hombres que estuvieran a sus órdenes. Quizá por eso se mostraba tan brusca, como parte de una táctica para imponer respeto y apelar al orgullo masculino. En condiciones normales, se hubiera tomado como algo personal demostrarle lo que era capaz de conseguir si se implicaba a fondo en la investigación. Sin embargo, con la amenaza que pendía sobre su hija, tendría que tragarse su orgullo y quedar como un mediocre.

—Se ha hecho muy tarde y tengo asuntos urgentes que atender —anunció Marta, otra vez con aquel tono cortante—. Mañana te contaremos los entresijos del caso, siempre que seas capaz de presentarte a las nueve, puntual.

Roberto decidió que llegaría tarde. No le convenía ganarse demasiadas simpatías. Cuantas menos confidencias le hicieran, mejor para todos.

Capítulo 9

Al padre de Brisa le gustaba sentarse al atardecer en la terraza del café Sandor. Ella le había acompañado cuando era niña; observando en silencio los edificios regios, el oasis de césped en mitad de la glorieta, el tranquilo deambular de los transeúntes, y disfrutando de esa falsa sensación de seguridad que proporcionan los lugares señoriales y elegantes. Habían pasado veinte años y aquella plaza seguía igual, inmutable a los cambios que habían transformado la ciudad. Con la única salvedad de su nombre: «Francesc Macià» en lugar de «Calvo Sotelo». El edificio de El Corte Inglés continuaba mostrando la misma fachada que tenía cuando fue propiedad de Sears, primero, y de Galerías Preciados, después. El inmueble se resistía a dejar de ser unos grandes almacenes, del mismo modo que aquella plaza de aspecto parisino no admitía más cambios que los cosméticos. Brisa se preguntó si el carácter de las personas sería como la estructura de aquel espacio urbano: inalterable, una vez construido.

—La situación es dramática —advirtió Carlos, sentado frente a ella en una mesita exterior del café—. Casi la mitad de la cartera de nuestra agencia de valores está en Madoff Securities.

Carlos, la mano derecha de su padre, era un hombre frío y discreto, de aspecto gris, como su traje. De sus rasgos tan solo destacaban el flequillo, que trataba inútilmente de ocultar sus grandes entradas, y unos ojos pequeños y escrutadores, como los de un ratón, que a Brisa le producían una vaga sensación de inquietud. El resto de su rostro era tan anodino como un asiento contable.

—¿Cómo es posible que una agencia profesional tenga una cartera tan poco diversificada? —se lamentó Brisa—. Meter todos los huevos en una misma cesta es lo primero que desaconsejan en cualquier cursillo financiero para principiantes.

—El prestigio de Bernard Madoff era inigualable. Tú lo sabes bien.

—Sí, sí, claro: el famosísimo corredor de bolsa, expresidente y cofundador del Nasdaq…, el analista financiero idolatrado…, el gurú de la religión con más adeptos del mundo: la del dinero. Aun así, nadie invierte la mitad de sus activos en un solo producto.

—A tu padre le gustaba el riesgo.

Brisa recordó que su padre era capaz de pasarse horas jugando en las máquinas tragaperras del café Sandor, mientras degustaba un whisky de malta con hielo. Quizá, pensó, apenas hubiera diferencia entre introducir monedas en una máquina de bar y apostar millones en los mercados financieros.

—Prefería invertir una parte de la cartera en productos de alto riesgo —prosiguió Carlos—. Algunas veces salía cara; otras, cruz. El fondo de Madoff siempre fue lo opuesto del riesgo. Al menos, eso creíamos. Durante veinte años, nunca ofreció beneficios extraordinarios, pero garantizaba un retorno mínimo del cinco por ciento. Cuando la crisis arreció y gigantes como Lehman Brothers cayeron con estrépito, nadie ofrecía tanta seguridad como el viejo y prudente Madoff. Además, Madoff Securities era el único fondo del mundo que no exigía comisiones de gestión, lo que nos permitía cobrar más a nuestros clientes. Ahora sabemos que ese era uno de los cebos que utilizaba Madoff para que quienes nos lucrábamos intermediando con los recursos ajenos picáramos en su anzuelo.

—Algo tan inusual debería haber hecho sospechar a cualquiera —sentenció Brisa.

—Nadie, ni la poderosa Securities Exchange Commission, ni los auditores, ni los analistas de inversiones, se dieron cuenta del colosal engaño. En cuanto a nosotros, fuimos una víctima más del genio de Madoff, que utilizaba una estrategia comercial única: hacer esperar mucho tiempo a quienes deseaban invertir en su fondo, como si al aceptar su dinero fuera él quien estuviera haciéndoles un favor. El rey de las finanzas era el rey de los ladrones, y ahora tenemos que afrontar las consecuencias. He convencido a los clientes de que por motivos legales no podremos reembolsarles el dinero hasta dentro de una semana. Eso nos concede algo de tiempo para liquidar algunos activos de tu padre y hacer frente a las primeras peticiones. Con un poco de suerte, evitaremos que la hemorragia se propague.

—No creo que sea posible —anunció Brisa, apesadumbrada—. Apenas he encontrado dinero en los bancos, y la mayoría de las propiedades familiares están hipotecadas. Los inversores tendrán que asumir sus pérdidas. Será un desprestigio enorme para la memoria de mi padre, pero es la única solución razonable.

—No lo es —replicó, tajante.

—¿A qué te refieres? —preguntó Brisa, alarmada.

Carlos encendió un cigarrillo, inhaló una bocanada y exhaló el humo.

—La cosa no es tan sencilla. Gold Investments, nuestra sociedad de valores, no informó a sus partícipes de que había depositado todos los huevos en la misma cesta agujereada del señor Madoff. No informar con transparencia es una estafa. Nos lloverán las demandas y las perderemos. Tanto si quieres como si no, los inversores se echarán sobre los bienes de tu padre como una jauría. Es mejor adelantarnos y venderlos ordenadamente. Y si no hubiera suficientes activos, aconsejaría llegar a un pacto extrajudicial con los acreedores. Al fin y al cabo, es preferible lograr un acuerdo en el que todos acepten perder una parte que sumergirse en cientos de largos, costosos e inciertos juicios.

Brisa comprendió el alcance de aquel engaño. Le arrebatarían de las manos todos los bienes materiales a golpe de querellas judiciales. Los clientes, con el derecho de su parte, se repartirían los despojos del imperio familiar.

—Yo también preferiría un mal acuerdo que un buen juicio. Sin embargo, dudo de que se conformen con tan poco. Las hipotecadas propiedades de mi padre y sus múltiples sociedades son insuficientes para tapar el agujero de Gold Investments.

—No es posible —afirmó Carlos, aplastando su colilla contra el cenicero—. No has tenido tiempo de informarte a fondo del estado de todas sus sociedades.

—Desde el mediodía no he hecho otra cosa que hablar con asesores y abogados. Las noticias son todavía peor de lo que imaginaba.

—En ese caso —repuso Carlos, muy lentamente, mirándola a los ojos, como si estuviera profiriendo una amenaza—, tendrás que recurrir al dinero que tu padre tiene depositado en los paraísos fiscales para alcanzar un acuerdo con los acreedores. Si se querellan por estafa, acabaremos pasando muchos años en la cárcel. La sociedad quiere chivos expiatorios, y nosotros cotizaríamos muy alto en el mercado de víctimas propiciatorias.

Las palabras de Carlos la sorprendieron, como a un púgil al que su rival golpea por sorpresa.

—Desconozco tu responsabilidad como contable de Gold Investments. Yo soy accionista de la sociedad, pero no he participado jamás en la toma de decisiones.

—Nadie te creerá —la interrumpió Carlos—. Eres licenciada en Economía por la Universidad de Berkeley, y como administradora de la sociedad has firmado las cuentas anuales del último ejercicio. Todas las inversiones cuentan con tu aval.

—Eso es mentira —se indignó Brisa.

—¿No has leído la escritura pública que firmaste ante notario a principios de año? —le preguntó él, extrañado.

—No. El notario tenía prisa, y ni siquiera la leyó en voz alta, tal como acostumbran. Dijo que conocíamos de sobra su contenido.

—Es difícil de creer —insistió Carlos—. En dicha escritura se te nombraba administradora. De hecho, las cuentas anuales, el impuesto sobre sociedades y la mayoría de los documentos financieros llevan tu firma.

—Imposible —protestó Brisa, muy enfadada—. Esos documentos, como mucho, pueden contener una burda imitación de mi firma.

—«Burda» no sería la palabra adecuada. «Reproducción exacta» sería una expresión más precisa. Nunca sospeché de una falsificación. Era bastante improbable. ¿Qué motivos podría tener tu padre para hacer algo así? Estaba convencido de que todas las decisiones de inversión las tomabais de forma consensuada. Yo solo me limitaba a registrar los asientos contables de acuerdo con la información que me suministraba. No lo tendrás fácil para convencer a ningún juez de tu inocencia.

La mirada de Carlos siempre la había inquietado, aunque fuera vagamente, y ahora sabía por qué. Era un ser rastrero, un reptil tan frío y peligroso como las cobras venenosas. Parecía mentira que precisamente allí, en aquella distinguida cafetería, la estuviera amenazando de una forma tan abyecta. En caso de juicio, Carlos declararía que era un mero transcriptor de asientos contables y que todas las decisiones financieras corrían a cargo de su padre y de Brisa, lo que resultaría verosímil. Y si las imitaciones de su firma eran lo suficientemente buenas, podría enfrentarse a una pena de cárcel. Sintió asco. Su padre la había engañado, la había utilizado como escudo humano, por si tenía que enfrentarse a costosas reclamaciones judiciales.

Las cosas más terribles, pensó, suceden en los lugares aparentemente más seguros; las heridas más dolorosas nos las infligen aquellos en quienes más confiamos. Brisa recordó un sueño recurrente: en una colorida fiesta de disfraces, sus familiares, amigos y conocidos, se despojaban súbitamente de sus máscaras. Entonces descubría que no eran humanos, sino serpientes recubiertas de escamas.

Carlos, aquel reptil, esperaba una respuesta. Era evidente: temía que las demandas judiciales destaparan gravísimas irregularidades en las que él estaría involucrado. Pretendía presionarla lo suficiente como para que decidiera utilizar el dinero depositado en los paraísos fiscales para acallar a los acreedores, en lugar de quedárselo para sí. Quizá confiara en que las cuentas secretas guardaran una fortuna, pero se equivocaba. También se había equivocado presionándola. Una rabia sorda se apoderó de ella. Se levantó de la silla y le propinó una bofetada. Luego, ante la atónita mirada de los clientes de la cafetería Sandor, se fue sin decir nada.

Capítulo 10

Roberto llegó dos horas tarde a la cita con la comisaria. Actuar con aquella descortesía era lo más aconsejable. De lo contrario, se podría crear una atmósfera de amistosa colaboración que propiciara excesivas confidencias sobre aspectos cruciales de la operativa policial. Y en sus circunstancias, información confidencial equivalía a peligro.

Desde el vestíbulo, uno de los vigilantes anunció su llegada por teléfono. Tras los arcos de seguridad, Roberto esperó de pie a que alguien autorizara su entrada. Al final, media hora más tarde, apareció la comisaria:

—Ya ves: te hacemos esperar menos que tú a nosotros. Te presento a Jordi, que se encargará de contarte los pormenores del caso. Yo no puedo perder más tiempo por hoy. Te dejo en buenas manos.

Tras estas pocas palabras, dio media vuelta y se fue. Jordi, un joven espigado, con semblante inteligente y despejado, le acompañó hasta una habitación sin ventanas en la que destacaba una gran mesa rectangular sobre la que se extendían cartulinas repletas de nombres, flechas y fotos, formando diagramas semejantes a los que había visto el día anterior en el despacho de Marta. El cuarto era tan austero como funcional su decoración: una lámpara colgada del techo, dos armarios metálicos empotrados y seis sillas negras alrededor de la mesa. Un espacio ideal para trabajar sin distracciones.

—El caso que investigamos es muy complejo —dijo el policía, con semblante risueño, contemplando las cartulinas extendidas sobre la mesa—. Las fichas y los diagramas te ayudarán a entender mejor el entramado. Estamos ante un conjunto de empresas que explotan a los inmigrantes, trafican con droga y, probablemente, financian actividades terroristas. Además, defraudan a la Seguridad Social, a la Hacienda Pública y a todo el que se les cruce en el camino. Gracias a las facilidades que ofrece nuestro sistema han amasado una fortuna, con la que se han labrado una reputación invirtiendo en el mercado inmobiliario de Tánger. Con decirte que tienen tratos con el rey de Marruecos…

—Yo me limitaré a examinar implicaciones fiscales. El resto no es de mi incumbencia —le cortó Roberto.

—Me gusta que lo tengas claro y que no quieras jugar a ser policía, como algunos otros peritos con los que hemos colaborado. Nuestros métodos y los vuestros son diferentes.

Jordi parecía un muchacho inasequible al desaliento. Todo le parecía positivo. Probablemente fuera la edad. Era un chaval y la vida todavía no le había dado los golpes suficientes como para borrarle la media sonrisa con la que acompañaba todos sus comentarios.

—Mi trabajo en el equipo es el más bajo del escalafón: me limito a recopilar información a pie de calle. Conocer a las personas y ganarse su confianza no es fácil, pero a mí me gusta. Hace unos meses me enteré de que unos cuantos marroquíes habían pagado miles de euros a una mafia organizada para conseguir trabajo y papeles en España. No querían hablar, por miedo, pero se sentían estafados y acabaron sincerándose conmigo. A unos les habían requisado una parte sustancial de sus salarios alegando que no habían pagado la totalidad de lo acordado por regularizar su situación. A otros les habían dado de alta en sus empresas, pero sin ofrecerles trabajo real. No parecía el inicio de un caso demasiado prometedor, pero dio un giro inesperado cuando me llegaron informaciones de que varios gerifaltes del entramado habían fundado una mezquita en Badalona, desde donde las proclamas contra Occidente eran frecuentes. De forma rutinaria, iniciamos una investigación. No encontramos indicios de que se fueran a cometer acciones terroristas en Cataluña, pero nos sorprendió la cantidad de dinero que manejaban los principales implicados. Sospechamos que parte de ese dinero puede estar siendo empleado para financiar atentados en Irak o Afganistán.

—La política del Gobierno Bush respecto a estos países ha sido tan mentirosa y corrupta que ha despertado la animadversión de millones de musulmanes y la repulsa de todos los hombres de bien —exclamó Roberto, impulsado por la fría cólera que siempre le asaltaba al opinar sobre asuntos en los que la injusticia y la estupidez se daban la mano, como dos caras de una misma moneda—. No me malinterpretes. Estoy radicalmente en contra de cualquier acto terrorista. Simplemente me indigna que no se condene otro tipo de atentados contra la humanidad.

—Nosotros ya tenemos bastante trabajo con intentar encarcelar a los delincuentes comunes —repuso Jordi—. Son mayoría los casos en que las pruebas obtenidas para condenar a organizaciones criminales resultan insuficientes a la vista de los jueces. Sin ir más lejos, la Audiencia Nacional no ha querido hacerse cargo del asunto que investigamos nosotros, alegando que no existen pruebas incontestables de financiación al terrorismo, sino que estamos ante meras conjeturas. La jueza García es quien está tramitando la instrucción del sumario, pese a que está desbordada de trabajo. Te ha nombrado con la esperanza de que rastreando las cuentas obtengas indicios inequívocos de financiación terrorista. En tal caso, la Audiencia Nacional se vería obligada a aceptar el caso, y ella se liberaría del asunto.

—Todos esperan tanto de mí... —comentó Roberto con sarcasmo.

Siempre había sido así. Desde pequeño había generado expectativas demasiado altas. Aspiraciones que no eran las suyas, sino las de otras personas. Ese había sido el principal problema en su vida y lo que le había llevado a ese pequeño cuarto sin ventanas por las que huir.

—Nosotros también confiamos en ti —afirmó con entusiasmo el agente—. Te resumiré la situación antes de entrar en detalles. Desde hace años, la mano de obra en las construcciones la aportan los inmigrantes a través de empresas subcontratadas que ofrecen precios imbatibles y...

—Lo sé —cortó Roberto con voz cansada, dejándose llevar

por la indignación que le provocaba una situación que conocía de primera mano—. Son sociedades subcontratadas que no cotizan a la Seguridad Social, no ingresan el IVA y no tienen bienes. Son las empresas *nini*: ni pagan ni tienen bienes. Y, como carecen de patrimonio y sus administradores son insolventes, gozan de total impunidad. En la práctica, por más que les levantemos actas, no cobramos ni un euro. Son como Hidra, el monstruo mitológico de siete cabezas al que le crecían dos por cada una que le cortaban. Las *nini* son los monstruos de nuestro tiempo: crean dos sociedades por cada una que cerramos, y expulsan del mercado a quienes pretenden trabajar honradamente pagando sus impuestos. A Hidra la mató Hércules. Para acabar con las *nini* haría falta algo más que un héroe griego. Necesitaríamos que los políticos se tomaran en serio el bienestar social y promulgaran las leyes adecuadas. Algo impensable, teniendo en cuenta que la mano de obra barata que aportan las *nini* beneficia directamente a las grandes constructoras, que, en lugar de contar con personal propio, lo subcontratan a precios de risa.

—Y también beneficia —añadió Jordi— a quienes controlan las empresas *nini*. En el asunto que estamos investigando, se ve muy claro. Los que realmente manejan todo el entramado son los hermanos Boutha. Son los que se quedan los miles de euros que les pagan todos los inmigrantes que desean trabajar en España. Son los Boutha quienes se apropian del dinero que no puede recaudar la Hacienda Pública y la Seguridad Social. Son esos cuatro hermanos los que se reparten los beneficios del trabajo ajeno y las comisiones por emitir facturas falsas. Son ellos los que deciden no pagar a los proveedores por los servicios prestados. Han acumulado una auténtica fortuna. En España no han invertido ni un euro de cuanto han saqueado, pero en Marruecos son ricos y respetados.

—Son algo así como piratas disfrazados de empresarios —resumió Roberto—. Es el nuevo capitalismo. Las sociedades constructoras ya no tienen empleados. Y los empresarios piratas no tienen empresas, sino sociedades fantasma sin más patrimonio que el nombre social. Los trabajadores se quedan en un limbo jurídico. Prestan sus servicios a las grandes constructoras, pero, si arrecia tormenta, carecen de paraguas protector.

Todos ganan: las grandes empresas constructoras y los mafiosos. La moneda de cambio son los trabajadores, cuyos derechos acaban pisoteados.

—Pero en cuanto los hermanos Boutha pongan el pie en España, los arrestaremos —dijo Jordi, con su proverbial entusiasmo—. Tenemos pinchados los teléfonos de sus principales lugartenientes en Cataluña; sabemos que tienen previsto venir a Barcelona a principios de enero.

Roberto maldijo su suerte. Su estrategia de llegar tarde para desairar a la comisaria no le había servido de nada. Aunque había castigado su impuntualidad relegándole a tratar con el miembro de menor rango del equipo policial, el resultado es que ya sabía demasiado. La mera idea de transmitir aquella información a Dragan le revolvía el estómago, pero no hacerlo implicaba un riesgo contra el que no existían seguros de vida.

—Pronto los detendremos a todos —repitió Jordi—. Te explicaré al detalle el organigrama de sus empresas —añadió, sonriente, señalando las cartulinas repletas de fotos y nombres.

Roberto asintió en silencio y se dispuso a escuchar lo inevitable.

Capítulo 11

Encaramado sobre la montaña de Montjuïc, el lujoso hotel AC Miramar se encuentra a tan solo cinco minutos en moto de la plaza Drassanes, pero sus jardines permiten disfrutar de un refresco a quienes buscan huir de la ciudad sin salir de ella.

Estaba tan próximo a su trabajo que Roberto pensó en ese lugar cuando Brisa le llamó aquella soleada mañana de diciembre. Su anterior encuentro había concluido de forma abrupta, cuando un pequeño ejército de abogados se personó en casa de su amiga. No hizo falta que nadie le dijera que aquella invasión de letrados respondía a una emergencia.

Las prisas se habían quedado en la ciudad, y en aquel entorno resultaba más fácil hablar como dos amigos de la infancia que hubieran crecido demasiado rápido.

—No había vuelto a saber nada de ti desde los trece años —dijo Roberto—. Desapareciste, como Campanilla.

Brisa sonrió, pero sus ojos rasgados estaban velados por un halo de tristeza.

—¿Todavía te acuerdas? Me encantaba disfrazarme de la eterna compañera de Peter Pan. Entonces jugábamos a encontrar la puerta de regreso al País de Nunca Jamás. Era mi juego favorito. Todavía no sabía que resulta imposible regresar a ningún lugar. Cuando mi padre me dejó internada en el colegio L'Aiglon, el más exclusivo de Suiza, no imaginé que no volvería a Barcelona hasta después de haber cumplido los treinta. Y no sé quién ha cambiado más: si la ciudad o yo.

Brisa ya no era aquella niña delgadita con la que jugaba en la infancia. Seguía sin ser alta, pero su esbelto cuerpo irradiaba la fragancia de una mujer en su plenitud. Ya no llevaba las gafas negras y el traje de luto; ahora vestía de un modo más informal. Unos vaqueros ceñidos y un fino jersey azul marino marcaban sus formas del modo aparentemente descuidado de quien sabe el efecto que causa en los hombres. Sus achinados ojos verdes provocaban en Roberto un estremecimiento indefinible. La fisonomía de su cara seguía siendo angulada y triangular, como la de una gata aparentemente relajada. Pero el pequeño aro dorado que adornaba la aleta de su nariz parecía ser un símbolo de su intención de continuar quebrantando las reglas sociales con las que discrepara.

—No me pude despedir de nadie —dijo Brisa con voz trémula—. Mi padre me comunicó mi nuevo destino durante las vacaciones de verano en Suiza, y ya no me dejó regresar a Barcelona. Quería que rompiera con mi pasado de forma radical. Pensaba que no había logrado superar la muerte de mi madre y que un cambio de aires me ayudaría. La verdad es que había descubierto mi creciente afición por la estética gótica y estaba preocupado.

—En un par de ocasiones —recordó Roberto—, me convenciste para que nos pintáramos la cara de blanco, los labios de color oscuro y nos vistiéramos con unos trajes negros de segunda mano que compramos en un mercadillo. Hicimos unas fotos muy divertidas.

—A mi padre no le hicieron ninguna gracia. Quizá fueron el detonante para que decidiera internarme en Suiza. Había oído historias sobre la atracción de los góticos por la muerte, y se asustó. En aquel tiempo, viajaba mucho y no se podía ocupar demasiado de mí. El carísimo colegio de L'Aiglon le ofrecía vigilancia intensiva y los mejores contactos sociales que cualquiera pudiera desear para una hija.

—Me costó mucho enterarme de que estabas allí. Te escribí varias cartas, pero no recibí respuesta.

—Nunca me llegaron. Años más tarde averigüé que leían todas las cartas antes de entregármelas. Supongo que las tuyas ni siquiera las abrieron. Sospecho que mi padre concluyó que no eras una buena influencia.

Sentados frente a aquella elegante piscina, en un luminoso día de invierno, sin gente alrededor, a Roberto le parecía casi irreal intercambiar confidencias con Brisa veinte años después de que su amistad infantil se interrumpiera bruscamente.

—Yo también te escribí desde el internado, pero, al no tener noticias tuyas, imaginé que me habías olvidado.

—La misma persona que interceptaba mis cartas debió de tirar las tuyas a la basura..., o puede que las enviara a una dirección equivocada.

—Siempre hay alguien o algo que tiene la culpa —dijo Brisa entrelazando sus manos—. Personas o ciertas circunstancias que escapan a nuestro control y que acaban por dirigir nuestra vida a escenarios imprevistos. La estricta Suiza me llevó a la liberal California, donde estudié la carrera universitaria. Allí me quedé durante más años de los que había previsto. Fue un tiempo de búsquedas y desengaños el que me trajo de vuelta a esta ciudad. No hace tanto que regresé a Barcelona, y todavía me siento como una extranjera que conoce a mucha gente sin tener amigos de confianza. Contigo es diferente. Sé que me puedes entender, y necesitaba explicarte lo que me ha ocurrido esta mañana.

—¿Qué ha sucedido? —preguntó Roberto.

—El inspector Morancho se ha pasado por mi casa, temprano. Se ha interesado por mi estado anímico y me ha hecho algunas preguntas: si conocía a personas que pudieran tener interés en ver muerto a mi padre, si le había visto en los últimos días en compañía de gente ajena a su círculo habitual...

—Eso significa —apuntó Roberto— que la hipótesis de un homicidio está ganando enteros.

—Eso mismo le dije yo. Él me miró fijamente y me preguntó a bocajarro: «¿Cuándo fue la última vez que vio a su padre consumir droga?». Yo le respondí, extrañada, que mi padre no consumía droga. Él encendió un cigarrillo, guardó un prolongado silencio y me observó durante un buen rato antes de revelarme que la policía forense había encontrado restos de LSD en su cuerpo.

—¿LSD? Sé que fue muy popular en los años sesenta, pero hoy casi no se consume.

Los ojos de Brisa centellearon brevemente antes de contestar.

—Algunos la siguen utilizando para explorar su conciencia. Aldous Huxley dedicó un libro a explicar sus experimentos psicológicos con el LSD, y no son pocos los psiquiatras que vieron en ella una potente ayuda para que sus pacientes pudieran comprenderse mejor. Artistas tan celebrados como los Beatles la emplearon para encontrar inspiración creativa, y sus frutos forman parte de nuestra cultura contemporánea. Steve Jobs declaró recientemente que su experiencia con el LSD durante su etapa universitaria fue uno de los dos o tres acontecimientos más importantes de su vida.

—¿Crees que tu padre pudo tomarla para buscar una suerte de guía..., de señal..., de consuelo en un momento especialmente difícil de su vida? —preguntó Roberto, extrañado.

—Por supuesto que no. Como te he dicho, mi padre no consumía drogas. Lo más probable es que sus asesinos la emplearan para poder ahorcarle sin que presentara resistencia alguna. El LSD es la droga conocida más potente; una cantidad inapreciable, diluida en una bebida, sería suficiente para dejar físicamente indefenso a cualquier hombre, máxime a uno mayor. Sin embargo —dudó—, podrían existir otros motivos. Los efectos varían mucho, pero la dosis y el entorno adecuado pueden provocar que el sujeto drogado confiese cosas que jamás hubiera revelado de otra manera.

—Si tu hipótesis fuera correcta —replicó Roberto, que no podía disimular su sorpresa—, lo normal sería que tu padre conociera tan bien a su verdugo que este hubiera logrado embaucarle para consumir la droga sin que se diera cuenta. ¿Sospechas de alguien?

Brisa negó con la cabeza.

—El LSD también puede provocar un estado paralizante, de pánico atroz, en el que incluso el más hábil de los interrogadores sería incapaz de extraer ningún tipo de información coherente. En realidad, sus efectos son imprevisibles, por lo que la única hipótesis razonable es que la utilizaron para poder ahorcarle sin dejar signos externos de violencia.

—¿Dónde aprendiste este tipo de cosas? —preguntó extrañado.

La gente normal, pensó, no manejaba ese tipo de información.

—Me licencié como psicóloga en la Universidad de Berkeley, y durante mi estancia en California experimenté con más cosas de las que hubiera podido imaginar mientras estuve internada en Suiza. Quizá fuera una forma de vengarme de mi padre. Al menos, eso es lo que deducirían un buen número de psicoanalistas —contestó, en un tono que despertó una alarma interior en Roberto, que, sin embargo, decidió ignorar aquella señal.

—No me preocupa lo que puedan pensar los psicoanalistas, sino la policía. Si sospechan que se ha producido un asesinato, estarás entre las principales sospechosas, a menos que tengas una coartada.

—Pasé la tarde noche del viernes sola en mi casa, hasta la mañana del sábado.

—Supongo que Morancho te visitó para poner a prueba tu temple, intentar ponerte nerviosa y que así cometieras un error.

—No tiene sentido que sospechen de mí —protestó Brisa.

Un camarero se acercó con una bandeja y depositó sobre la mesa unas bebidas. Roberto aprovechó aquella breve interrupción para analizar las consecuencias de cuanto había escuchado.

—A estas alturas —explicó, cuando el camarero se retiró—, es posible que hayan localizado ya a sospechosos ajenos al ámbito familiar. Sin embargo, el protocolo de actuaciones obliga a vigilar al entorno más cercano de la víctima; en el noventa por ciento de los casos de asesinatos con autor desconocido, el responsable surge de este círculo tan próximo. Lo sé muy bien porque mi padre es guardia civil y trabajó varios años en la brigada de homicidios. Y desde luego, la primera pregunta que siempre se hacen es la misma: ¿a quién beneficia el crimen? Tú eres su única hija y la heredera del imperio Gold.

Brisa removió con su cucharita el té verde, se acercó la taza a la boca, bebió un pequeño sorbo, frunció los labios contrariada, como si se hubiera quemado, y la volvió a dejar sobre la mesa.

—Solo heredaré toneladas de deudas —afirmó rotundamente—. La sociedad de valores Gold Investments invirtió una fortuna en el Fondo de Madoff. El patrimonio de mi padre no podrá cubrir ese agujero.

—Lo siento, Brisa. No lo sabía. Si necesitas ayuda para analizar documentos financieros, puedes contar conmigo.

—No estoy en condiciones de negarme a recibirla, pero tampoco te quiero poner en más compromisos de los necesarios. Supongo que a tu mujer no le entusiasmaría que trabajaras gratis para una amiga. Discúlpame por ser una indiscreta, pero no pude evitar mirar tu perfil en Facebook.

Roberto sonrió levemente.

—Mi página de Facebook no está muy actualizada. Hace un mes que me he separado.

Brisa entornó los ojos.

—¡No tenía ni idea! Lo estarás pasando fatal…

—Prefiero no hablar de eso, al menos de momento. Últimamente no estoy muy contento con mi vida personal ni profesional. Hay demasiadas cosas que no me gustan, pero poder ayudar a una vieja amiga me hará bien.

—Pues acepto tu ayuda. Aparentemente, la muerte de mi padre está ligada al hecho de que, tras la detención de Bernard Madoff, se habría convertido en un hombre arruinado. Sin embargo, estoy convencida de que existe un hilo conductor que la une con el asesinato de mi madre. Y ese hilo pasa por el Turó Park. Allí es donde empezó todo, y allí deberíamos volver.

Capítulo 12

Roberto y Brisa pasearon por el camino que bordea la explanada del Turó Park en la que tanto habían jugado y recordaron con añoranza las innumerables broncas recibidas de los guardas por saltarse la prohibición de pisar aquel césped, que, un cuarto de siglo después, seguía presentando notables calvas de tierra en los lugares menos visitados por el sol.

—Juraría que ayer vi a ese tipo en algún otro lugar —comentó Brisa, señalando con un ligerísimo movimiento de cejas a un hombre de mediana edad acompañado por un vigoroso pastor alemán de pelaje negro dorado.

—No te extrañe si durante unos días te sientes vigilada —le advirtió Roberto—. La inminente quiebra de Gold Investments no te tacha de la lista de sospechosos. Como heredera, podrías quedarte con todo el dinero que tu padre tuviera depositado en paraísos fiscales sin dar cuenta a los acreedores. Muchas familias importantes de Barcelona tienen auténticas fortunas en cuentas secretas del extranjero.

—¿Acaso insinúas que tengo algo que ver con la muerte de mi padre? —preguntó Brisa, visiblemente alterada.

—Por supuesto que no. Simplemente quería advertirte de que no utilices el teléfono ni tu correo electrónico en relación con los asuntos en los que tu padre haya actuado ilegalmente, sobre todo si se trata de cuentas secretas en paraísos fiscales. Podrían estar intervenidos.

Brisa frunció la frente. Sus ojos miraban hacia el horizonte como si buscaran desafiar a un enemigo invisible. Al igual que una pantera en reposo, se adivinaba en ella una naturaleza salvaje. Roberto se percató de que su cuerpo parecía no tener ni un gramo de grasa, y dedujo que debía practicar con regularidad algún tipo de deporte para mantenerse en forma.

—Cuando encuentre al asesino de mis padres, pagará muy caro el sufrimiento causado —sentenció Brisa con mirada retadora.

—Debemos examinar las piezas de forma racional —replicó Roberto, para intentar rebajar la tensión—. Lo primero sería anotar en una lista los nombres de las personas más cercanas a tu padre.

Brisa observó en silencio el lago ovalado repleto de nenúfares, como si buscara el sosiego de sus aguas tranquilas.

—Creo que sería perder el tiempo. El único familiar al que puedo citar es a Pedro, su hermano mayor. No se llevaban muy bien. Mi padre lo menospreciaba por no saber ganar dinero, y nunca le ayudó económicamente. Resultaba desagradable ver a mi padre alardear de su riqueza frente a su hermano, como si eso le produjera una íntima satisfacción. Pedro le ignoraba y evitaba quedar con él, para ahorrarse situaciones molestas. No niego que en su fuero interno estuviera resentido, como ocurre tantas veces entre hermanos mal avenidos, pero estoy convencida de que hubiera sido incapaz de matarle.

Roberto meneó la cabeza con aire escéptico.

—Nunca se sabe de lo que son capaces las personas. Mi padre, que, como sabes, trabajó toda su vida como guardia civil, siempre me lo repite. Y otra de sus máximas es que no se debe descartar ninguna hipótesis hasta resolver el caso. Así pues, prosigamos con el resto de los familiares.

—No hay más. Su hermano y yo éramos su única familia. Pocos y mal avenidos.

Roberto se encogió de hombros. Tras un breve silencio, optó por cambiar de tercio.

—¿Y en cuanto a parejas?

—Hace mucho que mi padre decidió olvidarse de preocupaciones sentimentales —afirmó Brisa.

Roberto arqueó una ceja, escéptico.

—Nadie puede vivir sin amantes durante mucho tiempo. ¿Acaso tenía algún problema que se lo impidiera?

—Físicamente ninguno, pero no se caracterizaba por la estabilidad en sus relaciones.

—Quizá te asombre lo que puedes llegar a encontrar rastreando el disco duro de su ordenador, repasando los mensajes de su correo electrónico y recopilando las facturas donde estén registradas sus llamadas.

—Es posible, pero difícilmente obtendré las respuestas que busco. Mira, lo que intentaba decirte de forma suave es que mi padre no quería complicaciones y prefería contratar a señoritas de compañía con las que no necesitara establecer ningún vínculo emocional. Si de verdad queremos llegar al fondo del asunto, necesitamos encontrar el nexo que une el asesinato de mi madre con el de mi padre a través de la cruz de esmeraldas.

A Roberto le sorprendió tanto la crudeza con que retrataba la vida sexual de su progenitor, como la convicción con la que relacionaba ambos crímenes a través de la crucecita que, supuestamente, habría llevado su madre el día del asesinato.

—Es posible que tengas razón —concedió Roberto, diplomático—, pero no es inteligente descartar ninguna hipótesis *a priori*. Hay que explorar todas las vías. ¿Qué hay acerca de sus amigos íntimos?

—Siempre tuvo muchos conocidos y contactos sociales. De otro modo, no hubiera podido tener tanto éxito. Amigos íntimos, no tantos; a decir verdad, ninguno. Mi padre, en el fondo, era muy reservado. Quien más puede saber de él es Carlos. Fue su contable desde sus inicios profesionales. Su eficacia, sus silencios y su sangre fría le convirtieron en irreemplazable. Actuaba como contable, asesor, confidente y confesor: necesitaba conocer sus secretos para traducirlos en números.

—Este Carlos podría serte muy útil. Los secretos oscuros permiten aclarar muchos crímenes.

—Dudo que Carlos quiera revelarme nada.

—¿Por qué?

—Digamos que ayer tuvimos un sonoro desencuentro. Planea eximirse de sus responsabilidades en Gold Investments alegando que yo era la administradora de la sociedad.

—¿Y lo eras? —preguntó Roberto.

—Sí, pero no lo sabía. Es una historia larga y desagradable de la que prefiero no hablar en estos momentos.

Habían llegado al punto exacto del parque en que, delante de ellos, asesinaron a la madre de Brisa. Los columpios y los toboganes ya no eran los mismos; hasta el color de la tierra había cambiado. Pero el suelo que pisaban continuaba siendo el de aquella fatídica tarde de verano. Roberto miró a los columpios y se acordó de cuando jugaba con una niña rubia, alegre y fantasiosa. Ahora Brisa era ya toda una mujer y su silueta dibujaba unos senos que turbaban su buena conciencia.

—Lo más difícil para mí es quedarme parado sin hacer nada —afirmó Roberto—. No soy policía, pero estoy acostumbrado a examinar documentos financieros como si fueran radiografías. Mi trabajo es descubrir la realidad oculta de cuanto sucede a través de extractos bancarios, escrituras notariales y apuntes contables. Te ayudaré a que los papeles de tu padre hablen. Y si esconden secretos tan terribles como para justificar un crimen, nos guiarán hasta el asesino.

Brisa miró al horizonte y le cogió de la mano, como había hecho un cuarto de siglo atrás.

—La primera vez no pudimos hacer nada —dijo con voz serena—. Esta vez será diferente. Cumpliremos la palabra que, en este mismo lugar, nos dimos de niños.

Capítulo 13

Roberto siguió leyendo el cuento en voz alta, aunque su hija ya se había dormido. Tal vez, pensó, sus palabras la ayudaran a tener mejores sueños. Desde la separación, se encontraba desorientada y más triste. Un terremoto había removido sus vidas: papá y mamá ya nunca estaban juntos. Una niña de tres años no podía entenderlo. Y su padre tampoco. Únicamente podía recordar cómo habían llegado a tan triste situación.

El olor de un perfume fue lo primero que le hizo sospechar. Su aroma mezclaba la canela, el ámbar, la vainilla y la miel, pero no era empalagoso ni demasiado afrutado. Una fragancia sugerente que Roberto no lograba identificar con ninguna de las que habitualmente utilizaba su mujer.

Movido por la curiosidad, rebuscó entre los cajones del baño y halló un pequeño frasco ovalado de perfume prácticamente intacto. Bastaba con ver el líquido dorado dentro del envase de cristal para percatarse de que, a lo sumo, habría sido utilizado en tres o cuatro ocasiones. Y, sin embargo, Olga, su mujer, no le había comentado que hubiera comprado un nuevo perfume, algo sumamente raro, pues una de sus aficiones favoritas era describirle todas las compras que hacía con el mismo entusiasmo que un general emplearía para explicar a sus oficiales la estrategia adecuada para ganar una batalla. También cabía la posibilidad de que se lo hubiesen regalado, pero no había sido su cumpleaños ni su santo.

El perfume le llevó a sospechar de otros detalles a los que no había atribuido ningún significado concreto. En un par de ocasiones recientes, su mujer le había llamado al trabajo para pedirle que pasara él a recoger a la niña por el parvulario, porque la caja de la oficina no cuadraba y debía quedarse a comprobar todas las operaciones del día hasta que encontrara el error. Y uno de esos días, precisamente, había estrenado un bonito vestido, demasiado ceñido para su gusto.

Podían ser simples coincidencias, pero Roberto no creía en las casualidades. Así que esperó a que Olga se metiera en la ducha para escudriñar su bolso. Naturalmente, lo primero que miró fue el registro de llamadas de su teléfono móvil y el contenido de los últimos mensajes. Por ahí no encontró nada sospechoso, pero no se quedó tranquilo. Al fin y al cabo, era muy sencillo borrar las llamadas y los mensajes. Luego buscó en su bolso, con la meticulosidad de un espeleólogo.

Pintalabios, llaves, colorete, rímel, un bolígrafo, pañuelos, unas pinzas pequeñas, un cepillo de dientes, la billetera, un lápiz de labios, aspirinas, caramelos de menta, un espejito y otros objetos similares desfilaron por sus manos como soldados de un ejército desordenado. Un pequeño neceser completaba el contenido del bolso. Roberto lo abrió, preguntándose para qué diantre necesitaría su mujer más cosas de las que ya llevaba. La respuesta le dejó sin aliento. Entre varios complementos cosméticos, una tarjeta de hotel trataba de pasar desapercibida, como si supiera que formaba parte de un paisaje equivocado.

Roberto la examinó. Pertenecía al hotel Casa Fuster. Lo conocía muy bien. Hacía un mes ambos habían pasado una magnífica velada en sus salones escuchando a la banda de jazz de Woody Allen. Construido a principios de siglo como un regalo del señor Fuster a su esposa, se concibió como un palacio y terminó siendo la mansión más cara de Barcelona. A Olga le había entusiasmado, pero eso no justificaba que tuviera la tarjeta de una de sus habitaciones.

Roberto reintrodujo las cosas en el bolso, al tiempo que trataba de reordenar sus ideas. No había mucho que reordenar. Su mujer le engañaba con otro; aquella supuesta comida con sus compañeros de trabajo del día siguiente no era más que una patraña. Sin embargo, no hizo comentario alguno. Necesitaba recopilar las pruebas y confirmar por sí mismo su hipótesis de manera irrebatible.

Al día siguiente llamó a sus padres para que fueran a recoger a la niña, salió antes del trabajo, alquiló un Seat León y lo aparcó tras unos contenedores de basura, unos metros más abajo del hotel, justo en la acera de enfrente. Resguardado por una rambla peatonal salpicada de árboles, su estratégico emplazamiento le permitía observar, sin llamar la atención, a cuantos entraban por la puerta. También contactó con su buen amigo Pepe, propietario de una agencia de detectives, y le encomendó la tarea de seguir a Olga para cubrir la eventualidad de que no acudiera al hotel.

Sobre las cuatro de la tarde vio a su mujer a través de la luna del Seat León. Roberto sintió un punzante estremecimiento en el corazón. Cuando minutos después observó como Mario Blanchefort entraba en el hotel, una intensa náusea le revolvió el estómago. Conocía muy bien a aquel cabrón. Habían estudiado juntos en la universidad, compartían amistades, y entre ellos siempre había existido una especie de hostilidad soterrada que mantenían a raya sin dejarla traslucir al mundo exterior. Hasta aquel día.

Roberto bajó del coche, atravesó la amplia avenida del paseo de Gràcia, respondió al saludo del portero de la Casa Fuster con cara de pocos amigos, atravesó la puerta acristalada del hotel y se dirigió al salón donde tan solo un mes antes había asistido a un concierto de jazz con su mujer. Las fastuosas columnas venecianas se elevaban hasta los altos techos abovedados y los elegantes sillones granates otorgaban al espacio un soplo de fantasía oriental. La luz entraba en el café a través de sus grandes ventanales, pero no había nadie allí para admirarla. Todas las mesas estaban vacías.

Roberto cogió el ascensor y subió hasta el último piso. Desde la terraza del hotel se divisaba el paseo de Gràcia; unas mesitas con sombrilla permitían disfrutar del panorama cómodamente sentados. Tres de las mesas estaban ocupadas y una pareja dormitaba sobre las tumbonas colocadas frente a la coqueta piscina de la azotea. Ni Olga ni Mario estaban allí.

Obviamente, no habían querido demorarse en preámbulos innecesarios. Como en la tarjeta delatora no aparecía el número de la habitación, marcó el teléfono del hotel Casa Fuster y solicitó hablar con Mario Blanchefort por un asunto urgente. El conserje consultó el nombre y transfirió su llamada a la habitación. El escándalo que se organizó aún se recuerda en el hotel. De hecho, la guardia urbana tuvo que intervenir para calmar los ánimos. El abogado de su mujer aprovechó aquel incidente para presentarle como un hombre agresivo y peligroso. El juez decretó una orden de alejamiento, por lo que Roberto tuvo que abandonar su hogar como un delincuente.

El precio de ser un cornudo era muy caro: la hipoteca de su antiguo piso, la pensión alimenticia de su hija y el alquiler de un piso en el Raval consumían casi todo su sueldo. Y las preguntas se repetían sin cesar en su mente. ¿Qué había fallado entre él y su mujer? Ninguna respuesta le satisfacía. La verdad podía ser tan simple como que Olga y Mario sintieran una pasión física irrefrenable. Incluso podían haberse enamorado. Los detalles morbosos le torturaban. ¿Por qué motivo habría elegido Olga el mismo hotel donde semanas atrás habían pasado una agradable velada escuchando jazz? Había sido su mujer la que había comprado las entradas. ¿Acaso ya había estado antes del concierto en las habitaciones de la Casa Fuster? El hecho de conocer tanto a Mario empeoraba las cosas. Compartían estudios, amigos... En la época universitaria, Olga había coincidido con ambos en algunas fiestas. ¿Desde cuándo eran amantes?

María dormía profundamente. Roberto apagó la luz de la habitación de su hija. Apagar aquellos pensamientos desbocados no sería tan sencillo.

Capítulo 14

Olga había sido una fuente con la que saciar la sed, pero ahora era como agua estancada: no era recomendable ni para tomar un mal trago. Aun así, o precisamente por ello, Mario Blanchefort había quedado con la ex de Roberto. El café Why Not, en el paseo Manuel Girona, al lado de la oficina de Olga, era el sitio idóneo. Un muro ondulante de mampostería, obra de Gaudí, protegía las mesitas exteriores de miradas indiscretas. Convenientemente ocultos tras una de las creaciones menos conocidas del genial arquitecto nadie podría murmurar que se encontraban a escondidas, ni siquiera en el improbable caso de que los vieran.

—Hola, Olga. ¿Cómo va todo? —preguntó Mario, fingiendo interés.

—¿Que cómo va todo? —repitió ella, dirigiéndole una mirada tan glacial como su tono de voz—. ¿Tú qué crees? Divorciarse es como destruir el suelo que te sostiene. Dudo que lo entiendas, porque para ti todo es un juego. Si aparecen complicaciones o problemas, dejas de jugar y buscas otros entretenimientos. ¿No es verdad?

Mario no le podía decir la verdad. Olga era una mujer muy apetecible, pero su mayor atractivo había consistido en ser la esposa de Roberto. Esa era la mecha que había encendido su deseo de seducirla. En teoría, Roberto y Mario eran amigos desde la universidad. Ambos habían sido los estudiantes más brillantes y se habían licenciado con honores en Derecho y Economía, compartiendo profesores, fiestas y hasta viajes en grupo. Tras una fachada de educada cordialidad, se ocultaba una soterrada rivalidad. De no haber sido por Roberto, él hubiera sido —sin discusión— el mejor alumno de la universidad. Finalmente había logrado más matrículas de honor, pero su triunfo tenía algo de vacío. Roberto nunca había competido en serio por ese honor, ni había buscado, como él, ganarse el aprecio de los profesores. Simplemente era capaz, una y otra vez, de hallar las soluciones más extraordinarias sin aparente esfuerzo. Tenía un don que no se podía superar a base de horas de estudio. Un don que había desperdiciado poniéndolo al servicio de la Agencia Tributaria por un sueldo muy modesto, en lugar de prosperar en un prestigioso bufete o de escalar posiciones en un banco. Esa indiferencia sacaba de quicio a Mario. En el fondo, estaba convencido de que Roberto debía de sentirse superior actuando como si las luchas mundanas no fueran con él. Seducir a su mujer había sido una forma de revolcar por el suelo a su supuesto amigo y, sobre todo, un modo de dejar claro que, como hombre, él era superior. Por eso se propuso poseer a Olga en el hotel Casa Fuster, desde el instante en que le comentó lo mucho que había disfrutado allí escuchando un concierto de jazz junto a su marido. Con el divorcio, Olga había perdido su perverso encanto, y a él le habían surgido otros planes mucho más interesantes.

—Lamento muchísimo lo ocurrido —mintió Mario—. Era inimaginable que tu esposo apareciera en el hotel. La habitación estaba a mi nombre. Tú solo tenías que subir discretamente en ascensor y abrir la puerta con la tarjeta que te había dado.

—Acudir al hotel Casa Fuster fue un gravísimo error, tan absurdo como innecesario. No comprendo cómo me dejé convencer para algo tan estúpido.

Mario sonrió. Desde pequeño había aprendido a manipular a los demás. Era algo de lo que sacaba gran provecho, aunque no dejaba de sorprenderle la gran cantidad de estupideces que eran capaces de perpetrar hombres y mujeres en contra de sus propios intereses.

Convencer a Olga resultó sencillísimo. Primero se inventó una desagradable historia sobre una invasión casera de cucarachas. No le resultó difícil, porque meses atrás, a raíz de unas obras en el garaje de su edificio, comenzaron a aparecer cucarachas en los pisos y fue necesario contratar una empresa fumigadora para exterminarlas. Fueron los técnicos de la empresa quienes le informaron de que las cucarachas autóctonas —pequeñas, negras y redonditas— de su infancia ya no existían. Una especie invasora las había aniquilado. Las cucarachas genocidas que ahora pueblan el subsuelo de Barcelona son marrones, muchísimo más grandes y pueden volar. Se cuentan por millones y solo el eficaz sellado hermético de los suelos impide que asciendan a la superficie. Mario se recreó describiendo a la mujer de Roberto la morfología de aquellos asquerosos insectos, y Olga se negó a acudir nuevamente a su piso hasta que estuviera solucionado el problema. Dos días después, Mario la sorprendió entregándole la tarjeta de una suite de la Casa Fuster. El director del hotel le debía un favor y se lo pagaba poniendo a su disposición una habitación exclusiva, con una cesta de regalos sorpresa.

—Pensé que no había ningún riesgo —se excusó Mario—. Todavía no alcanzo a comprender cómo pudo descubrirnos.

—No le demos más vueltas. Sucedió y punto.

—Tienes razón. Dejemos de remover el agua pasada. De hecho quería hablar contigo de un tema absolutamente diferente. ¿Te interesaría dejar de trabajar como gestora comercial e integrarte en el equipo de banca privada?

—Siempre que la oferta no tenga truco —respondió Olga con cautela.

—El puesto está muy bien. Hay que cumplir objetivos de captación de clientes para cobrar el bonus, pero no te serán difíciles de conseguir. Sé de primera mano que vamos a lanzar unos productos financieros muy competitivos, con unos tipos de interés por encima del mercado. Ya sabes, una campaña agresiva de captación de fondos. Estarías en el puesto adecuado en el momento oportuno.

Mario no mentía. El Royal Shadow Bank había sido rescatado de la quiebra por el Gobierno británico con el dinero de todos los contribuyentes. Contra toda lógica, los directivos como él no solo seguían cobrando sueldazos y bonus, sino que además el banco se permitía sacar ofertas financieras muy agresivas gracias a que estaban subvencionados. Aquello atentaba contra las reglas más elementales del libre mercado y de la competencia, pero hacía tiempo que el mundo financiero había abandonado todos los principios. Al igual que los bancos, él tampoco tenía principios. Tan solo intereses.

—Se ha producido una vacante —informó en tono confidencial—, y Jordi, el director de banca privada, me ha preguntado si podía recomendarle a alguien. Inmediatamente he pensado en ti, pero antes quería saber tu predisposición.

—Más sueldo, mejores clientes, cierta libertad horaria y un trabajo más interesante. Claro que aceptaría el puesto. ¿Es esta tu forma de saldar deudas?

—Por supuesto que no. Es un tema estrictamente profesional. Se trata de captar clientes importantes con nuestros nuevos productos, y tu valía comercial está más que demostrada. Eres la persona idónea para cubrir la vacante. Simplemente quería asegurarme de que te interesaba el puesto. Algunas personas no quieren vivir con la presión de conseguir los objetivos anuales, pero estoy convencido de que no te será difícil alcanzarlos.

Por una vez, Mario había dicho la verdad, pero ocultándole un dato esencial: Jordi y su equipo ya habían decidido elegir a Olga para cubrir la vacante. Todo el mundo estaba de acuerdo, pero ella no tenía modo de saberlo. Cuando la llamaran para proponerle el cargo, pensaría que lo había conseguido gracias a su intervención. Después de lo sucedido en la Casa Fuster, era conveniente que creyera deberle su nuevo puesto y que, si se comportaba discreta y correctamente, tal vez pudiera facilitarle nuevos ascensos. No había que desdeñar las ansias de venganza de una mujer despechada y de un marido burlado. En su nuevo cargo de asesora en banca privada se relacionaría con directivos de mayor nivel y podía llegarle la musiquilla de que una parte de las cuentas de la filial de la isla de Man se gestionaba desde su oficina del paseo de Gràcia. Si le iba con el cuento a su exmarido, las probabilidades de que la Agencia Tributaria realizara un registro sorpresa en su oficina de paseo de Gràcia aumentarían exponencialmente.

Capítulo 15

Las mejores drogas son las naturales. Las relaciones sexuales placenteras o la práctica del deporte generan endorfinas en el organismo. La ansiedad se ausenta y en su lugar aparece una saludable sensación de bienestar. A falta de sexo, Brisa había optado por correr en la llamada carretera de les Aigües, un ancho camino de tierra situado a las faldas de la montaña Tibidabo. Emplazado en el parque de Collserola, el paso está vedado a los coches y se puede disfrutar de la naturaleza mientras se divisa Barcelona desde lo alto.

A Brisa no le sorprendió que un hombre se le acercara mientras hacía su rutina de estiramientos. Desde sus tiempos de estudiante en California nunca había dejado de hacer deporte y sabía que su cuerpo despertaba la atención del género masculino, especialmente si vestía un pantaloncito corto y una breve camiseta de tirantes. Supuso que aquel tipo le preguntaría la hora o le haría algún comentario sobre el tiempo. La mayoría de los hombres no destacaban por su originalidad a la hora de empezar las conversaciones. A ella no le molestaba que fueran previsibles, sino pesados.

Una rápida mirada a su alrededor le mostró que no había nadie más en aquel punto de la pista, excepto el individuo que se dirigía hacia ella con paso decidido. Rondaría los cincuenta años, era bajito, de complexión atlética y también vestía ropa deportiva, aunque no había rastro de sudor en su cuerpo.

—Buenos días —saludó amablemente—. Permíteme presentarme. Me llamo Ariel y conocía muy bien a tu padre. Lamento mucho su muerte. Habíamos trabajado juntos y me consideraba su amigo.

Brisa estudió con renovado interés el rostro de aquel desconocido. Era moreno, calvo, de mirada inteligente, nariz protuberante y su expresión corporal transmitía fuerza y confianza.

—Mi padre nunca me habló de ningún Ariel —dijo Brisa con cautela.

—Es normal. Digamos que nuestra relación, más que confidencial, era secreta. Iré directamente al grano, pues me temo que esta íntima soledad que nos ampara no se prolongará demasiado. Tu padre, como judío, colaboró activamente con el Mosad y nos proporcionó información muy valiosa. Sin embargo, tenemos razones para sospechar que guardaba documentación muy sensible que nunca nos entregó.

—¿Qué...? No sé de qué me hablas —replicó ella, a la defensiva.

Sus sentidos se aguzaron, como los de un animal al olfatear el peligro. La muerte de su padre estaba trufada de enigmas, y ahora un individuo extraño vestido de deporte le aseguraba que había colaborado con el Mosad. A primera vista, no tenía ningún sentido. Aunque era de origen judío, nunca había seguido los preceptos de la Torá ni había mostrado interés alguno por las tradiciones hebreas. Tampoco se había implicado en las actividades de la comunidad judía de Barcelona; la mejor prueba de su indiferencia hacia el mundo hebreo la constituía ella misma, que desde pequeña había recibido una educación cristiana tradicional, como su madre. Sin embargo, existía un hecho insólito que no podía ignorar. En el testamento, su padre había recogido expresamente como última voluntad ser enterrado de acuerdo con los ritos judíos que nunca había practicado.

Ariel entrelazó las manos y se dirigió nuevamente a ella con voz grave.

—Arturo Gold, tu padre, fue testaferro de importantes ciudadanos pakistaníes involucrados en todo tipo de actividades. Ellos le utilizaban, y viceversa.

—¿Me estás diciendo que era una especie de agente doble? —preguntó Brisa, frunciendo el ceño.

—Es una forma de decirlo, pero quizá no te interese conocer los detalles. Hay cosas que es mejor ignorar. Preferiría limitar mi propuesta a que nos entregues cierta documentación comprometida que atañe a tu padre.

—En el caso de que existiera, ¿qué razón tendría para hacerlo?

—Dependiendo de la importancia de lo que encontráramos, podríamos pagar hasta tres millones de euros. Estoy autorizado a ofrecerte un millón de euros por los extractos bancarios de sus cuentas en la isla de Man correspondientes a los últimos tres meses. El resto, hasta tres millones, lo podríamos negociar en función de los documentos que nos entregaras. Los pagos los realizaríamos de forma segura, a través de una cuenta cifrada de un paraíso fiscal a tu elección. Es un buen trato, simple y sin ninguna complicación para ti.

—No hay nada simple en este asunto —afirmó Brisa en tono cortante—. Sin más información, no estoy dispuesta a escuchar ni una palabra más.

—Si quieres asumir el riesgo de saber más —dijo Ariel entregándole una tarjeta de visita—, llámame a este número desde una cabina o desde un teléfono de prepago que no esté a tu nombre, y nos reuniremos en un lugar en el que podamos hablar más discretamente. Ahora debo marcharme. Hasta pronto.

El misterioso personaje dio media vuelta y comenzó a correr con el ritmo ágil de un atleta entrenado. Al cabo de poco tiempo alcanzó una curva y, tras doblarla, se esfumó de su vista. Una pareja de mediana edad acompañada de un perro apareció andando en el otro extremo del camino. Brisa se guardó la tarjeta en un bolsillo de su pantalón de deporte y continuó con sus estiramientos mientras contemplaba la ciudad de Barcelona, cubierta por una niebla opaca.

Capítulo 16

Las calles estrechas, oscuras y sucias del Raval albergan el inconsciente oculto de una ciudad de diseño. El barrio siempre ha vivido al límite, tal vez porque en la época romana se quedó fuera del perímetro amurallado que defendía la urbe. Sus campos, huertos y pantanos permanecieron durante siglos al borde de la civilización, sintiendo su influjo, pero sin someterse a sus reglas.

La palabra árabe *rabad* ha dado nombre a un barrio que nunca se ha regido por los valores de la burguesía catalana, sino por sus propios códigos. Prostitutas, obreros, comerciantes, carteristas, camellos, policías, anarquistas e inmigrantes han convivido durante el último siglo en una zona puente entre el puerto y el corazón de Barcelona. El peso de la historia ha determinado que todavía hoy el estatus socioeconómico de sus moradores sea muy inferior al que correspondería por su privilegiada ubicación. Las personas adineradas no quieren ver a las prostitutas africanas copando las aceras de una calle cercana, ni el brillo de una navaja temblando bajo la tintineante luz de una farola.

Tras el divorcio, Roberto se había visto obligado a reducir drásticamente su nivel de vida. Un piso de alquiler no demasiado caro en el Raval le había parecido la opción más razonable. Próximo al trabajo, en una zona repleta de restaurantes y bares encantadores, no había peligro si se evitaban ciertas callejuelas a horas intempestivas, y, además, uno podía disfrutar de lugares tan mágicos como el monasterio de Sant Pau al Camp.

El santuario románico ya no está en el campo, como en el siglo X. Flanqueado a su derecha por un enorme polideportivo, en la actualidad sus puertas miran a un bosque de pequeñas tiendas que reclaman la atención de los transeúntes con sus rótulos de colores chillones anunciando teléfonos, cámaras, relojes, locutorios, costureros remendones y diminutos colmados publicitados como supermercados...

No obstante, contemplándolo de frente, contra el cielo recortado a sus espaldas, todavía es posible transportarse lejos de la ciudad y de las urgencias agobiantes. No hay edificios traseros que enturbien la visión de esta joya del románico. Nunca hay turistas haciendo fotos, y los transeúntes suelen mostrar una total indiferencia ante este milagro del pasado.

Roberto necesitaba aspirar una bocanada de paz para reordenar sus pensamientos, y aquel espacio era el lugar idóneo. Por la módica cantidad de tres euros, pagó la entrada, escuchó en soledad los cantos gregorianos que envolvían el claustro interior y se sentó en uno de los bancos vacíos de la antigua iglesia románica.

Los maitines gregorianos eran grabados, pero, como resonaban con una acústica excelente, en la soledad de aquella iglesia resultaba sencillo imaginar a un coro de monjes cantando tras los muros del extinto monasterio. La inesperada llegada de Dragan le sacó abruptamente de su ensimismamiento.

—No imaginaba que fuera un hombre con inclinaciones religiosas —bromeó Roberto, aparentando una tranquilidad de la que carecía.

—Las iglesias siempre han ofrecido refugio a los criminales —replicó Dragan—. En ellas se absuelven los peores pecados —añadió, tras sentarse en el banco junto a él.

—Con la condición de que uno esté arrepentido y cumpla la penitencia —observó Roberto, arqueando una ceja.

—En ese caso, mi destino será el Infierno. Como ya sabe, yo vivo de mis pecados. Precisamente quería hablar de los suyos, aprovechando la intimidad que nos brinda este lugar sagrado, tan propicio a las confesiones. Tal vez la palabra adecuada sería «confidencia». Eso es lo que espero de usted: que me confíe el nombre de todas las empresas y personas que están siendo objeto de investigación en el peritaje judicial.

Roberto frunció el ceño con disgusto.

—Hay más de cincuenta empresas... y decenas de responsables. No pretenderá que me acuerde de todos los nombres.

—Incluso un hombre con sus facultades podría tener un olvido involuntario. Por eso le he traído esto —dijo Dragan entregándole un *pen drive*—. Le resultará sencillo —prosiguió— grabar en un documento Word el organigrama completo con todas las empresas y sujetos investigados. Pasado mañana vuelva a este lugar a la misma hora; asegúrese de que no le sigue nadie, siéntese en cualquiera de los bancos vacíos de la iglesia y espere. Un turista lo cogerá disimuladamente.

—Comprendido —dijo Roberto, cortante.

—Por cierto, si detectáramos que falta información a la que haya tenido acceso, su hija sufrirá las consecuencias.

Roberto alzó la mano instintivamente hacia el cuello de Dragan, pero logró contenerse. Se limitó a señalarle con el dedo y le miró fijamente antes de pronunciar unas palabras que le salieron con la certeza de que las cumpliría.

—Como algún día le pase algo a mi hija, no escaparás con vida.

Dragan se limitó a sonreír levemente.

—El amor hacia su hija es la mejor garantía de que colaborará con nosotros. Siga nuestras instrucciones y todos viviremos mejor, incluso usted. La violencia es el último recurso que deseamos emplear. Créame si le digo que estaremos contentos de pagarle muy bien a cambio de su trabajo. Solo son negocios. No tenemos nada personal contra usted.

—Ya, claro.

—Bien, entonces vayamos al grano: ¿sabe ya quiénes son los principales responsables y si pueden ser detenidos próximamente?

Roberto maldijo a Jordi, aquel entusiasta agente que le había proporcionado demasiada información. Por su culpa, conocía los nombres de los capos principales, y que la policía estaba esperando a que pisaran suelo español a principios de enero para detenerlos.

Su padre siempre había estado convencido de que su misión en la vida era combatir el crimen. El mal, para él, tenía cara y ojos: ladronzuelos, atracadores, camellos, traficantes, asesinos, violadores y terroristas. Gente fácil de identificar. Sin embargo, el mal, para Roberto, no tenía cara ni ojos. No era tan simple. La verdad era mucho más inquietante. El mal yacía oculto tras las instituciones más honorables.

Los verdaderos delincuentes vestían trajes impecables, vivían en mansiones y viajaban en sus propios aviones privados. Los auténticos miserables regentaban ingentes propiedades legales y dejaban el trabajo sucio a sus lugartenientes. Esa clase de gente no empuñaba armas, sino teléfonos móviles. Los hermanos Boutha pertenecían a esa aristocracia del mal. Desde su época universitaria, Roberto había sentido la necesidad de batallar contra esa gentuza. Y, sin embargo, ahora se veía obligado a trabajar para ellos.

Durante los últimos días había sopesado con fuerza denunciar los hechos a la policía y solicitar protección. Pero había desechado tal posibilidad. Aquella trama mafiosa parecía suficientemente peligrosa como para ejecutar sus amenazas, incluso desde la cárcel. Aunque los capos fueran detenidos no les podrían confiscar sus enormes riquezas. Las sociedades *offshore* domiciliadas en paraísos fiscales no tienen obligación de identificar a sus verdaderos propietarios. Y desde una prisión, aunque fuera de máxima seguridad, les resultaría relativamente sencillo transmitir órdenes precisas y continuar controlando sus negocios.

No podía emular a Abraham y sacrificar a su hija. No en nombre de una justicia ciega en la que los delincuentes de guante blanco acostumbran a escurrirse entre las comas de los códigos penales. Y existían recursos más convincentes que las interpretaciones normativas. Roberto conocía algunos casos de escandalosas sentencias absolutorias y de fugas inexplicables.

—Según la policía —dijo al fin en voz baja, como si se estuviera confesando—, los hermanos Boutha son quienes dirigen y controlan la organización. Al parecer, tienen previsto venir a Barcelona a principios de enero. En cuanto pongan el pie en la ciudad condal, los detendrán.

Aquellas palabras le quemaron en la garganta, pero mentir era una opción demasiado arriesgada. Si el grupo mafioso tuviera algún infiltrado entre los Mossos d'Esquadra…

—¿Y como saben los Mossos que los señores Boutha van a reunirse en Barcelona? —preguntó Dragan.

—Tienen pinchados algunos teléfonos de sus lugartenientes, pero no me han informado de quiénes.

—Ha hecho un buen trabajo —le felicitó Dragan—. Siga manteniendo los oídos bien atentos. Pronto volveremos a vernos.

Capítulo 17

La Costa Brava fue hace mucho tiempo un paraíso natural de difícil acceso. Las escasas edificaciones no perturbaban el mar, los pescadores faenaban en sus pequeñas embarcaciones de madera y el tiempo se detenía para los afortunados que visitaban tan bellos parajes. El progreso trajo autopistas, y la corrupción urbanística destrozó el paisaje con un bombardeo arbitrario de construcciones desiguales en las que todo estaba permitido, salvo la armonía.

El invierno permite recuperar la pureza de algunos rincones. El camino de ronda que une S'Agaró con Platja d'Aro discurre solitario sobre acantilados rocosos bañados por un mar de azules intensos. Las gaviotas sobrevuelan las aguas extendiendo sus alas, y los pinos surgen de entre las rocas como por ensalmo.

—Aquí podremos hablar más tranquilos que en Barcelona —afirmó Brisa.

—A mí no me engañas —dijo Roberto moviendo desenfadadamente el dedo índice—. Venir hasta aquí ha sido solo una excusa para desahogarte apretando a fondo el acelerador. Nunca había tardado menos de una hora en llegar a S'Agaró.

—Nunca habías venido conmigo. —Brisa sonrió—. Conducir la moto con pasión me produce una sensación de libertad parecida a volar. Acelerar, trazar las curvas, cortar el viento... Me siento viva y me olvido de los problemas.

—Ya te llegarán las multas. ¿No has oído hablar de los radares?

—Si me sorprenden con alguno, será la menor de mis preocupaciones. Después del encuentro de ayer, he pasado la noche en vela. Pensaba que me estaba volviendo loca. Te agradezco mucho que hayas quedado conmigo.

—Me vendrá bien pasar el día fuera, en un día tan bello y soleado como el de hoy. Cuando uno duda sobre el rumbo que debe tomar es aconsejable romper con la rutina y observar los problemas desde una perspectiva diferente. Perder el tiempo, a menudo, es la mejor forma de ganarlo. Al menos, eso es lo que me dice siempre mi madre.

—Tienes suerte de contar con una madre tan sabia. Mi médico de cabecera suele recetarme una carrera en moto y un baño de naturaleza contra el colapso mental, pero me cobra una fortuna por sus consejos.

El cambio de aires la había animado. Con cazadora de cuero negro y pantalones vaqueros ajustados, estaba más atractiva que ningún otro día.

—Me gustaría saber qué opinaría tu madre sobre mi extraña conversación con Ariel —bromeó Brisa.

—Ante todo, te diría que debes desconfiar de los extraños, sobre todo si ofrecen caramelos o millones de euros en cuentas suizas. El tal Ariel puede ser del Mosad o de la Guardia Civil. En todo caso, es alguien interesado en averiguar secretos sobre tu padre.

—Y ese alguien también podría pertenecer a un grupo mafioso —señaló Brisa.

—Hasta podría veranear en cualquiera de las fastuosas mansiones que bordean desde lo alto este camino de ronda. En tal caso, te habría tendido un anzuelo con el que averiguar si tienes documentos que les puedan interesar o comprometer. Un motivo más para no contactar con el audaz y madurito corredor de fondo que te abordó ayer.

Brisa le miró en silencio. El olor de los pinos se mezclaba con el del mar, y las olas se mecían en la orilla de una pequeña cala que se divisaba desde lo alto del camino.

—He intentado encontrar algún documento que confirmara sus palabras, pero ha sido en vano. Como no hallé nada entre sus papeles, decidí probar suerte con su ordenador portátil. El nombre de usuario escrito sobre la pantalla era «gozo», y para iniciar la sesión debía teclear una clave de acceso que desconocía. Tras numerosas probaturas, acerté con la opción más obvia: también era «gozo».

—Una palabra así indica que a tu padre le gustaba disfrutar —observó Roberto.

—No te creas. Estuve analizando los documentos de su portátil y enseguida captó mi atención una carpeta titulada con ese nombre, y cuyo contenido no era precisamente jovial. En su interior hallé una documento de Word con una sola frase: «Gozo encierra sufrimiento». Dentro de la carpeta no había ningún otro archivo ni documento. Por eso creo que es un mensaje cifrado que iba dirigido a mí, para que busque en una determinada dirección.

—¿Y adónde nos conduce esa dirección? —preguntó Roberto, intrigado.

—A la mansión de mi padre en la calle Iradier. Allí, en un pequeño despacho, guardaba en un cajón multitud de fotos antiguas; entre ellas estaba este retrato de mi madre —anunció Brisa, que le pasó una fotografía descolorida, que extrajo del bolsillo de su cazadora.

Roberto observó la foto. Era pequeña y estaba enmarcada por unos bordes blancos, al igual que todas las realizadas en el pasado con las polaroid. Los vívidos colores originales se habían difuminado, pero las imágenes eran todavía nítidas. Una mujer, joven y hermosa, aparecía sentada sobre una silla francesa Luis XV, con las piernas cruzadas; lucía un elegante vestido negro que dejaba al descubierto su cuello y una joya que ya había visto anteriormente: aquella cruz de esmeraldas de doble travesaño sostenida por una fina cadena de oro.

—Esta cruz es la prueba de que las muertes de mis padres están relacionadas.

La foto llamó la atención de Roberto. Los recuerdos de Brisa no eran meras imaginaciones. Aun así, le seguía costando aceptar una relación entre dos crímenes separados por veinticinco años. Aunque su madre hubiera llevado aquella cruz el día de su muerte, existían otras posibilidades.

—No debemos descartar ninguna hipótesis —reflexionó en voz alta—. Quizá la cruz que le robaron a tu madre no fuera la misma que la que apareció en el cuello de tu padre. Tal vez se compraron dos joyas iguales, como si fueran dos alianzas, y tu padre conservó la suya hasta el fin de sus días...

—No te equivoques. Mi padre no era Gustavo Adolfo Bécquer. Quizá las crónicas rosas pretendan idealizarlo como un romántico del siglo XIX fiel a la memoria de su difunta esposa, pero la realidad es que era un mujeriego empedernido a quien nunca le gustaron los compromisos sentimentales. La poética historia de las dos cruces gemelas no encaja con su carácter. Siempre que alguien mencionaba a mi madre en una conversación, se irritaba y cambiaba de tema, o se recluía en una celda de silencio.

—Los hombres somos muchas veces como cofres que guardan bajo llave sus sentimientos más profundos. Los encerramos. Puede que así pretendamos olvidar lo que duele demasiado. Nada puede provocar más sufrimiento que el amor.

—Si crees que la leyenda «gozo encierra sufrimiento» está dedicada a la memoria de mi madre, te equivocas. Te lo puedo asegurar como hija y como psicóloga. Por eso estoy convencida de que mi padre intentaba decirme algo concreto. La frase es una clave, y probablemente tenga relación con la cruz de esmeraldas, pero no tengo ni la más remota idea de cómo interpretarla.

—Estamos ante un camino sin salida —dijo Roberto.

—No es propio de ti arrojar la toalla sin más —le reprendió Brisa—. La documentación que nos falta examinar podría darnos las respuestas que buscamos.

—Me refería a otra cosa —replicó Roberto, esbozando una tímida sonrisa—. Ya hemos llegado a la playa de Sa Conca, pero el tramo que conduce a Sant Antoni de Calonge está cortado, a causa de las lluvias torrenciales de noviembre. Lo sé porque estuve andando por aquí hace un par semanas y no pude continuar. Tendremos que regresar a S'Agaró por el mismo camino.

—Hace un día espectacular. ¿Sabes?, estos días soleados de invierno son mis favoritos. Además, todavía es muy pronto. ¿Adónde podríamos ir? —preguntó Brisa con una súbita ilusión infantil. Sus rasgos continuaban siendo ligeramente aniñados, pero su cuerpo y su seductora mirada ya no eran los de una cría.

—¿Qué te parecería visitar legendarios castillos medievales encaramados sobre majestuosas montañas? —preguntó Roberto, dejándose llevar por el entusiasmo que irradiaba su amiga.

—¿Me estás tomando el pelo? —inquirió Brisa con expresión maliciosa.

—En absoluto. Crucemos la frontera y te mostraré algo que te va a gustar. ¿Conoces los castillos cátaros de Lastours?

—He leído sobre ellos, pero nunca los he visitado.

—Son una maravilla, y están a unas dos horas y media de aquí. Conozco bien el camino. Déjame conducir y estaremos allí antes de la una.

—Ni hablar. Conduciré yo... Llegaremos antes de las doce y media.

Capítulo 18

Cuatro guardianes custodian el paso elevado sobre la cresta de un peñasco: Cabaret, Tour Regine, Fleur Espine y Quertinheus. Cuatro castillos hermanos defendieron durante siglos la entrada de la comarca. Hoy se pueden visitar cómodamente paseando por un sendero de tierra jalonado de cipreses. Las antiguas fortalezas se funden con el zócalo rocoso sobre el que se elevan. Las colinas circundantes, salpicadas de verde vegetación, enmarcan un espacio salvaje que irradia magnetismo.

—Paisajes como este me imaginaba cuando leía de niña *El señor de los anillos* —evocó Brisa—. En una novela de Tolkien solo desentonaría la tienda de suvenires de la entrada.

—Ah, pero bien que te ha gustado comprar allí el colgante de plata con la cruz occitana —bromeó Roberto.

El rostro de Brisa reflejó un mohín de niña caprichosa.

—No me he podido resistir —se justificó, encogiendo los hombros—. El diseño es tan elegante que ni siquiera parece una cruz, sino más bien una flor con los pétalos abiertos.

—Tienes razón —concedió Roberto—. Es asombroso —añadió en un tono más reflexivo— que un símbolo tan sencillo como la cruz pueda ofrecer tantas variaciones: la cruz latina, la griega, la de los caballeros de Malta, la paté de los templarios...

—¡Y la cruz de Lorena! —exclamó Brisa súbitamente—. ¿Cómo no me había acordado hasta ahora? La cruz patriarcal de doble travesaño que llevaba mi madre se conoce en Francia con el nombre de «cruz de Lorena» porque el duque René Anjou de Lorena la incorporó a su escudo en el siglo XV. Posteriormente, el general De Gaulle la rescató del olvido al convertirla en el símbolo de la resistencia francesa, en contraposición a la cruz gamada del ejército nazi.

—Así que la cruz de esmeraldas tiene el mismo nombre que tu madre: Lorena. Demasiadas casualidades —afirmó Roberto, pensativo—. ¿Qué sabemos en concreto sobre ese crucifijo?

La mañana había comenzado fresca, pero las nubes habían desaparecido junto con el viento, y tras la caminata se sentía el calor bajo el sol del mediodía. Brisa frunció los labios y se sacó la chaqueta de cuero. Los pechos resaltaron firmes, presionando la camiseta de cuello cisne que se ceñía a su cuerpo.

—No demasiado —contestó Brisa—, salvo lo que descubrí dentro del cajón en el que guardaba sus antiguas fotos. Mientras curioseaba, me topé con una pequeña cajita roja de terciopelo. Estaba vacía, pero había un hueco acolchado con forma de cruz patriarcal de idéntico tamaño a la que se encontró en el cuello de mi padre.

—Esa caja, ¿llevaba grabado el anagrama o el nombre de alguna joyería? —preguntó Roberto, obligándose a concentrar la mirada en el rostro de Brisa, exclusivamente.

—Pues juraría que sí: Duch Antigalles, si no me equivoco.

—Deberíamos averiguar si ese anticuario aún vive, pues quien vendió la cruz quizá sepa algo relevante sobre su historia.

—Han pasado tantos años desde entonces... Probablemente la tienda ya no exista. E incluso si la tienda permanece abierta y el propietario sigue con vida, no sería de extrañar que no recordase nada sobre la joya. Y, sin embargo, es la única pista que podemos seguir.

—Si descubriéramos quién se la vendió al anticuario..., tal vez eso nos ayudaría. Es una pieza antigua y tan especial que podría estar catalogada dentro de alguna colección conocida. En ese caso, también sería posible rastrear sus orígenes y averiguar si es una pieza única o si se confeccionaron réplicas gemelas.

—Tienes razón —afirmó Brisa con entusiasmo—. El primer paso será comprobar si todavía existe Duch Antigalles. —Después miró a su alrededor y dijo—: Y, hablando de antigüedades, resulta difícil superar el encanto de esa torre. Pese al estado ruinoso de las murallas, mantiene su majestuosidad en su desnudez, como si fuera una dama que se yergue frente a la adversidad.

—La torre de la Reina siempre ha sido así: tan bella como guerrera, se enfrentó junto a sus hermanas a los ejércitos cruzados que querían exterminar a los cátaros.

—¡Me apasiona esa época! ¿Entramos? Así podremos imaginarnos cómo vivían aquí dentro hace tantos años.

A través de una angosta escalera accedieron a la primera de las plantas superiores. La luz apenas se filtraba por los estrechos ventanales. No se oía ruido alguno. Era un día laborable de diciembre, sin apenas visitantes, y en aquel espacio de silencio, sombras y rocas resultaba fácil imaginar que uno pertenecía a un mundo más antiguo y salvaje.

—En California te podías divertir de muchas maneras —apuntó Brisa—, pero no era posible aventurarse en castillos medievales que hubieran defendido a poetas y herejes.

—Los cátaros fueron conocidos entre el pueblo llano como «los buenos hombres», y tildados de herejes por la Inquisición, pero solo algunos de entre ellos eran poetas —precisó Roberto.

—Para mí todos aquellos hombres capaces de predicar la no violencia mientras eran perseguidos y torturados merecen que se les tenga por poetas.

—No te falta razón. Los aniquilaron, quemaron todos sus escritos y quisieron borrarlos de la historia. Durante siglos permanecieron en el más indiferente de los olvidos. Sin embargo, aquellos buenos hombres y mujeres creían en la reencarnación y, de hecho, han resucitado en la imaginación y la conciencia del siglo XXI.

—Es fácil admirarlos a través de la barrera protectora de los siglos, pero debo confesarte que a mí no me hubiera gustado ser una pobre mujer cátara.

—A mí tampoco. Los últimos cátaros tuvieron una vida plagada de sufrimientos, coronada con una muerte atroz.

Roberto imaginó las duras condiciones que imperaban en aquella época, donde incluso en los castillos como aquel escaseaban las comodidades, y hasta la luz penetraba con dificultad.

—Por eso yo no hubiera querido ser una buena mujer como ellas —declaró Brisa—. Los cátaros eran dualistas. El alma era buena; el mundo, malo; el espíritu, divino; la carne, diabólica. Es algo muy arraigado a lo largo de la historia y que, a menudo, ha traído consecuencias nefastas. Los idealistas pueden ser muy peligrosos. Mi experiencia clínica me lo ha enseñado, y la historia lo demuestra. Las mayores matanzas siempre vienen precedidas de los más bellos discursos.

—¿Y qué filosofía propugnas tú? —preguntó Roberto.

—Creo que no es saludable resistir las llamadas del cuerpo, aunque reconozco que eso también puede ser peligroso.

El ligero temblor de su voz delató algo más que sus palabras. Sus labios, rosados y entreabiertos, le miraban en silencio. Roberto aproximó el rostro al suyo. Sus bocas se encontraron. No hubo tanteos preliminares ni exploraciones vacilantes. El beso fue impetuoso, ciego, denso y atronador, como una tormenta eléctrica en una noche sin luna. Sus cuerpos se estrecharon, sus pelvis se tocaron. Roberto sintió los pechos de Brisa. Sus ojos achinados estaban ligeramente dilatados; sus músculos faciales parecían haberse aflojado, como si el placer hubiera derretido cualquier vestigio de tensión. Las manos de Roberto se deslizaron excitadas por debajo del jersey de Brisa, acariciaron su cintura, se deslizaron por su espalda y con un hábil movimiento le desabrocharon el sujetador. Zarandeado por la corriente del deseo, como si estuviera descubriendo el último paraje virgen del planeta, exploró sus senos vehementemente mientras continuaba besándola con pasión.

—Será mejor que paremos —susurró Brisa, pese a la palpable erección de sus pezones—. Ir demasiado rápido —añadió— podría echar a perder nuestra amistad.

—No lo hará —replicó Roberto, categórico.

—Me conozco demasiado bien. Si me dejo llevar, todo se complicará demasiado, lo quieras o no.

Su voz, entrecortada, decía lo contrario que su cuerpo. Roberto la besó con renovado ímpetu; sin embargo, en ese preciso instante una pareja entró en la sala acompañada de tres niños. El momento se había echado a perder.

Brisa recuperó la compostura, se ajustó los vaqueros, se agachó, recogió el sujetador del suelo, lo introdujo en un bolsillo de su cazadora y se las arregló para componer una expresión beatífica de perfecta indiferencia. Roberto sonrió y, emulando a su amiga, se ajustó la camisa, aparentando normalidad.

La inoportuna pareja murmuró unas protestas mientras los niños contemplaban tan inesperada escena con interés. Con un acento francés exquisito, Brisa se despidió de la familia deseándoles un buen día.

Capítulo 19

Ariel Shavit se presentó en casa de Brisa ataviado con un traje gris marengo cortado a medida, corbata azul marino de seda y relucientes zapatos de cordobán. Llevaba en la mano un elegante maletín Loewe: una imagen radicalmente distinta a la de la carretera de les Aigües.

Paquita, la chica de servicio, estaba en la cocina, y Jesús, el portero, subiría a su piso dentro de una hora con el pretexto de arreglarle un grifo del baño que no cerraba bien. En principio, no debía temer por su seguridad, pero, considerando que aquel hombre podía ser un espía del Mosad, ninguna precaución era suficiente. En cualquier caso, prefería correr el riesgo de recibirlo en su casa. Si realmente pertenecía a los servicios secretos israelíes, la mejor manera de protegerse a sí misma era intentando sonsacarle la máxima información posible sin mostrar signos de temor.

—Eres un hombre de mil caras. ¿Con cuál debería quedarme? —preguntó Brisa, tratando de aparentar seguridad y desenvoltura.

—Con ninguna —respondió Ariel.

—Pues es una pena. Como corredor de fondo, tenías tu punto atractivo —bromeó Brisa antes de invitarle a pasar al salón.

Unas cortinas blancas dejaban filtrar la luz exterior, pero impedían que nadie pudiera verlos desde fuera. Ariel extrajo de su maletín una diminuta placa negra que emitía un ligero zumbido y la colocó encima de la mesa acristalada frente a los sofás.

—No hay micrófonos ocultos en esta habitación, y si alguien quisiera escucharnos desde alguna furgoneta aparcada en la calle, como esa que vemos enfrente de tu casa, este aparatito se lo impediría.

—Esto empieza a parecerse a una película —replicó Brisa tratando de controlar sus nervios.

—La realidad siempre es más sorprendente e imaginativa que la ficción —afirmó Ariel.

—Hay tantos tipos de ficción..., cine negro, comedias de enredo, dramas con final trágico... ¿En qué género encajamos nosotros? —preguntó Brisa, con un deje de ironía.

—Eso depende de la perspectiva. Tú, como psicóloga, deberías saberlo mejor que nadie. El punto de vista, a menudo, es más importante que los hechos.

—Una respuesta muy reveladora. En vuestro negocio debéis aprender a caminar sobre mentiras. Es parte del oficio. ¿Por qué, entonces, debería creer nada de lo que me dijiste en la carretera de les Aigües? No tengo ni el más mínimo indicio de que mi padre tratara con acaudalados pakistaníes, y mucho menos de que fuera un agente doble.

Brisa observó al supuesto espía y esperó a que revelara alguna de sus cartas.

—Podría contarte muchas cosas —dijo Ariel—, pero no estoy autorizado a revelar nombres ni apellidos. No obstante, algunas noticias son de dominio público. Apenas dos semanas antes de la muerte de tu padre, se perpetraron unos terribles atentados en Bombay que amenazan con provocar una guerra entre la India y Pakistán si este no entrega a los responsables.

—He visto algunas imágenes grabadas por las cámaras de seguridad del hotel Taj Mahal. Los terroristas entraron tranquilamente por la puerta de servicio y comenzaron a disparar contra turistas y empleados, mientras un ala entera se consumía en llamas tras sufrir varias explosiones.

—Esta es la imagen que quedará en la memoria colectiva, porque el Taj Mahal es símbolo del lujo no solo en la India, sino en el mundo entero. Sin embargo, los atentados se produjeron coordinada y simultáneamente en múltiples puntos de la ciudad. A nosotros nos perturba sobre todo el asalto al centro social judío Chabad. Los terroristas tomaron el edificio, mataron al matrimonio hebreo que regentaba la residencia y prendieron como rehenes a algunos de nuestros compatriotas. El ejército indio logró liberarlos tras varios días de asedio, pero varios judíos murieron en la operación. Queremos vengarlos.

—Comprendo muy bien el ansia de venganza. Pero lo que no me resulta tan evidente es la relación de mi padre con tales atrocidades.

—Los terroristas utilizaron armas automáticas, granadas, bombas, navegadores GPS, mapas digitalizados de alta resolución, y precisaron de meses de entrenamiento. En otras palabras, necesitaron dinero, mucho dinero…

—Y mi padre —conjeturó Brisa— era titular de varias cuentas secretas en la isla de Man.

—En efecto. Rastreando dichas cuentas, tal vez podríamos conocer a los destinatarios de sus fondos, y localizar así a los autores intelectuales de la barbarie. Pakistán acabará por entregar a los habituales cabezas de turco como moneda de cambio barata ante las presiones internacionales. Nosotros queremos llegar más lejos y enviar un mensaje muy simple a nuestros enemigos: quien ordene la muerte de judíos no podrá dormir tranquilo en ningún país. Por dicho motivo, estoy autorizado a ofrecerte un millón de euros por una copia de los extractos bancarios en los que Arturo Gold aparezca como titular, del periodo de los últimos tres meses.

La oferta podía ser tentadora. Sin embargo, el dinero no lo era todo. Brisa desconocía qué consecuencias podría tener para su integridad física entregarle lo que le pedía, pero no era difícil imaginárselo. Las apuestas eran siempre demasiado altas cuando se trataba de terrorismo entre dos países con arsenal nuclear a su disposición. Además, no tenía ninguna prueba de que aquel hombre fuera amigo de su padre; de hecho, ni siquiera estaba convencida de que perteneciera a los servicios secretos de Israel.

—Hay algo que no me cuadra —objetó Brisa—: si mi padre ya era un agente doble que trabajaba para vosotros, ¿por qué no os facilitó él mismo una copia de esos extractos bancarios?

Ariel cerró la mano, la apoyó sobre su mentón y miró fijamente a Brisa.

—Lo hizo, pero solo en parte. Hace un año, más o menos,

contactamos con tu padre, le revelamos quiénes eran los que le empleaban como testaferro y le solicitamos que colaborara con nosotros suministrándonos información de sus cuentas en la isla de Man. Le costó un tiempo decidirse, pero al final accedió. Me aportó copia de toda la documentación que obraba en su poder, y pactamos que periódicamente nos entregaría la información actualizada de las últimas operaciones en las que hubiera intervenido como hombre de paja. Por desgracia, su muerte nos ha privado de un buen patriota y de los extractos bancarios del último trimestre.

—¿Y cómo convenciste a mi padre de que colaborara voluntariamente con vosotros? —preguntó Brisa, en tono escéptico.

—No le convencí yo. Le convenció Auschwitz.

Brisa sintió un escalofrío en la espina dorsal. En Auschwitz, los nazis habían ejecutado a más de dos millones de judíos, además de gitanos y homosexuales.

—Una visita a Auschwitz le estremeció el corazón —aseguró Ariel—. Deberías ir tú también allí, para comprender por qué debemos seguir luchando, para que no se repita el pasado. Es una visita inolvidable. Los barracones donde se hacinaban los judíos se extienden hasta el horizonte, más allá de donde alcanza la vista, como si fueran campos de olivares. Los hornos crematorios en forma de chimenea también siguen allí, formando parte de ese paisaje del espanto. La visita al museo resulta especialmente instructiva. En una enorme vidriera se puede contemplar el pelo de judíos como si fuera paja amontonada. Se lo arrancaban, como a las ovejas, y lo utilizaban para confeccionar prendas de vestir.

Brisa barruntó que aquel hombre podía estar diciendo la verdad. Aunque era un asunto del que casi nunca se hablaba, ella sabía que la mayoría de los hermanos y primos de sus abuelos paternos fueron exterminados por los nazis. Todos ellos vivían en ciudades centroeuropeas y muy pocos lograron escapar. La familia de su padre se había trasladado a España al término de la Primera Guerra Mundial; gracias a ello evitaron ser víctimas del genocidio. A su padre no le gustaba hablar de aquella parte de su pasado, y, en general, nunca había mostrado interés por el mundo hebreo. Sin embargo, el encuentro con

Ariel y la visita al campo de Auschwitz podían haber sacudido su conciencia.

Eso explicaría que, tras una vida de indiferencia respecto a las tradiciones hebreas, hubiera alterado su testamento, para dejar por escrito su voluntad de ser enterrado según los ritos judíos y de que en su esquela necrológica apareciera la estrella de David, el símbolo del Estado israelí. Ahora bien, el hecho de que su padre hubiera podido colaborar con el Mosad no la obligaba a ella en modo alguno, ni le aportaba una prueba definitiva sobre la verdadera identidad de su interlocutor.

—Comprendo que puedas tener dudas —afirmó Ariel—. Sin embargo, cuanto te he dicho es cierto. Mostrarte un carné del Mosad no sería demasiado convincente —añadió con una tenue sonrisa—. Un viaje a Jerusalén disiparía tus dudas, pero no será necesario. Si quieres, podría concertar una entrevista discreta con el embajador israelí en España. ¿Qué te parece?

La oferta era muy seria, pero Brisa todavía recordaba la biografía sobre Robert Maxwell que había leído recientemente. En ella, el autor relataba la vida del magnate y cómo, tras visitar el Muro de las Lamentaciones en compañía de Shimon Peres, decidió poner su imperio mediático y su persona al servicio de la salvaguarda del Estado judío. Gracias a sus contactos del otro lado del Telón de Acero y su influencia, se convirtió en el agente secreto más valioso de Israel, y a su muerte fue enterrado en el sagrado monte de los Olivos, con los honores propios de un jefe de Estado.

No obstante, según todos los indicios, la accidentada muerte de Robert Maxwell fue planeada y ejecutada por los servicios secretos del Mosad. ¿La causa? Sus insolubles problemas financieros. ¿El motivo? Recurrir al Estado israelí para que avalara sus deudas, amenazándolos con difundir a través de sus medios los numerosos secretos que conocía de primera mano. ¿La triste conclusión? Un magnate arruinado y desesperado ya no le era útil a Israel. ¿La inevitable consecuencia? Su muerte, nunca aclarada, tras caerse por la barandilla de su lujoso yate mientras la tripulación dormía el sueño de los justos.

Los servicios secretos y los políticos, caviló Brisa, disponían de las vidas ajenas a su antojo, y ella no tenía ninguna intención de convertirse en una muñeca rota ni de arriesgar su vida por los hacedores de falsas patrias y banderas.

—Agradezco tu oferta —dijo Brisa—, pero de lo único que estoy segura es de que mi padre murió ahorcado con una cruz atravesada en la garganta. Desconozco qué tipos de negocios se traía entre manos, pero salta a la vista que no eran demasiado aconsejables para la salud. Francamente, todo esto me supera, y de momento tengo intención de mantenerme al margen.

—Te comprendo perfectamente —asintió Ariel—. Solo te pido que pienses en lo que te he dicho y que me llames si cambias de opinión. Al principio, tu padre tampoco quiso colaborar con nosotros.

Capítulo 20

Roberto, dando la batalla por perdida, llegó puntual a la cita con el equipo I5 de los Mossos d'Esquadra. Su táctica de llegar tarde por sistema para granjearse las antipatías policiales había resultado un fiasco. La nueva estrategia consistiría en mostrarse como un funcionario anodino sin excesivo interés por el caso. Se limitaría a examinar someramente los aspectos tributarios y evitaría formular preguntas respecto a futuras detenciones de los principales implicados o sobre sus perfiles personales.

—¡Qué sorpresa verte por aquí a la hora prevista! —exclamó Marta con una media sonrisa.

La comisaria no estaba sola. Sentados junto a ella, alrededor de una mesa circular, había dos hombres a los que Roberto no conocía. A falta de ventanas que dieran al exterior, una lámpara colgada del techo iluminaba la estancia, austera y funcional.

—Caballeros —anunció Marta—, os presento a Roberto Bermúdez, el inspector de Hacienda que trabaja como perito en la causa judicial.

—Javier Castillo, inspector de trabajo —saludó un individuo alto y delgado, vestido con vaqueros y una chaqueta de pana—. Encantado de conocerte. A mí también me han reclutado recientemente como perito.

—Teniente Francesc Barot —dijo con tono seco un hombre de aspecto atlético y con el uniforme de los Mossos.

Tras la escueta presentación, Roberto se sentó en la única silla de metacrilato libre.

—Os he convocado a esta reunión —informó la comisaria— para resolver un problema inesperado, pero antes me gustaría que Roberto nos contase sus conclusiones preliminares sobre la trama que estamos investigando.

—Seré breve, porque no hay mucho que decir. De la información que consta en el sumario se desprende que todas las empresas implicadas forman, en realidad, una sola unidad económica. Dados sus elevados niveles de facturación y sus escasos ingresos en la Hacienda Pública, dichas sociedades han incurrido en delito fiscal conjunto de IVA en cada uno de los años investigados. Desde el punto de vista tributario, al que me ciño, eso sería todo.

—¿Y qué hay acerca del seguimiento de sus operaciones financieras? —preguntó Marta—. La jueza García insistió en nombrarte perito con la esperanza de hallar indicios de financiación terrorista.

—Soy inspector de Hacienda, no un mago milagrero. He examinado por encima las cuentas que el juzgado solicitó confidencialmente a los bancos. En todas ellas hay cuantiosas entradas y salidas de efectivo, pero ninguna transferencia que podamos rastrear. Con independencia de las consecuencias fiscales, es imposible extraer indicios, y mucho menos conclusiones, sobre el destino de dichos fondos. El origen, supongo, será el tráfico de droga y los pagos que los inmigrantes realizan a cambio de obtener los papeles de trabajo y residencia. Según parece, ingresaban por ventanilla parte de sus beneficios ilícitos en diversas sucursales y los invertían en fondos de inversión garantizados para obtener una rentabilidad adicional.

—¡Menuda jeta! —exclamó Castillo.

—De eso tendrán que responder, en su caso, los bancos implicados —apuntó Marta—, pero lo que nos interesa principalmente es averiguar el destino final de ese dinero.

—Eso es trabajo vuestro —replicó Roberto—. Yo lo máximo que puedo hacer es comprarme una bola de cristal, pero dudo que su señoría lo acepte como una prueba concluyente. El dinero, como he dicho, sale en efectivo. Ahí se acaba el rastro. Como son marroquíes, lo más fácil es que bajen el dinero en coche hasta Tarifa, por ejemplo, y desde allí embarquen discretamente en un ferri que los traslade a Tánger en un periquete.

Si prefieren no conducir tantas horas, podrían abrir una cuenta en Andorra, que les queda más cerca. Y si les da pereza coger el coche, siempre tienen la opción de transferir el dinero desde los centenares de locutorios abiertos en Barcelona, tan propicios a todo tipo de chanchullos.

—Ya estamos investigando algunos locutorios —saltó el teniente Barot—, pero por las escuchas telefónicas sabemos que suelen bajar grandes cantidades de efectivo en coche y ferri hasta Marruecos. Una vez allí, disponen de los contactos adecuados para blanquearlo sin problemas.

—Eso es harina de otro costal —cortó Marta—. El caso, tal como me temía, es que Roberto no puede aportar nada de interés sobre los flujos financieros del grupo investigado.

—Así es —confirmó él—, y no quiero haceros perder tiempo. Hasta que no se produzcan las detenciones acompañadas de la entrada y registro de gestorías, mi aportación es irrelevante, mal que me pese.

—Si te he convocado a esta reunión es porque opinamos lo contrario —afirmó Marta.

—En efecto —prosiguió el teniente—: según las últimas escuchas, los hermanos Boutha han pospuesto el viaje que tenían previsto realizar a Barcelona.

Roberto repasó los rostros de los policías, serios, y se le antojó que aquella sala impersonal era idónea para conducir un interrogatorio. ¿Sospechaban de él como la fuente que había alertado a los capos principales de su detención inminente en caso de pisar suelo español? Los Mossos d'Esquadra también podían tener confidentes infiltrados en aquella organización mafiosa. En tal caso, no resultaba descabellado pensar que esa misma noche pudiera dormir entre rejas.

—El motivo —explicó el teniente— es que acaban de conseguir las licencias necesarias para iniciar una importantísima promoción inmobiliaria en Tánger y prefieren supervisar personalmente el proyecto. Asesores muy próximos al rey están detrás de la operación, y los hermanos Boutha no quieren que se produzca ni el más mínimo contratiempo.

—Se juegan mucho en el envite —intervino Marta—. Como es sabido, la influencia del rey de Marruecos en la economía del país es omnipresente. Sin embargo, si les surgieran graves contratiempos económicos en Barcelona, se verían obligados a viajar a la ciudad condal para solucionarlos.

Roberto sintió cierto alivio, aunque fuera temporal. En apariencia, no sospechaban de él como confidente, pero existía el riesgo cierto de que lo descubrieran. No podría salir bien de aquel trance a menos que estuviera frente a un falso callejón sin salida. Creía haber descubierto algo que no les había revelado ni a Dragan ni a la policía, pero necesitaba tiempo para analizar más información. De momento se imponía guardar silencio, poner cara de póquer y esperar a que los otros jugadores mostraran sus cartas.

—¿Y quién mejor que la Inspección de Trabajo y la Agencia Tributaria para provocar ese inesperado contratiempo económico? —preguntó Castillo—. Kali Som, una de las empresas de la trama, está trabajando en las obras del AVE, aportando mano de obra a Ferrovías. Es la sucesora de Kali, SA, y ambas adeudan elevados importes a la Seguridad Social. El plan que hemos diseñado —explicó, dirigiéndose a Roberto— es que tú y yo realicemos una visita conjunta a pie de obra e interroguemos a los trabajadores de las empresas fraudulentas, para demostrar que son empleados, de facto, de Ferrovías, la contratista principal.

—En tal caso —dijo Roberto—, existiría una simulación, y Ferrovías no podría deducirse el IVA de las facturas emitidas por las empresas Kali.

Castillo asintió, satisfecho.

—Y yo, por mi parte —añadió esbozando una media sonrisa—, le metería otro paquete a Ferrovías, derivándole el importe de todas las cuotas impagadas a la Seguridad Social por las empresas Kali. Vamos a montar un pifostio de los que marcan época.

—Ferrovías —apuntó Marta— es una gran empresa, muy bien relacionada. Las administraciones públicas suelen adjudicarle obras importantes. Apenas tiene personal propio, sino que lo subcontrata a otras sociedades, entre las que se encuentran una decena vinculadas a los hermanos Boutha. Naturalmente, les exigirá que sean ellos quienes se hagan cargo de todas las deudas de dichas empresas, amenazándolos con cancelar el resto de los contratos pendientes de ejecución si se niegan.

Las negociaciones serán tensas y requerirán de un interlocutor de primer nivel.

—Lamentablemente para ellos —intervino el teniente—, su principal lugarteniente será detenido por posesión ilícita de droga en un control rutinario en el barrio del Raval. Será un duro golpe en el peor momento, porque es quien suele tratar con los jefes de obra, quien pacta los precios y las comisiones encubiertas.

—En definitiva —resumió Marta—, los hermanos Boutha se verán compelidos a venir hasta Barcelona para poner orden, minimizar los daños y tranquilizar a sus contratistas habituales. Los problemas irritan y las malas noticias vuelan. Así pues, los clientes importantes exigirán garantías para seguir contratando a sus otras empresas.

Roberto asintió mientras barruntaba las consecuencias de formar parte activa de aquel plan. La situación era explosiva y, cuando estallasen las hostilidades, él se encontraría en el centro de la onda expansiva. Se preguntó qué haría su padre en su lugar. Prefería no saber la respuesta. La historia bíblica de Abraham y su hijo nunca le había gustado.

—La estrategia es muy agresiva —reconoció Marta—, pero es mi decisión y mi responsabilidad. Nuestros agentes están preparados. Todos los miembros de la organización criminal en España están controlados y localizados, menos los hermanos Boutha. Es el momento de actuar y cerrar el caso, caballeros. Tan solo nos queda señalar una fecha en el calendario.

Capítulo 21

La Baixada de Santa Eulàlia es una calle empinada, con una cuesta pronunciada si se accede a ella desde la plaza del Pi, caminando hacia la catedral. Tras detenerse en un coqueto local de máscaras venecianas, Roberto y Brisa encuentran la tienda del anticuario Duch, entre las estrechas callejuelas del antiguo barrio judío.

Regentado por una de las familias con más solera en el gremio de los anticuarios de Barcelona, su visita les permite regresar a un pasado de gusto exquisito: retablos del siglo XVI, jarrones modernistas, muebles de época catalanes, abanicos isabelinos, fuentes de oro, cuadros centenarios, vírgenes talladas, lámparas de araña iluminando los techos, ángeles de bronce, jarrones de malaquita, copas singulares, bastones centenarios, querubines alados, bolsos de plata...

—Aquí cada pieza es única —dice Brisa—. Justo lo contrario de lo que sucede en las tiendas en las que suelo comprar.

—Me llamo Marina —se presenta una mujer de unos sesenta años, con el pelo castaño, de rostro despierto y actitud decidida—. Si puedo ayudaros en algo, no tenéis más que decírmelo.

—Muy amable. Mi nombre es Brisa. Quisiera saber si compráis lotes enteros de objetos antiguos. Mi padre murió hace poco, y su piso está repleto de muebles de época de los que preferiría desprenderme. Son bonitos, pero no se ajustan a mi estilo y, como voy a mudarme allí, prefiero reformarlo por completo dándole un aspecto más moderno.

—Precisamente estamos especializados en ir a domicilios

particulares y hacer una oferta por todo lo que contengan: muebles, lámparas, joyas, cubertería...

—¡Vaya, fantástico! —exclama Brisa—. Así ni siquiera tendría que preocuparme de la mudanza. He traído algunas fotos para que os hagáis una idea aproximada de lo que hay en la casa.

Marina examina las imágenes con expresión indiferente, pese a que las piezas retratadas son tan valiosas como difíciles de encontrar en el mercado.

—Tendríamos que organizar una visita al piso para evaluar lo que tiene —dice al fin, con voz comedida—. En función de lo que viéramos podríamos realizar una buena oferta, pero muy inferior a los precios de venta al público. La crisis no perdona, y cada vez cuesta más dar salida a según qué tipo de productos.

—Entiendo... De todos modos, lo que más me conviene es una oferta global como la que propones. Mi pobre padre, que en paz descanse, falleció tras una larga enfermedad, y yo necesito desprenderme de recuerdos que me resultarían muy dolorosos de contemplar día tras día.

Roberto ha reparado en que Brisa no lleva el fino aro dorado que solía adornar su nariz. La chaqueta rosa, el pelo alisado (como si se lo acabara de planchar), las grandes gafas redondas bañadas en oro, el reloj de marca y el tono de su conversación transmiten la imagen de una chica pija de escasas luces poco acostumbrada a lidiar con asuntos económicos. Todo para que Marina crea que se encuentra ante la víctima perfecta que pide a gritos que la timen.

En realidad, la representación solo pretende predisponer a la anticuaria a remover Roma con Santiago para ofrecerle a Brisa respuestas que aclaren alguno de los misterios que rodean aquella cruz de esmeraldas. Por su parte, a Roberto le preocupan otros misterios más mundanos, como averiguar por qué Brisa le ha estado rehuyendo tras besarle apasionadamente en su escapada francesa.

—Te comprendo muy bien —dice Marina—. Podemos concertar una visita. Si alcanzáramos un acuerdo, nosotros nos haríamos cargo del traslado.

—Sería estupendo —contesta Brisa con voz afectada—. Solo hay una joya que no está en venta. Se trata de una pequeña cruz que mi padre le regaló a mi madre, y que esta me legó a mí en su lecho de muerte. Casualmente, la compró aquí, en vuestra tienda, y me encantaría saber cuál es su origen. Tal vez puedas ayudarme.

—Si has traído alguna foto…

—He traído algo mejor que la foto —contesta Brisa, que saca de su bolso una cajita de terciopelo con el anagrama de Duch Antigalles.

Marina coge la cajita y la abre con cuidado. Las esmeraldas incrustadas en la pequeña cruz de doble travesaño refulgen con una pureza evocadora, como si fueran retazos de otro mundo estrellado, más brillante y auténtico.

—¡Dios mío! —exclama Marina—. Yo ya había tenido esta joya en mis manos.

Brisa contiene la emoción y guarda un silencio expectante.

—La adquirimos hará unos treinta y cinco años…, o más. Por aquel entonces, la tienda estaba en la calle de la Palla. Fue mi padre quien la vendió; yo me ocupaba de otros asuntos en aquellos momentos. Sin embargo, recuerdo muy bien el viaje en el que compramos esta excepcional cruz de Lorena.

—¡Eso es fantástico! Hace tiempo que deseaba saber a qué familia perteneció una joya tan singular.

Marina frunce ligeramente el entrecejo, como si estuviera dudando sobre algo.

—Las circunstancias en las que adquirimos la cruz fueron tan extrañas que una de las condiciones fue la de guardar silencio sobre todo lo relativo a ella. Sin embargo, ha pasado tanto tiempo que no creo que tenga sentido mantener el secreto.

Roberto reprime una sonrisa. Parece que el plan de Brisa está funcionando.

—Cada verano viajaba con mi familia al sur de Francia y pasábamos una semana en L'Isle-sur-la-Sorgue, un bello pueblecito conocido en la región por sus ferias de antigüedades. A lo largo de los años, mi padre acabó por trabar amistad con un prestigioso anticuario con el que solía cerrar tratos. Ninguno tan bueno ni rocambolesco como el que atañe a esta cruz. Por eso me acuerdo tan bien. Se trataba de un gran lote compuesto de joyas, cuadros y muebles antiguos, de enorme valor. Nos los ofreció por un precio sensiblemente inferior al que debía tener por su calidad. A cambio nos exigió pagar al contado, no formular ninguna pregunta sobre su origen y venderlo exclusivamente en nuestra tienda de Barcelona.

»Tras cerciorarse de que los objetos eran auténticos, mi padre dudó, pues temía que fueran robados. El anticuario nos aseguró que ese no era el motivo de tanto misterio y se comprometió a expedirnos un recibo detallado que nos exoneraría de cualquier problema legal en el futuro. Aprovechamos la ocasión y, aunque tuvimos que reunir una suma considerable, en muy poco tiempo amortizamos la inversión. Yo estaba enamorada de la cruz de esmeraldas, y la quería para mí, pero corrían tiempos difíciles. Habíamos tenido que trasladarnos a una tienda de alquiler; finalmente vendimos la cruz, porque mi familia estaba ahorrando para adquirir en propiedad este lugar. En fin, esa es la azarosa historia de cómo tu padre tuvo la fortuna de quedarse esta maravillosa joya.

—Así pues, por desgracia, parece que seguiremos sin saber de dónde procede —apunta Brisa, visiblemente decepcionada.

—Quizá todavía estés a tiempo de averiguarlo —la anima Marina—. El anticuario que nos vendió el lote tal vez no tenga inconveniente en revelarte ahora de dónde procede la cruz. Con el transcurso de los años, hasta los Estados desclasifican sus secretos pasados…

—¿Sabes si todavía vive?

—Estoy casi segura. Desde que se jubiló y traspasó el negocio, perdimos el contacto, pero sé donde podrías localizarle. Su hijo regenta un singular hotelito muy próximo a L'Isle-sur-la-Sorgue. Si os decidís a visitarlo, decidle que vais de mi parte. No creo que tenga inconveniente en presentaros a su padre.

—El sur de Francia me trae muy buenos recuerdos —afirma Brisa, guiñándole un ojo a Roberto—. Podríamos aprovechar nuestro siguiente viaje para conocerlo, si tuviéramos la dirección de su hotel.

—Nada más fácil. Aparece reseñado en la guía oficial *Relais & Chateaux*, entre sus establecimientos de carácter. ¡Y vaya si lo tiene! Se trata de un castillo medieval de tan solo cinco habitaciones que se yergue sobre la minúscula villa provenzal de La Roque-sur-Pernes. Rehabilitado como un antiguo caserón renacentista, constituye una excelente elección si os apetece viajar al pasado.

Capítulo 22

El Ginger es un lugar escondido donde se puede saborear una copa de vino en un ambiente acogedor con un punto retro. Una gran barra de madera exhibe las botellas y un espejo en la pared anuncia sus tapas caseras con tiza blanca. Las mesas, convenientemente separadas unas de otras, invitan a la tertulia. Las butacas color crema, muy cómodas, parecen sacadas de los años ochenta, como el resto del mobiliario. Una bola brillante colgada del techo rinde tributo a la estética disco de la época Travolta. Y, sin embargo, el local se parece más a un refugio de montaña que a una discoteca. La luz es tenue, la temperatura muy cálida, y no suele haber más baile que el de las palabras.

—¿Qué planes tienes para esta Nochebuena? —pregunta Brisa, tras quitarse la chaqueta rosa y dejarla suavemente en un puf, bajo sus piernas.

—Ninguno —responde Roberto—. A mi ex le toca la niña, y se la lleva a Zaragoza. Su familia es de allí y quiere pasar las Navidades con ellos.

—A mí las Navidades me deprimen. Te propongo un plan de choque. Visitemos Aviñón y pasemos la Nochebuena en ese castillo del que nos han hablado.

Roberto siempre ha celebrado la Nochebuena con sus padres y primos, pero en ese momento sabe que la compañía de la familia no haría más que recordarle la ausencia de su hija. La alternativa a una cena deprimente seguida de una noche de soledad en su pequeño y vacío piso del Raval es una romántica velada en un elegante *chateau* acompañado de Brisa. Estaba claro.

—¡Es la mejor propuesta que me han hecho en las últimas horas! —exclama—. Y solo faltan tres días para la Nochebuena —añade con satisfacción, como paladeando por anticipado los placeres que podría depararle aquel viaje.

—Lo sé... Además, ¿acaso no te acuerdas de que ese día es mi cumpleaños?

—Claro que sí. ¿Cómo se me iba a olvidar?

—No sé, no sé —responde ella meneando coquetamente la cabeza.

—¿Qué te parece si pedimos unas copitas de vino tinto para brindar por nuestra próxima aventura en tierras francesas? —propone Roberto, aprovechando la llegada de la camarera para cambiar de conversación.

Mientras la muchacha enumera las excelencias de sus diversos caldos, Roberto no puede dejar de recordar su apasionado beso en el castillo cátaro. Pasar un día en Aviñón, un romántico hotelito perdido en el sur de Francia... Aquella sería una ocasión inmejorable para que pudieran acabar lo que habían empezado.

—¿Y si resulta que es un lugar oscuro y tétrico? —vacila Brisa—. Por lo que nos ha contado Marina, se trata de un viejo caserón encaramado sobre un solitario peñasco.

—¡Vamos, vamos! No me vas a decir ahora que tienes miedo. Estamos hablando de un hotel incluido en *Relais & Chateaux*, una de las guías más prestigiosas del mundo.

—Es que, últimamente, todo adquiere tintes siniestros a mi alrededor. Esta mañana, Carlos, el abogado de confianza de mi padre, me ha advertido de que un conocido despacho barcelonés está agrupando a los clientes de Gold Investments para presentar una querella colectiva contra mí. Y como no podré pagar, me tendré que sentar en el banquillo de los acusados por una estafa en la que yo misma fui engañada.

—¿Cómo es posible que firmaras el cargo de administradora de Gold Investments sin ni siquiera darte cuenta?

—Hace un año, precisamente por estas fechas, pasé por un momento anímico muy bajo. Había regresado a Barcelona después de mucho tiempo en California y no me sentía en condiciones de trabajar como psicóloga. Mi padre aprovechó para convencerme de que debía entrar en su sociedad de inversiones y me ofreció una participación accionarial del diez por ciento. Firmé los papeles notariales sin leerlos... Por eso ahora aparezco como la principal responsable.

—Tu padre debía de sospechar, ya entonces, que su negocio de alto riesgo podía irse a pique y se quitó de en medio poniéndote a ti de parapeto.

—Mi padre era un cabrón. Siempre lo fue. Las cosas como son, por mucho que lamente su muerte.

—De todos modos puedes estar tranquila. Si no firmaste las cuentas anuales, ni los impuestos sobre sociedades...

—Carlos asegura que sí. Mi padre debió de falsificar mis firmas. Habrá que esperar a los informes periciales del calígrafo, pero mi padre era un profesional. Para ser un estafador de primera has de ser capaz de engañar a tu propia hija. Es posible que ni yo pueda distinguir las firmas reales de las falsas.

—¿Y tenías trato con los clientes de Gold Investments? —pregunta Roberto, sopesando las posibilidades de que Brisa pudiera ser acusada ante un juzgado de lo penal.

—Sí, sí. Les encantaba hablar conmigo. Les transmitía mucha confianza, según decían, y les gustaba que les asesorara sobre los valores en los que invertir.

—Pero tú no eres economista.

—Desde que cumplí los veintiuno, mi padre se complacía en propagar a los cuatro vientos la buena nueva de que su brillante hija se había doctorado con honores en Economía por la Universidad de Berkeley. Lo repitió con tanta convicción durante tantos años que, aunque lo hubiera negado a mi regreso, nadie lo hubiera creído. Hasta el idiota de Carlos, el contable, está convencido de ello. Tampoco hay que culparle demasiado: la verdad es que bordaba mi papel. Al fin y al cabo, la economía es pura psicología. Durante el juicio se llevará una buena sorpresa. Lo malo es que hasta me pueden acusar de intrusismo.

—No te preocupes demasiado. En España hay tantas posibilidades de que alguien ingrese en prisión por delitos económicos como de que los políticos cumplan sus programas electorales. De todas maneras, te ayudaré a encontrar pruebas que demuestren tu inocencia.

La camarera aparece con las bebidas y les sirve un par de copas de vino tinto, con las que brindan por su próximo viaje.

—Tengo una curiosidad —observa Roberto—: si San Francisco es una ciudad tan bella y cosmopolita como cuentas, ¿por qué regresaste a Barcelona después de tantos años?

—La bahía de San Francisco es hermosa. Contemplarla desde los pueblos costeros de Sausalito o Tiburón es una experiencia única. La fusión de naturaleza y tecnología maravilla. Es como si estuvieses en un edén moderno: bosques, playas, viñedos, parques naturales, aire puro, las mejores universidades..., pero todo tiene su tiempo y su lugar. El mío en California se acabó.

—¿Por algún motivo en concreto?

—Las cosas más importantes no tienen motivo ni explicación. Simplemente, necesitaba un cambio.

Resulta evidente que se calla algo. Su amiga ha cambiado: de pequeña le parecía transparente, ahora le oculta secretos; y a él le encanta descubrir incógnitas.

—Simplemente necesitabas un cambio. No sé qué diría tu profesora de psicoanálisis sobre una respuesta tan poco introspectiva —bromea Roberto, para no presionarla demasiado.

—Mi profesora me suspendió cuando leyó mi respuesta en el examen sobre los efectos del psicoanálisis. Le vine a explicar que, en mi opinión, es un método demasiado lento para obtener resultados prácticos sobre la conducta humana. Es cierto, reconocí, que se han observado cambios apreciables en el comportamiento de las personas sometidas a psicoanálisis durante periodos de entre cinco y quince años. Sin embargo, concluí, en ese mismo lapso de tiempo también se observan cambios sustanciales en el psicoanalista y en el resto de los individuos que no se someten a ningún tipo de terapia. Ya lo dijo Heráclito: nada es permanente, excepto el cambio.

—¿Y cómo conseguiste aprobar?

—Muy fácil. Mintiendo en el siguiente examen.

Capítulo 23

La fiesta navideña del parvulario estuvo bañada por una tristeza soterrada. Por mucho que estuvieran allí los niños de su clase, y que incluso él y su exmujer hubieran acudido a la celebración para estar junto a su hija, existía un vacío imposible de llenar.

La última noche había mantenido con su hija una conversación que no se podía quitar de la cabeza:

—¿Ya no quieres a mamá? —le preguntó ella, arrebujada en la cama, mirándole confusa con sus grandes ojos.

—Han surgido problemas entre nosotros —murmuró Roberto.

—¿Y a mí me quieres?

—Claro que te quiero. Te quiero muchísimo —dijo él, y la abrazó entre sus brazos, tratando de ocultar las lágrimas que asomaban en su rostro.

—Entonces es culpa de los problemas que me veas tan poco. ¿Cuándo se irán los problemas malos?

Los problemas habían llegado para quedarse.

—Es una pena que María tenga que sufrir por nuestros errores —comentó Olga, su exmujer.

Los niños jugaban a una distancia prudencial con gran algarabía, y los padres se relajaban conversando en grupos alrededor de las mesas con refrescos. Un capricho de la geometría social les había deparado un espacio despejado de padres y niños.

—Desconocía que ponerme los cuernos con Mario fuera también un error mío.

—Hay muchos tipos de infidelidades, Roberto. Para mí ignorar a la pareja es la mayor de las infidelidades. Una infidelidad silenciosa, invisible a los ojos ajenos, pero mucho más cruel que un pequeño desahogo de unos pocos minutos. ¿No te has parado a pensar que tal vez fue tu indiferencia la que me empujó a cometer una estupidez de la que me arrepentiré toda la vida?

—Al final resultará que yo soy el culpable. ¿Vas a acusarme otra vez de malos tratos, como en el día del juicio?

—Yo no te acusé de nada —se indignó Olga—. Me limité a firmar los papeles de la demanda que me presentó el abogado, y no imaginé que pudiera contener tamaña mentira. Ya viste que, cuando el juez aseguró que haría caso omiso de tales acusaciones si no interponía una querella penal, me negué a hacerlo, y se acabó el asunto.

—Solo hubiera faltado. De proseguir con esa bajeza, tal como está montado el sistema, hubiera podido acabar en el calabozo.

—Jamás lo hubiera permitido, y lo sabes, por más que nunca te hayas esforzado en comprenderme. Para mí tú siempre has sido lo más importante. En cambio, yo era, en el mejor de los casos, la última de tus prioridades.

—Si mal no recuerdo, la mañana que te vi entrar en el hotel Casa Fuster, no era precisamente yo la primera de tus preferencias.

—Pues quizá te equivocas. ¿Por qué me metí en aquel hotel? Tal vez porque no soportaba tu indiferencia, porque estaba cansada de que me relegaras como un mueble viejo.

—No sé de qué me estás acusando.

—Sí que lo sabes. ¡Tu verdadera pasión era el trabajo, no yo! Resulta muy duro para cualquier mujer constatar que su esposo se entusiasma más con un balance que con su cuerpo, que prefiere el borrador del Nuevo Plan General Contable a una cena romántica, salir en la prensa que organizar un viaje sorpresa.

—Olga, existen cosas llamadas obligaciones que nos permiten comer, pagar la hipoteca y llevar a la niña al parvulario.

—¿Y cuántos de tus amigos inspectores dedicaron todas las tardes y fines de semana del año a trabajar como peritos sin percibir ninguna remuneración adicional? Eso sí, obtuviste reconocimiento, incluso fama pasajera. ¿Y qué obtuve yo, excepto tu incomprensión?

—Fue un caso excepcional que ya se cerró.

—Roberto, toda tu vida es un caso excepcional. En cuanto acabaste el peritaje, te enfrascaste en ese libro de ensayo sobre los desastres de la economía mundial. No me digas que no te dabas cuenta de mis quejas. Simplemente, no te importaban. Muchas veces he pensado que no me querías, que solo te casaste conmigo por haberme dejado embarazada —dijo Olga con los ojos enrojecidos.

—No desenterremos ahora nuestro pasado. Nos casamos libremente, porque así lo quisimos.

—En la vida se cometen muchos errores. Lo que trato de decirte es que hubiera preferido un millón de veces sentirte cercano y próximo a desahogar mis frustraciones con una triste aventurilla extramatrimonial. Sí, ya se que es difícil de perdonar, pero yo te quiero, tenemos una hija que nos necesita a los dos y podríamos intentar comprendernos mejor.

—Mira, Olga, no quiero profundizar en los motivos por los que te fuiste con Mario. Me duele demasiado. No es momento de ir al psicólogo. Hemos de hacer borrón y cuenta nueva.

—No esperaba que me fueras a perdonar inmediatamente, pero necesitaba decírtelo. Esta será la primera Navidad que pasemos separados desde que nació María. Piensa al menos en mis palabras. Ya sé que es mucho pedir, pero quizá podrías concederme un poco de tu tiempo.

Capítulo 24

El camino, estrecho, mal iluminado y peor señalizado, no ha sido fácil, pero al fin han llegado a La Roque-Sur-Pernes. Es noche cerrada, hace mucho frío y ninguna farola alumbra la oscuridad. El pequeño pueblo parece desierto, como si sus habitantes lo hubieran abandonado. Los faros de un coche resplandecen tres veces invitándoles a seguirlo. El ascenso a través de las empinadas callejuelas hasta un terraplén en el que aparcar el vehículo no ofrece dificultad.

—Bienvenidos al *chateau* medieval de La Roque. Mi nombre es Jean Paul —les saluda un hombre afable de mediana edad y escaso cabello, con aspecto risueño—. La cena estará lista dentro de pocos minutos. Como sois los únicos clientes, os he reservado la suite principal. Espero que disfrutéis de vuestra estancia en el castillo.

Encaramado sobre lo alto de una rocosa colina, el hotel parece más un bello caserón renacentista de la Toscana que una fortaleza del Medievo. En el interior, las paredes de piedra del recibidor enmarcan un espacio austero en el que crepita el fuego de una chimenea. El comedor está presidido por una única mesa alargada de madera. Donde habitualmente cenan una docena de comensales tan solo hay dos juegos de platos, algunos jarrones repletos de orquídeas y un candelabro de plata.

—Subiré vuestro equipaje a la habitación mientras mi mujer os prepara un aperitivo —se ofrece el hombre.

—Espérame aquí, Roberto —dice Brisa, muy alegre—. Voy a cambiarme. Tendremos que hacer algunas fotos de un lugar tan especial y quiero estar a la altura.

Roberto se queda solo, degustando una copa de champán, sabiamente elegida por Chantal, la pareja de Jean Paul. El día en Aviñón ha sido fantástico. El hotel se encuentra exclusivamente a su disposición tal como ha acordado por teléfono; así podrá convertir el cumpleaños de Brisa en un acontecimiento inolvidable. La reserva no le ha salido barata, pero no le remuerde la conciencia emplear el dinero de Dragan en complacer a Brisa. Sin embargo, se siente inquieto. No estar en Nochebuena con su hija le pesa en el ánimo. Las palabras de Olga en la fiesta aún le hacen dudar. Tal vez su ex tenga razón y sea un bicho raro, pero nunca podrá perdonarle su aventura con Mario.

Sus preocupaciones se esfuman en cuanto Brisa reaparece, con un vestido granate de satén sin tirantes, que moldea su busto y deja desnuda una parte de su espalda. La falda, ceñida a la cintura, cae en capas hasta los tobillos, dejando ver unos altos zapatos negros de plataforma.

—Me temo que como fotógrafo difícilmente estaré a la altura de tanta belleza.

—Pues si no lo consigues te castigaré sin postre, o algo peor. Me reservaba el vestido para una noche mágica, y esta reúne todos los ingredientes. Los recuerdos son importantes y quiero conservar los mejores.

—En ese caso, me superaré por complacerte en el día de tu cumpleaños.

—Brindemos por ello —responde Brisa, levantando su copa.

Jean Paul entra en el comedor y sirve el primer plato de una fuente de plata.

—*Cappellettis* de secretos trufados —anuncia, solemne—. Una receta especial que el «alto mando» me impide revelar —añade guiñando un ojo antes de retirarse.

—Todo hombre tiene sus secretos, y los de Jean Paul son deliciosos —apunta Brisa tras probar un *cappelletto*—. ¿Cuáles son los tuyos?

—Te sorprenderías.

—Ah, esto se pone interesante. Te invito a la cena si me revelas alguno.

—Estoy escribiendo un libro —susurra Roberto.

—¿De recetas?

—Más o menos, de recetas contra la esclavitud.

—Acabas de ganarte mi completa atención. ¿De qué trata la novela?

—No es una novela, sino un ensayo, o más bien, de momento, un conjunto de notas dispersas unidas por un tema central: el control invisible que ejercen las élites financieras para saquear el planeta e imponer su voluntad sobre las masas indefensas. En pleno siglo XIX era fácil identificar a los déspotas que vivían a costa de las penurias ajenas. Hoy los amos del mundo se ocultan tras una pantalla impenetrable de *holdings*, acciones y cuentas secretas.

—He oído hablar de la «banca sombra» —responde Brisa, que recuerda las oscuras cuentas de su padre en la isla de Man—. Se la llama así porque los bancos ubicados en paraísos fiscales invierten cantidades ingentes de dinero a lo largo y ancho del planeta sin que nadie conozca su origen, ¿verdad?

—Así es, aunque la banca sombra no es más que el síntoma inevitable de un problema mucho más grave. No hay mayor esclavo que quien creyéndose libre obedece a sus amos sin comprender que las cartas de juego están marcadas. Y todo el sistema financiero es un juego de cartas marcadas por quien reparte la baraja. La economía ya no es una ciencia, sino una teología cuyas mentiras reveladas defienden con ahínco todos cuantos están subvencionados por las grandes fortunas, desde prestigiosos académicos hasta los medios de comunicación más influyentes. Produce sonrojo y vergüenza leer tantas teorías y demostraciones matemáticas que parten de premisas tan falsas. ¿Cómo seguir creyendo en la libertad de mercado en un mundo dominado por los oligopolios? Si son cuatro los que deciden por millones, la pregonada libertad de mercado y la misteriosa mano invisible que lo regula deben estudiarse, a lo sumo, como mitos folclóricos o cuentos infantiles.

Brisa se lleva la copa de champán a los labios, cálidos y sensuales. El ligero color carmesí con el que se los ha pintado combina perfectamente con su vestido granate.

—Te asombraría saber el poder que tienen los mitos y los cuentos en la conducta de los hombres. La fe que depositamos en el dinero es el mayor mito de nuestro tiempo. Joseph Stiglitz, premio Nobel, afirma que los principales axiomas de su ciencia, como la supuesta conducta racional de los agentes económicos, son falsos, algo que, por lo demás, resulta evidente para cualquier estudiante de Psicología. Sin embargo, durante los últimos años la economía ha estado dominada por los fundamentalistas del mercado, unos fanáticos peligrosísimos que han conseguido la cuadratura del círculo: depositar en manos privadas los beneficios ficticios obtenidos con el dinero ajeno y transferir las pérdidas reales al resto de la población.

Roberto no puede dejar de admirar el cuello, terso y esbelto, de Brisa. Se ha recogido el pelo en un moño, de tal modo que su rostro se expone desnudo de artificios.

—Oyéndote hablar, no me extraña que tu padre pudiera convencer a sus clientes y amistades de que eras una eminente economista de la Universidad de Berkeley.

—He de reconocer que no te conté toda la verdad. En realidad, me matriculé en Economía en la Universidad de Berkeley, pero abandoné los estudios el segundo año. La psicología y el teatro me atraían mucho más, para desespero de mi padre. El tiempo me demostró que mi decisión había sido acertada, al menos para comprender con una mejor perspectiva la realidad que oculta la propaganda académica. ¿Sabías que muchas de las decisiones económicas traumáticas más radicales de nuestro siglo están basadas en un manual de tortura mental elaborado por la CIA?

—¿Es una broma?

—En absoluto. En 1953, en plena guerra fría, la CIA experimentó con el control de la mente mediante un programa llamado MK Ultra, en el que se emplearon técnicas de privación sensorial, descargas eléctricas, alteración del sueño, luces cegadoras y drogas alucinógenas como el LSD. Gracias a la Freedom of Information Act, en 1988 salieron a la luz documentos que permitieron a algunas víctimas reclamar y obtener indemnizaciones. Años más tarde, la CIA se vio obligada a entregar el manual Kurbark de interrogatorios, basado en aquellos experimentos. Allí se explica cómo infundir en la víctima el miedo, la angustia y la desorientación suficientes para provocarle un estado de *shock* en el que renuncie a su voluntad e, incluso, a su identidad en beneficio del interrogador.

—Por fortuna, métodos tan criminales no se pueden emplear actualmente contra los ciudadanos de ningún país civilizado —observa Roberto.

—Pero sí es posible aplicar los mismos principios económicos. A un colectivo desorientado, temeroso y angustiado se le pueden imponer medidas extremadamente lesivas para sus intereses sin que apenas oponga resistencia. Milton Friedman, premio Nobel de Economía, fue el primero que aconsejó públicamente implantar tratamientos de choque a poblaciones enteras en nombre del capitalismo. Friedman, también conocido como el doctor Shock, asesoró a Pinochet al respecto. El paro, la inflación y la pobreza aumentaron dramáticamente en Chile durante los primeros años de la dictadura, pero la mayoría de la población lo aceptó sin rebelarse.

—Es difícil alzarse contra un ejército entrenado para matar y torturar.

—En efecto. Paradójicamente, la primera vez en la historia que se pudieron implementar en un país los principios de libre mercado propugnados por Friedman fue gracias a la represión armada.

—Pinochet impuso deliberadamente una catástrofe económica sobre la mayoría de la población, con la esperanza de que la mano invisible del mercado solventase milagrosamente la miserable vida a la que se veían abocados la inmensa mayoría de los chilenos. Y la mano invisible hizo honor a su nombre, porque nadie la vio —dice Roberto con sorna—. La situación se tornó tan grave con el paso de los años que Pinochet acabó por expulsar de su país a todos los economistas apadrinados por Friedman. Libre de sus consejos, el país comenzó a recuperarse, pero su posterior mejoría se presentó al público como un milagro económico oficiado por el doctor Shock.

—Por eso, aunque su experimento fracasó, sus métodos acabaron triunfando en la mitad del planeta —responde Brisa tras limpiarse la comisura de los labios con una servilleta—. Y lo más inquietante es que la lógica interna del tratamiento de choque prescrito por el ínclito premio Nobel es muy parecida a la de los psiquiatras de los años cuarenta y cincuenta que empleaban descargas eléctricas para tratar las enfermedades mentales de sus pacientes. Ambas teorías abogan por producir un *shock* que anule la conciencia de los individuos para que las fuerzas del inconsciente, o del mercado, puedan abrirse paso y mejorar su salud psíquica o económica. Como ves, la economía apenas se diferencia de la psicología.

Roberto la mira con renovado interés, como si su hermosa cabeza fuera una caja de muñecas rusas que escondiera una sorpresa dentro de otra. No cualquiera puede mezclar conocimientos económicos y de psicología con la desenvoltura de su amiga y presentarlos envueltos de un enfoque radicalmente original.

—Tras la caída del muro de Berlín —prosigue Brisa—, los tratamientos de choque ya no necesitaron de dictadores como Pinochet. La presión de los mercados fue suficiente para hundir a las clases medias y transferir la riqueza de la nación a unas pocas manos. Todo en nombre de la deuda.

—El juego de la deuda es muy antiguo —apunta Roberto—. Se deja a un país grandes cantidades de dinero. Posteriormente, ese dinero no se invierte en desarrollo, sino que los dictadores o los políticos de turno lo malversan y lo transfieren a sus cuentas secretas en paraísos fiscales. Sin embargo, es la población sometida al expolio de sus gobernantes quien asume el pago de la deuda y los intereses. Es el juego que se practica en África desde tiempos inmemoriales, o en países tan pobres como Haití. Lamentablemente, tanto en España como en otras naciones europeas, la incompetencia, el despilfarro, la demagogia y la corrupción generalizada de los políticos nos abocan a una situación más propia de repúblicas bananeras que de modernas democracias.

Brisa degusta un *cappelletto* en silencio, antes de exponer su opinión.

—Todo forma parte de un experimento que comenzó muchos años atrás. Tras la caída de las dictaduras, las jóvenes democracias sudamericanas tuvieron que pedir créditos para evitar la quiebra.

»Para entonces, los discípulos del doctor Friedman ocupaban los cargos más representativos del FMI y del Banco Mundial. Las recetas ya eran conocidas: oleada de privatizaciones, drástica reducción de gastos sociales, apertura de mercados y ninguna medida contra la corrupción galopante. El experimento funcionó muy bien. Una población suficientemente golpeada, desorientada y desmoralizada es capaz de aceptar, sin rebelarse, daños irreparables contra sus intereses vitales. Tras la caída del Muro, repetir el proceso en los países comunistas fue cosa de niños. Sin disparar un tiro, las poblaciones conmocionadas presenciaron transferencias de riquezas tan enormes que en el pasado hubieran resultado impensables sin una guerra o una sangrienta revolución. Ahora le toca el turno a la vieja Europa. El inevitable resultado será que la riqueza se concentre en una élite invisible.

—De eso precisamente trata mi libro —señala Roberto con entusiasmo—. La magia de las finanzas permite empobrecer a las masas sin que estas encuentren enemigos, sino sombras. No hay monarquías a las que derrocar ni dictadores a los que culpar. Y no hay partidos políticos que no sean cómplices del desastre. Cincuenta multinacionales producen más de la mitad del PIB mundial y con cada crisis financiera los recursos planetarios se concentran en menos manos. Si no somos capaces de arrojar luz sobre las sombras que nos gobiernan, nuestra caída es inevitable. Los Estados están utilizando ingentes cantidades de dinero para salvar a las entidades financieras de sus desmanes, y ni siquiera hemos exigido a sus directivos que devuelvan los bonus millonarios percibidos por su «impagable gestión», que ha consistido, básicamente, en hacer quebrar a los bancos y provocar una hemorragia terrible en la economía real.

—Ahora comprendo —bromea Brisa, mojando los labios en la copa de champán—. Eres un idealista que pretende salvar al mundo con un libro.

—«La verdad os hará libres», sentenció Jesucristo hace más de dos mil años. En el siglo XXI, solo la información nos impedirá caer en las garras de los esclavistas financieros. Su fuerza radica en las sombras, pero son pocos y no podrían vencernos en un combate a plena luz.

Brisa niega con la cabeza.

—No creía que fueras tan ingenuo, Roberto. El poder siempre ha sido piramidal, y siempre lo será. Las masas aplastadas en la base carecen de la fuerza necesaria para erguirse. No es una cuestión de número, sino de disposición geométrica. Los que están arriba se apoyan en los de abajo, y su peso, por acumulación, acaba resultando insoportable para los de abajo. La revolución solo está al alcance de las élites organizadas, y si triunfan tan solo cambian las personas que se sitúan en el vértice superior de la pirámide, pero no su estructura. Tal es la naturaleza humana.

—Te equivocas, Brisa. Las personas, con nuestras pequeñas acciones, podemos cambiar grandes cosas si asumimos nuestra responsabilidad.

—Como máximo, podemos cambiar el decorado y los actores de la farsa, pero el espectáculo debe continuar…

Jean Paul irrumpe en la sala con una bandeja en la mano derecha, conduciendo un carrito repleto de pasteles con la izquierda.

—Os ofrezco unas costillas de cordero con salsa de menta —anuncia, triunfal—. Es nuestra especialidad. Confío en que sabréis disculparme si me retiro. Es Nochebuena y mi familia me espera. Os dejo también un carrito con repostería variada: recomiendo probar los pecados de chocolate; son exquisitos.

—Obviamente —dice Roberto cuando se quedan a solas— tendremos que esperar a mañana para averiguar si el padre de Jean Paul puede desvelarnos la historia de la cruz de Lorena que sustrajeron a tu madre.

Brisa corta con el cuchillo un trocito de costilla de cordero y se lo lleva a la boca.

—Qué tierno. Está delicioso… Disfrutemos del momento, Roberto. Esta noche podemos dedicarnos a asuntos mucho más placenteros que resolver misterios y debatir sobre economía.

Capítulo 25

Tras dar buena cuenta del champán y de unos deliciosos pecados de chocolate, deciden, entre risas, subir a la habitación. Los escalones de piedra son tan amplios y espaciados que les recuerdan las terrazas cultivadas en los altiplanos del Perú. Los efluvios del champán son capaces de unir al antiguo imperio inca con el pasado medieval francés.

Una espectacular cama matrimonial recubierta por una colcha de color granate, de un tono ligeramente más sobrio que el vestido de Brisa, domina aquella regia habitación. Postes estilizados de hierro forjado enmarcan las esquinas del lecho nupcial. Como si se tratara de una escultura, de las cuatro columnas surgen nuevos cruceros, que forman un sugerente dibujo de rectas y curvas que se elevan hacia el arco ojival situado sobre la cabecera de la cama.

El lecho nupcial es el gran protagonista de la estancia. Los suelos de ladrillo visto, limpios y pulidos, son fríos. Los relieves formados por antiguas piedras del castillo constituyen los únicos adornos naturales de las sobrias paredes. El cuarto está desprovisto de cuadros o televisores. Dos sillas sin mesa sobre las que pende una pequeña lámpara de metal ocupan uno de los rincones.

Todo invita a disfrutar de la cama principesca. Los ojos de Brisa, achispados por el champán, brillan con picardía cuando se desprende del vestido, que cae a sus pies. Un corsé rojo y un diminuto tanga del mismo color contrastan con su tersa y blanca piel.

—¿Nadie te ha dicho antes que los castillos te favorecen

mucho? —pregunta Roberto, abalanzándose impetuosamente sobre ella, sin esperar respuesta. La cama mullida acoge sus cuerpos.

Enfebrecido por la pasión, entre abrazos, besos y mordiscos, le arranca la ropa interior mientras se desnuda, ansioso por consumar su deseo.

—Espera un poco —susurra Brisa—. Tenemos toda la noche por delante.

—Ya he esperado demasiado desde nuestro último encuentro...

—Es mejor ir despacio —replica Brisa, que se levanta de la cama y extrae de su bolso unos largos pañuelos de seda negra—. Disfrutaremos más con un fuego muy lento —añade, colocándose a horcajadas sobre él, sin apoyar el cuerpo contra el suyo y acercando el pañuelo a su mano diestra. Con delicadeza y firmeza le ata a uno de los postes de la cama.

Sus pechos, turgentes y henchidos, sobrevuelan la cara de Roberto, con los pezones excitados; sus labios, esponjosos, permanecen entreabiertos, y sus ojos irradian una sensual complacencia.

—¿Alguna otra condición que deba saber? —pregunta Roberto, con una sonrisa que anticipa el inminente placer que le aguarda.

—Te recuerdo que no quiero ningún compromiso emocional. Nuestra amistad no tiene nada que ver con lo que va a suceder.

—Ya te dije que, en mis circunstancias, lo último que deseo son ataduras —bromea Roberto.

—Entonces somos libres para arder durante toda la noche —dice Brisa, anudando otro pañuelo.

Capítulo 26

—Recuerdo esta cruz de Lorena —comentó Pierre, el padre de Jean Paul, un hombre mayor, calvo y enjuto, de unos setenta y cinco años, con la cara poblada de arrugas, pero de mirada vigorosa y despierta.

Los ojos de Brisa le observaron, expectantes, como los de un discípulo que tras una vida de aprendizaje asistiera al testamento final de su maestro. A Roberto le costaba mantener la atención. Una parte de él permanecía flotando sobre la habitación en la que el placer abrasador había mantenido la llama ardiendo hasta el alba. Otra parte se ocupaba de intentar ignorar las quejas de su estómago. El desayuno, delicioso pero exiguo, había sido insuficiente para reponer las energías consumidas durante la noche, y todavía quedaban algunas horas para comer el copioso menú navideño en el restaurante que el propio Jean Paul les había recomendado. Roberto se esforzó por prestar atención a la conversación, que tenía lugar en la terraza del *chateau*.

—La recuerdo —repitió Jean Paul—, no solo por su belleza, sino también por las inusuales circunstancias en que la vendí.

Su vista se concentró en la lejanía, como si estuviera escudriñando algún detalle que se ocultara entre el paisaje. Desde la mesa de la terraza se divisaban los tejados del pequeño pueblecito, que descendían como una cascada por la colina en la que casas y árboles se entrelazaban. Más allá, el cielo provenzal iluminaba los campos de olivos.

—Yo siempre he vivido en L'Isle-sur-la-Sorgue, un precioso pueblo muy cercano, surcado por los canales del río Morgue. La pequeña Venecia del Condado, la llaman algunos. Por las mañanas se convierte en un mercado flotante de productos típicos de la región. Os recomiendo sus aceitunas: son excelentes. Disculpad si pierdo el hilo. Ya soy algo mayor. El caso es que allí regenté durante años mi tienda de antigüedades, situada frente a uno de los canales. Una mañana de invierno entró en mi comercio un matrimonio con el que me unía cierta relación. El caballero descendía de noble estirpe, pero las cosas les habían ido mal y necesitaban dinero con urgencia. Me ofrecieron comprarles un gran lote de valiosos y antiguos objetos compuesto de muebles, cuberterías y algunas joyas. Una vez acordado el precio, me pidieron que no los expusiera en mi tienda y que tampoco los vendiera a ningún natural de la región de Vaucluse.

—Unas condiciones un tanto extrañas para que un anticuario pudiera aceptarlas —observó Roberto.

—En efecto. Como he dicho, gracias a ello guardo buena memoria de cuanto sucedió. La familia tenía sus motivos para proceder de tal modo. Confiaban en mis tasaciones, y yo estaba seguro de la autenticidad de cuanto me ofrecían. Por otro lado, el matrimonio quería evitar que sus amistades y conocidos pudieran enterarse del alcance de sus problemas económicos. El condado es muy pequeño, y los chismes son uno de los pasatiempos favoritos. Por fortuna, encontré una solución adecuada para todos.

Pierre sonrió satisfecho y bebió lentamente el té, todavía humeante, que le había preparado su hijo.

—Estoy intrigada por saber cómo se las ingenió —dijo Brisa, animándole a proseguir su relato.

—Como sabéis, L'Isle-sur-la-Sorgue se ha ganado una justa fama por sus tiendas de antigüedades. Cada Pascua organizamos una feria de anticuarios muy celebrada entre los especialistas y aficionados. El señor Duch acudía cada año desde Barcelona, y casi siempre me compraba algunos objetos. La relación profesional dio paso a una corriente de mutua simpatía, y me resultó natural pensar en él para cerrar un negocio beneficioso para todas las partes. En cuanto le enseñé el material, se mostró acorde con mi precio, para revenderlo luego en su tienda de Barcelona.

—Y de allí ha acabado en mis manos tras pasar por las de mi padre—apuntó Brisa—. Tal vez piense que soy una curiosa, pero lo cierto es que me gustaría saber algo más sobre la historia de esta cruz, considerando que perteneció a una noble casa francesa. ¿Sería posible conocer la identidad de dicha familia?

—Han transcurrido ya muchos años, pero no creo que deba revelar su identidad sin un buen motivo —replicó Pierre frunciendo el ceño. Después, dejó la taza de té sobre la mesa, como dando el asunto por zanjado.

Roberto se preguntó qué historia se ingeniaría su fantasiosa amiga para cambiar el ánimo de aquel abuelo aferrado a sus tradiciones caballerescas. Brisa carraspeó ligeramente y, adoptando una expresión apenada, comenzó a hablar en tono solemne, como si tuviera que rendir cuentas a un gran jurado:

—Verá, mi padre, un gran aficionado a las antigüedades, ha fallecido recientemente de forma inesperada, y estoy catalogando todos los artículos que fue comprando a lo largo de su vida, con el propósito de exponerlos a través de una fundación sin ánimo de lucro. A efectos didácticos, sería muy interesante poder certificar el origen de todas las piezas y documentar, en la medida de lo posible, las diferentes manos que las custodiaron a lo largo de los años. Entiendo, por cuanto nos ha contado, que la familia propietaria de la cruz se desprendió de ella contra su voluntad, a causa de un mal trance del destino. Siendo así, tampoco me importaría venderles el crucifijo a precio de coste si hubieran venido a mejor fortuna. De hecho, tendrían la oportunidad de recuperar la mayoría de sus objetos, que por tradición les pertenecen, pues, al parecer, mi padre compró íntegramente el lote, y yo no tengo interés personal en él. Como le digo, mi idea es ceder todas las piezas a una fundación cultural.

Sin duda era una actriz de primera; debía de haber perfeccionado su talento natural estudiando teatro, tal como le había contado durante la cena. A ese respecto, al menos, no tenía razones para sospechar que hubiera mentido.

—Es un buen motivo —concedió Pierre—. Precisamente la hija del matrimonio en cuestión me insistió en que le desvelara el nombre de la persona a la que le había vendido el lote, para así tener la oportunidad de recuperarlo en un futuro. Se trataba de una joven bellísima y muy persuasiva, pero, como es natural, me resultó imposible satisfacer sus peticiones.

—¿Sabe si han recobrado su antigua posición? —preguntó Brisa—. En tal caso, se alegrarían de volver a poseer las piezas que custodiaron durante generaciones.

—El matrimonio murió hace tiempo sin haber recobrado su pasada grandeza. En cuanto a su única hija, Brigitte, se marchó casualmente a Barcelona, donde una compañía de teatro le ofreció un buen trabajo como actriz. Nunca más supe de ella. Quizás echó raíces allí y puedan ustedes encontrarla. Miren, ¿saben qué?, creo que lo mejor que puedo hacer es facilitarle su identidad. Tener la oportunidad de recuperar un patrimonio familiar heredado durante generaciones es algo que no pasa todos los días. Su nombre es Brigitte Blanchefort Murat.

Roberto y Brisa se miraron.

—El banquero que gestionaba buena parte de las cuentas de mi padre se llama Mario Blanchefort —dijo Brisa.

—Mario Blanchefort —se repitió Roberto para sí.

Lo conocía muy bien. Aquel tipo era un embaucador extremadamente peligroso.

Capítulo 27

—Hemos tenido suerte de que el padre de Jean Paul estuviera con su hijo celebrando las Navidades —se congratuló Roberto mientras recorrían a pie el camino que llevaba a la famosa fontana de Vaucluse, donde era posible observar cómo afloraba el mayor río subterráneo de Europa.

—Era una suposición razonable —valoró Brisa—. Lo que nunca hubiéramos podido predecir es que el apellido del anterior propietario de la cruz de esmeraldas coincidiera con el del principal banquero de mi padre.

—Casualmente, estudiamos juntos en la universidad. Su nombre completo es Mario Blanchefort Murat —anunció Roberto.

—¡Los mismos apellidos que Brigitte! Es imposible que sea una coincidencia.

—En España —explicó Roberto—, cuando el padre es desconocido, se le otorgan al hijo los dos apellidos de la madre.

—¿Qué sabemos de su madre? —preguntó Brisa, entornando los ojos, como si estuviera buscando la respuesta en algún remoto lugar inaccesible a la vista.

—Poca cosa. Mario siempre fue reacio a hablar sobre su pasado, y aunque éramos compañeros de clase, y hasta de fiestas, jamás me habló de sus asuntos familiares.

—Quizá contigo no fuera pródigo en confidencias, pero, si compartíais amigos, ellos podrían estar mejor informados que tú —aventuró Brisa.

—En cierta ocasión —recordó Roberto—, un estudiante pasado de copas hizo una broma de mal gusto mentando a su madre, durante una despedida de soltero. La reacción de Mario fue tan violenta que, si no le llegamos a sujetar entre varios, lo hubiera matado allí mismo. De un solo golpe le fracturó la nariz, y un diente le saltó volando por los aires. Ha sido la única vez que le he visto perder el control. Mario tiene el don de ser un encantador de serpientes; es capaz de manipular el entorno a su antojo empleando en cada momento las palabras y gestos más adecuados. Sin embargo, aquella noche brillaba en sus ojos una furia asesina. Todos habíamos bebido demasiado y precisamente por ello pude percatarme de una faceta oculta de su personalidad, que de otro modo jamás hubiera podido observar.

—¿Recuerdas qué es lo que le dijo aquel estudiante? —preguntó Brisa, como si fuera una cazadora absorta en rastrear las huellas que la llevaran hasta la madriguera de su presa.

—Era una alusión, que pretendía ser divertida, sobre la facilidad para el baile que había heredado de su madre.

—Quizá la broma no tuviera ni pizca de gracia, pero si, tal como afirmas, Mario era una persona equilibrada…

—Equilibrada no es la palabra…, pero, ciertamente, su reacción fue tan brutal y desmedida que supongo que había algo de verdad en aquel comentario chabacano.

—¿A qué te refieres exactamente? —quiso saber Brisa.

—A los rumores que corrían sobre la madre de Mario. Si diéramos crédito a tales habladurías, su madre había trabajado de cabaretera en El Molino, el más famoso teatro de variedades de Barcelona, y había abandonado a su hijo, cuando este era todavía muy pequeño, para fugarse con un amante extranjero podrido de dinero. De su padre, nunca se supo nada.

—Eso explicaría por qué Mario reaccionó así, ayudado por el alcohol, claro.

—Y todo eso encajaría también con la historia de Pierre. En lugar de admitir que su hija alternaba como cabaretera en El Molino, les debía resultar más decoroso fingir que estaba iniciando una prometedora carrera como actriz en Barcelona.

—Bueno, hay bastantes probabilidades de que el Mario que ambos conocemos sea el hijo de la tal Brigitte —sentenció Brisa—. Partiendo de dicha hipótesis, podríamos intentar extraer algunas conclusiones.

—La primera —apuntó Roberto— sería que Brigitte no

consiguió su objetivo de recuperar los objetos familiares, puesto que tu padre adquirió la cruz de esmeraldas y se la regaló a su esposa.

—Siendo así —señaló Brisa—, no es descartable que Brigitte tuviera alguna participación, aunque fuera indirecta, en el asesinato de mi madre. Al fin y al cabo, la cruz había pertenecido a su familia durante generaciones.

—Es posible, pero improbable —juzgó Roberto—. La cruz es hermosísima, pero no deja de ser una pieza pequeña... En fin, por sí sola no puede llevar a nadie a cometer un asesinato a plena luz del día. Quizá la realidad sea más simple. Puede que el atracador fuera un drogadicto incapaz de controlarse.

—¿Y por qué, entonces, la cruz que le robaron a mi madre apareció años después en la garganta de mi padre?

Roberto guardó silencio durante unos instantes.

—Es un misterio al que no encuentro explicación, aunque no sabemos a ciencia cierta si es la misma —observó, sin querer poner en tela de juicio los recuerdos de su amiga—. Tal vez la cruz tuviera una réplica gemela. En cualquier caso, lo cierto es que todavía nos faltan datos para cuadrar el rompecabezas.

—Por eso mismo debemos investigar el pasado de Brigitte Blanchefort, comprobar si verdaderamente estuvo en Barcelona y cuál es su historia real. ¿Quién sabe? ¡Es posible que todavía viva y nos la pueda explicar ella misma!

—Si trabajó en El Molino, conozco a una persona que nos podrá ayudar —respondió Roberto.

Capítulo 28

—Este informe te costará mucho dinero —afirmó Pepe Cuantijoch.

Roberto había dudado mucho antes de recurrir a su amigo Pepe, cuyo despacho de detectives cabalgaba viento en popa sobre la crisis. Finalmente se había decidido a reunirse con él en La Garrafa, un pub musical consagrado al recuerdo de los Beatles y que ofrecía música en directo.

—Si fuera un trabajo que pudiéramos hacer nosotros, te lo dejaría a precio de coste, pero mucho me temo que deberemos recurrir a uno de los despachos extranjeros con los que colaboramos. ¿Estás seguro de querer seguir adelante? —preguntó Pepe mirándole fijamente a los ojos.

Le it be, let it be,
let it be, let it be,
whispers words of wisdom: let it be.

El grupo habitual del local entonó nuevamente el estribillo de aquella famosa canción. Roberto sopesó seguir los consejos de la mítica banda de Liverpool y, simplemente, dejarlo estar, dejar que las cosas transcurrieran por sí solas. Sin embargo, eso iba en contra de su carácter. Además, aunque aquella composición de Lennon se contara entre las más bellas e inspiradoras de la historia de la música moderna, eso no impidió que muriera asesinado por cuatro balazos. Aquel consejo podía resultar poético, pero no necesariamente práctico.

Roberto asintió con la cabeza y se refrescó la garganta con una cerveza.

—Brisa Gold es una pieza de caza mayor —insistió Pepe—. Su padre, un millonario de postín, ha muerto hace poco. Al parecer, se suicidó.

—No te puedo contar nada más —afirmó Roberto, guardando silencio sobre las circunstancias que envolvían la muerte de Arturo Gold—. Por eso mismo, quiero que seas tú quien se encargue personal y exclusivamente de la gestión. Nadie de tu despacho debe saberlo. Ante todo, deseo evitar cualquier filtración.

Roberto confiaba plenamente en Pepe. Se conocían desde hacía años. Habían compartido kilómetros en moto, tardes en La Garrafa, un local por el que su amigo sentía predilección, y hasta habían formado una buena pareja de mus en aquellos lejanos tiempos estudiantiles en los que podían permitirse jugar a las cartas. Más recientemente le había encargado algunos trabajos menores que Pepe había resuelto con eficacia, negándose siempre a cobrarle nada.

No podía afirmar que confiara tanto en Brisa, a pesar de sentirse cada vez más peligrosamente atraído por su antigua amiga de la infancia. Justo por ello debía extremar las precauciones. La estancia en el sur de Francia había resultado subyugante, pero le había parecido muy extraño que ella no hubiera querido explicarle por qué había decidido abandonar California y regresar a España. Durante aquellos días, él había sacado el tema a colación varias veces, pero Brisa lo había rehuido en cada una de ellas. ¿Por qué?

Aquel comportamiento hizo que Roberto empezara a tener otro tipo de sospechas. ¿Qué ocultaba Brisa? Era psicóloga, según decía, pero sabía de economía más que algunos compañeros suyos de universidad. En teoría había firmado los papeles de administradora de Gold Investments sin saber lo que hacía, pero trabajaba en la sociedad de inversiones y aconsejaba a los clientes. Su padre había muerto drogado y con más deudas que un banco intervenido. Que fuera una experta en los efectos de las drogas sobre la conducta humana no era ningún crimen. Tampoco lo era que mintiera con facilidad, algo que hasta le parecía gracioso, pero, dada la suma de circunstancias insólitas que la rodeaban, lo más prudente era no lanzarse de cabeza y con los ojos cerrados a un abismo desconocido. Debía averiguar la verdad sobre ella antes de que fuera demasiado tarde, porque de una cosa estaba seguro: Brisa ocultaba algún oscuro secreto que no le había revelado.

—Antes de encargar el trabajo a un despacho asociado en el extranjero, realizaré una búsqueda rutinaria en Internet —se ofreció Pepe—. Es gratis, y, en ocasiones, se encuentran auténticas perlas.

—Prueba a ver si tienes más suerte que yo. Por mi parte, ya me he rendido, y sabes que no soy de los que lanzan la toalla fácilmente.

—Es extraño que no hayas encontrado nada. Recapitulemos. Según dices, Brisa Gold se habría licenciado en Psicología por la Universidad de Berkeley, y allí habría impartido clases como profesora. Por algún motivo que no sabemos, hace poco más de un año decidió cambiar de vida y regresar a Barcelona.

Roberto miró a las mesas de alrededor. A su derecha, un grupo de tres mujeres rollizas se dedicaban a comer palomitas, beber cervezas y tararear las canciones. A la izquierda, un par de tipos maduros se disputaban la atención de una joven muy coqueta que flirteaba con los dos. En cuanto a ellos, nadie parecía prestarles atención.

—Esa es la historia, tal como a mí me la contaron —confirmó Roberto.

—Las historias, como todas, pueden ser un cuento chino, o incluso verdaderas; de todo hay en la viña del Señor. Borrar rastros en la Red no es fácil, pero tampoco resulta imposible, especialmente cuando se trata de datos poco trascendentes. Existen agencias especializadas en eliminar información de las páginas en Internet, ya sea amenazando con poner demandas, ya sea mediante ataques informáticos. Asimismo, es posible dificultar la búsqueda de ciertos contenidos, de tal manera que, en vez de salir en las primeras páginas de los buscadores, se ubiquen en otras de difícil acceso. Eso sí, las tarifas de dichas agencias son extremadamente caras.

—Hablando de precios, Pepe: ¿cuánto calculas que costará el informe sobre Brisa?

—Si tenemos que recurrir a una agencia de detectives de California, no creo que baje de los seis mil euros. Conozco una en San Francisco, con la que hemos colaborado en un par de ocasiones. Son gente seria y competente, pero sus tarifas mínimas no bajan de ahí, sobre todo si te urge llegar al fondo del asunto rápidamente. Por supuesto, te entregaría su presupuesto y la factura. Yo de ahí no pienso cobrarte ni media comisión.

—Tranquilo, Pepe. No te preocupes, es una cantidad que puedo permitirme.

Roberto reflexionó sobre el uso que le estaba dando al dinero que le había entregado Dragan. En un primer momento había decidido quemarlo, pero la precaria situación económica en la que se encontraba tras el divorcio le había hecho cambiar de opinión. Después, siguiendo otro impulso diametralmente opuesto, había alquilado las cinco habitaciones del *chateau* de Jean Paul, para celebrar el cumpleaños de Brisa a lo grande en un castillo reservado solo para ellos. Además había insistido en pagar todas las facturas de su apasionada escapada francesa. Y ahora se disponía a gastar otros seis mil euros, procedentes de un grupo mafioso, en un informe de detectives. Las circunstancias extraordinarias en las que se hallaba inmerso lo justificaban. Al menos, eso creía él.

En su época universitaria, recordó, una de las lecturas obligatorias de la asignatura de ética era *Los hombres y el Estado*, del filósofo católico Jacques Maritain. Según el autor, hay momentos en la vida en los que no se puede aplicar la moral habitual, sino que debe inventarse una moral de excepción. Así, acciones que en la vida normal serían malignas o criticables, como matar a un ser humano, podían convertirse en buenas y válidas si concurrían circunstancias extraordinarias. El ejemplo que ilustraba su tesis sucedía en un campo de concentración nazi, donde sería justo y hasta necesario que los reclusos asesinaran a un confidente infiltrado entre ellos.

El ejemplo lo sobresaltó, como si una piedrecilla impulsada por un tirachinas le hubiera golpeado con fuerza en la frente. ¿Acaso no era él un vil confidente de una banda criminal? Recordó las palabras de Dragan: «Hay muchos hombres deseosos de vender su alma al diablo, pero el diablo prefiere tentar a los que se resisten a traficar con ella».

Capítulo 29

—Ya tengo preparada la hoja de ruta que debemos seguir —anunció Carlos Puig con aire satisfecho.

Brisa lo observó en silencio. Carlos era el abogado que se ocupaba de la mayoría de asuntos de su padre. Tenía cerca de sesenta años, pero se conservaba en buena forma, física y mentalmente. Defensor de los valores familiares, predicaba con el ejemplo de sus cinco hijos y un matrimonio blindado contra las adversidades. Propenso a prodigar favores, gustaba de sazonar sus opiniones con notas de humor y un tono paternalista. A ella no la podía engañar. Brisa estaba convencida de que en su actividad profesional Carlos era un auténtico cabrón capaz de vender a la madre de su mejor amigo o a quien se le pusiera por delante.

Por lo demás, se fiaba de su buen tino jurídico. De otro modo, su padre no lo hubiera tenido como su asesor de confianza durante los dos últimos lustros. Al contrario de otros abogados, su bufete, adecuado y funcional, no estaba diseñado para impresionar a las visitas. Ocupaba una planta entera del edificio, y desde allí dirigía con mano de hierro a una legión de letrados. Sin embargo, su despacho no estaba adornado por kilométricas mesas de reuniones, ni colgaban de sus paredes cuadros firmados por pintores ilustres. Llevaba tanto tiempo ejerciendo de abogado que no necesitaba impresionar a nadie. Su experiencia y sus resultados eran suficiente carta de presentación. Así pues, Brisa escuchó sus palabras con suma atención.

—Por un lado, no es aconsejable que aceptes la herencia de tu padre, que en paz descanse, ya que el agujero de Gold Investments es demasiado grande. Recuperar lo invertido en Madoff es una quimera, y los inversores de Gold Investments reclamarán por lo civil y lo criminal contra el patrimonio de Arturo Gold. Como las deudas serán superiores a los activos heredados, si aceptaras la herencia acabarías respondiendo de tales deudas con tus bienes presentes y futuros.

Brisa sopesó aquellas palabras, y no tuvo más remedio que coincidir con él. Ella, personalmente, no tenía bienes ni demasiado dinero, pero, si la policía concluía que la muerte de su padre no había sido un suicidio, la compañía aseguradora le pagaría dos millones de euros. En tal caso, era preferible no aceptar la herencia para evitar que los acreedores pudieran despojarla después de ese dinero.

—Estoy de acuerdo en no hipotecar mi futuro por una causa con tan mal pronóstico —convino Brisa.

—Por otro lado —argumentó Carlos en sentido contrario—, sería conveniente que aceptaras la herencia, pues así podrías ir vendiendo ordenadamente el patrimonio. Si son los juzgados quienes acaban ejecutando los bienes en pública subasta, se malvenderán a precio de saldo. En cambio, si los vendemos nosotros, conseguiremos mejores precios, y hasta podríamos intentar alcanzar un acuerdo con los acreedores en el que estos renunciaran a parte de sus reclamaciones a cambio de liquidar de la mejor manera posible las propiedades de tu padre. Es decir, negociar con ellos una suerte de quiebra fortuita en la que aceptaran la ausencia de dolo o culpa en la gestión empresarial.

—¿Y qué es lo que me aconsejas? ¿Aceptar o no aceptar la herencia?

—Las dos cosas —respondió Carlos, impertérrito, como si fuera un físico cuántico acostumbrado a aceptar que la realidad podía ser al mismo tiempo una y la contraria—. Aceptar la herencia a beneficio de inventario es algo poco usual, pero perfectamente legal. Se trata de una modalidad que obliga a pagar las deudas y cargas de la herencia solo hasta donde alcancen los bienes de esta, pero no más allá. Y si finalmente las deudas superan a la masa hereditaria, no podrían dirigirse contra tu patrimonio personal.

—¿Ni siquiera contra el dinero procedente del seguro de vida de mi padre? —preguntó Brisa.

—Así es —confirmó Carlos, que asintió con la cabeza.

A Brisa le pareció una opción razonable y se preguntó hasta qué punto la solución beneficiaría también al abogado, que por algo vivía, y muy bien, de sus consejos.

—Si no lo he entendido mal —resumió Brisa—, tan pronto como acepte la herencia a beneficio de inventario, estaré facultada para disponer y enajenar los bienes de mi padre.

—Así es, con la precaución de que los importes de las ventas deben ir a parar a los acreedores, una vez descontados los honorarios de los abogados que asesoremos legalmente cada operación. Dado que por el momento careces del suficiente efectivo, procediendo como digo no te sería difícil lograr que los abogados trabajen para ti, algo que de otro modo hubiera sido un problema. Ya sabes que por la amistad que me unía con tu difunto padre no me importa trabajar gratis, pero lamentablemente no todo el mundo es como yo, y los abogados que prestan sus servicios en mi despacho no perciben un sueldo, sino que cobran por horas empleadas. Y créeme si te digo que tendrán que dedicar unas cuantas al asunto. Por supuesto, yo diseñaré la estrategia y lo supervisaré todo, sin coste alguno. Además, si en las ventas se cobra una parte en efectivo, es decir, en negro, te podrás quedar esa cantidad sin declararla ni a Hacienda ni a los acreedores, pues no quedaría constancia en ningún lado. Eso sí, no cobres más de un veinte por ciento en mano, o te podrían acusar de alzamiento de bienes.

Tal como había supuesto, Carlos era una suerte de serpiente sibilina, pero debía reconocer que sus consejos eran útiles, por mucho que también beneficiaran directamente a su bolsillo.

—Con ese dinero en efectivo, es un suponer —prosiguió Carlos—, podrías pagar la minuta de un buen abogado penalista que te defendiera de las querellas por estafa derivadas de Gold Investments. Uno de mis socios, Joan, es un reputado penalista. Te lo puedo presentar; así tendrás una primera impresión. Si por mí fuera, te defendería yo mismo, gratuitamente, pero en asuntos tan delicados conviene ponerse en manos de los mejores especialistas. Yo, por desgracia, no toco más que temas civiles y mercantiles.

—Me hago cargo de lo mucho que lo sientes, pero lo comprendo. Pasemos entonces a los temas mercantiles y civiles. Liquidar un patrimonio como el de mi padre no será fácil.

—En efecto. La mayoría de sus sociedades y propiedades las gestionábamos nosotros. Estamos haciendo un inventario de todos sus negocios, bienes, cargas e hipotecas para proceder a su venta ordenada. Aquí tienes un listado provisional.

Brisa hojeó someramente las hojas del informe que el propio Carlos había firmado. Su padre disponía de diversas propiedades inmobiliarias en Barcelona, Madrid, Ibiza, Mallorca, París, Malta, Chile... y hasta en la isla de Creta. Asimismo tenía un yate valorado en cinco millones de euros y participaciones accionariales en múltiples empresas.

—Lamentablemente —anunció Carlos—, muchas de sus propiedades inmobiliarias están gravadas con hipotecas, pero, si actuamos con sangre fría, conseguiremos un buen dinero. No sé si suficiente para calmar a los acreedores, pero haremos cuanto esté en nuestra mano para conseguirlo.

—¿Y qué sabes acerca de las cuentas de mi padre en el extranjero?

—Ahí no podré ayudarte demasiado —se disculpó, con expresión de apesadumbrado disgusto—. Como sabes, no soy fiscalista, por lo que en estos asuntos mi ignorancia es absoluta.

Carlos no era fiscalista, pero sí civilista, mercantilista y, sobre todo, un funambulista acostumbrado a caminar por encima del suelo, sin ensuciarse los pies. Estaba claro que no sacaría nada en claro presionándole. No valía la pena insistir. Las cuentas secretas de su padre eran un pozo oscuro al que nadie se quería asomar. Un pozo oscuro y sin fondos del que difícilmente sacaría nada en claro.

Capítulo 30

Roberto se comió las últimas uvas a destiempo. Por más que se esforzara, cada Nochevieja se le resistía alguna. Este año ni siquiera lo había intentado, concentrándose en ver cómo su hija masticaba las uvas peladas. Se sintió agradecido por compartir unas fechas tan señaladas con ella. La tenía a su cargo desde hacía dos días y, en virtud de las providencias judiciales, seguiría cuidando de su hija hasta la cabalgata de Reyes.

Habida cuenta de que María era la más pequeña de la familia, todos habían aceptado celebrar el fin de año en su piso del Raval, pese a que este no destacaba precisamente por sus comodidades. Como no cabían todos los invitados en la mesa del comedor, había comprado y pulido unos pies de mármol verde en los Encants, y sobre ellos había colocado un gran tablón de madera cubierto por manteles. La televisión, pequeña y anticuada, también era de segunda mano, como las lámparas; sin embargo, la celebración había resultado un éxito.

María, excitada por la presencia de tanta gente, había resistido despierta hasta las campanadas, pero en el momento de máximo jolgorio, agotada, se acurrucó en su regazo cerrando los ojos. Roberto la meció suavemente. Los hijos de sus primos, mayores que María, lanzaban serpentinas a diestro y siniestro, y bailaban con entusiasmo, ajustando sus movimientos a la arbitraria cadencia de sus silbatos.

A Roberto también le hubiera gustado disfrutar con Brisa de una noche tan especial, pero no era posible. Celebrar la Nochevieja con toda la familia era el mejor regalo para María. Abuelos, tíos, sobrinos… Todos la querían, y ella lo estaba pasando tan mal por la separación de sus padres... El divorcio era una ruina económica, pero, al menos, se consoló, transcurría por cauces civilizados. Que se hubieran enzarzado en una guerra de descalificaciones hubiera tenido en la niña a su primera víctima. En este aspecto, debía reconocerlo, Olga se estaba comportando muy bien, tal vez porque esperaba una reconciliación imposible.

Su matrimonio se había roto en pedazos y ningún comportamiento, ni civilizado ni versallesco, podría repararlo. En una fecha tan especial, no echaba de menos a Olga, sino a Brisa, aunque su presencia en la fiesta familiar habría sido excesivamente precipitada y contraproducente. Roberto hubiera deseado quedar con ella después de las uvas, pero era imposible. Brisa se había marchado de Barcelona, no sabía si para dejar claro su disgusto por no haber sido invitada a la cena o por otros motivos.

Su amiga de la infancia se había convertido en una mujer extraordinariamente atractiva, pero también enigmática e inescrutable. Después de la apasionada estancia en el sur de Francia no se habían vuelto a ver. Según le había explicado, durante los últimos días había tenido que atender un gran número de asuntos legales relacionados con su padre, además de sumergirse en registros, hemerotecas y redacciones de periódicos tratando de encontrar información sobre la tal Brigitte Blanchefort. Aparentemente, sin resultado alguno. Él, por su parte, se había dedicado en cuerpo y alma a su hija, pero hubiera preferido compartir algún rato con Brisa, aunque fuera mientras su hija dormía.

Se preguntó si era normal que Brisa no hubiera encontrado ni una sola referencia a Brigitte Blanchefort, la presunta madre de Mario, su íntimo enemigo. No era algo que le preocupara demasiado, porque estaba convencido de que a través de Charo lograrían obtener la información que buscaban, tan pronto se recuperara del fuerte gripazo que la aquejaba. Lo que sí le tenía intranquilo, y mucho, era el SMS que le había mandado Pepe: «Tenías razón. Hay gato encerrado. Estoy fuera con la familia. Mañana tengo que bajar a Barcelona. Si te parece, podemos quedar entonces para que te lo cuente. Feliz año. Un fuerte abrazo».

No hacía falta mencionar a Brisa en el mensaje para saber que se refería a ella. Tal como temía, ocultaba algún secreto lo suficientemente inquietante como para que Pepe no pudiera revelárselo por teléfono. El nuevo año prometía emociones fuertes. La visita a las obras del AVE conllevarían una serie de movimientos en cadena de consecuencias imprevisibles, y lo que Pepe había averiguado tal vez implicara una amenaza para su atípica relación con Brisa.

Roberto se levantó de la mesa con su hija en brazos, la llevó a su cuarto, le puso el pijama, la acostó en la cama, bien abrigada, y le dio un beso de buenas noches. María dormía profundamente. Un mensaje sonó en su móvil. Era ella: «Tengo la intuición de que este año 2009 te traerá toda la felicidad que te mereces. Un beso enorme. Brisa».

Brisa, como el viento, era imprevisible. Se podía sentir su soplo, pero era imposible saber de dónde venía ni adónde iba. Había elegido pasar aquella noche en un hostal de peregrinos en lo alto del macizo de Sainte-Baume. Un lugar tan singular como ella. Según la leyenda, María Magdalena desembarcó en la costa francesa tras una difícil travesía marítima, y durante los últimos años de su vida se retiró a una cueva situada en lo alto de la montaña. En el siglo XIII, Carlos de Anjou creyó encontrar allí sus reliquias, y desde entonces ha estado prohibido cortar árboles en aquella montaña sagrada. Brisa pretendía encontrar allí la inspiración y las fuerzas necesarias para afrontar el nuevo año, meditando y peregrinando hasta el santuario más antiguo de la Provenza.

Los niños, pensó Roberto, no necesitaban viajar para encontrar la paz. Les bastaba con dormir. Su hija, acurrucada en la cama, descansaba con expresión beatífica, convencida de que junto a su padre nada malo le podía suceder…

Roberto notó una mano sobre el hombro. Era su padre, que había entrado en la habitación sin hacer ruido. Juntos contemplaron a María en silencio.

—Oye, hijo, sé que yo ya estoy jubilado, pero, si tienes algún problema, sigo siendo tu padre —le dijo, con esa voz carrasposa que se había acostumbrado a escuchar desde niño.

Capítulo 31

—El truco —explicó Roberto— es que los huevos se acaben de hacer sobre las patatas humeantes, ni demasiado hechas ni demasiado blandas. Ahora lo revolvemos todo con virutas de jamón serrano y nos queda un plato de estrella Michelin.

—Solo por estos huevos estrellados habrá valido la pena mi viaje relámpago a Barcelona —contestó Pepe—. Después de esta reparadora comida, despacharé un par de asuntos urgentes mientras mi familia soporta las aglomeraciones en las pistas de esquí, y, antes de que me echen de menos, estaré cenando con ellos en Puigcerdà.

Roberto sospechaba que, en realidad, Pepe había interrumpido sus vacaciones por su culpa; que los asuntos urgentes eran mentiras de cortesía inventadas para evitar que se sintiera en deuda con él.

—Aprovechando que tu hija está durmiendo, podremos hablar tranquilamente sobre el asunto que me encargaste —dijo, untando el pan tostado con tomate y aceite de oliva.

—No nos molestará en un buen rato. La pobre está agotada. Ayer trasnochó demasiado, y esta mañana me la he llevado al parque a jugar —comentó Roberto mientras dejaba los platos en la mesa.

—Perfecto. Como sabes, ya me ha llegado la información sobre Brisa, y prefería decirte en persona lo que he averiguado.

—Te lo agradezco. No esperaba resultados tan rápidos.

—Ya te dije que estos americanos son caros pero muy eficientes, y, dado el tipo de asuntos que suelen tratar, lo que les pedíamos era *pecata minuta*, o, como dirían ellos, *peanuts*.

Nada que ver con estos huevos estrellados. Esto sí son palabras mayores.

—Deja de hacerme la pelota y desembucha, que me tienes en ascuas desde ayer.

—En primer lugar, Brisa sí es licenciada en Psicología por la Universidad de Berkeley. Comenzó cursando Económicas, pero las abandonó por la psicología, pese a que era una de las mejores estudiantes. Una chica brillante. Tanto que cuando acabó la carrera le ofrecieron un puesto de profesora en la universidad, algo infrecuente.

—Hasta aquí todo va bien.

—Los problemas comienzan un año y dos meses atrás, cuando el novio de Brisa, un tal Paul, aparece muerto, atiborrado de drogas y alcohol, en la piscina de su casa.

—¿Cómo ocurrió? —preguntó Roberto, que dejó los cubiertos sobre el plato y apoyó la mano derecha en el mentón.

—Según parece, la noche de autos, Brisa y su novio habían salido de juerga con unos amigos. Ya te puedes imaginar: alcohol, risas, música y cocaína. De pronto, Brisa y su chico mantienen una acalorada discusión. El chaval abandona la discoteca y ella sale detrás. La siguiente noticia es que Paul apareció ahogado en la piscina de tu amiga.

—¿Un homicidio?

—La versión oficial es que, atontado por las drogas, se quiso dar un chapuzón y se ahogó solo en la piscina.

—¿Solo? ¿No se marchó Brisa tras él?

—El chico se largó de la discoteca a la carrera, conduciendo su moto sin que nadie lo acompañara. Varios testigos lo han confirmado. Después, Brisa fue al aparcamiento a por su coche y salió de estampida, sola. De lo que sucedió en su casa no hay testigos ni pruebas que incriminen a tu amiga. Lógicamente, se abrió una investigación en la que salieron a relucir algunos trapos sucios.

Roberto apartó con la mano el plato de huevos estrellados que tenía frente a sí.

—Creo que he perdido el apetito definitivamente.

—Lo siento, Roberto.

—No te preocupes. Ayer cené demasiado. Prosigue. No te dejes ningún detalle en el tintero.

—Brisa era una innovadora, algo muy apreciado en las universidades californianas, donde se potencia la creatividad y el contraste de opiniones. Así, una de las terapias alternativas que empleó con cierto éxito consistía en interpretar papeles ficticios: una especie de teatro donde los pacientes adoptaban una identidad falsa. Sin embargo, tu amiga traspasó una línea prohibida experimentando con drogas alucinógenas en personas con problemas psicológicos. Naturalmente, la universidad no supo nada hasta que se destapó la caja de los truenos. El caso era complicado. Por un lado, los pacientes no querían declarar en el juicio contra Brisa; por otro, el escándalo hubiera desprestigiado gravemente al Departamento de Psicología de la Universidad de Berkeley. En cuanto a la policía, carecía de pruebas concluyentes sobre lo ocurrido en la piscina. Al final se llegó a una componenda: Brisa renunció a su plaza en la universidad, abandonó el país y se echó tierra sobre la mierda para que dejara de oler.

—¡Joder! Menuda historia. ¿Y qué opina la agencia de detectives sobre lo que le sucedió realmente a Paul?

—Que existe una duda razonable. No esperes más. Como te dije, son muy profesionales, pero nunca se mojan si no están seguros de poder nadar y guardar la ropa. De aquí a una semana me enviarán un informe detallado, para justificar la minuta, pero las conclusiones serán idénticas a las que te acabo de resumir. Quería que lo supieras cuanto antes.

Roberto asintió y se sumió en el silencio. ¿Quién era Brisa realmente? Un detalle al que no había concedido demasiada importancia acudió a su cabeza, como si se hubiera abierto uno de los cajones almacenados en su memoria. En muy pocos días, había visto a Brisa con gafas de pasta negra —alargadas y rectangulares—, con grandes gafas de concha redondas bañadas en oro... y sin gafas. El asunto no tendría nada de particular de no ser porque Brisa no necesitaba llevar gafas. Lo había comprobado durante su apasionada escapada al sur de Francia. ¿Qué tipo de mujer es capaz de tener una colección de gafas sin graduar? No era parecido a tener, por ejemplo, una enorme colección de zapatos. ¿Acaso sufría algún tipo de trastorno de personalidad múltiple? En ese momento, sonó el teléfono. Era ella.

—¡Feliz año, desaparecida! —saludó Roberto.

—¡Feliz año, Roberto! Acabo de bajar de la montaña, y por fin puedo hablar contigo.

—Estabas sin cobertura, ¿no?

—Con cobertura limitada e intermitente, pero con errores de conexión cada vez que intentaba llamar.

—Bueno, el caso es que ya podemos hablar. ¿Cómo ha ido tu huida del mundanal ruido? —preguntó Roberto, que se levantó de la mesa y fue hacia su habitación, tras hacerle señas a Pepe para indicarle que regresaría en cuanto acabara de hablar.

—Mejor de lo esperado. Como tú mismo me dijiste en S'Agaró, a veces es necesario romper con las rutinas y observar los problemas desde una perspectiva diferente. Creo que ahora tengo más claro lo que debo hacer.

Roberto sabía que existían otros motivos para que Brisa hubiera decidido no pasar el fin de año en Barcelona. El hecho de no haberle propuesto cenar juntos en la noche de fin de año podía haber influido en su estado de ánimo. Brisa no soportaba a su tío, el único familiar con el que mantenía algún contacto, y cenar con un grupo de amigos o conocidos tampoco hubiera resultado aconsejable, pues la mayoría de ellos se sentían estafados por el agujero de Gold Investments. Quienes no habían invertido personalmente en la sociedad de su padre tenían familiares o allegados que habían caído en aquel negro pozo sin fondo. Ante tal panorama, aquel viaje a la montaña simbolizaba una suerte de huida de una realidad asfixiante. Roberto se guardó para sí sus reflexiones y se limitó a mostrar interés por lo que le contaba.

—Cuéntame. Estoy deseando conocer tus experiencias en las cumbres de la Provenza.

—Ha sido muy emocionante. Ayer por la tarde salí a caminar por la montaña junto a otros peregrinos que se hospedaban en el hostal. Ya de regreso, cuando el sol declinaba, paramos en un lugar muy especial. Juntos, resguardados bajo un árbol inmenso, nos sorprendió la luz de la Provenza. La mitad del campo estaba en sombras; la otra mitad, iluminado con unos colores diferentes a cuantos haya visto nunca. El brillo, la intensidad, los matices… Entonces comprendí la obsesión de Van Gogh en capturar en sus cuadros la luz del Midi francés. No sé cómo expresarlo, pero ahí, a los pies de aquel árbol centenario, hubiera jurado que aquella luz eran los ojos de Dios.

—¡Muy poético! —exclamó Roberto, a quien le resultaba desconcertante la variedad de personajes que su amiga podía encarnar: poetisa o sospechosa de asesinato eran solo dos papeles de un repertorio más amplio y que, bien pensado, podían confluir en una misma persona. La voz burlona de Sabina resonó en su cabeza cantando aquel verso de *Siete crisantemos*: «El asesino sabe más de amor que el poeta».

—Las metáforas son necesarias cuando las palabras no bastan —replicó Brisa—. Esta mañana lo he vuelto a comprobar, al visitar la gruta situada en lo alto de la montaña.

—La cueva en la que teóricamente vivió María Magdalena los últimos años de su vida —dijo Roberto, escéptico.

—Al menos eso creen por aquí desde hace siglos —repuso Brisa—. Actualmente la gruta es un santuario natural al que la mano del hombre ha añadido unas misteriosas vidrieras por las que se filtraban esta mañana los primeros rayos solares del año. Una de ellas me ha ayudado a recordar que cada realidad es una apariencia, una ilusión tras la que se oculta una verdad desconocida. Como una cebolla de la que hay que pelar muchas capas hasta llegar al corazón. Pues bien, he decidido que ya es hora de pelar todas las capas que envuelven mi vida.

Capítulo 32

Brisa entró en el despacho de Mario decidida a pelar algunas de las capas de cebolla que envolvían el misterioso pasado de su padre.

—Me alegro mucho de verte de nuevo por aquí —la saludó amablemente Mario, levantándose y ofreciéndole una silla para sentarse.

Como la última vez, su aspecto era impecable: el pelo muy rubio y brillante, los ojos azules, grandes y descansados, una media sonrisa que transmitía confianza y un traje de Armani que realzaba su planta varonil.

—¿En qué puedo ayudarte? —preguntó, tras intercambiar algunos comentarios de cortesía para romper el hielo.

—Quiero una copia de todos los extractos bancarios en los que mi padre figurara como titular —respondió ella—. He traído su certificado de defunción y una copia auténtica del testamento y de la aceptación de la herencia.

—Todo en orden entonces —dijo Mario, que sonrió con amabilidad—. ¿Quieres copia de las cuentas que tu padre tenía en España, o también de las que estaban a su nombre en la isla de Man?

—De las dos.

—Perfecto. Las cuentas españolas te las facilitaré ahora mismo, puesto que son de esta oficina. Respecto a las de la isla de Man, te las entregarán sin problemas, pero tendrás que desplazarte hasta allí.

—¿No me las podrías dar tú mismo? —preguntó Brisa.

—Imposible. Dado el grado de amistad que me unía con

tu padre, y para hacer más sencillas las cosas, me permití consultar sus cuentas desde aquí, después de que vinieras por primera vez a mi oficina. Una práctica excepcional que ya no está permitida en este nuevo año. Desde un punto de vista jurídico, nuestra filial en la isla de Man es una sociedad absolutamente independiente que se gestiona en exclusiva desde allí: cualquier transacción, incluida la entrega de documentos, debe tramitarse por ellos. Sin excepciones. Las instrucciones son terminantes.

Mario estaba mintiendo: de ningún modo iba a reconocer que algunas cuentas de la isla de Man, como las de Arturo Gold, se habían gestionado desde Barcelona, pues en tal caso él sería el primer implicado si estallara un escándalo.

—¡Vaya por Dios!—exclamó Brisa—. Si tengo que viajar, hubiera preferido que las cuentas estuvieran en algún atractivo paraíso fiscal del Caribe, como la isla de Antigua, con sus aguas cristalinas y las puestas de sol..., o en Belice, repleto de playas y ruinas mayas... Tampoco me hubiera importado visitar las islas Maldivas y aprovechar para relajarme buceando o practicando surf. En la isla de Man creo que solo encontraré nubes y lluvias. ¿No podríamos evitar un viaje tan aburrido?

—Lo máximo que puedo hacer es solicitar que uno de los agentes comerciales de allí te traiga copia de las cuentas en el próximo viaje que realicen a Barcelona, pero no estoy muy seguro de que accedan... y tampoco te lo aconsejo. Como te dije, se trata de cuentas secretas, y siempre que salen del banco existe un riesgo. Piensa, por ejemplo, que si a nuestro agente comercial le registraran en las aduanas del aeropuerto del Prat, lo primero que harían sería enviar las cuentas de tu padre a la Agencia Tributaria.

—Comprendo —concedió Brisa—. Me llevaré un paraguas... Y al mal tiempo, buena cara.

—*Off the record*, solicitaremos hoy mismo a nuestra filial la copia de los extractos, para que, cuando vayas, ya tengan preparada toda la documentación y te la den al instante. ¿Desde que fecha necesitas copia de los movimientos bancarios?

—De los últimos diez años —respondió Brisa, aparentando naturalidad.

Mario dedujo que aquella mujer se había informado bien.

Diez era el límite máximo de años que los beneficiarios de cuentas *offshore* tenían derecho a consultar.

—¡Nunca un cliente nos había pedido una consulta tan extensa! Nuestra filial en el extranjero va a pensar que queremos auditarlos —bromeó Mario.

—Lo cierto es que no tengo más remedio que supervisar detalladamente las operaciones de mi padre. Gold Investments está en situación de quiebra técnica por culpa del fiasco de Madoff. Van a ir a por nosotros. La primera medida defensiva, según mis abogados, debe ser la de averiguar donde nos pueden atizar e intentar cubrir los flancos.

También Brisa estaba mintiendo. Ni Carlos Puig ni ningún otro abogado le habían aconsejado tal cosa, pero quería bucear en los secretos ocultos en las cuentas de su padre, y para ello necesitaba una excusa creíble. Durante los últimos días había reflexionado sobre aquella críptica frase de su padre: «Gozo encierra sufrimiento». No sabía cómo interpretarla, pero, si quería descifrarla, necesitaba información adicional, y Mario podía proporcionársela.

—Desconocía que la situación fuera tan grave —dijo él, con la expresión sentida de un capellán preocupado por los infortunios de sus feligreses—. Lo lamento y me hago cargo de la delicada situación a la que te enfrentas. Si puedo ayudarte en algo, cuenta conmigo.

—Te lo agradezco… De hecho, al realizar un inventario de los activos de mi padre, he encontrado tantos bienes como interrogantes. Al parecer adquirió importantes propiedades que no están a su nombre, sino a nombre de unas sociedades, domiciliadas en la isla de Man, en las que él figura como administrador.

El rostro de Mario, preocupado y afable, reflejó una mayor inquietud.

—¿Tu padre no te contó nada respecto a esas operaciones?

Brisa se encogió de hombros, con indiferencia, como si Mario fuera un turista extranjero que le acabara de preguntar cómo llegar a una dirección desconocida por ella.

—¿Y no te ha dejado ninguna documentación explicativa?

—Tampoco.

—Me resulta insólito que tu padre se despreocupara así de

asuntos tan delicados de los que solo él conocía el alcance —replicó Mario tras suspirar, en un tono de confidencialidad, y mirándola fijamente a los ojos.

—Mi padre siempre me decía que, si algún día él faltaba, te preguntara a ti sobre sus cuentas y sociedades en el extranjero —mintió Brisa.

—Por supuesto. Ese es mi trabajo. Sin embargo, una cosa son sus cuentas y sociedades, y otra muy distinta son las cuentas y sociedades de otras personas. ¿Comprendes la diferencia?

—Te agradecería que fueras más claro, más concreto —le pidió Brisa, estudiando atentamente las reacciones de Mario.

Este respiró hondo y tamborileó en la mesa con los dedos.

—La cuestión es que tu padre, en ocasiones, actuó como testaferro. Es decir, como un hombre de paja que firmaba como administrador de empresas en las que los propietarios reales se ocultaban tras una maraña de sociedades radicadas en paraísos fiscales. Estas empresas solían adquirir, básicamente, urbanizaciones e inmuebles. Dado el prestigio y fortuna de tu padre, todos imaginaban que era él quien estaba tras las sociedades compradoras. Sin embargo, no era así. Eran otras personas las que manejaban los hilos tras las bambalinas.

La información de Mario coincidía con la de Ariel, el agente del Mosad.

—Como comprenderás —prosiguió Mario—, sobre esa gente no podría facilitarte información ni aunque la tuviera, pues si utilizaban a tu padre de tapadera es porque querían permanecer en el anonimato. Y el secreto bancario es sagrado en nuestro negocio.

—Por el importe de las adquisiciones que hicieron —apuntó Brisa—, «esa gente» no eran unos cualquieras. Disponían de dinero a espuertas y lo utilizaban, pero evitando salir retratados. Pero si querían pasar desapercibidos, ¿por qué eligieron a un hombre del prestigio y los contactos de mi padre, en lugar de a un don nadie sin oficio ni beneficio?

—Creo que esa pregunta la podrías contestar tú misma. Precisamente lo eligieron por su prestigio y sus contactos: recalificaciones de terrenos, concesiones de licencias, inversiones estratégicas… Ellos ponían el dinero; tu padre, las conexiones necesarias para que las operaciones fructificaran. La cultura del pelotazo y las comisiones a granel funcionaba muy bien para unos pocos.

La explicación de Mario era plausible, pero omitía algo vital. Si Ariel tenía razón, «esa gente» eran pakistaníes podridos de dinero, para quienes financiar atentados terroristas en Bombay, capaces de conmocionar a la India, no era más que un simple movimiento de apertura de una larga y sangrienta partida de ajedrez.

—Tal como lo expones —señaló Brisa—, parece muy sencillo. Mi padre les abría las puertas a cambio de una comisión, pero ¿quiénes entraban a través de tales puertas? Porque los precios varían según las personas que participen en la mascarada.

Mario frunció el ceño y se revolvió en su silla, como luchando con las palabras que iba a pronunciar.

—Sinceramente, me gustaría poder ayudarte más, pero, como te dije, aunque supiera las respuestas a tus preguntas, no podría facilitarte la información. Por la cuantía de las operaciones, puedes hacerte una idea de que quienes están detrás son personajes poderosos, con los riesgos que eso implica. Me extraña mucho que tu padre ni siquiera te dejara algún escrito al respecto. Sin duda, la muerte le pilló de sorpresa... Mira bien en las cajas fuertes de todos sus bancos. Es probable que allí guarde documentación que aclare tus dudas.

A Mario no le gustaban nada los derroteros que estaba tomando aquel asunto. Las cuentas de la isla de Man estaban bien protegidas por él, pero ¿y si Arturo Gold había dejado a su hija documentos comprometedores depositados en alguna caja de seguridad? En ese caso, debía hacerse con ellos a toda costa y destruirlos. Contra pronóstico, aquella mujer que tenía delante se estaba convirtiendo en un problema de difícil solución.

Una idea improbable cruzó por la mente de Brisa. ¿Y si el crucifijo de doble travesaño era, en realidad, una llave que abriera la caja donde su padre había guardado los documentos más comprometidos de su poco edificante vida económica? «Gozo encierra sufrimiento.» El dinero le había traído, sin duda, goces placenteros, pero a costa del sufrimiento de muchos inocentes. La idea era un tanto descabellada, pero... Si la cruz era una llave, tenía que buscar la caja para abrirla.

—¿Y si no encuentro nada? —preguntó Brisa.

—En ese caso, podría acompañarte a la isla de Man y explicarte *in situ* el significado de los movimientos y las operaciones. Así podrías dejar en una caja fuerte del banco los extractos de las cuentas y regresar a España con las dudas resueltas. Sería lo más seguro.

—¿Crees que existe algún riesgo si actúo de otro modo?

—Estamos hablando de cantidades importantes, de personas poderosas y de operaciones opacas. En mi opinión, todas las precauciones son pocas.

A Brisa le hubiera gustado tantear a Mario sobre su relación con su madre, con el apellido Blanchefort y con la historia del crucifijo, pero no era el momento. El viaje a la isla de Man sería más propicio para indagar sobre su pasado, y además contaría con la ventaja de conocer la información que ese mediodía le ofrecería la fuente de la que le había hablado Roberto.

Capítulo 33

La fuente resultó ser Charo, la dueña del restaurante Kashab, un establecimiento pionero de la cocina árabe en Barcelona. Situado a poca distancia del centenario local que logró sobrevivir entre canciones y bailes a dos guerras mundiales, a la dictadura de Primo de Rivera, a la guerra incivil española, a los casi cuarenta años de franquismo y a la transición democrática, el restaurante conserva la memoria de antiguas recetas orientales y de la época más dorada de El Molino, aquella en la que brilló como una estrella antes de que se apagaran sus luces.

—Nunca más volverá a existir nada semejante —explica Charo, con nostalgia—. No sabría decir si me lo pasaba mejor con el espectáculo que ofrecían las vedets o con el público: pueblerinos venidos en autobuses, ávidos de piernas y escotes; caballeros de alto copete con puro y copa; grupos de jóvenes bulliciosos; jubilados boquiabiertos; parejas de recién casados; respetados profesionales; artistas transgresores como Salvador Dalí y Xavier Cugat, con su reluciente Rolls Royce aparcado siempre en la puerta...

—¡Debía de ser fantástico! —exclama Brisa—. En ningún otro lugar del mundo hubiera sido posible ver una mezcla tan heterogénea de gente.

—El erotismo, el humor y el permanente desafío a la censura convirtieron El Molino en algo más que un *music hall* durante la dictadura franquista; era un lugar donde se daban cita todas las clases sociales e intelectuales barcelonesas. Y eso mismo se mantuvo, multiplicado, durante los primeros años de la democracia. Era una gozada el desparpajo con el que las vedets interpelaban y respondían a los espectadores de toda condición, enzarzándose en desternillantes duelos verbales muy celebrados por la concurrencia, aunque más de uno abandonaba el local, avergonzado; primero se hacían los gallitos, pero luego no sabían aguantar el chaparrón de picoteos.

A aquella mujer fuerte y vitalista le apasiona conversar sobre El Molino. Tal como le ha explicado Roberto, gracias al emplazamiento de su restaurante conoce a muchos de los protagonistas de la farándula barcelonesa de la época de la Transición. Por más que ha buscado en archivos, hemerotecas y revistas de la época no ha encontrado ni una sola referencia a Brigitte Blanchefort. Probablemente hubiera sido una mera bailarina de segunda que actuara bajo el anonimato de un nombre artístico ficticio, a fin de proteger la reputación de su noble apellido familiar. En tales circunstancias, difícilmente Charo será capaz de ayudarla, pero, quizás, a través de alguno de sus múltiples conocidos logre averiguar algo sobre el pasado de Brigitte Blanchefort. Para ello debe armarse de paciencia e inventarse una historia lo suficientemente atractiva para que las viejas glorias de El Molino deseen hablar con ella.

—Es una pena que las puertas que se mantuvieron abiertas durante más de un siglo ahora estén cerradas —se lamenta Brisa, buscando la complicidad de aquella mujer.

—Cuanta razón tienes, niña. El Molino resistió todas las adversidades del siglo XX, menos la competencia de Telecinco y sus mamachichos de tetas operadas. No fue el único desastre perpetrado por el capitalismo del «todo vale». Unos rusos sin escrúpulos compraron el local por cuatro rublos y destruyeron sin permiso la coqueta bombonera modernista que el arquitecto Raspall había diseñado a principios de siglo. Todavía recuerdo a mi amiga Valery entrando cubierta de cal blanca en mi restaurante con la furia de un caballo salvaje. ¡No podía creerse lo que acababa de descubrir! En sucios contenedores callejeros, se amontonaban, junto a los escombros destruidos del interior de El Molino, muebles maltratados, vidrieras rotas e incontables libretos musicales que contenían los diálogos y canciones interpretados durante los últimos cien años. Valery, una ferviente y activa defensora de los recuerdos históricos de nuestra ciudad, temblaba de rabia. Juntas salimos a la calle con grandes bolsas de basura, nos arremangamos y, mano a mano, escarbamos dentro de los contenedores para salvar cuanto pudimos. Valery avisó después al periodista Lluís Permanyer, que escribió un artículo en *La Vanguardia* denunciando aquel atropello. El Ayuntamiento paralizó las obras, pero el daño ya estaba hecho. El local, tal como fue concebido, ya solo existirá en las fotos y en la memoria de quienes lo conocimos.

Roberto sonríe para sí mientras corta en trocitos pequeños la carne recién servida, para que su hija la pueda masticar sin dificultades. Ha escuchado aquella anécdota muchas veces, pero le alegra constatar que Charo no ha perdido un ápice de su entusiasmo habitual, ni siquiera tras haberse visto obligada a guardar cama por una gripe navideña. María, ajena a la conversación, tranquila, observa distraída la decoración del restaurante, que, con su fuente de agua, sus arcos árabes de fantasía y el brillo plateado de la mesa, le resulta de lo más exótico.

—Existen muchas formas de conservar la memoria, y los libros quizá sean el mejor medio de preservar nuestros recuerdos —dice Brisa, preparando el terreno para el personaje que se dispone a interpretar.

—Precisamente, Lluís Permanyer acaba de publicar un libro, en una edición de lujo, sobre la historia de El Molino.

—Sí, lo conozco. Me resultará muy útil para mi próximo proyecto literario —miente Brisa—. Verás, estoy preparando una novela que estará ambientada en El Molino, en tiempos de la Transición.

—¡Eso es magnífico! Roberto me había comentado que vendría a comer con una amiga muy interesada en el pasado de El Molino, pero el muy pillín se había callado la parte más interesante. No todos los días se conoce a una novelista. ¿Qué tipo de libros escribes?

—Aunque parezca raro, los contratos firmados me obligan a no hablar sobre mis obras publicadas —afirma Brisa con una tenue sonrisa.

Charo frunce el ceño y carraspea ligeramente:

—Eso sí que es extraño. Las editoriales siempre quieren que los autores promocionen sus libros y hablen de ellos tanto como sea posible, si es en la tele mejor que mejor.

Brisa se lleva la copa de vino a la boca y luego se limpia los labios con una servilleta.

—Lo que ocurre es que si alguien ya es mediático o famoso no necesita escribir, sino contratar a una persona como yo, que trabaje como una negra y mantenga la boca cerrada. Se trata del principio de especialización en el trabajo: los negros escriben; los famosos hablan.

—¡Vaya, vaya! Ya entiendo. Siempre se aprenden cosas... Eres la primera negra que conozco que resulta ser... rubia... Perdóname por el chiste fácil. Cuenta, cuenta... Entonces, ¿has escrito novelas atribuidas a gente famosa?

—Digamos que he escrito y he corregido algunas novelas que han alcanzado un gran éxito, pero he de ser extremadamente discreta. Si mi nombre saliera a la palestra, podría verme obligada a pagar indemnizaciones astronómicas.

—Comprendo. No seguiré haciendo preguntas indiscretas, pero me parece un escándalo que alguien ponga el trabajo y otro se lleve el dinero y los laureles.

—Eso pasa tan a menudo en nuestra sociedad de consumo..., y no solo en el mundo editorial. Son las reglas del juego. Por eso estoy tan feliz de que por primera vez la editorial me haya encargado una novela que, al fin, llevará mi nombre. Es una oportunidad que no puedo desaprovechar.

—Tendrás mucho éxito, niña. Te lo mereces: está escrito en tu cara. Cualquier cosa que pueda hacer por ayudarte... En fin, no tienes más que pedírmelo.

—La verdad es que me encantaría entrevistar a gente que hubiera trabajado en El Molino en los años setenta. Roberto me ha dicho que mantienes contactos con algunas personas de aquella época.

—Naturalmente. El Poble-sec es como un pueblo. Muchos de los que trabajaron en El Molino todavía viven por aquí: vedets, bailarinas del coro, clientes de toda la vida, limpiabotas, incluso algún tirador de cartas del tarot muy celebrado por las artistas. Con alguna gente mantengo la amistad; con otra me cruzo por la calle de vez en cuando... Pero estoy segura de que a todos les va a entusiasmar tu proyecto. ¡Un libro sobre El Molino, evocando sus vivencias y su pasado, es algo que los ilusionará! ¿Cómo se te ocurrió escribir sobre esto?

—Por una cuestión que os puedo desvelar en parte..., si me prometéis guardar el secreto y no preguntarme más de lo que pueda desvelar.

Roberto ha permanecido en silencio hasta ese momento, admirando la naturalidad con la que Brisa fabula. De pequeña le encantaba jugar a disfrazarse y a tejer historias labradas por su inagotable imaginación. En aquella época, a él, mucho más tímido, le entusiasmaba dejarse arrastrar por sus juegos y romper las reglas de su pequeño mundo convencional repleto de prohibiciones. Ahora, de mayor, le divierte observar cómo Brisa cautiva a sus desprevenidos interlocutores encadenando mentiras. Sin embargo, muchas cosas han cambiado desde su infancia. Las mentiras de Brisa ya no son inocentes. Todavía disfruta creando mundos de fantasía, pero ahora busca resultados concretos engañando a quienes la escuchan. Y tampoco es una niña inocente, sino una mujer seductora que sabe cómo emplear su atractivo personal. Nada de lo que preocuparse, si no fuera por la misteriosa muerte de su exnovio, y porque no puede evitar sentirse irremisiblemente atraído hacia ella, pese a los múltiples interrogantes que penden sobre su pasado.

—Mi niña, nos tienes en ascuas —dice Charo, poniendo los brazos en jarras—. Se ve que tienes madera de escritora de suspense. Cuéntanos lo que quieras, que no saldrá de esta mesa.

Brisa parece dudar y, al retomar la palabra, lo hace como si contara una confidencia:

—Pues bien, quien ha propuesto a la editorial el tema de mi novela es uno de sus máximos accionistas, sabe de primera mano que yo he sido la verdadera autora de algunos de sus libros más vendidos, y ha exigido que en esta ocasión se me reconozca como tal.

—Ah... No me extraña que quiera darte a conocer. Por justicia y por dinero, pues no me cabe duda de que con esa carita vas a salir muy bien en la caja tonta que puede ser tonta..., pero no tanto. Teniendo en cuenta que es capaz de fabricar millonarios como rosquillas...

—¿Y por qué quiere ese hombre que escribas un libro que transcurra en El Molino, en la época de la Transición? —interviene Roberto, curioso por saber qué se va a inventar Brisa.

Ella juguetea un poco con sus gruesas gafas de pasta negra, que ha elegido con esmero para dar una imagen de intelectual, y esboza una tímida sonrisa.

—Por varios motivos. Se trata de un señor mayor, nostálgico y acaudalado que frecuentó mucho El Molino en la década de los setenta, y le gustaría que una escritora de talento recreara aquella época. Además, invertirá parte de su fortuna en reconstruir El Molino, y quiere que se presente mi novela el mismo día en que se reinaugure el local. Pretende lanzar el libro a bombo y platillo. Está convencido de que la publicidad gratuita que nos brindará la reapertura de El Molino ayudará a que se convierta en un éxito. Los grandes empresarios lo tienen todo controlado, aunque en este caso creo que es un amor del pasado lo que le impulsa.

—Las historias del corazón son siempre las más interesantes —replica Charo con entusiasmo.

—En efecto. El hombre del que os hablo se enamoró perdidamente de una joven bailarina francesa, y vivió una historia febril al límite de las convenciones, pero no tuvo la valentía de proseguir una pasión condenada por la sociedad y abandonó. Le perdió la pista y nunca más volvió a saber de ella. Me ha pedido que, a título personal, investigue su pasado y averigüe cuanto pueda.

—¿Cómo se llama? —pregunta Charo—. No quiero ser entrometida, pero, si has de realizar averiguaciones, debo saber su nombre para poder ayudarte.

—Te lo agradezco muchísimo. Lo que debe permanecer en secreto es su historia con mi mecenas millonario, pero no el nombre de la chica que busco: Brigitte Blanchefort.

Charo mueve la cabeza con gesto negativo.

—No me suena, pero creo que una buena amiga mía podría ayudarte. Se llama Jannick, es francesa y trabajó en Barcelona como bailarina a principios de los setenta.

—¡Qué casualidad! Sería fantástico poder hablar con ella.

—Pues precisamente he quedado aquí con ella dentro de dos días, para cenar. Le encantará conocerte. Como yo, seguro que también se entusiasmará con las noticias que nos has dado. Estáis ambos invitados —añade Charo, dirigiéndose a Roberto.

Roberto mira a María, que ya se ha acabado su plato y se revuelve inquieta sobre la silla.

—Te lo agradezco mucho, Charo, pero tengo a la niña a mi cargo hasta después de Reyes, y por la noche se acuesta temprano. Podría contratar a una canguro, pero me quedo siempre más tranquilo estando en casa con ella, mucho más tratándose de la víspera en la que nos visitarán sus majestades de Oriente.

—No había caído en que era una noche tan especial. Mis niñas ya están muy creciditas y no creen en los reyes magos, sino más bien en los príncipes azules. Ya veis, cada edad trae sus propias fantasías...

Roberto sonríe ligeramente, ladea la cabeza buscando los ojos de Brisa y sentencia con voz queda:

—Lo importante es que Brisa y Jannick se conozcan. Estoy convencido de que este libro deparará emociones fuertes y algunas sorpresas inesperadas.

Capítulo 34

Acta de observación telefónica:

Periodo de tiempo que comprende la observación telefónica: de 3 de noviembre de 2008 a 4 de diciembre de 2008.

En Sabadell, a 5 de diciembre de 2008, mediante la presente acta se hace constar:

Que la Unidad Central de Información Exterior Segunda de la División de Información de la Policía de la Generalitat, Mossos d'Esquadra, está llevando a término en las dependencias de Sabadell la observación del número de teléfono 6520902XX y del número de IMEI 3564789321763218 utilizados por el señor Mohamed Alí Baba, encartado en las diligencias previas 403/2008 instruidas por su señoría.

CONTENIDO Y RELEVANCIA DE LAS COMUNICACIONES

Esta Unidad Central de Información Exterior Segunda pone en conocimiento de su señoría que las comunicaciones registradas en el presente periodo han confirmado que, siguiendo la tónica ya conocida, los creadores de Kali, SA. están dejando morir esta empresa que acumula numerosas deudas con un sinfín de acreedores como Vodafone, Talleres Pujol, Banco Santander, Yesos Soler, Agencia Tributaria y Seguridad Social, entre otros, al tiempo que han constituido otra sociedad denominada Kali Som, que, con diferentes testaferros, y domiciliada en otra dirección, continúa la actividad de la primera manteniendo los mismos clientes e idéntica operativa.

Llamada de voz con número de producto 271.496 de fecha 04/12/2008, 10.26.51

Transcripción:
M: Mohammed
T: Teresa
H: Hombre magrebí no identificado.
E: Hombre español no identificado.

M: ¿Sí?
T: ¡Hola, buenos días!
M: ¡Buenos días!
T: Soy Teresa, de Talleres Pujol, de aquí, de Lliçà de Vall.
M: ¿Sí?
T: No sé si se acuerda de que tiene unas deudas pendientes con nosotros.
M: Yo, yo… He dejado de trabajar con ellos.
T: Eeehh… ¿Y con quién tengo que hablar? Porque es el único teléfono que tengo.
M: Pues yo no lo sé… Ellos han cerrado… Bueno, la oficina está aquí, pero sin nadie.
T: Es que ¿sabe qué pasa?, que tenemos un problema porque debemos cobrar varias facturas de esta empresa…
M: ¡Sí, sí, no solo Talleres, mucha gente tiene que cobrar…!
T: Y el único teléfono que tengo es el de usted, y me ha costado mucho poder localizarlo.
M: Bueno, puedes pasar a buscarlos a ellos…
T: Pero ¿hay alguien en la empresa o no hay nadie?
M: No, no están viniendo; es que tienen problemas y no están trabajando.
T: ¿No están trabajando? ¿Y cómo nos van a pagar?
M: Por eso es que yo…, no sé, no sé lo que está pasando, de verdad.
T: Ya lo que pasa, ¿sabe qué pasa?, lo que pasa es que solo tenemos el teléfono de contacto de usted…
M: Sí, sí…
T: No, ya, ya, lo que pasa es que nunca me ha cogido usted el teléfono, ya no sé cuantos mensajes le he dejado…
M: Bueno, hay un chico que está aquí ahora que es de Kali, y lleva el tema este, me parece. Te lo paso.
T: Vale.
H: ¿Sí?

T: Hola, soy Teresa, de Talleres Pujol, de aquí, de Lliçà de Vall. No sé si se acuerdan de nosotros, que tiene una deuda, unas cuantas deudas con nosotros.

H: Sí, sí, estamos esperando cobrar pagarés de *uno* cliente.

T: Ya, ya... Esto ya nos lo han dicho más de una vez. Hace mucho tiempo que nos lo están diciendo y se lo he comentado también al señor Plantada, nuestro gerente, y a ver... Es que ni que sea algo, si no es la deuda entera, por lo menos algo, un poco de voluntad de su parte, porque es que nosotros bien que les hemos arreglado las máquinas y les hemos vendido los recambios.

H: Vale, vale, ahora *esperando* porque...

T: No, no, es que nosotros no podemos esperar más; nosotros necesitamos cobrar algo ya. A ver, si no es todo de golpe, por lo menos que tengan la predisposición de podernos dar algo, ni que sea la mitad. Mire, con la mitad ya estaríamos contentos, por lo menos la mitad, y el resto... Si tardan una semana, un mes, o lo que sea, pero al menos cobrar algo.

Roberto no pudo reprimir una sonrisa irónica. Aquella conversación podía pasar por alguno de los esperpénticos diálogos telefónicos de Gila. El surrealismo cotidiano competía con la ficción enlatada, y no había visos que anunciaran un próximo cambio de guion. En la España del siglo XXI, el timo de la sucesión de empresas era más sencillo y eficaz que el de la estampita. Las reglas de juego favorecían a los tahúres, y no era de extrañar que se multiplicaran como las ratas. Como solía decir su padre: entre todos la mataron y ella sola se murió.

Roberto se mesó los cabellos. Estaba cansado. Desde hacía días robaba el sueño a las noches para examinar minuciosamente centenares de conversaciones grabadas a miembros de la trama mafiosa. Resultaba agotador, pero necesario. En todo sistema se esconde un fallo. Puede ser estructural, psicológico, emocional, organizativo... Es cuestión de tiempo que aflore a la superficie y lo destruya. No importa el tamaño de la estructura ni la solidez de los cimientos. Todo contiene una imperfección, y aquella organización mafiosa no era una excepción. Necesitaba encontrar el fallo de la trampa en la que se estaba atrapado si quería salir de ella. Ya tenía una pista que seguir, pero todavía le faltaban datos. Quizá dar con ellos fuera una cuestión de tiempo, pero, incluso sin dormir, los días solo tenían veinticuatro horas.

Durante la última semana se había volcado en la niña. Ella lo necesitaba; él, todavía más. Nada podía compararse a lo que sentía por su María. Cada abrazo suyo destilaba un amor tan repleto de ilusión, fragilidad y esperanza... Por la tarde habían ido a ver la cabalgata de los Reyes Magos y, dentro de unas horas, se despertaría ansiosa por encontrar sus regalos. La realidad imitaba muy biena la ficción, pues casi todos los juguetes provenían de China, las míticas tierras del Lejano Oriente descritas por Marco Polo.

Un vistazo al salón bastó para convencerle de que debía poner un poco de orden para que Melchor, Gaspar y Baltasar encontraran un espacio en el que dejar los juguetes. Colocó los papeles sobre la mesa y se incorporó, dispuesto a comenzar la operación limpieza. Entonces vio un sobre bajo la puerta. Lo recogió del suelo y lo abrió. En su interior encontró diez mil euros en billetes de quinientos y una nota confeccionada con letras de imprenta de periódico: «Los Reyes Magos de Oriente te desean felices fiestas. Hasta pronto».

Dragan le enviaba su paga mensual y un mensaje sobre su vulnerabilidad. A ese cabrón, pensó Roberto, le perdería su exceso de confianza. Aquel dinero, decidió, lo emplearía en comprar una microcámara de espía, para fotografiarle durante su próxima cita sin que se diera cuenta. La tregua navideña se acababa, y la visita a las obras del AVE marcaría un punto de no retorno en aquella guerra sorda que pronto le explotaría entre las manos.

Capítulo 35

La imagen de Jannick, una mujer de unos sesenta años y cuidada cabellera blanca, difería en gran medida de la que Brisa se había imaginado. Sus rasgos eran armoniosos; los gestos, elegantes; sus ojos, profundamente observadores. Todo en ella transmitía serenidad.

—Yo he aceptado envejecer —explicó Jannick—, algo muy difícil para mujeres acostumbradas a ser admiradas y aplaudidas cada noche. Las luces de los escenarios provocan adicción, pero son engañosas; cuando se apagan, la juventud se ha marchado para no volver. Muchas de mis compañeras no lo superaron y sus días de gloria acabaron muy mal.

—Supongo —conjeturó Brisa, imaginándose a sí misma con treinta años más— que debe resultar muy duro asumir el paso del tiempo, cambiar aplausos por silencios y constatar que el deseo de los hombres ya no arde ni prende como antaño.

—Cuando una es joven, piensa que ese regalo es para siempre, pero ya ves que no es así —dijo Jannick encogiéndose de hombros.

—Cuando Jannick trabajaba de bailarina —intervino Charo—, la paraban por la calle, le silbaban y a muchos no les importaba expresar sus impulsos a viva voz. Era una sociedad muy machista, algo que sacaba a Jannick de sus casillas.

Su amiga entornó los ojos y asintió con la cabeza.

—Demasiada gente nos encasillaba por el mero hecho de trabajar en teatros de variedades. Todavía me enfado cuando recuerdo algunos comentarios…

—Tal vez por eso trabaja ahora como psicóloga en una fundación de ayuda a mujeres maltratadas —apuntó Charo—. Jannick siempre ha sido la caña. Nunca he sabido de dónde saca el tiempo ni la energía. Y hablando de energías indomables..., aquí está mi hija Ruth.

Brisa observó a la hija de Charo mientras servía la mesa. Recordó los comentarios de su madre el día de la cena con Roberto y sonrió. No era de extrañar que estuviera más ilusionada con apuestos príncipes azules que con barbudos reyes magos, y, desde luego, serían multitud los jóvenes principitos de todo pelaje deseosos de cortejarla: era una chica guapísima.

Mientras probaban el delicioso tajín de cordero y el sabroso pollo con ciruelas se hizo el silencio. Brisa mojó los labios en una copa de vino tinto y reanudó la conversación.

—¿Cómo has sido capaz de compaginar el teatro con la carrera de psicóloga? —preguntó mirándola fijamente a los ojos, con la misma atención que un niño pequeño mostraría frente a un falso rey mago de El Corte Inglés.

En realidad, la respuesta no le interesaba lo más mínimo, pero las probabilidades de seguir el rastro de la desaparecida Brigitte Blanchefort aumentarían si se ganaba su simpatía.

—Decidí comenzar la carrera cuando ya no pude seguir bailando en los teatros. Nunca me ha gustado quedarme parada. Ahora estoy preparando mi tesis doctoral sobre lateralidad, es decir, el predominio de uno de los lados del cuerpo por la hegemonía que un hemisferio cerebral ejerce sobre el otro.

—Es apasionante la lucha entre los hemisferios de nuestro cerebro por tomar el control de nuestro cuerpo y de nuestras vidas —afirmó Brisa.

—En efecto, eso es algo que la mayoría de la gente desconoce, pese a la importancia capital que ejerce sobre nosotros. Me encantaría incluir en mi tesis un apartado dedicado a la escritura especular de Leonardo da Vinci, que, pese a ser ambidiestro, solía escribir con la mano izquierda y al revés, de tal modo que solo se podía leer correctamente al reflejarse el pergamino sobre un espejo. Sería fascinante aventurar una hipótesis sobre el funcionamiento de sus hemisferios, pero me temo que la personalidad de Leonardo es demasiado compleja y misteriosa para mí.

Brisa trató de llevar la conversación a su terreno:

—Si sigues profundizando en esa línea de investigación, mantenme al corriente. Sería un enfoque muy novedoso para un reto que deseo cumplir algún día: escribir una novela sobre el maestro florentino.

—Sería un orgullo para mí contribuir en lo que buenamente pueda. Ya sé, por Charo, que eres una magnífica escritora y que estás preparando un libro ambientado en El Molino, en la época de la Transición. Ojalá sea un gran éxito. Yo viví aquella época, así que, en cuanto esté en mi mano, será un placer ayudarte, y, en este caso, con información de primera mano.

—Tu aportación me será muy útil —afirmó Brisa, satisfecha por poder centrarse en el tema que le interesaba—. Por lo que me dijo Charo, llegaste a Barcelona, desde Francia, muy joven, cuando España aún era una dictadura.

—En efecto, tenía dieciocho años recién cumplidos cuando llegué, en autobús, sin más equipaje que una pequeña maleta, y en compañía de un grupito de alocadas muchachas francesas que también habían sido contratadas para actuar en el teatro Apolo.

Los ojitos de Brisa se agrandaron al escuchar aquella inesperada noticia. Quizás entre las compañeras de viaje de Jannick se encontrara Brigitte Blanchefort. Sin embargo, reprimió sus ganas de preguntarle inmediatamente por ella, pues era preferible ser cortés y mostrar interés por su vida.

—¿Cómo fue tu primera impresión de la Barcelona franquista?

—Fatal —respondió, tajante—. Yo había estudiado ballet clásico y me ofrecieron un trabajo de bailarina. El Apolo difería en mucho a lo prometido. Aunque había que saber bailar, lo más importante era ser guapa y enseñar cacha. Mi decepción fue terrible, pero decidí apretar los dientes y no regresar a casa con el rabo entre las piernas.

—Así que viniste engañada, por decirlo de alguna manera.

—Absolutamente. La mayoría de mis compañeras ya sabían de qué pie cojeaba el teatro cuando firmaron el contrato, pero yo no lo imaginé hasta el primer día en que comenzaron los ensayos, cuando nos vistieron con una especie de bikini ridículo salpicado de lentejuelas.

—¿Y la censura? —preguntó Brisa.

—Era, sobre todo, un gran negocio para los censores, que

recibían religiosamente su paga semanal por hacer la vista gorda. De todos modos, los bikinis de entonces, vistos con los ojos de hoy, recibirían un premio a la antilujuria. No solo el espacio-tiempo es relativo, sino también la moral. El punto de vista cambia tanto con el paso de los años…

—Jannick sabe de lo que habla —terció Charo—, y no solo por los años vividos, sino por el mundo recorrido…

—Cuando terminé mi primer contrato en el Apolo, cogí mi petate y mis zapatillas de bailarina y actué en muchos países, algunos tan lejanos como Japón, antes de regresar finalmente a Barcelona.

—Donde, por cierto, acabó triunfando como vedet —apuntó Charo.

—¿Y todavía mantienes contacto con las chicas francesas que te acompañaron en tu primera aventura barcelonesa? —preguntó Brisa.

—La verdad es que ya no —respondió Jannick, sacudiendo ligeramente la cabeza.

—¡Qué lástima! Resulta que quien me ha encargado la novela está muy interesado en que indague sobre una bailarina francesa que llegó a España a comienzos de los años setenta… Tenía la esperanza de que hubiera sido alguna de tus compañeras de viaje.

—¡Quizá lo fuera! Yo llegué a Barcelona en 1973, y tampoco había tantas bailarinas francesas actuando en los teatros del Paralelo. ¿Cuál es su nombre?

—Brigitte Blanchefort.

—Ahora mismo no la recuerdo, aunque tal vez me traicione la memoria. ¿Tienes alguna foto suya?

—De momento, no. Tan solo sé que trabajó en El Molino.

—No es mucha información, pero creo que será suficiente. Si me dejas unos días, recuperaré algunos teléfonos y entre todos la encontraremos. Los que vivimos en el Poble-sec y compartimos los recuerdos de aquellas épocas formamos una especie de familia: ya nos irás conociendo —afirmó Jannick.

—Y si Brigitte Blanchefort todavía está viva, podrás hablar con ella —sentenció Charo.

Capítulo 36

Roberto llegó puntual a su cita con Brisa. Al abrir la puerta del restaurante Montalbán, le embargó esa suerte de ilusión inconsciente que provocan aquellos lugares donde uno siempre ha disfrutado. En treinta metros cuadrados se agrupaban sin concesiones seis mesas rústicas de madera, una pizarra verde donde se anotaban los platos del día y una barra de bar desde la que el matrimonio que regentaba la tasca dirigía las operaciones. En la única mesa con una silla vacía, le esperaba Brisa, muy risueña, vestida con una blusa negra de algodón.

—Ya veo que me quieres impresionar con la elección del restaurante, pero te advierto que soy una chica difícil de complacer —bromeó.

—Es algo ruidoso, y no pretende competir por un puesto entre los locales *fashion* de la ciudad, pero en toda Barcelona no encontrarás mejor calidad que aquí.

Como queriendo confirmar su afirmación, la dueña del local apareció junto a ellos dispuesta a tomar nota.

—Hoy, de primero —anunció con voz cantarina—, tenemos pulpitos, chipirones, calamares, navajas, gambas, percebes, canaíllas, ostras, cigalas... Y, de segundo, como siempre, rodaballo, lenguado y rape salvaje con guarnición de pimientos del padrón y patatas.

Roberto y Brisa debatieron brevemente antes de ponerse de acuerdo, y añadieron un excelente vino blanco a la elección.

—Tendré que darte la razón —concedió Brisa al degustar con placer las gambas y cigalas—, pero voy a aplazar mi veredicto hasta el final, como represalia por haberme puesto tan difícil quedar contigo para cenar...

—Tampoco es que me haya hecho rogar demasiado. Hoy es la primera noche que estoy sin la niña.

—Eso se lo dirás a todas —bromeó Brisa—. ¿Cómo puedo estar segura de que no me mientes?

—Esa pregunta te la tendría que hacer más bien yo —replicó Roberto, achispado por el dulce y refrescante albariño que fluía por su cuerpo—. Inventas historias con tanta facilidad que me resulta imposible distinguir cuándo mientes de cuándo dices la verdad.

—¿Qué es mentir? ¿Crees que la mayoría de la gente es sincera? Las personas prefieren decir lo que los demás quieren escuchar. ¿Crees que los matrimonios son absolutamente sinceros los unos con los otros? ¿Acaso los empleados le dicen al jefe lo que de verdad piensan cuando obedecen sus instrucciones y le ríen las gracias? Sin la mentira, ningún matrimonio podría resistir, y la vida resultaría insoportable para muchos. Peor todavía. ¿Quién puede afirmar que se dice la verdad a sí mismo? Como psicóloga, te puedo asegurar que la cantidad de deseos y secretos que las personas ocultan en sus grutas interiores es inagotable. ¿Cuánta gente está absolutamente convencida de que actuará de tal o cual manera, y al cabo de nada hace justo lo contrario de lo que pensaba?

—Sí, claro —concedió Roberto mientras pelaba una gamba—. ¿Quién no se ha levantado de joven con resaca, prometiendo que nunca más volvería a beber, para acabar saliendo esa misma noche de farra con los amigos? Una cosa son las pequeñas contradicciones inherentes al ser humano, y otra muy distinta es inventarse historias sobre uno mismo cada dos por tres.

—No seas tonto. —Brisa rio despreocupadamente, con una genuina expresión de diversión brillando en sus ojos—. Siempre me ha gustado jugar y, en el fondo, a ti también.

Existen muchas clases de juegos... ¿Acaso los juegos de la infancia son tan diferentes a los de los adultos? ¿A qué estaban jugando ellos dos? La posición de Brisa siempre había sido de superioridad. No era algo de lo que hubiera alardeado jamás. En absoluto. Y, sin embargo, era evidente. Se habían conocido de muy niños en el colegio inglés Saint Peter's de Barcelona.

Pronto congeniaron, se hicieron amigos y ella lo invitó a su cumpleaños, junto al resto de la clase. Roberto no sabía entonces que una familia pudiera vivir ocupando un espacio tan enorme. La mansión de Brisa, en la zona alta de Barcelona, se extendía interminable, formando estilizadas formas que armonizaban con el jardín que la rodeaba. No hizo falta que nadie le explicara que existían diferencias insondables entre su familia y la de su amiga. El cuarto de Brisa era casi tan grande como la casa en la que él vivía.

Entonces era demasiado pequeño para comprender la enorme distancia social que separaba a la gente rica de los trabajadores. Una distancia que, medida en propiedades, no podría reducirse ni en cien vidas de duro trabajo por cuenta ajena. Sus padres sí eran conscientes de tal situación, y por eso habían dedicado todos sus ahorros a proporcionar a Roberto las mejores oportunidades en forma de estudios. Un accidente había impedido a su madre concebir más hijos. Como resultado, había redoblado las ambiciones puestas en él, y había destinado todo el dinero recibido de la herencia de una tía solterona a que su hijo estudiara en los mejores colegios y tuviera así la oportunidad de entablar amistades socialmente convenientes que pudieran ayudarle en el futuro.

Roberto no pensaba en nada de eso cuando jugaba con Brisa. Cuando la madre de ella murió, imaginó a su amiga como una princesa herida que necesitaba ser rescatada por un héroe. Ahora se preguntaba quién era él realmente, y cuál era su verdadera relación con Brisa.

—Compartimos tanto durante la infancia que cuando volvimos a encontrarnos creía conocerte muy bien —reflexionó Roberto en voz alta—. Ya no estoy tan seguro.

—Todos cambiamos, Roberto, pero en lo esencial nuestro carácter permanece igual desde los seis años. Así que, en el fondo, me conoces muy bien. La misma niña que se inventaba historias y personajes de pequeña disfruta haciéndolo de mayor. Cuando ejercía de psicóloga aconsejé a pacientes y alumnos que experimentaran interpretando diferentes papeles. Muchos descubrieron facetas de sí mismos que mantenían reprimidas, y otros se dieron cuenta de que algunos rasgos de su personalidad cotidiana eran tan falsos como postizos. Aunque te parezca increíble, hay mentiras que ayudan a llegar a la verdad. Mi obsesión es averiguar quién mató a mi madre, primero, y a mi padre, después. Y si mentir me puede ayudar a alcanzar mi venganza, mentiré sin titubear. Es así de simple.

Empezaba a apreciarse cierta irritación en su voz, así que Roberto intuyó que era el momento de rebajar la tensión. La dueña del restaurante acudió en su ayuda, portando dos grandes bandejas de pescado a la plancha recién hecho.

—Brisa, ya sabes que te apoyaré en todo lo que pueda ayudar a esclarecer la verdad, pero ahora propongo que nos relajemos, que nos olvidemos por un rato de nuestras preocupaciones y disfrutemos de la comida.

—Para ti es muy fácil decirlo, pero a mí no me resulta sencillo. A veces lo logro, y otras me resulta imposible. Soy consciente de que tú también tienes tus problemas con el divorcio, la niña y todas esas cosas, pero, al fin y al cabo, mantienes tu trabajo, no ha muerto nadie de tu familia, no te sientes amenazado…

—¿Desde cuándo te sientes amenazada? No me habías dicho nada —le reprochó Roberto, sintiendo una punzada de inquietud en el estómago.

—No quería hablar de ello por teléfono —dijo Brisa, bajando el tono de voz—. Verás, desde hace unos días recibo cartas anónimas con una única frase: «Deja que los muertos descansen en paz».

—¿Cómo son el papel y la letra de las cartas? —se interesó Roberto.

—Es un papel blanco din-4, escrito en formato Word con letras Times New Roman del cuerpo 12. Los sobres, también blancos, se venden en casi cualquier papelería; los sellos, en todos los estancos.

Las cartas que recibía él en su piso del Raval no llevaban sello, y las letras estaban recortadas del periódico. Aun así, era una extraña coincidencia que ambos recibieran aquellos anónimos.

—¿Has comprobado si realmente existen muchas papelerías que vendan esos sobres?

—Desde luego. Se pueden adquirir hasta en El Corte Inglés. No hay pistas que seguir.

—Creo que tendrías que avisar a la policía, si todavía no lo has hecho —sentenció Roberto con voz grave y expresión circunspecta. No quería asustar a Brisa, pero su instinto le advertía de que su vida corría peligro.

—Ya he entregado los sobres a la policía. De momento, las únicas huellas que han encontrado son las del cartero y las del portero de mi casa.

—¿Y qué piensas hacer? —preguntó Roberto, sorprendiéndose a sí mismo al descubrir que las amenazas a su amiga no le preocupaban menos que las que pesaban sobre su hija.

—Confiar en que las cartas solo busquen atemorizarme. La policía no dispone de efectivos para protegerme de una amenaza tan difusa, y no puedo malgastar el poco dinero que me queda contratando guardaespaldas que pueden venderse a quien les pague más que yo.

Roberto examinó el rostro de Brisa. Reflejaba una mezcla de tranquilidad fatalista y determinación. Quizá, pensó, el vino estuviera colaborando a rebajar la sensación de miedo que debía de atenazarla; o quizá su amiga no se tomaba suficientemente en serio las advertencias de aquellas cartas anónimas.

—Yo, en tu lugar —le aconsejó Roberto—, dejaría de indagar sobre los puntos oscuros del pasado de tu padre. Al menos, durante unas semanas.

—No puedo. Necesito llegar al fondo. Un bufete de abogados ha ofrecido a todos los clientes de Goldman Investments llevarles el caso sin costes iniciales, a cambio de minutar el diez por ciento de lo que finalmente cobren. La mayoría ha aceptado, y ya están presionando con querellarse por la vía penal si no les pagamos. Para empeorar las cosas, han salido a la luz sociedades patrimoniales, domiciliadas en un banco de la isla de Man. Al parecer, cuentan con valiosísimos activos, y mi padre figuraba como administrador. La realidad es que era un mero testaferro, pero todos sospecharán, con lógica, que él debía de ser el auténtico propietario. Y yo no tengo ningún documento que lo acredite.

Roberto dejó los cubiertos sobre la mesa y se llevó ambas manos al mentón, reflexionando sobre lo que implicaba todo aquello.

—En ese caso —concluyó—, estás en un aprieto. Si el

banco no revela a las autoridades españolas quién es el auténtico dueño de esas sociedades, cualquier juez pensará que eran propiedad de tu padre, que las has heredado y que te amparas en la opacidad legal de dichos territorios para no pagar a tus acreedores. Si tal cosa sucediera, las probabilidades de que te condenaran a penas de prisión aumentarían exponencialmente.

—Por eso te decía que, pese a las amenazas, tengo que averiguar la verdad sobre las finanzas de mi padre. De otro modo, me espera la ruina y la cárcel. Está decidido. Viajaré hasta la isla de Man, solicitaré los extractos bancarios de todas sus cuentas y analizaré sus operaciones de los últimos diez años. Además, así podré averiguar si el mensaje «Gozo encierra sufrimiento» guarda alguna relación con sus operaciones ocultas.

—Será mejor que te acompañe —se ofreció Roberto, dejándose llevar por un súbito impulso de protección, sin reparar en ulteriores consecuencias.

—Te lo agradezco en el alma, pero no será necesario. Viajaré con Mario Blanchefort.

Al oír aquel nombre, Roberto sintió como si alguien le propinara un fuerte puñetazo en el estómago.

—Como sabes, Mario era el banquero de confianza de mi padre —dijo Brisa—, y se ha ofrecido amablemente a ir conmigo, para ayudarme a descifrar los extractos bancarios y demás documentación depositada en la oficina de Man.

Roberto trató de que su rostro no dejara traslucir la ira que sentía, pero no pudo evitar expresarse con brusquedad.

—Yo no me fiaría de ese tío. Es un auténtico cabrón.

—Pues a mí me ha causado una excelente impresión —respondió Brisa.

Aquel comentario tan elogioso sobre alguien que se había beneficiado a su exmujer acabó de exasperarlo.

—Mira, lo conozco muy bien, desde los tiempos de la universidad. Te pegará una puñalada traicionera por la espalda y, antes, intentará acostarse contigo. Es su especialidad.

Brisa rio y sus ojos achinados brillaron con un deje malicioso.

—¿No estarás celoso?

—¿Yo? ¿Por qué habría de estarlo?

—Por nada —replicó ella—. Mario es muy atractivo, pero no es mi tipo de hombre. Tú, en cambio, sí que me gustas...

Roberto notó un roce a la altura de la entrepierna. Brisa se había descalzado y apoyaba contra él los pies, enfundados en medias de seda.

—Creo que el vino se me ha subido un poco a la cabeza —dijo mirándole fijamente con expresión inocente.

El deseo sustituyó a las emociones y las dudas que habían ocupado su mente. Deseaba levantarse, arrancarle la ropa y hacerle el amor en el suelo, como si fuesen dos animales salvajes. Mantener la compostura le resultaba un esfuerzo intolerable. Al día siguiente, debía de madrugar para inspeccionar las obras del AVE junto a Javier Castillo, pero no tenía ninguna intención de acostarse pronto para estar descansado.

—¿Qué te parece si nos tomamos los postres en mi casa? —propuso Roberto.

—Es la mejor oferta que me han hecho en la última semana —respondió Brisa con expresión angelical.

Capítulo 37

En el interior de la torre metálica que sirve de soporte al teleférico que une el puerto de Barcelona con la montaña de Montjuïc se encuentra uno de los restaurantes más exclusivos de la ciudad. A setenta y cinco metros de altura, sus grandes ventanales ofrecen unas vistas espectaculares de Barcelona. El cielo está oscuro y los edificios brillan abajo como luciérnagas nocturnas. Los platos son exquisitos y su elevado precio es inversamente proporcional a su tamaño.

Ninguno de los cuatro comensales de la mesa está preocupado por la cuenta. Para la cena de empresa han reservado un ala entera del restaurante y nadie se quedará con hambre por falta de platos. La factura corre a cargo del Royal Shadow Bank o, lo que es lo mismo, de los contribuyentes cautivos que sufragan tales desmanes. Mario hubiera preferido que la cena se celebrara en otro momento, pues al día siguiente debe madrugar para viajar con Brisa a la isla de Man. Sin embargo, no le queda otra opción que poner su mejor cara y descansar poco si quiere alcanzar sus objetivos.

—La naturaleza es sabia —dice Mario—. Los animales más fuertes se apropian del territorio y dirigen la manada. Esa es la realidad. El resto es pura palabrería. Por eso necesitamos seguir ganando cuota de mercado.

El Royal Shadow tenía su sede en Gran Bretaña. En los años de expansión había hecho un gran esfuerzo para introducirse en España, abriendo oficinas y prestando ingentes cantidades de dinero a grandes empresas y, también, a particulares deseosos de adquirir propiedades inmobiliarias. Sus homólogos británicos habían hecho otro tanto en las islas y más allá de sus mares. El resultado había sido una deuda colosal virtualmente incobrable. El Gobierno británico se había visto obligado a protagonizar la madre de todos los rescates, poniendo tantos millones sobre la mesa que si hubieran tenido que cuantificarse en pesetas hubiera sido difícil hasta expresar el importe. Y es que pensar en billones es casi como imaginar el infinito. Ciento cincuenta mil millones de libras es una cifra astronómica, pero que la gente es capaz de repetir en voz alta como si la entendiera.

—No estoy de acuerdo —protesta Eusebio, el director financiero del banco—. Con la actual crisis debemos centrar nuestros esfuerzos en renegociar las deudas que nuestros clientes tienen con nosotros.

—Por supuesto —afirma Mario—, pero el Banco Central Europeo nos está dejando unos préstamos a unos tipos tan bajos que son casi un regalo. Nosotros, a su vez, podríamos prestar ese dinero con un diferencial de interés muy ventajoso y posicionarnos en puntos estratégicos de la economía española.

—Sabes muy bien que ningún competidor está haciendo eso —observa Francisco, el presidente ejecutivo del Royal Shadow Bank en España.

—En efecto —confirma Eusebio—. La cuestión ahora no es dejar dinero a las empresas, sino protegernos a nosotros mismos e ir saneando poco a poco nuestros balances enfermos.

—Es puro instinto de conservación —apunta Luis, el vicepresidente económico—. Si el Banco Central Europeo nos deja este mes mil millones de euros al uno por ciento y, acto seguido, nosotros lo invertimos en deuda pública segura al tres por ciento, estamos mejorando nuestro balance sin asumir ningún riesgo.

—Brindemos por nuestro querido Banco Central —propone Francisco, elevando su copa de Don Perignon reserva de 1998.

—Y por los contribuyentes británicos —añade Eusebio—. Sin ellos y sin el consenso del Banco Central para ayudarnos a no caer, sería impensable estar disfrutando de esta magnífica cena.

Como si hubiera escuchado sus palabras, un camarero

presenta los entrantes: pulpo a *feira, tataki* de salmón con *sushi* de espárragos, *rigatoni* de bogavante y paella caldosa de gambas rojas.

—Quizá la deuda pública no sea tan segura como pensamos y, en todo caso, imitar a los demás no nos garantiza ningún éxito —afirma Mario, tras degustar unos deliciosos *rigatoni*—. Cuando todos prestaban como locos, nosotros éramos el buque insignia de la demencia. Ahora que parece estar prohibido que los bancos dejen dinero, podríamos hacer lo contrario y sorprender al mercado. Además, ganaríamos en imagen.

—¿No irás a defender ese rollo de que si los bancos concediéramos créditos a quienes realmente los necesitan se podría superar antes la crisis, y por añadidura mejorar nuestros balances gracias a la reactivación económica? —pregunta Eusebio.

—No soy tan ingenuo, aunque si todas las entidades crediticias hiciéramos bien nuestro trabajo de seleccionar a quién ofrecer los créditos adecuados, los resultados nos sorprenderían a nosotros mismos.

A Mario no se le escapa la ironía de que sea precisamente él quien elabora sin rubor ese tipo de discurso. Años atrás, había hecho todo lo contrario de lo que ahora predica, con una agresiva política de concesión de hipotecas a inmigrantes sin empleo fijo. Entonces era el director de una oficina del Royal Shadow Bank situada en el Paralelo, y no lucrarse personalmente le hubiera parecido una negligencia imperdonable. La economía española vivía el milagro del pan y los peces en su versión actualizada de ladrillo y cemento. Había comisiones para todos y el dinero fluía como un maná caído del cielo gracias a Alan Greenspan, presidente de la Reserva Federal y sumo sacerdote del círculo virtuoso. Atraídos por este paraíso artificial sustentado sobre toneladas de deuda, los inmigrantes llegaban a España en oleadas irrefrenables y enseguida exigían un piso de propiedad. Los únicos obstáculos que los separaban de su vivienda soñada eran simples detalles formales: sus contratos temporales no les protegían del despido, sus nóminas oficiales no eran suficientemente altas como para afrontar el pago mensual de las cuotas hipotecarias y, como mano de obra no cualificada, serían la primera carne de cañón sacrificada cuando la música celestial de las altas esferas dejara de sonar.

Mario, como otros muchos, estaba en el lugar adecuado para solventar los problemas de aquella pobre gente. El nuevo evangelio capitalista así lo exigía. La solución, muy simple, consistía básicamente en cerrar los ojos a las inevitables insolvencias futuras y conceder una hipoteca tras otra a cualquier pakistaní, sudamericano o marroquí que cruzara la puerta de su oficina. En el corto plazo, todos ganaban. Los inmigrantes accedían a la propiedad inmobiliaria, los bancos lograban unos beneficios estratosféricos cobrándoles unos intereses abusivos, los constructores vendían pisos como rosquillas y las agencias inmobiliarias ganaban millones por simples operaciones de intermediación. Él, personalmente, añadía su particular peaje cobrando comisiones bajo mano a los agentes inmobiliarios por cada préstamo que concedía a compradores sin solvencia ni trabajo fijo.

Hacer negocios nunca había sido tan fácil. Los números de su oficina le depararon importantes bonus anuales y un meteórico ascenso en el escalafón del banco. Pero del mismo modo que la carroza de Cenicienta se convirtió en calabaza pasada la medianoche, cuando el baile financiero acabó, los beneficios virtuales se trasformaron en pérdidas. El actual director de la oficina del Paralelo debía estar aplastado por el peso de las hipotecas impagadas, pero nadie podía reprocharle nada. Ninguno de los presentes estaba en condiciones de lanzarle la primera piedra, porque precisamente ellos habían fomentado préstamos multimillonarios a sociedades constructoras que ahora estaban en situación de quiebra técnica. Esa era la gran ventaja de que los causantes del desaguisado fueran también los responsables de intentar remediarlo. Todos compartían similares pecadillos pasados.

—Lo que propongo —continua Mario— es invertir un tercio en valores seguros, dedicar un tercio a especular, tal como hemos hecho siempre, y otro tercio a prestar dinero, pero evaluando los riesgos con rigor. ¿Qué es lo peor que nos puede pasar? ¿Equivocarnos? Somos demasiado grandes para caer, y, si no nos han despedido todavía, ya no nos echarán nunca. En cambio, si acertamos, seremos el espejo de la excelencia en la que se mirarán los demás y podríamos dar un salto cualitativo en nuestras carreras. La City, la gran metrópoli financiera del mundo, no está fuera de nuestro alcance.

—En Londres el tiempo es demasiado lluvioso para mi gusto —sentencia Eusebio—. En la actual situación es preferible pecar de prudente que de valiente. Al fin y al cabo, en Barcelona vivimos muy bien.

—Yo creo que debemos escuchar a Mario —interviene Francisco—. Sus números de la oficina de paseo de Gràcia son los mejores, dadas las circunstancias, y de hecho la filial más rentable es la situada en la isla de Man, en la que él desarrolla un papel fundamental.

En efecto, Mario había aprovechado sus contactos con los clientes más acaudalados para ofrecerles atractivas inversiones en la isla de Man, creando una estructura administrativa que se dedicaba a gestionarles el dinero desde Barcelona. El diseño de la operativa facilitaba enormemente la entrada y salida de capitales del país. Los clientes estaban contentos con las soluciones ofrecidas; el banco, feliz por cobrarles elevadas comisiones. El único problema es que aquello era absolutamente ilegal: en caso de ser descubierto, no se libraría de ingresar en alguna incómoda prisión.

—De eso quería hablar —apunta Mario, inquieto ante la posibilidad de que la muerte de Arturo Gold pudiera acabar sacando a la luz las turbias operaciones realizadas desde la isla de Man—. He estado dándole vueltas y creo que deberíamos introducir algunos cambios en la operativa de nuestra filial preferida. Hasta ahora no había tenido inconveniente en centralizar desde mi oficina la gestión de todas las cuentas secretas de mis clientes españoles, lo que nos permitía realizar transferencias contables de importantes cantidades monetarias entre Barcelona y la isla de Man sin que el dinero se moviera de la ciudad condal. Las comisiones eran suculentas, y el servicio que ofrecíamos al cliente, inmejorable. Pero según he podido saber gracias a mis contactos, la Agencia Tributaria está con la mosca detrás de la oreja, y corremos el riesgo de que un día se personen en mi oficina con la Unidad de Auditoria Informática. Si descubren el tinglado, el escándalo sería mayúsculo; y las consecuencias, catastróficas.

Mario no tenía ninguna información confidencial sobre que la Agencia Tributaria tuviera plan alguno de registrar su oficina; sin embargo, había motivos sobrados para que sus temores se hicieran realidad. Motivos que, naturalmente, no debía revelar a ninguno de los comensales. Borrar las huellas del crimen en Barcelona y trasladar cualquier responsabilidad a la filial de la isla de Man era algo tan urgente como imprescindible.

—Una de tus mejores cualidades es que siempre estás bien informado —le elogia Francisco—. Así que no te preocupes. Daré las instrucciones oportunas para que nuestra filial en la isla de Man recupere la dirección de todas sus cuentas, aunque debería pedirte que continuaras llevando el peso de la relación comercial con los clientes más importantes de tu oficina.

—No hay problema. En realidad, lo único que pretendo es introducir ciertos cambios formales, para adaptarnos a las nuevas circunstancias.

—Ah, claro. —Francisco sonríe—. Cambiarlo todo para que todo siga igual. Bueno, en eso somos unos expertos, ¿verdad? —pregunta tras degustar la última gamba roja del plato.

—Por eso nos pagan tan bien —concluye Mario, antes de proceder a explicar los detalles de su plan.

Capítulo 38

A las ocho de la mañana, el viento cortante y el frío helado se adueñan de la amplia explanada donde se desarrollan las obras del AVE que Roberto y Javier Castillo se disponen a inspeccionar. La Sagrera no se encuentra tan lejos del centro de Barcelona, pero la sensación térmica es ostensiblemente menor, como si se tratara de otra ciudad. Roberto siente que se le entumecen las manos y las orejas, y como las ráfagas gélidas de aire se filtran por su chaquetón. Los empleados de Kali Som, con aparente desprecio a las inclemencias climatológicas, visten chándales, vaqueros o finos monos de trabajo de variopintos colores y texturas.

Sorteando las estructuras metálicas de hierro corrugado, Roberto y Javier Castillo, el inspector de Trabajo, se aproximan a los trabajadores y dialogan con ellos. Javier lleva el peso de la conversación. Entre bromas, con un tono desenfadado y coloquial que inspira confianza, consigue sin apenas esfuerzo que le confíen sus condiciones laborales. La mayoría son marroquíes; cobran entre siete y ocho euros por hora, no tienen vacaciones ni derecho a ponerse enfermos. Si no trabajan, no cobran. Así de sencillo. A menudo les pagan con retraso. La ropa de faena tampoco se la compra la empresa, sino ellos mismos, lo que explica que cada uno vista como crea conveniente. La cuadrilla de trabajadores parece un remedo del ejército de Pancho Villa, sin uniforme y sin jerarquía de mando.

Acabadas las entrevistas informales sobre el terreno, Javier y Roberto se reúnen con el responsable financiero de Ferrovías, la empresa a la que el Ministerio de Fomento ha adjudicado la obra.

A Roberto le cuesta concentrarse en la conversación. Apenas ha dormido, y el enorme placer que ha sentido durante la noche es directamente proporcional al enfado que le ha provocado Brisa al abandonar su lecho de madrugada para reunirse con Mario en el aeropuerto y volar a Londres. Su estado mental no es el más adecuado para enfrentarse a una inspección tan decisiva como peligrosa. El propósito de la visita a las obras es dirigir un torpedo a la línea de flotación de las empresas dirigidas desde Marruecos por los hermanos Boutha, para obligarlos a viajar a Barcelona. La intención de Marta, la jefa de la unidad de los Mossos con la que está trabajando, es detenerlos tan pronto como pongan el pie en Barcelona, pero, si Roberto no informa a Dragan, la vida de su hija correrá peligro.

—Tal como yo lo veo —resume Javier con gracejo—, los trabajadores no son de Kali Som, sino de Ferrovías.

—La ley de subcontratación nos ampara —protesta Marcos, el director financiero, un hombre moreno, de buena planta, mirada desafiante y con aspecto de no estar acostumbrado a que le llevaran la contraria.

—La ley de subcontratación permite que grandes empresas como la tuya contraten a los jornaleros a través de sociedades *nini*: que ni tienen bienes, ni domicilios reales, ni administradores solventes, ni pagan impuestos y, a veces, ni siquiera a sus empleados. No estoy de acuerdo con la ley, pero soy su seguro servidor. Sin embargo, lo que no ampara la ley es que las empresas *nini* subcontratadas no ejerzan la dirección a pie de obra de sus teóricos trabajadores. Y tal como hemos constatado, Kali Som es una cuadrilla perfectamente desorganizada en la que las únicas órdenes que se obedecen son las del jefe de obra de Ferrovías. Abreviando: ellos son unos mandados y ustedes ejercen el mando de la banda.

—Existen contratos legales —replica airado el director financiero— que acreditan la naturaleza mercantil de la relación que nos liga a Kali Som.

—Las fruslerías legales me la traen al pairo —corta Javier—. A mí lo que me interesa son los hechos, y estos han quedado más claros que una patena de Jueves Santo. Si de aquí a una semana se han pagado todas las cuotas atrasadas a la Seguridad Social de Kali Som y de su antecesora, Kali, aquí paz y después gloria. De lo contrario, levantaré actas con sanciones.

—¿De cuánto dinero estamos hablando? —pregunta Marcos.

—De unos doscientos cincuenta mil euros.

—A los que hay que añadir —interviene Roberto— otros doscientos mil en concepto de IVA indebidamente deducido por Ferrovías. Si los trabajadores *de facto* son vuestros, no tenéis derecho a deduciros el IVA repercutido por las empresas Kali. Podéis regularizar esas cantidades voluntariamente durante esta semana, eso sí, con el recargo correspondiente.

—Y, si no, actas con sanción que, por supuesto, recurriríamos en los tribunales... Bien, ¿puedo preguntar a qué viene esta actuación al alimón? —pregunta el director financiero—. Es la primera vez en mi vida que veo una visita conjunta de la Agencia Tributaria y la Seguridad Social.

—Se trata de un mensaje de la dirección —responde Javier—. Las malas compañías salen caras. Y ya se sabe, dime con quién vas y te diré quién eres. Así que la Agencia Tributaria y la Seguridad Social van a vigilar muy atentamente a las promotoras que se rodeen de malas compañías.

Capítulo 39

—Cuando las barbas de tu vecino veas mojar, pon las tuyas a remojar —recitó Javier, que se bebió despreocupadamente un quinto de cerveza—. En cuanto corra la voz, todas las promotoras que han subcontratado con sociedades de los hermanos Boutha los llamarán a capítulo y exigirán garantías adicionales para continuar trabajando con ellos. Nosotros ya hemos cumplido tirando la caña. Ahora toca esperar a ver si los peces gordos muerden el anzuelo y deciden viajar a Barcelona. ¡La comisaria ya les ha reservado unas bonitas celdas individuales en las que podrán prolongar su estancia durante una larga temporada!

Roberto no tenía motivos para sentirse tan ufano como Javier, quien había insistido en remojar su actuación matutina con una cervecita en una terraza de La Maquinista, el gran centro comercial de Sant Andreu. Muy próximo a la futura estación del AVE proyectada en aquella zona, a Roberto le sorprendió positivamente que el centro se hubiera diseñado huyendo de la claustrofobia y permitiendo que tiendas, cafés y comercios se oxigenaran al aire libre. La temperatura había subido unos cuantos grados, y en otras circunstancias hubiera resultado muy agradable disfrutar de los rayos de sol del mediodía mientras degustaban un merecido refresco.

Se sentía tan culpable que notaba como si una ola gigantesca estuviera a punto de engullirle. Casi podía notar el aliento de Dragan a sus espaldas. Las consecuencias de su visita conjunta a la obra no pasarían desapercibidas, y aquel mafioso no tardaría en pedirle explicaciones. Su pacto con el diablo pronto le pasaría la factura, y no había forma de escabullirse sin pagar la cuenta.

Roberto pensó en Marta y el resto de su equipo. Los Mossos nunca le habían caído demasiado bien. Como hijo de guardia civil, los consideraba unos jovencitos pretenciosos que gracias a la política de traspasos cobraban mucho más que quienes habían entregado su vida a cambio de calderilla, sinsabores y desprecio social. A su padre le había quemado sacrificarse tanto para que le jubilasen unos niñatos cuyo principal mérito era ser altos y hablar catalán. Acostumbrado a la disciplina militar y a renunciar a sus vacaciones para jugarse el tipo en operaciones de todo tipo, le repateaba ver a esos pavos orgullosos, así solía llamarlos, contonearse repartiendo multas y exhibiendo sus motos de gran cilindrada.

El peritaje le había demostrado lo injusto de sus opiniones, al menos respecto al equipo encargado de investigar la trama. Su trabajo era de gran calidad, meticuloso y exhaustivo. Durante meses habían recopilado documentación, habían elaborado informes rigurosos y habían realizado centenares de seguimientos y escuchas telefónicas fielmente transcritas en miles de folios. Y su esfuerzo se vería coronado por el éxito solo si eran capaces de detener a los principales cabecillas. Difícilmente lo conseguirían si él revelaba a Dragan la trampa con la que pensaban cazar a los hermanos Boutha. Abatido, pensó que era preferible procurar que la conversación transcurriera por otros derroteros más abstractos. Las teorías siempre le resultaban una eficaz distracción contra el dolor de las emociones concretas.

—Habría que encerrar a tanta gente entre rejas... —dijo Roberto, con resignación—. Las condiciones laborales son cada vez peores. Con el truco de la subcontratación, incluso los trabajadores que cotizan a la Seguridad Social pierden sus derechos. Por no hablar de quienes trabajan en negro porque no los aseguran. Según me han contado, algunos empresarios incluso obligan a sus empleados a pagar las multas si la inspección de Trabajo los pilla *in fraganti* sin papeles. «Por no estar al loro», les recriminan. Si esto sigue así, pronto llegaremos a niveles de explotación similares a los de la Edad Media.

—Si esto sigue así —afirmó Javier—, ni siquiera los funcionarios nos salvaremos de la quema. Los agujeros negros son tan grandes que nos devorarán a todos. ¿Te has fijado en que veinte de los trabajadores de Kali Som por los que he preguntado no habían trabajado nunca en la obra?

—Sí, me ha parecido extraño —apuntó Roberto, ligeramente aliviado al constatar que la conversación se alejaba del tema de los arrestos, que, por culpa suya, difícilmente se producirían—. Pensaba que lo normal era encontrar a gente que estuviera trabajando sin estar dada de alta, en lugar de lo contrario.

—Eso sucede —explicó Javier— porque no es necesario pagar cuota alguna a la Seguridad Social para que los trabajadores cobren el paro religiosamente. Como es un fraude gratis, proliferan las altas ficticias. Las empresas *nini* dan de alta a millares de personas que, al cabo de un año, tienen derecho a cobrar el paro y los subsidios correspondientes. Si además son inmigrantes, primero consiguen el permiso de residencia y después la nacionalidad. Negocio redondo. Ni siquiera tienen costes, solo ingresos. Los precios por altas ficticias oscilan entre los mil y los dos mil euros.

—¿Pretendes decirme que pagamos el paro a la gente sin necesidad de que nadie ingrese un euro en las arcas públicas?

—Has cogido la idea a la primera. Lo peor del caso es que no existen registros de dónde trabajan las empresas de la construcción, limpieza, mudanzas, transportes y un largo etcétera, con lo que nos resulta muy difícil acreditar *a posteriori* cuales son las altas ficticias. Como nuestro sistema es un cachondeo, todo se tramita por Internet, y el resultado, por poner un ejemplo, es que hay miles de turcos que viven en su país y cobran el paro a nuestra costa, sin haber trabajado nunca en España.

—Qué descontrol. Ahora entiendo cómo un conocido mío que nada en la abundancia pudo tomarse un año sabático dando la vuelta al mundo y cobrando el paro sin pasar por ventanilla.

Javier frunció el ceño y sacudió la cabeza, indignado.

—El tema es gravísimo y se necesitarían medidas legislativas de calado para coger el toro por los cuernos, pero este es un tema, como tantos otros, que a los políticos les importa un bledo. Sus preocupaciones son otras, pero el pato lo pagaremos nosotros; ellos, como los banqueros, se irán de rositas. Ya verás como, a no mucho tardar, se nos exigirán sacrificios, que anunciarán cariacontecidos como inevitables. Hay que joderse.

Roberto sabía de sobra que el sistema era como un barco que se encaminaba a toda máquina hacia el abismo si un golpe de timón no variaba el rumbo. La ignorancia, la corrupción y el gasto desbocado gobernaban la nave con absoluto desprecio al destino de los pasajeros. Un animal sano puede alimentar a muchos parásitos, pero si estos se multiplican y sobrepasan ciertos límites... Quizás el cabrón de Mario estaba en lo cierto y los idiotas, como él y su padre, que habían trabajado siempre para sostener el sistema se merecían el puntapié que pronto recibirían. Pero ¿acaso no estaba empezando ya a actuar y pensar como Mario? Al fin y al cabo, estaba cobrando diez mil euros al mes por ser el confidente de una organización mafiosa cuyos beneficios nacían en España y morían en aguas extranjeras.

Capítulo 40

Desde pequeña Brisa está acostumbrada a frecuentar lujosas tiendas de ropa donde las prendas se exhiben con suma elegancia y los atentos dependientes se desviven por atender a sus ricos clientes, siempre bien dispuestos a pagar sin pestañear precios exorbitantes por exclusivos artículos de marca.

Sin embargo, ella siempre se ha divertido más rastreando los mercadillos, donde se arremolinan las muchedumbres, la ropa se amontona en completo desorden, el forcejeo y la pugna por el espacio son la moneda de curso corriente y encontrar una ganga de la talla deseada se convierte en un triunfo personal.

El barrio de Camden Town es la madre de todos los mercadillos, y Brisa no se hubiera perdonado desaprovechar su estancia en Londres sin visitarlo. A media mañana le habían entregado los extractos de las cuentas de su padre en las oficinas bancarias de la isla de Man, y Mario le había recordado la conveniencia de no llevar los originales a España. Tras ciertas dudas, finalmente se había decantado por una opción intermedia: depositar los duplicados en la caja fuerte de un banco londinense. De este modo, razonó, podría consultarlos fácilmente volando desde Barcelona cuando ella deseara, sin dar explicaciones a nadie. Londres era una ciudad que le fascinaba, y en caso de que necesitara examinar con discreción las cuentas, o utilizar la documentación, le bastaría coger alguno de los vuelos diarios que partían de la ciudad condal, como cualquier otra turista.

A Mario le pareció una buena idea, y toda vez que los bancos ya habían cerrado cuando el vuelo de la isla de Man aterrizaba en Londres, se mostró dispuesto a pernoctar en la capital y esperar hasta la mañana siguiente para realizar las gestiones pertinentes. Pasear por las tiendas de Camden Town, le dijo, no formaba parte de sus planes, pero a Brisa le resultó fácil persuadirlo para acompañarla a explorar sin rumbo fijo el mercado más extravagante de Occidente. En Camden Town es posible encontrar casi cualquier cosa: ropa psicodélica fosforescente, sensuales modelitos góticos, vestidos victorianos, cómics de quinta mano, juguetes trasnochados, discos de vinilo, zapatos de plataforma, botas de interminable caña alta, sandalias de fantasía, muebles inclasificables, pósteres no aptos para todos los públicos, banderas de Union Jack y hasta reproducciones fidedignas de los uniformes de Guantánamo. En aquel circo multicolor, la trasgresión no era sino otra forma de llamar la atención.

Brisa se paró en un tenderete y, tras un animado regateo, adquirió un corsé gótico de cuero negro que le recordó a sus tiempos juveniles en San Francisco, donde había frecuentado locales y fiestas en los que imperaba la moda siniestra.

—La cosa es bien sencilla —dijo Brisa—. He acordado el precio con el anterior propietario del corsé y ahora es mío. Parece mentira que las reglas de un mercadillo caótico sean tan claras, y las de una institución bancaria, tan oscuras.

Mario encajó la indirecta con flema británica.

—Como licenciada en Economía por una prestigiosa universidad norteamericana, sabes muy bien que se cobran jugosas comisiones, precisamente, a cambio de oscuridad. Ese es el cometido de los bancos que radican en paraísos fiscales, como la isla de Man. Si no fuera por ellos, Gadafi y el resto de los dictadores africanos no podrían robar a su pueblo impunemente, ni los narcotraficantes lavar sus ganancias como quien hace la colada, ni los políticos occidentales cobrar en secreto pequeñas fortunas por favorecer a tal o cual empresa.

Brisa prefirió no desengañar a Mario sobre su tan cacareado título universitario. A estas alturas, sopesó, resultaba poco serio revelarle que su licenciatura en Economía era un invento de su padre.

—Claro que lo sé, y por eso he hecho la comparación —le replicó—. Resulta que existen unas cuantas sociedades en las que mi padre aparece como administrador, pero que no son suyas, sino de otros, según asegura el banco.

Mario adoptó un aire doctoral para reforzar su explicación:

—Brisa, te hemos enseñado los contratos de fiducia según los cuales tu padre cobraba unos honorarios, nada desdeñables, por ser un testaferro, es decir, por ser la cara visible de los propietarios ocultos. Como te decía, ese es nuestro negocio y no dejamos cabos sueltos. Los documentos son auténticos, la firma de tu padre está legitimada notarialmente y si quisieras se podría hacer una prueba caligráfica. Como comprenderás, si unas sociedades con semejantes propiedades fueran realmente de tu padre, te habría hablado de ellas y, sobre todo, te habría dejado los contratos que acreditaban tal circunstancia en alguna caja fuerte.

Brisa estaba convencida de que Mario no le engañaba, pero tampoco le decía toda la verdad.

—He visto la firma de mi padre estampada en los documentos. La conozco muy bien y no tengo motivos para dudar de su autenticidad, pero en el contrato de fiducia no consta quiénes son los dueños últimos de esas empresas. El espacio donde figuraba su identidad estaba tachado con tinta negra.

—¿De verdad quieres saberlo? —preguntó Mario deteniendo el paso y mirándola gravemente, con tal intensidad que el gentío entre el que avanzaban pareció desaparecer.

Brisa se acordó de su conversación con Ariel, el presunto agente del Mosad que le había ofrecido un millón de euros por los extractos bancarios de la isla de Man. Según él, los verdaderos propietarios de algunas empresas, en las que su padre figuraba como administrador, eran potentados pakistaníes involucrados en actos terroristas. Súbitamente, en mitad de aquella callejuela repleta de tenderetes, colores y gente, se sintió en peligro.

—En realidad, no —respondió con la mejor de sus sonrisas.

Mario relajó su postura corporal y retomó el paso sobre el empedrado haciendo caso omiso de la fina lluvia que comenzaba a caer sobre sus cabezas.

—Me alegro. Sería más fácil encontrar en estas tiendas unas pantuflas de la reina madre de Inglaterra que dar con los verdaderos dueños de algunas sociedades. ¿Sabes qué encontraría quien tratara de alcanzar la verdad? Un enigma dentro de un misterio camuflado bajo sociedades fantasmas que existen solo sobre el papel. Por ejemplo: una sociedad radicada en la isla de Man, controlada por otra domiciliada en Panamá, cuyas acciones detenta una compañía de Jersey, cuyo único accionista es una empresa de Dubái, que a su vez…

—Ya lo entiendo —dijo Brisa—. A mí también me gustaba jugar a las muñecas rusas de pequeña. Vuestro juego es muy parecido, pero a través de las cuentas de mi padre se han movido sumas ingentes durante años, y la responsabilidad de asegurarse de que el dinero no procede de organizaciones criminales es de cada entidad bancaria; así que no me creo que desconozcas quiénes eran de verdad los que controlaban las sociedades en las que mi padre actuaba de testaferro.

Aquel era un asunto muy incómodo para Mario, que difícilmente podía contestar de forma adecuada. La lluvia acudió en su ayuda, pues pasó de ser leve a convertirse en un chaparrón espeso que los dejó completamente empapados antes de que pudieran refugiarse dentro de una tienda que resultó estar especializada en uniformes y objetos de la Segunda Guerra Mundial.

—A falta de paraguas, aquí podríamos agenciarnos un par de cascos de la Wehrmacht —bromeó Brisa—. Al menos, tendríamos bien cubierta la cabeza.

—Por mi parte —dijo Mario, sonriendo—, ofrezco un taxi que nos lleve hasta el hotel y, tras una reconfortante ducha de agua caliente, una cena reparadora acompañada de champán francés. Invito yo.

—Creo que ya he comprado suficiente por hoy —dijo Brisa mirando divertida las bolsas repletas de ropa que Mario sujetaba en las manos con elegante despreocupación. No podía negar que se trataba de un hombre atractivo y seductor, aunque estaba segura de que le ocultaba algo. Bueno, existían muchas formas de hacer hablar a un hombre.

—¿Es eso un «sí» a mi oferta? —preguntó Mario.

—Oferta aceptada —respondió Brisa guiñando un ojo.

Capítulo 41

La piel desnuda de Brisa se regocijó con el placentero masaje ofrecido por los dos chorros de la ducha del hotel. Jugó con la presión del agua y con el contraste de temperaturas sin fijarse en el reloj. Cuando acabó, se envolvió en una toalla y se paseó por la habitación pensando en el modelo que se pondría para bajar a cenar con Mario.

Habían previsto volver a Barcelona en el mismo día, por lo que no había traído indumentaria de recambio. Desde luego, no podía enfundarse otra vez los mismos vaqueros para cenar en el lujoso hotel de cinco estrellas al que, amablemente, la había invitado Mario. En Camden Town había comprado bolsas llenas de ropa. Pero nada apropiado para un restaurante de tanta categoría. A Brisa se le escapó una sonrisa maliciosa al darse cuenta de que ya había decidido el vestido que luciría aquella noche.

El restaurante tenía ese punto justo de sobriedad carente de artificios que distingue a los lugares en los que se respira tradición. Las mesas, muy separadas unas de otras, estaban recubiertas por unos sencillos e impecables manteles de lino blanco. Las paredes de cálida madera y la tenue iluminación ayudaban a relajar los sentidos. La mayoría de los comensales era gente mayor, pero también había niños cenando con sus padres. Brisa sintió una punzada de tristeza. Las familias que cenaban con sus hijos debían de ser lo suficientemente ricas como para no inmutarse ante la astronómica cifra a la que ascendería la cuenta. Unas semanas atrás no hubiera reparado en ello. Lo hubiera considerado como el inmutable orden natural de las cosas. Y quizá lo fuera, pero ella había sido expulsada de ese orden privilegiado. Si cenaba en aquel salón, era por cortesía de Mario.

¿Por qué la agasajaba de aquella manera? ¿Para seducirla? Brisa conocía muy bien las miradas de los hombres y podía sentir sus deseos con más facilidad que sus palabras. Sin embargo, había algo extraño que se le escapaba. Roberto la había advertido de que el encantador hombre que la miraba desde la mesa con una mezcla de incredulidad y admiración era, en realidad, un cabrón que disfrutaba seduciendo a las mujeres para asestarles después una puñalada trapera. Había conocido hombres así. No podía asegurar que fuera el caso de Mario, ni tampoco le importaba demasiado en aquellos momentos. Su propósito principal era extraerle la máxima información posible. El provocador vestido que lucía era un arma más para conseguir sus objetivos.

La flema británica es proverbial. En cualquier restaurante americano o español de categoría similar todas las cabezas se hubieran girado para verla y hubiera sido imposible no oír ciertos murmullos. Allí, el silencioso tono de las conversaciones permitía escuchar el ruido de los cubiertos y el repicar de sus tacones. Brisa había elegido un escotado vestido gótico de estampado en negro y granate, con falda de vuelo por encima de las rodillas, rematado por un vistoso collar de finas cadenas plateadas alrededor del cuello.

De no ser por sus dotes de actriz, el *maître* del restaurante la hubiera invitado discretamente a abandonar el local. Sin embargo, Brisa había dominado la situación dirigiéndose a él con el acento característico de las élites educadas en Eaton, manteniendo inamovible la expresión de su rostro, como si hubiera nacido sin músculos faciales, y con la mirada tan gélida como inescrutable. Tal como había supuesto, el *maître* inclinó ligeramente la cabeza y le ofreció la carta con tanta solemnidad como si le estuviera entregando las tablas perdidas de Moisés. Los ingleses son muy clasistas, y siempre han sabido aceptar las excentricidades de los miembros de la clase superior. Tras la ceremoniosa elección de los entrantes y de un exquisito champán Roederer Cristal del año 2002, empezaron a charlar. Mario vestía el mismo traje con el que había viajado, pero se había cambiado de camisa y corbata. Su voz era suave, modulada. Un destello de ironía brillaba en sus ojos.

—Hay que tener mucho valor para bajar a este comedor

con un vestido así, aunque debo reconocer que te sienta maravillosamente bien. Sensualidad retro y maneras aristocráticas... Una combinación irresistible. Y muy exclusiva. No hay mucha gente capaz de emplear el tono y el acento con el que te dirigiste al *maître*. De hecho, la mayoría de los ingleses no podrían lograrlo ni ensayando durante meses.

Brisa entornó un poco los ojos y sonrió coquetamente.

—Para todo hay que tener talento, pero practicar también ayuda. Desde pequeña el teatro ha sido una de mis pasiones, y durante mi estancia en Berkeley interpreté varias veces el papel de joven aristócrata británica. Me metí tanto en la piel de la protagonista que llegué a sentir y hablar como si en verdad yo fuera el personaje. Lo cierto es que siempre he tenido facilidad, aunque en este caso me tuve que esforzar al máximo. ¿Sabías que los aristócratas ingleses, además de su peculiar acento, se complacen en diferenciarse del resto de los mortales pronunciando ciertas palabras de forma ligeramente diferente a la que corresponde a su fonética natural?

—Por supuesto. Trabajé varios años en la isla de Man, a donde viajaban aristócratas deseosos de ingresar unos cuantos millones de libras esterlinas en nuestras cuentas secretas. Está mal que lo diga, pero nuestra clientela es muy distinguida.

—¿Como mi padre? —preguntó Brisa arqueando las cejas.

—Tu padre era mucho más que un cliente distinguido. Era un caballero de pies a cabeza. Me honra haber sido su amigo.

Tal como había anticipado Brisa, aquella atmósfera podría ser la idónea para sonsacar información a Mario de un modo sutil. El champán, la seducción y una conversación distendida en torno a una buena mesa resultaban infalibles para lograr bajar las defensas, incluso de hombres como aquel, tan acostumbrados a mantener el control. Tenía sus objetivos muy definidos. En primer lugar, quería conducir la conversación hacia los pormenores íntimos de la relación entre Mario y su padre, convencida como estaba de que entre esos detalles, aparentemente nimios, podría hallar claves para llegar hasta el fondo de los misterios que envolvían su vida. En segundo lugar, quería sonsacarle todos los datos posibles sobre su madre: Brigitte Blanchefort. Aunque sabía por Roberto que Mario odiaba hablar de su infancia en general, y de su madre en particular, confiaba en sus dotes para reblandecer los muros que los hombres suelen levantar alrededor de su núcleo más profundo.

—Cuéntame, Mario: según tu experiencia, ¿es normal que entre cliente y banquero se creen vínculos de verdadera amistad o es más bien algo infrecuente?

—Verás, cuando como gestor privado manejas grandes fortunas en cuentas cifradas de paraísos fiscales, no es tan raro que se cree una relación, digamos, especial. De alguna manera, han depositado una gran confianza en tus manos, y, casi sin querer, acabas conociendo toda su vida, la oficial, la doble y hasta la triple: esposas, amantes, viajes de negocios más placenteros que unas vacaciones…

—¿Conociste a mi padre cuando trabajabas en las oficinas de la isla de Man? —se interesó Brisa tras beber de su copa de aquel exquisito champán, tan delicado que ni se notaban las burbujas.

—En efecto —afirmó Mario.

Hizo una breve pausa y rellenó la copa de Brisa con discreta elegancia, antes de que un camarero tuviera tiempo de acudir hasta la mesa. Su traje lucía impecable, sin una sola arruga, pese a lo ajetreado del día, y de alguna manera se las habia arreglado para tener a mano una camisa y una corbata de recambio. De porte varonil y gustos sibaritas, su pelo rubio, los finos rasgos de su cara y esa confianza que irradiaba le habrían granjeado muchas conquistas entre el público femenino.

—Tras acabar la carrera de Económicas, estudié un máster en Londres sobre derecho tributario internacional. Después, el Royal Shadow Bank me ofreció un puesto en la oficina de la isla de Man como gestor de cuentas. Enseguida destaqué como analista, y eso me permitió quedarme con los mejores clientes. Uno de ellos fue tu padre.

Brisa saboreó el Roederer Cristal, cosecha del 2002, y se relajó. Mario ya estaba presumiendo de sus méritos, como cualquier hombre en la primera cena con una mujer a la que desea impresionar. A partir de ese momento, pensó, todo conspiraba a su favor. Su instinto femenino no la advirtió a tiempo de que aquella noche yacería en el mullido lecho de su habitación atada, desnuda, amordazada y con el filo de una navaja apretando su garganta.

Capítulo 42

—¿Qué tal Ahmed? ¿Bien?

—Gracias a Dios, hermano.

—¿Sí?

—Sí, gracias a Dios. Hoy, con calor. Parece verano.

—¿De verdad?

—Sí, sí, te lo juro.

—Tenemos que vernos algún día. Te juro que siempre pienso en llamarte, pero…

—Somos amigos, hombre.

—Eso no lo olvido, je, je, je.

—Je, je, je…

—¿Vienes este año a Casablanca?

—Sí, voy a bajar.

—Pero ¿seguro?

—Sí, seguro.

—¿De verdad?

—Dentro de poco estaré contigo.

—¿Sí?

—Te lo juro, hermano.

A Roberto le costaba concentrarse en aquellas transcripciones de conversaciones grabadas por los Mossos. Aquellos individuos proferían juramentos sin cesar: mentían tan a menudo que una afirmación sin poner a Dios por testigo carecía ya de ninguna credibilidad. Brisa les hubiera podido dar unas cuantas lecciones. Mentía con más elegancia, sin pestañear y sin necesidad de juramento alguno.

Justamente unos minutos atrás le había mandado un SMS: en contra de lo previsto, se quedaría en Londres aquella noche... con Mario. Esto último no lo había escrito, pero se podía sobrentender. De nuevo consultó su reloj. Las ocho. Probablemente a aquellas horas estarían compartiendo mesa y mantel en algún distinguido restaurante londinense.

Se le revolvió el estómago. Después de pasar la noche anterior con Brisa, le resultaba insoportable imaginársela abrazada a otro hombre. Teóricamente no tenía ningún compromiso con ella, y ambos eran libres. Pero en la práctica era muy diferente. Mario era el cabrón que se había acostado con su mujer y, si lo conocía bien, no perdería la oportunidad de intentar aumentar su número de conquistas.

En ese momento, sonó el timbre de su casa. Debajo de la puerta de entrada vio un gran sobre blanco. Observó por la mirilla. Tal como sospechaba, no vio a nadie. Contrariado, abrió la puerta y se precipitó escaleras abajo. Era ya noche cerrada. La tenue luz amarillenta de un par de farolas alumbraba el portal donde un latero en chándal ofrecía cervezas a un grupito de chavales jóvenes. El resto de la calle permanecía silenciosa y solitaria. Era inútil obcecarse en perseguir a quien había sido lo suficientemente rápido como para desaparecer tras una bocacalle o para refugiarse en el interior de algún edificio vecino.

Roberto rasgó el sobre y encontró en su interior un escueto mensaje compuesto con letras de periódico: «Dentro de quince minutos, en el mirador del hotel de la rambla del Raval». No estaba firmado, ni falta que hacía. Dragan no le daba mucho tiempo: el suficiente para subir hasta su piso, cambiarse de camisa y coger el abrigo. Con paso ligero, recorrió aquellas callejuelas estrechas y poco iluminadas. Como de costumbre, contabilizó entre los transeúntes más chilabas con capuchas y pañuelos cubriendo cabezas que vaqueros y chaquetas. La historia del mundo, reflexionó, era la historia de las migraciones. Los pakistaníes constituían ya la comunidad más visible del barrio; suyos eran la mayoría de comercios. De hecho, algunos de sus amigos solían decirle que ahora vivía en Ravakistán.

Aquellas callejas sucias, de abigarrados tonos pardos, que podían resultar asfixiantes de día e inquietantes de noche, pronto dieron paso a la amplia rambla del Raval. El Ayuntamiento había tenido que derruir numerosos bloques de viviendas para que el sol llegara a casi todos los rincones. La ancha avenida peatonal, presidida por el enorme gato de Botero, jalonada de palmeras y bancos de madera, flanqueada por dos aceras repletas de terrazas y bares, es como un oasis visual que aparece de improviso ante el caminante. En otras circunstancias, pensó, hubiera disfrutado del paseo por la rambla hasta el hotel vanguardista en el que le esperaba Dragan.

El hotel Barceló cuenta con un mirador privilegiado que ofrece una panorámica de 360 grados sobre Barcelona, así como toda suerte de cócteles. Aunque durante las noches frías de invierno el bar permanece cerrado, con las luces apagadas, el acceso a la terraza es libre para los clientes del hotel y para quienes no lo son pero aparentan serlo. Roberto distinguió a Dragan, apoyado sobre uno de los telescopios del mirador.

—Es curioso como algunos de los mejores sitios permanecen vacíos, ignorados por el gentío. ¿Por qué agolparse en los bares cuando el hotel Barceló nos ofrece gratuitamente unas vistas maravillosas?

—Con las prisas he olvidado traerme un par de petacas para entrar en calor —apuntó Roberto con sarcasmo.

—La próxima vez será mas agradable —aseguró Dragan, sonriendo.

—La próxima vez no quiero que nadie llame al timbre de mi casa ni deje ningún sobre bajo la puerta. ¿Entendido?

—Las reglas no las pones tú, sino nosotros —replicó Dragan—. Además, creo que el sobre con diez mil euros que te dejaron los Reyes Magos de Oriente no te molestó tanto.

Dragan ya se permitía hasta tutearle, pero se le hubiera helado la sonrisa de superioridad de saber que había empleado parte de ese dinero en comprar una microcámara de alta resolución que llevaba camuflada en el botón superior de su camisa. Aunque todos los botones eran idénticos, solo uno ocultaba aquel ingenio que, en opinión de su amigo Pepe, era lo mejor que podía adquirirse en el mercado. Roberto creía firmemente en los avances tecnológicos, pero, aun así, albergaba serias dudas de que la oscuridad reinante en aquella terraza permitiera captar imágenes lo bastante precisas del rostro de su antagonista.

—Déjate de tonterías —afirmó Roberto, tajante, devolviéndole el tuteo—. Dime qué quieres saber y no perdamos más tiempo.

—Eso ya está mejor. La vida es, sobre todo, una cuestión de actitud, y la tuya, en el fondo, me gusta. También me gustaría saber el motivo de tu reciente visita a las obras del AVE junto a un inspector de Trabajo…

La pregunta no le sorprendió. Durante las últimas horas había sopesado qué debía contarle. Elegir entrañaba riesgos y dilemas morales, pero, una vez escogido un camino, nada resultaba más contraproducente que vacilar.

—Queremos provocar los suficientes problemas como para que los hermanos Boutha decidan subir a Barcelona —explicó, resuelto—. Si vienen, serán detenidos e, inmediatamente, se activará el operativo para desarticular al resto de la banda.

—¿Alguna otra novedad en la investigación? —preguntó Dragan.

—Nada más.

—Buen trabajo. Nos volveremos a ver otro día. Yo me tengo que ir, pero te rogaría que esperes aquí diez minutos antes de salir del hotel. Puedes distraerte mirando la ciudad con este telescopio. Es gratuito. Nunca dejan de sorprenderme las diferentes formas de hacer negocios. Pero recuerda: al final, nada es gratis.

Capítulo 43

Brisa despertó de su sueño y se encontró sumida en una pesadilla. No podía mover ni las manos ni los pies. Abrió los ojos, pero no pudo ver nada. Intentó gritar, pero fue en vano. Presa de la ansiedad, sintió como su corazón latía desbocado y sin control. Temiendo sufrir un inminente ataque cardiaco, se concentró en su respiración, tal como había aprendido en las clases de yoga. Los largos años de práctica acudieron en su ayuda.

La intensidad de sus latidos disminuyó. Privada de la vista, el resto de sus sentidos se aguzaron hasta extremos insospechados. El cuerpo de Brisa supo que se encontraba en peligro de muerte, y la adrenalina le permitió elevar su nivel de atención hasta cotas imposibles de alcanzar en otras circunstancias. La reacción instintiva obedecía a la lógica de la supervivencia. En situaciones límite, solo una reacción extraordinaria permite salir con vida del trance. En su caso, tal vez no fuera posible hacer nada para evitar la muerte.

Tenía las manos sujetas por algo metálico. Supuso que serían unas esposas. Los pies permanecían fuertemente atados: «cuerdas», adivinó por el roce. Tenía la cara empapada de agua; el cuerpo, completamente desnudo. En el interior de su boca notó una especie de bola grande, que por el tacto le pareció recubierta por algún tipo de tela o trapo. Tampoco podía mover los labios, inmovilizados por un material áspero y pegajoso, que bien podía ser cinta aislante de embalar cajas.

Algo punzante, frío y afilado presionó su garganta, hundiéndola ligeramente. Una daga o una navaja, conjeturó Brisa.

—No te muevas o te degüello ahora mismo —dijo una voz en inglés.

La mente de Brisa intentó recordar los sucesos que la habían conducido hasta allí. Cansada por las emociones del día, se había retirado a su habitación tras los postres, pese a los ruegos de Mario por alargar un poco más la velada. Agotada, se había puesto el pijama y, tras cepillarse los dientes, sin fuerzas para desmaquillarse, se había acostado. Un profundo sueño la invadió al instante. Fin de los recuerdos.

—Por fin te despiertas —dijo la voz en tono grave—. Han hecho falta unos cuantos vasos de agua.

El acento era árabe, pero Brisa no logró deducir de dónde exactamente. Su olfato sí reconoció el olor a cloroformo que impregnaba su rostro. Sin duda, lo había empleado para asegurarse de que permanecía dormida mientras la desnudaba y la ataba. Aquel individuo debía de haber sido muy silencioso, y ella encontrarse fatigada en grado sumo. De otro modo, no hubiera podido abrir la puerta de la habitación y llegar hasta su cama sin que ningún ruido la alertara.

—Me han ordenado dejarte vivir si cooperas. ¿Vas a ser una niña buena? Mueve los dedos de la mano derecha para decir sí, y los de la izquierda para decir no.

Brisa sintió un afilado pinchazo en el cuello. Después, el frío instrumento se retiró y se posó alternativamente sobre cada uno de sus ojos. No tenía otra opción que mover la mano derecha.

—Muy bien. Ahora quiero que utilices los dedos de las dos manos para mostrarme los números de la caja fuerte de esta habitación. He buscado los extractos de las cuentas bancarias revisando armarios, cajones y bolsas: solo he encontrado ropa decadente. Por tu bien, espero que la caja guarde lo que estoy buscando.

Así que de eso se trataba: de las cuentas de la isla de Man. Si cooperaba, viviría, o eso le había asegurado. Aquel hombre era un extraño y su palabra le inspiraba la misma confianza que el aire vacío. Si no cooperaba y se veía obligado a torturarla para intentar hacerla hablar, el ruido podría alertar a las habitaciones contiguas; eso arruinaría sus propósitos. Los extractos bancarios, según le había dicho Ariel, eran muy valiosos. Quizás aquel individuo quisiera información, en lugar de sangre.

Brisa gesticuló con los dedos de las manos.

—Tres, siete, dos, tres —enumeró su captor.

Un suave zumbido le indicó que había conseguido abrir la caja. Durante un rato, que a Brisa se le antojó muy largo, el asaltante guardó silencio. De hecho, el silencio era tan intenso que no tuvo dificultad en oír el roce del papel. Supuso que estaría examinando el contenido de los extractos bancarios. También se dio cuenta de algo más. Ninguna sábana ni manta cubría su cuerpo desnudo. La había dejado completamente expuesta y vulnerable. En el mejor de los casos, una táctica premeditada para que, sintiéndose indefensa, no tratara de resistirse a sus órdenes. En el peor, podía tratarse de un sicario con tendencias retorcidas. Tragó saliva. No sabía qué hora era, pero debía de quedar mucho aún hasta el amanecer.

—Has sido una chica mala —le recriminó la voz—. Te advertimos de que no removieras el pasado de tu padre.

Volvió a sentir sobre su garganta el frío punzante de lo que sin duda era un arma blanca.

—No te muevas —dijo cortante, como el arma que empuñaba.

El filo del cuchillo empezó a recorrer su cuerpo suavemente, sin herirla. El cuello, la garganta, los pechos, los pezones... Brisa no tuvo dudas de que se hallaba ante un psicópata sexual. A su modo, aquel hombre la estaba acariciando. La daga no se detuvo. Bajó por su barriga hasta el ombligo. La respiración del hombre se aceleró cuando posó el filo del arma en el vello de su pubis.

Brisa, con el corazón desbocado, sintió pánico. Trató de no moverse para evitar lo que aquel hijo de puta pudiera interpretar como una provocación.

Por anómalo que resulte, cuando tu vida depende por entero de otro, toda la conciencia puede desplazarse hacia esa persona. Inmovilizada como estaba, su psique trataba de analizar lo que pasaba por la mente de su captor.

El hombre retiró la navaja de su pubis. Brisa oyó nítidamente su respiración y, de algún modo inexplicable, creyó sentir la excitación que circulaba por las venas de su asaltante. Si cooperaba, viviría. Eso le había dicho, pero ¿sería cierto? Aunque no muriera, la advertencia podía incluir una violación o cualquier otra vejación sexual. El mero hecho de estar desnuda, atada y siendo contemplada por aquel cerdo armado era ya una violación de su espíritu. El tiempo se detuvo, como si se hubiera congelado; el silencio se espesó hasta límites impenetrables. No se oía ni un solo sonido. Su secuestrador debía de estar tan inmóvil como ella. ¿Qué pasaba por su cabeza?

Brisa creyó conectar de alguna manera con la conciencia de aquel hombre, percibiendo sus dudas. Disfrutaba enormemente con aquella situación, pero sentía impulsos contradictorios. ¿Era capaz una persona de fusionar su conciencia, en una situación cercana a la muerte, con la de alguien que podía acabar con su vida o torturarla? No eran pocos los casos en los que entre víctima y verdugo se establece una conexión tan profunda como inquietante.

En el pasado había experimentado con estados alterados de conciencia en los que jugaba a ser una roca, un gato e, incluso, otra persona. A veces, cuando meditaba, su conciencia se había ampliado, fundiéndose con cuanto la rodeaba. O al menos eso había imaginado. Lo más probable, pensó, es que ahora también estuviera imaginando cosas. Las dudas que creía leer en la conciencia de su enemigo no debían de ser otra cosa que las que ella misma tenía sobre lo que le iba a suceder.

Su captor se movió. De alguna manera, Brisa intuyó que había tomado una decisión. Una mano le acarició suavemente el pelo. Una mano enguantada. Una mano inescrutable.

—Recuerda. A partir de ahora, sé una niña buena. Deja que los muertos descansen en paz. —Brisa reconoció la frase, que se había repetido en los anónimos recibidos—. Ya es hora de que tú también descanses —añadió.

Percibió un pinchazo en el brazo derecho y que un líquido se deslizaba en su interior. Intentó moverse, pero no lo consiguió. Después, la oscuridad, la nada y el olvido.

Capítulo 44

Roberto apuró su copa de whisky Oban y miró su reloj: las tres de la madrugada. Nunca bebía solo, y menos en su casa a horas tan intempestivas, pero aquella noche no podía pegar ojo, y una dosis de Oban de catorce años le había parecido la única receta de urgencia que tenía a mano para calmarse. Había sido un error. Nada podía hacerlo.

Se había despertado empapado de sudor y abrazado a su almohada, soñando que era a Brisa a quien estrechaba entre sus brazos. El vacío de la cama se le había antojado intolerable. Su respiración, acelerada, incontrolada, era el mejor indicador de que estaba en el límite de eso que vulgarmente se conoce como un ataque de ansiedad. Le faltaba aire. Le faltaba Brisa.

No podía soportar que se hubiera quedado en un hotel de Londres, con Mario. Mientras él se preparaba su plato de pasta, ese cabrón habría invitado a Brisa a un exquisito restaurante para regalar sus sentidos con delicadezas culinarias y el más embriagador champán francés. Había un acuerdo expreso entre Roberto y Brisa según el cual eran amigos sin ataduras, con derecho a gozar del placer cuando surgiera, pero nada más... ¡Menuda patraña! Los instintos desbocados no atienden a razones ni a tratados civilizados.

¿Qué era lo que de verdad sentía por Brisa? Los efluvios de la malta escocesa le transportaron al pasado, a su infancia. Durante años, ella fue su mejor amiga, la compañera de juegos capaz de convertir cada día en una aventura y de transportarle a mundos de fantasía. Se veían constantemente, pero al acabar la primavera Brisa desaparecía durante meses, para disfrutar de sus vacaciones en sitios exclusivos y países lejanos. Roberto la echaba de menos, pero, al poco, se acostumbraba. Hasta que un día nublado de verano se dio cuenta de que pensaba constantemente en ella, de que el viento, las puestas de sol, la lluvia, los bosques y todo lo que era bello o misterioso le recordaban a su amiga. Supuso que eso debía de ser el amor, del que tanto había oído hablar, y que su ausencia podía doler más que cualquier herida. Tras aquel verano, que se le pasó a cámara lenta, Brisa no volvió.

Inesperadamente había regresado a su vida y sus sentimientos seguían siendo tan intensos como los de aquellos meses de verano que pasó en un pueblecito de Asturias, pero ahora le devoraba un apetito sexual que solo se saciaba cuando a Brisa le apetecía. Entonces parecía que se juntaran dos fuegos capaces de arder hasta consumirse por completo.

Aquellos tórridos recuerdos le llevaron nuevamente hasta Londres. Allí Brisa estaba pasando la noche con el hijo de puta que se había acostado con su mujer. El hecho de que su amiga no lo supiera no le hacía sentirse más tranquilo. Tranquilidad, era lo que más ansiaba y menos tenía.

Supo que pasaría la noche en vela. En el fondo, tampoco sabía quién era Brisa. ¿Le había contado toda la verdad? No conseguía adivinar qué pretendía. Además, aquello de experimentar con drogas para comprobar cómo influían en sus pacientes resultaba inquietante. Tanto en los cadáveres de su exnovio como en los de su padre, no podía olvidarlo, se habían encontrado restos de sustancias psicotrópicas. Sin embargo, en cuanto la veía, todas sus dudas se diluían hasta quedar en nada. Odiaba profundamente la sensación de perder el control, algo a lo que no estaba acostumbrado, pero tenía que rendirse a la evidencia: una fuerza más poderosa que su razón resonaba en sus entrañas como un rugido ancestral.

Con un considerable esfuerzo, intentó concentrarse en los datos que bullían en su cabeza. Durante los últimos días había leído todas las transcripciones de las escuchas telefónicas sin encontrar lo que buscaba. Decepcionado, se había dedicado a rastrear en las bases de datos de la Agencia Tributaria y de la Seguridad Social a todos los trabajadores que hubieran sido empleados por cualquiera de las sociedades vinculadas a la trama del peritaje, remontándose hasta los años noventa. El trabajo sobrepasaba la capacidad humana y, al final, se lo había encomendado a un programa informático tan silencioso como eficiente, que permitía filtrar la información en función de numerosos parámetros. Sin embargo, el filtro decisivo era el de la mente, y la suya creía haber encontrado «el fallo» sobre el que se asentaba la trama que estaba investigando.

Existía una pauta, una pauta que era la clave para entender lo que realmente se ocultaba tras la conexión marroquí. Era algo que, sin duda, se le había pasado por alto al equipo de inteligencia de los Mossos. Como siempre, lo oculto era la fuerza que manejaba el poder. Roberto se sirvió una segunda copa de aquel aromático whisky escocés, añadió dos cubitos de hielo y meditó sobre su inesperado hallazgo. Lo que aquello implicaba era tremendo.

Capítulo 45

Marta se removió inquieta en la silla de su despacho. Al cabo de poco, las manecillas del reloj marcarían las cuatro de la mañana y comenzaría la operación Cascabel. Ya no había marcha atrás. Había comprobado una y otra vez hasta los más nimios detalles del operativo, pero no podía evitar sentirse profundamente nerviosa. El margen de imprevistos era incalculable, y cualquier circunstancia inesperada podía deparar la muerte a cualquiera de sus compañeros.

Las posibilidades de error, siempre presentes, eran todavía mayores debido a la premura con la que se habían visto obligados a trabajar. Hacia el mediodía había recibido el aviso de que dos de los hermanos Boutha, Omar y Mohammed, llegarían por la tarde a Barcelona. El revuelo provocado por Castillo y Roberto con su visita a las obras del AVE había sido tan grande que la contratista principal estaba dispuesta a rescindir de inmediato todos los contratos con sus múltiples empresas. Alarmados, Mohammed y Omar habían volado urgentemente desde Tánger hasta Barcelona para tratar de solucionar el asunto. Si todo salía bien, tardarían unos cuantos años en regresar a Marruecos.

Desde su llegada al aeropuerto del Prat se había desplegado un impresionante pero discreto servicio de vigilancia para mantener controlados a Mohammed y Omar, así como para averiguar si sus otros hermanos estaban en Barcelona. Lamentablemente, había sido imposible localizarlos. Alí y Mustafá Boutha, según las escuchas, seguían en Tánger dirigiendo unas importantes obras.

Marta se había visto abocada a tomar una decisión difícil: renunciar a la detención de los cuatro hermanos y dar la orden de iniciar la fase final de la operación Cascabel. No era su opción preferida, pero sí la menos mala. Esperar a que se volvieran a reunir las cuatro piezas en Barcelona, tal como habían hecho antaño, era casi una quimera.

Se levantó de la silla y comenzó a andar por la habitación como una pantera enjaulada. Hubiera preferido mil veces actuar sobre el terreno, participando personalmente en los arrestos. Sin embargo, su sitio estaba allí: en aquel silencioso habitáculo iluminado solo por la lámpara de su mesa y el brillo de los ordenadores conectados digitalmente a los cinco furgones destinados a la redada. Pertrechada con varios teléfonos, ella era la encargada de coordinar y dirigir todo el dispositivo, dando las órdenes oportunas si algo se salía del guion trazado.

Tenía buenas razones para estar nerviosa. Meses de durísimo trabajo policial se dirimirían en los siguientes minutos. En la inmensa mayoría de las operaciones contra mafias organizadas, las detenciones se solían limitar a los peones y a los mandos intermedios y, de vez en cuando, a algún lugarteniente despistado. Los auténticos capos raras veces probaban el acero de las esposas y casi nunca ingresaban en prisión. En este caso, tenían al alcance de la mano a dos de los máximos dirigentes, y las pruebas eran incontestables.

Aun así, no las tenía todas consigo. En demasiadas ocasiones, los principales capos habían logrado escabullirse en el último momento, gracias a un oportuno chivatazo. La corrupción acechaba a todos aquellos que tuvieran algo que vender por un precio superior al valor en que tasaban su alma. Demasiados candidatos, para su gusto. Por ese motivo, no habían informado de la misión a los agentes seleccionados hasta pocos minutos antes.

Marta repasó los diversos escenarios. Mohammed Boutha se había instalado en una lujosa mansión de la avenida Pearson dotada con cámaras de visión nocturna y sofisticados dispositivos de seguridad. No le servirían de nada. La casa estaba virtualmente rodeada, con todas las salidas vigiladas, y los agentes llevaban la orden judicial de arresto que le conduciría a prisión. Omar, su otro hermano, descansaba en un piso del Raval cuyo interior, lujosamente decorado, contrastaba con la mugrienta fachada del edificio. También ahí estaban destacados algunos de sus mejores hombres.

No solo iban a arrestar a los dos hermanos, sino también a todos los cabecillas, y a los mandos medios que ocultaban grandes cantidades de droga en sus domicilios. La entrada en numerosos pisos aumentaba los riesgos, pero la madrugada ayudaría a limitar los incidentes desagradables. La mayoría de los miembros de la banda dormirían plácidamente cuando la policía abriera sus puertas. Sin tiempo para reaccionar, aturdidos, los detenidos no solían presentar resistencia. Para aumentar su confusión y su indefensión los equipos al mando de Marta iban provistos de visores infrarrojos que permitían ver en la oscuridad. Muchas guerras se ganaban sin disparar un tiro. Confiaba en que esta fuera una de ellas.

Capítulo 46

La luz del alba comenzó a filtrarse por la ventana del salón. No había persiana y la vieja cortina resultaba insuficiente para contener el avance de la mañana. Roberto se retiró a su pequeño dormitorio, se reclinó sobre la cama y cerró los ojos. Trató de dormir algo, pero no lo consiguió. Su estado de nervios le impidió conciliar el sueño. Su mente era como un caballo desbocado que, tras haber sido forzado a correr al galope, no quisiera frenar por más que el jinete le clavara las bridas.

Como los discos rayados de su infancia, una y otra vez repiqueteaban en su cabeza los datos analizados y repasados durante las últimas horas. La conclusión era inequívoca. Tantas coincidencias no podían obedecer a la casualidad. Aquello daba un giro inesperado a la trama pericial en la que se hallaba inmerso.

«Debería de haberlo adivinado mucho antes», se repitió mientras daba la enésima vuelta sobre el colchón. Pero no había nada que hacer, ni tenía sentido continuar luchando. No lograría descansar por más que siguiera peleándose con las sábanas. Se levantó, se calzó las zapatillas, se enfundó la bata y se encaminó a su fría cocina dispuesto a prepararse un reconstituyente zumo natural.

Mientras cortaba las naranjas volvió a pensar en Brisa. Que hubiera pasado la noche en Londres, con Mario, le había alterado profundamente. Las noches sin sueños son traicioneras y propensas a los desvaríos. Ni siquiera había sido necesario que su imaginación apelara a un colorido catálogo de indeseadas posibilidades. Había bastado que una explosiva sensación sorda y ciega le carcomiera por dentro. Por momentos la angustia parecía ahogarle, y en otros le daban ganas de romper hasta el último mueble de su piso. Roberto había logrado controlar sus destructivos impulsos, pero ni la mañana ni el zumo recién exprimido habían disipado su intuición de que algo terrible había sucedido en Londres; algo que escapaba a su control.

El sonido de su móvil le aceleró el corazón. Sin embargo, no vio el nombre de Brisa parpadear en la pantalla. Era la comisaria. Solo un asunto que revistiera la máxima gravedad podía justificar que le llamara a aquellas horas. Dado el vidrioso perfil de la trama pericial en la que se hallaba inmerso, la tensión se disparó en el cuerpo de Roberto al coger el teléfono.

—Hola, Marta —saludó con voz firme, sin dejar traslucir sus nervios. En su situación, ninguna noticia le parecía demasiado improbable.

—Esta madrugada hemos detenido a casi todos los integrantes de la trama Cascabel —anunció Marta, en tono triunfal.

La partida entraba en una nueva fase, pensó Roberto, sin poder evitar preguntarse si él sería el siguiente en la lista de arrestados.

—Ya sé que es un poco pronto para llamar —se disculpó—, pero prefería comunicártelo en persona antes de que te enteraras por Internet.

¿Cómo sabía que cada mañana consultaba los principales periódicos digitales mientras desayunaba? ¿Era aquel un comentario casual o se habían infiltrado en su ordenador para tenerle controlado? En cualquiera caso, debía continuar extremando las precauciones, no dejar rastros que pudieran seguir y disimular tan bien como pudiera.

—Felicidades, comisaria. Me alegro mucho del éxito de la operación, y te agradezco que te hayas tomado la molestia de avisarme.

Valoró con cierta complacencia haber mentido con la misma naturalidad y convicción que acostumbraba a emplear Brisa. Quizá su amiga estaba en lo cierto cuando afirmaba que la mentira no era un pecado, sino una virtud imprescindible para sobrevivir.

—Gracias, Roberto. Las casi cuarenta detenciones y las entradas domiciliarias a pistola en mano han causado un revuelo considerable. Las noticias vuelan, y las malas lo hacen en primera clase. Pese a que no se han producido muertes ni heridos, ya hemos atendido a numerosos medios, ávidos de información. Hemos filtrado que los arrestos obedecen, principalmente, a un entramado dedicado al tráfico de drogas y la explotación de inmigrantes, cuyos beneficios podrían destinarse a financiar actividades terroristas en el extranjero.

Roberto no necesitaba que nadie le deletreara las letras para poder leer: las irregularidades fiscales de las empresas defraudadoras no saldrían mencionadas en las notas de prensa. Aquella declaración de intenciones le tranquilizó. Los tiros no le apuntaban a él como confidente. A la comisaria lo único que le interesaba era que los Mossos acapararan el máximo espacio en los titulares, sin compartirlo con nadie. A él solo le preocupaba salvaguardar su futuro personal y el de su hija.

—Mis jefes no van a estar demasiado contentos —vaticinó Roberto—. A buen seguro que les hubiera gustado que la Agencia Tributaria también saliera mencionada.

—No te preocupes. Mañana ya os citarán. Hemos preferido omitir toda referencia a los fraudes a la Hacienda Pública y a la Seguridad Social porque será esta tarde cuando registremos las distintas gestorías que les han tramitado la contabilidad, nóminas e impuestos. Ahí es donde vosotros entraréis en escena.

Roberto sabía que las noticias duraban menos que un telediario, y que el primer impacto mediático haría que las menciones a la Agencia Tributaria quedaran muy diluidas en los días venideros. Marta había actuado con astucia. En sus circunstancias, aquello no podía importarle menos.

—Comprendo —se limitó a decir.

—Tenemos seleccionadas tres gestorías —prosiguió Marta—. Esta tarde las cerraremos al público. Castillo y tú os encargaréis de visitarlas y de haceros con la documentación con trascendencia fiscal y laboral que afecte a la trama investigada. Se trata de grandes gestorías con voluminosos archivos. Será una tarea dura y prolija. Lo normal es que el trabajo dure hasta bien entrada la noche…

Aquel contratiempo, aparentemente menor, provocó que Roberto sintiera una punzada. Brisa volvía por la tarde de Londres, y ardía en deseos de verla. Si los registros se demoraban demasiado, tendría que renunciar a sus planes hasta el día siguiente. Por más que le pesara, no podía negarse a participar en los registros.

—No hay problema —contestó—, pero ¿no sería mejor empezar esta misma mañana?

—Imposible. Estaremos ocupados interrogando a los detenidos, y no dispondremos de los efectivos necesarios hasta la tarde.

—En ese caso, esperaré vuestra llamada.

—Te lo agradezco —dijo Marta, con una amabilidad sorprendente, dado el carácter autoritario y un tanto dictatorial que había mostrado hasta entonces.

Una amabilidad propia, pensó Roberto, de quien cree haber ganado la partida. Y, sin embargo, podía estar completamente equivocada. La siguiente pregunta le daría la respuesta que precisaba conocer.

—¿Habéis logrado detener a alguno de los hermanos Boutha?

—A dos de ellos —afirmó Marta con orgullo de cazadora—. Y los otros dos no tardarán en ingresar en prisión.

—Te felicito, comisaria. La operación ha sido un éxito.

—Todo el equipo está muy satisfecho —admitió ella—. Ya te contaremos más detalles esta tarde. Hasta pronto.

Cuando Roberto colgó el teléfono, tuvo la convicción de que la comisaria solo sabía de la misa la mitad. O menos. La punta visible de un iceberg carece de importancia en relación con lo que se esconde bajo la superficie. Y en el interior de la operación Cascabel se ocultaba otro monstruo mucho más grande y venenoso. Se preguntó cuánto tiempo tardaría Dragan en ponerse en contacto con él. No demasiado. Tenían muchas cosas de que hablar. Las cartas habían quedado al descubierto y tenía que elegir con qué baza jugar la partida de su vida. El pacto con Fausto sobrevolaba su pequeño piso, invitándole a dejarse llevar por la opción más fácil y tentadora.

«Recuerda: nada es gratis», le había dicho Dragan sobre la azotea del hotel Barceló.

Capítulo 47

El incesante ruido del teléfono la despertó. Atontada, estiró el brazo en busca de la luz. Su mano se paseó, vacilante, por la pared, derramó un vaso de agua situado sobre la mesita de noche, continuó tanteando a ciegas, tropezó con el interruptor y logró, al fin, encender la lámpara. Ignorando las llamadas, se palpó el cuerpo, se levantó con esfuerzo y observó las sábanas. No había rastros de sangre. Aparentemente, no había sufrido heridas.

Aturdida, se sentó sobre el colchón, respiró hondo y respondió al teléfono.

—Buenos días —saludó Mario—. Me temo que te has quedado dormida.

—¿Qué hora es? —preguntó Brisa, todavía confusa.

—Las diez y cuarto. No quería despertarte, pero tenemos que ir al banco.

—No iremos a ningún banco —cortó Brisa, secamente.

—¿Ha ocurrido algo? —preguntó Mario, extrañado.

—Ya te contaré. Dame un rato para arreglarme —acertó a decir antes de colgar.

Sus recuerdos eran terribles, incompletos e intermitentes. La ducha, más que un placer, era una necesidad. Su cuerpo se lo pedía a gritos y nada le podía ayudar más. Lentamente visualizó lo sucedido, como si fueran fotografías desordenadas, hasta que fue capaz de encajarlas en un orden temporal coherente.

Permaneció un buen rato bajo el agua, alternando chorros calientes y fríos. Debía reaccionar y aclarar su mente. Al acabar, se puso la ropa interior, se sentó en un sofá, se bebió una botella de agua y reflexionó sobre su situación.

Pese a sus temores, no había sido violada, tras quedarse dormida con la inyección. No le hacía falta una exploración mayor de su cuerpo para saberlo. Un sobre blanco, idéntico a los que había recibido en su piso de Barcelona, llamó su atención. Dentro encontró un breve mensaje con la tipografía habitual:

> Olvida las cuentas secretas de tu padre. Si obedeces, tus problemas con la justicia española pronto estarán resueltos. De lo contrario, morirás.

Existían violaciones diferentes a la física, que también dejan heridas lacerantes, pero Brisa no podía permitirse el lujo de lamentarse. Sobreponerse y actuar con inteligencia era tan vital como urgente.

Recogió sus cosas, introdujo toda su ropa en una bolsa grande de deporte que también había comprado en Camden Town, se enfundó sus vaqueros, una camisa blanca y bajó al vestíbulo del hotel. Allí la esperaba Mario. Desconfiaba tanto de él que le sobrevino un impulso, casi irrefrenable, de lanzar una patada sorpresa de *muay thai* a sus partes más íntimas. Se contuvo. Atacarle físicamente no era la mejor estrategia. Si quería salir bien de aquella trampa, debía seguir fingiendo. Ya habría tiempo para vengarse.

Brisa se abrazó a Mario como lo haría una niña despavorida y prorrumpió en un llanto que parecía incontenible. La frustración y la tensión acumulada facilitaron mucho su actuación.

—Me ha ocurrido algo terrible —repitió una y otra vez mientras aparentaba tratar de contener las lágrimas que fluían por su rostro.

Mario intentó consolarla con gestos cargados de ternura. Los rasgos de su rostro expresaban sorpresa y preocupación. Brisa no tenía ningún motivo para creer en la sinceridad de sus sentimientos. Aquel hombre podía ser un actor tan bueno o mejor que ella. Durante la cena se había mostrado encantador, pero no le había contado nada significativo sobre la relación con su padre y, además, había logrado esquivar con elegancia las preguntas sobre su infancia, conjugando hábilmente las dosis adecuadas de ingenio y humor. Ella había preferido no presionarle más y, al acabar los postres, se había sentido profundamente cansada. Una explicación plausible era que alguien hubiera disuelto algún somnífero en su bebida, y el principal sospechoso era quien la estaba abrazando.

Brisa revivió la sensación de claustrofobia que había sufrido, atada y amordazada, en la cama de su habitación. A dos pasos del hotel se hallaba el principal pulmón de Londres, y ella necesitaba respirar a cielo descubierto.

—Quiero salir de aquí. Vamos a pasear un rato por Hyde Park —propuso.

Ningún parque español podía compararse con aquel, pensó Brisa mientras lo recorría en compañía de Mario. Ni siquiera los campus universitarios norteamericanos, asentados sobre grandes explanadas de césped, rivalizaban con la inmensidad de Hyde Park. Los extensos paisajes verdes se sucedían sin cesar, provocándole la falsa ilusión de que se hallaba muy lejos de la ciudad.

Observó a unos niños jugando al béisbol, con una pelota de tenis y una robusta rama de árbol a modo de bate improvisado, absolutamente indiferentes a la lluvia que caía sobre ellos. También parecían ajenos a ella un par de hombres barbudos, cuyos grandes turbantes les brindaban toda la protección que necesitaban. Supuso que debían de proceder de la India o de Pakistán. En el pasado aquellos dos territorios habían formado un solo país, pero ahora estaban enfrentados por el territorio y la religión. Los salvajes atentados terroristas perpetrados recientemente por comandos pakistaníes en la India habían colocado a las dos potencias nucleares al borde de la guerra. Y, según le había dicho Ariel, una de las cuentas de su padre había sido utilizada para financiar las células terroristas. Un asunto siniestro de incalculables consecuencias. Brisa se concentró en interpretar mejor que nunca el papel que había preparado. Un paso en falso le podía suponer la muerte.

Con voz temblorosa y dubitativa le contó a Mario lo que había pasado en su habitación, mientras ambos paseaban al amparo del enorme paraguas que les había dejado el recepcionista del hotel. A medida que avanzaba en su relato, el rostro de Mario palidecía. Cuando habló con voz ronca, parecía sinceramente consternado.

—Nunca imaginé que algo así pudiera suceder. No sería de extrañar que tuvieras pinchado el teléfono y el ordenador. En tal caso, habrían sabido anticipadamente cuándo ibas a viajar a la isla de Man, para poder montar un dispositivo con el que seguir tus pasos. La otra alternativa es que alguno de los empleados de la oficina en la isla de Man los avisara de que ibas a reclamar los extractos bancarios de los últimos diez años. No podemos descartar esa posibilidad, máxime teniendo en cuenta que los llamé con varios días de antelación para que lo tuvieran todo preparado en cuanto llegaras.

Existía otra opción más sencilla, pensó Brisa para sí: que Mario fuera quien hubiera actuado como confidente de aquellos mafiosos. De repente, una idea le golpeó con una fuerza que sintió en sus entrañas. ¿Y si el hombre que la había vejado, torturado y amenazado en su habitación había sido Mario? El acento árabe de su asaltante podía ser fingido. No era tan difícil imitar ciertos acentos, e incluso se podía haber ayudado de un pañuelo pegado a los labios para evitar que le reconociera. Quizás estaba siendo injusta; tal vez Mario fuera completamente inocente, y su preocupación sincera, pero no se fiaba. Estaba determinada a actuar como si Mario fuera culpable. Era lo más seguro para ella y lo que le dictaba la intuición.

—¿Quieres denunciar el asunto a la policía? —preguntó Mario.

—Ni loca. No soy tan tonta —añadió con tono enojado—. ¿Qué voy a denunciar? ¿Que me han robado los extractos de unas cuentas bancarias que ni yo ni mi padre hemos declarado nunca al fisco? No tengo ninguna herida física ni marcas de violencia en el cuerpo. Tampoco puedo identificar al asaltante. Sería una denuncia condenada al archivo. Y lo que es más importante: no tengo ninguna intención de jugarme la vida desafiando a quienes me han amenazado. Solo echar un vistazo a los importes de las transferencias de las sociedades en que mi padre actuó como testaferro es suficiente para percatarse de que es gente muy poderosa. Tú lo debes saber mejor que nadie, ¿verdad?

Mario entornó un poco los ojos, la miró con semblante circunspecto y redujo ostensiblemente el paso.

—El deber de confidencialidad es tan sagrado para mí como para un sacerdote el secreto de confesión. Sin embargo, lo que te ha ocurrido lo cambia todo. La vida está por encima de cualquier secreto bancario.

Mario se detuvo y la cogió suavemente de la mano.

—¿Me juras que si te revelo lo que sé jamás se lo dirás a nadie? —le preguntó con voz solemne.

—Lo juro —afirmó Brisa, quien, pese a no creer en juramentos, cruzó a escondidas los dedos de la mano izquierda, como cuando era niña.

Mario respiró hondo y guardó unos momentos de silencio antes de hablar.

—En ciertas ocasiones, tu padre me dio a entender que quienes manejaban las sociedades y las cuentas en las que él actuaba como testaferro eran políticos pakistaníes.

Brisa abrió los ojos: la información de Mario coincidía, en lo esencial, con las afirmaciones de Ariel.

—Yo no lo sé a ciencia cierta —prosiguió él—, y la maraña de sociedades tras la que se ocultan puede dificultar mucho su identificación, pero te aseguro una cosa: cuando quieras tirar de la manta, te voy a dar todo mi apoyo para conseguirlo. Y estoy seguro de que la dirección del banco también participará activamente en clarificar un asunto tan tenebroso. Una cosa es la honorable y saludable evasión de impuestos; otra, colaborar con quienes han demostrado ser unos criminales. Si decides emprender acciones legales, estaremos a tu lado.

El ofrecimiento de Mario, aparentemente generoso, no era otra cosa que un ejercicio de estilo vacío de contenido, en el mejor de los casos. Si le había asegurado que no se atrevía a denunciar la agresión sufrida por miedo a su integridad física, ¿qué sentido tenía animarla a interponer demandas para averiguar judicialmente quién se ocultaba tras esas sociedades? Quizá la estuviera poniendo a prueba, pero ella también sabía desenvolverse muy bien en cierto tipo de juegos.

—Valoro demasiado mi vida como para tentar así a la suerte, aunque te agradezco tu apoyo, especialmente porque sé que podrías salir malparado si a través de dichas cuentas se hubiera movido dinero procedente de las drogas o del mundo del crimen.

—Por mí no tendrías que preocuparte. Tu padre no actuó como testaferro de nadie mientras estuve dirigiendo la oficina de la isla de Man, con lo que estoy libre de cualquier responsabilidad. Sin embargo, tienes toda la razón en cuanto a los riesgos que correrías tú. Estoy tan indignado con lo que te ha sucedido que me cuesta mantener la cabeza fría…

Su actitud era muy convincente, pero, aun así, Brisa no se fiaba. En contra de lo que decía, podía haber desempeñado un papel muy activo en las turbias sociedades y en las cuentas controladas por potentados pakistaníes implicados en los recientes atentados de Bombay. En tal caso, Mario tendría razones de sobra para temer por su futuro. Razones suficientes como para estar dispuesto a todo con tal de evitar la cárcel y el final de su carrera profesional.

Brisa no podía enfrentarse a una organización criminal en cuya cúspide estuvieran importantes políticos de uno de los países más peligrosos del mundo. Vengarse de un solo hombre era un asunto completamente distinto. Primero debía averiguar más sobre la misteriosa vida de Brigitte Blanchefort y determinar, con absoluta certeza, si de verdad era la madre del hombre que le sujetaba tan atentamente el paraguas. Después, indagaría en el pasado de Mario, le desnudaría de todos sus secretos y, si era culpable de lo que imaginaba, le haría pagar por ello de un modo retorcido, lento y cruel.

Capítulo 48

Si hay algún lugar público en Barcelona donde las probabilidades estadísticas de encontrarse con amigos o conocidos tienden a cero, debe de ser un museo de pago. Tal vez por ello Dragan había elegido para la cita de aquella mañana el Museo Marítimo. Ubicado en las antiguas Drassanes Reials, donde se construyeron buena parte de las galeras que derrotaron a los turcos en la batalla de Lepanto, en la actualidad es uno de los edificios góticos mejor conservados del mundo, y acoge en su interior una magnífica colección de grandes navíos.

Roberto salió de su casa apresuradamente, y con paso firme tardó menos de diez minutos en llegar a su destino. Conocía muy bien la fachada del museo. Solía pasar a menudo por delante cuando acudía caminando a su trabajo, pero nunca lo había visitado. Tras comprar la entrada, atravesó las primeras naves, cuyos altos techos sostenían formidables arcos de piedra. Siguiendo las indicaciones, alcanzó la sala Roger de Llúria. Allí le esperaba Dragan, vestido con vaqueros, zapatillas y un chaleco deportivo. Su mirada penetrante y su expresión facial le recordó a la de un veterano boxeador estudiando a su rival antes de soltar el gancho definitivo.

La estancia está dominada por una réplica a tamaño natural de la galera real de don Juan de Austria. Pintada en colores oro y granate, su tamaño es tan colosal que cuesta imaginar que pudiera ser movida por remeros; de hecho, durante las batallas, otras dos galeras tenía que ayudarla para poder maniobrar.

—Este fue el mejor navío de su tiempo —señaló Dragan, dando así por iniciada la conversación—. Si uno quiere llegar a buen puerto —prosiguió—, es conveniente viajar siempre en el barco más poderoso.

Roberto miró a su alrededor, examinando la sala antes de replicar. Hubiera permanecido vacía de no ser por un nutrido grupo de niños que, en una esquina, escuchaban las explicaciones de su profesor. No parecía que nadie los estuviera espiando. En tal caso, no tenía sentido perderse en circunloquios.

—Hay quien elige navíos y travesías equivocadas —objetó Roberto—. Dos de los hermanos Boutha han sido detenidos, pese a que te avisé de lo que les esperaba si desembarcaban en Barcelona. Las pruebas que se acumulan contra ellos son irrefutables. Pasarán la mayor parte de su vida en prisión por delitos de tráfico de drogas, extranjería, explotación de personas, fraude a la Seguridad Social y, por la parte que me toca, delito fiscal. Las cifras que adeudan son enormes, y no hay manera razonable de que pueda falsear mi informe sin que sea yo quien incurra en delito. Tal como están las cosas, mi margen de maniobra es muy estrecho.

—Haz tu trabajo lo mejor que puedas —se limitó a decir Dragan.

Había llegado ya al punto crítico. A partir de ahí, podía llegar al fondo del asunto.

—¿Significa eso que pretendéis seguir pagándome? —preguntó Roberto.

—Por supuesto —afirmó Dragan sonriendo—. Un trato es un trato, pero recuerda que parte del acuerdo es que nos informes puntualmente del desarrollo de tu informe. Queremos conocer, antes que la jueza, todo lo que va a ocurrir.

—De hecho, ya lo sabéis todo. Las conclusiones de mi informe final serán exactamente las mismas que os entregué en mis notas previas. Por supuesto, será mucho más voluminoso, pero solo añadirá precisiones técnicas, legales y jurisprudencia. Lo esencial es que todas las sociedades analizadas forman parte de una misma unidad económica que incurre cada año en delitos fiscales de elevadísimas cuantías. Sinceramente, estaré encantado de recibir de vosotros ese extraño complemento de productividad por cumplir con mi obligación, pero no acabo de entender que me paguéis tanto por tan poco. Por mucho menos, sobornando a cualquier administrativo del juzgado, tendrías fotocopias de todos los papeles que se tramitaran en la causa, antes incluso de que se los leyera su señoría.

Dragan esbozó una ligera sonrisa. Sus ojos se tiñeron de un brillo irónico.

—Eres un chico listo. Estoy seguro de que, si te esfuerzas, serás capaz de entenderlo perfectamente.

Roberto simuló reflexionar durante un largo rato, aunque sabía muy bien lo que debía decir.

—Nunca me habéis exigido que falsee mi informe. Por el contrario, me insististeis para que realizara mi trabajo tan bien como supiera, con la única salvedad de que también actuara como vuestro confidente. Hasta ahora pensaba que mi labor como infiltrado serviría para que los principales responsables evitaran ser detenidos. Sin embargo, no ha sido así y mi juicio inicial puede haber estado errado. Quizá vuestro principal interés resida en que los hermanos Boutha y todos los integrantes de su organización criminal acaben en prisión. Un interés lo suficientemente grande como para querer aseguraros de ello disponiendo de información privilegiada.

—Vas por buen camino. Sigue pensando, ¿qué más podemos querer?

—Dímelo tú. Yo no puedo adivinarlo todo.

Roberto se abstuvo de revelar que, tras analizar exhaustivamente el historial de trabajadores de los últimos quince años de todas las empresas relacionadas con la trama, ya había encontrado la clave del asunto. En el pasado, organizaciones marroquíes y pakistaníes habían cooperado mutuamente en la regularización masiva de inmigrantes, compartiendo incluso sociedades comunes. Más tarde, se habían separado y ahora los pakistaníes querían expulsar del negocio a los marroquíes y quedarse con todo. Al menos, esa era su hipótesis.

—¿Me preguntas que qué más podemos querer? La respuesta es simple: también te queremos a ti. Por eso estoy autorizado a realizarte una oferta muy interesante desde el punto de vista económico.

—¿Es esto una oferta de trabajo? —preguntó Roberto con incredulidad.

—Podríamos llamarlo así. Tu misión sería muy sencilla. Nosotros te pasaríamos información sobre ciertas personas y sociedades que han incurrido en graves delitos. Por tu parte, te ocuparías de investigarlas y de que acabaran en prisión. Tu saber hacer y tus excelentes conexiones con la Fiscalía garantizarían el buen fin de cada una de las operaciones en las que cooperáramos.

Roberto se tomó un tiempo antes de responder, como si estuviera sopesando los pros y contras del asunto.

—Se empieza pidiendo que uno investigue a sus enemigos y se acaba exigiendo hacer la vista gorda en los expedientes de los amigos. Si aceptara, estoy seguro de que con el tiempo me vería forzado a romper los límites. Ya sabes: no se puede servir al mismo tiempo a dos señores, porque siempre llegará el momento en que ambos entren en conflicto. Los puntos que separan dos líneas que se tocan son demasiado difusos en la práctica.

Dragan, en lugar de responder, desvió la mirada hacia la popa de la gran galera que tenían frente a sí, como si estuviera examinando las numerosas esculturas y bajorrelieves que la adornaban.

—Mover todo este peso con la fuerza de los brazos resultaba una tarea agotadora. Cada remo medía doce metros y pesaba más de ciento treinta kilos. Los remeros galeotes recibían el nombre genérico de «chusma». Remaban semidesnudos, cubiertos por cuatro harapos, sometidos a las inclemencias de la intemperie y al látigo de los capataces. El sudor que desprendían atraía inevitablemente a los piojos y los chinches, que, metiéndose en el cuerpo y los andrajos de aquellos desgraciados, ocupaban por la noche el puesto de los verdugos que les molían a palos durante el día. A menudo los galeotes dormían, comían y hacían sus necesidades en el mismo banco del que eran prisioneros. El hedor que desprendían era tan grande que con viento favorable se podía detectar su galera con el olfato desde varios kilómetros de distancia.

Roberto supuso que Dragan habría escuchado de algún guía del museo la lección de historia naval con la que ahora le obsequiaba. Lo que no tenía tan claro era cómo pensaba relacionar su propuesta con la azarosa vida de los galeotes. Considerando las penalidades a las que estaban sometidos, se imaginó lo peor.

—Chusma —dijo Dragan muy lentamente—. Siempre ha habido diferencias de clase. En Egipto, los esclavos levantaron las pirámides. Hoy, en la tierra de los faraones muchísima gente vive peor que los antiguos esclavos. El dictador Mubarak y sus hijos se reparten la riqueza con su corte de amigos y dejan en la indigencia a la mayoría de la población. Lo mismo sucede en el resto de los países africanos. Rusia y sus enormes riquezas también han sido saqueadas por los nuevos zares del imperio. ¿Qué ha traído el capitalismo a estos países? Una excusa para repartirse entre cuatro los recursos naturales en nombre de la sacrosanta propiedad privada. El resto, los que se han quedado fuera del reparto, son la nueva chusma.

—Afortunadamente, vivimos en España —adujo Roberto, sin convicción.

—¡Ja! —soltó Dragan, sarcástico—. El nuevo capitalismo sin fronteras, tan vistoso como un anuncio de Coca-Cola, es tan mezquino como avaro. Como los antiguos usureros, presta el dinero para luego desangrar a sus víctimas. No te engañes. España es un país corrupto que debe cientos de miles de millones. Millones que alguien tendrá que devolver con intereses. Los que han robado y malversado a gran escala continuarán viviendo como reyes. Vosotros, el pueblo, seréis los paganos. Recortes en sanidad, pensiones y servicios esenciales; bajadas de sueldo, incremento de impuestos y pérdida de derechos sociales. Todo se exigirá en nombre de la libertad de mercado. La tendencia es imparable desde la caída del muro de Berlín. La fiesta se acabó y es hora de pagar la factura. Nosotros hacemos negocios a lo grande en muchísimos países y vemos mejor que nadie la realidad de los políticos corruptos, de las prácticas bancarias y del orden que rige el mundo. Si no quieres formar parte de la nueva chusma, únete a nuestro equipo y vive como te mereces.

A Roberto no le pasó desapercibido que el ácido discurso de Dragan coincidía con su tesis doctoral sobre los perniciosos efectos económicos provocados por la caída del muro de Berlín, el hundimiento del comunismo y la fe ciega en los profetas del capitalismo salvaje. Sin embargo, no estaba allí para divagar sobre teorías académicas, sino para tomar decisiones muy concretas sobre su vida y la de su hija.

—¿De verdad crees que podría desear fichar por quienes amenazan de muerte a mis seres queridos, por mucho que me pagaran?

—Te comprendo perfectamente y te debo una disculpa —respondió, con un tono suave—. Estudiamos tu perfil a fondo y concluimos que no había otro modo de asegurarnos tu colaboración al principio. Sin embargo, nuestros intereses son tan coincidentes que yo siempre estuve convencido de que con el tiempo te avendrías a colaborar de forma voluntaria. Quitémonos ambos nuestras máscaras y veamos si nos gusta lo que vemos. Lo pasado, pasado está. Desde este mismo momento da por desaparecidas las amenazas. Solo te exijo que en el futuro siempre mantengas silencio sobre nuestros encuentros. Por lo demás, te pagaremos lo acordado. Si rechazas nuestra oferta, nunca volverás a saber de nosotros.

Roberto contempló las numerosas estatuas religiosas y los bajorrelieves de oro que cubrían la popa del barco en el que don Juan de Austria triunfó sobre los turcos, el antiguo imperio del mal que amenazaba a los cristianos. Después miró fijamente a los ojos de Dragan.

—¿Quedará mi hija fuera de esto tanto si acepto tu oferta como si no? —preguntó, mirando con fiereza a su interlocutor.

—Lo juro por lo más sagrado —prometió Dragan—. Si aceptas, te pagaríamos tres mil euros al mes. Es mucho dinero por investigar empresas que te aportarán el reconocimiento de tus jefes y te ayudarán a ascender en el escalafón jerárquico de la Agencia Tributaria.

—A no ser que por casualidad acabara cayendo en mis manos algún expediente que perteneciera a vuestra organización —observó Roberto.

El rostro de Dragan no disimuló su satisfacción.

—Ahora sí estamos hablando como hombres de negocios. En mi cultura, no regatear se considera un insulto. Podríamos llegar a los cinco mil euros mensuales y alcanzar acuerdos puntuales sobre los asuntos más delicados. No pretendo que me des una respuesta en caliente. Prefiero que te tomes unos días para reflexionar, pero te aconsejo que aceptes. Mi padre me enseñó que los buenos negocios siempre benefician a todas las partes. Yo siempre he seguido sus consejos y nunca me he arrepentido.

—En mi caso, tendré que decidir por mí mismo. Mi padre nunca se interesó por los negocios.

Capítulo 49

Brisa sintió un inmenso alivio cuando se despidió de Mario y cogió un taxi en el aeropuerto de Barcelona. El taxista resultó ser uno de esos tipos charlatanes con ganas de ligar y hasta de invitarla a unas tapas en un recóndito local presuntamente regentado por su madre.

Brisa no estaba de humor para bromas. Tras dejarle claro que no estaba interesada en su conversación, ni mucho menos en las tapas de su madre, marcó el número de teléfono de Roberto.

—Hola, Brisa. ¿Cómo estás? —preguntó él con un tono de voz muy agitado, que denotaba preocupación—. ¿Ya has llegado a Barcelona? —inquirió a continuación sin darle tiempo a responder a la primera pregunta.

—Acabo de llegar…

—He intentado llamarte varias veces, pero ha sido imposible localizarte —la cortó Roberto antes de que pudiera añadir ninguna otra frase.

—En Londres he tenido el teléfono desconectado —informó Brisa.

Al otro lado de la línea, se formó un espeso muro de silencio que Brisa se encargó de traspasar.

—Escucha, Roberto, tengo un par de asuntos que resolver esta tarde, y después me gustaría verte. Tengo que explicarte algunas cosas.

—¿Qué ha sucedido? —preguntó él, un tanto alarmado.

—Prefiero contártelo en persona. No quiero hablar de ello por el móvil. ¿A qué hora quedamos?

—No lo sé. Estoy en mitad de un registro judicial a una gestoría, y después tendré que ir a otros despachos a requisar documentación. Me temo que esto se prolongará hasta altas horas. En cuanto acabe, te aviso.

—No te preocupes. He tenido una noche muy agitada y necesito descansar. ¿Qué te parece quedar pronto mañana e irnos de excursión lejos de la ciudad? Me apetece cambiar de aires, analizar lo sucedido con perspectiva y tomar algunas decisiones importantes.

—A mí también me iría bien. Además, creo que conozco el lugar idóneo. Lo mejor sería salir sobre las siete para evitar el tráfico.

—¿Adónde me piensas llevar?

—Sorpresa. Tú fíate de mí.

—De acuerdo. Seré una niña buena, me acostaré pronto y a las siete te pasaré a buscar.

Capítulo 50

—¿Problemas con tu pareja? —pregunta Javier cuando Roberto cuelga el teléfono.

—Ni te imaginas —responde él, forzando una sonrisa.

—Puedo hacerme una idea. Mi mujer se ha puesto de los nervios cuando le he dicho que no cenaría en casa esta noche.

Tras casi dos horas de revisar, analizar y clasificar documentación en la gestoría, resulta tentador combatir el tedio intercambiando algunas bromas que rebajen un tanto la tensión. Sin embargo, Roberto no tiene demasiadas ganas de hablar. No le apetece dar explicaciones sobre su atípica vida sentimental. Le duele más de lo que está dispuesto a reconocer que Brisa confiese estar cansada tras pasar una agitada noche en Londres. El fantasma del adulterio de su mujer sobrevuela aquella habitación, llena de carpetas, facturas y expedientes. Por puro orgullo, no ha insistido en preguntarle sobre lo sucedido en Londres, pero no puede evitar sentir que el lacerante latigazo de los celos le golpea con una fuerza desmedida. Difícilmente podría soportar que Brisa le confesara haber pasado una apasionada velada con Mario.

—Y eso que mi mujer tiene más paciencia que el santo Job —suelta Javier—. La que debe ser tremenda cuando se enfada es Marta, la comisaria. Esa sí que es una mujer de armas tomar.

—Desde luego.

—Nos ha jugado una buena con sus declaraciones a la prensa. Los periodistas han picado el anzuelo y solo hablan de tráfico de drogas, explotación de personas y presunta financiación de actividades terroristas. Craso error. En realidad, lo que tiene más importancia es el fraude sistemático a la Seguridad Social.

—Ya me contaste lo de los falsos trabajadores que cobran religiosamente el paro sin que la empresa ficticia que los ha dado de alta ingrese ni un euro en la Seguridad Social —señala Roberto en tono cansino, como quien repite una historia que ha escuchado ya demasiadas veces.

—¡Es que ese tipo de fraude está tan generalizado que nos va a desangrar sin que ni siquiera se hable de ello! Miles de millones se nos esfuman cada año por su culpa y a nadie le interesa. ¡Joder! A veces creo ser la única persona que ve en un país de ciegos.

Roberto entiende su indignación casi desesperada y decide esforzarse por encerrar sus problemas personales en un imaginario cajón de su mente para prestar a Javier la atención que se merece.

—No eres el único. Platón también pensaba como tú —apunta en un tono desenfadado, para distender la conversación—. Según él, la mayoría de los hombres son como ciegos que solo perciben las sombras de la caverna en la que están encerrados. Y en su opinión, si alguien del exterior penetrara en la gruta para explicarles cuál es la realidad de su condición, sería ignorado como un loco. Así que, ¡anima esa cara! Genios del pasado compartían contigo idénticas sensaciones.

—Nunca hubiera imaginado que pudiera compartir ideas con Platón —bromea Javier—. Lo mío nunca han sido las teorías, sino las cosas concretas que puedo tocar con la yema de los dedos. Y te aseguro que el agujero en las arcas de la Seguridad Social es muy concreto, pese a ser astronómico. Precisamente ayer, un amigo del INSS me explicó el caso de un individuo que había cotizado dieciocho meses a la Seguridad Social y había cobrado a cambio un año de paro y cuarenta y dos meses de subsidios. Un negocio redondo si tenemos en cuenta que la empresa que cotizó por él no ingresó ni un euro a la Tesorería de la Seguridad Social. Multiplica este caso por decenas de miles...

—¡No me lo puedo creer!

—No es una cuestión de fe, sino de hechos. Abundan los pagos por falsas bajas y los despidos a trabajadores que nunca han trabajado. El descontrol de nuestro sistema y un par de falsos testimonios permiten que casi siempre se salgan con la suya. Incluso pagamos las pensiones de prejubilados por expedientes de regulación de empleo cuyo único trabajo ha sido asegurarse de que les dieran de alta en una empresa imaginaria. De múltiples modos, alentamos la economía sumergida subsidiando a personas que perderían dinero si trabajaran legalmente. Y la fiesta no tiene visos de acabar porque no existe ninguna política destinada a combatir estos sinsentidos. Por el contrario, fomentamos el gasto sin límites como ocurre con nuestra bienaventurada sanidad universal y gratuita. Desde pastillas para ricos a operaciones quirúrgicas de extranjeros que pasaban por aquí. Nos gastamos miles de millones en medicamentos y las comunidades autónomas ni siquiera se han planteado organizar una central de compras para abaratar sus pedidos. Pero no pasa nada. Somos tan políticamente correctos que, como en el cuento, nadie se atreve a gritar en público que el rey está desnudo.

—Me temo que, cuando la música se acabe y nos presenten la factura de la fiesta, desaparecerá nuestro estado de bienestar tal como lo hemos conocido. Los parásitos que nos chupan la sangre acabarán con el sistema que hasta ahora los ha alimentado. Llevo tiempo pensándolo, y tus palabras me confirman cómo se malversa el dinero que tanto nos cuesta recaudar. Somos el país con más coches oficiales per cápita del mundo, mantenemos una imposible y costosísima organización política compuesta por Congreso, Senado, comunidades autónomas, diputaciones, ayuntamientos, cabildos, consejos comarcales e insulares... Y todos los entes territoriales crean a su vez centenares de empresas públicas en las que sus directivos, consejeros y empleados entran a dedo, sin pasar oposiciones y, encima, cobrando sueldazos. Como somos más chulos que un ocho, cada comunidad autónoma se dedica a abrir embajadas en las mejores calles de las principales capitales mundiales, y a todos les parece natural. En Estados Unidos sería inimaginable tal derroche; nadie se plantea que California o el resto de los estados hagan algo semejante, y eso que es el país más rico del mundo. Aunque, por la forma en que gastamos, cualquiera diría que somos nosotros la principal potencia económica y que, como nos sobra el dinero, podemos permitirnos cualquier extravagancia.

—Como el aeropuerto de Ciudad Real, por poner un ejemplo. Pese a que apenas tiene setenta y cinco mil habitantes, cuenta con una estación de tren de alta velocidad que permite viajar a Madrid en menos de una hora, y además se está construyendo un aeropuerto de última generación equipado con una de las pistas más largas de Europa, para que puedan aterrizar Airbus A380, los aviones comerciales más grandes del mundo. Diseñado para acoger sin problemas dos millones y medio de pasajeros anuales, todo el mundo sabe que ninguna línea regular querrá volar allí. Las pequeñas dimensiones de Ciudad Real y su proximidad con la capital garantizan desde el principio su inviabilidad económica. Y, sin embargo, eso no impide que se vayan a invertir en tal disparate más de quinientos millones de euros. La gestión del dinero público se perpetra de un modo tan surrealista que temo no ya por los inevitables recortes de nuestras pensiones futuras, sino por que a no mucho tardar nos acaben bajando el sueldo.

«La nueva chusma.» Las palabras de Dragan en el museo Marítimo resuenan en su cabeza con el inconfundible timbre de la verdad. No se trata de ninguna profecía agorera, sino de una inevitable consecuencia. Del mismo modo que el fuego quema al contacto con la piel, la corrupción a gran escala acaba trasladando el peso de sus desmanes a la mayoría silenciosa que permanece al margen de tales abusos.

El libro que Roberto está preparando trata precisamente de eso: de cómo la progresiva concentración de poderes en cada vez menos manos propiciará un mundo peligrosamente desigual, a menos que la gente sea capaz de organizarse y rebelarse contra las injusticias del sistema. Se pregunta en qué bando quiere estar: en el de la chusma o en el de los capataces. Luchar por detener la inercia del sistema es una tarea más difícil que cambiar el rumbo de un barco sin timón a punto de precipitarse por una gigantesca catarata. Siguiendo el ejemplo de su padre, siempre ha jugado en el equipo de los buenos: cuando aprobó las oposiciones estaba persuadido de que con su trabajo de inspector contribuiría a recaudar el dinero necesario para que funcionasen servicios esenciales, como hospitales y escuelas. Los crecientes desmanes en las alturas le han llevado a plantearse las cosas desde una perspectiva diferente. De alguna manera, él es también el tornillo de una maquinaria cuyo objetivo no es lograr una sociedad mejor y más justa, sino algo completamente distinto. Bajo la capa de las apariencias y la demagogia, la máquina trabaja con suma eficacia a favor de los más poderosos, y en el medio plazo empobrecerá enormemente a la mayoría de la población. Si quiere ser sincero consigo mismo, debe reconocer que su trabajo es semejante al del obrero de una fábrica, condenado a ensamblar la misma pieza día tras día sin ver nunca el resultado final. Por más que se esfuerce, si quienes dirigen la fábrica del sistema no han diseñado un plan decente, su esfuerzo carece de sentido.

Se pregunta si todos aquellos pensamientos no serán más que una excusa para aceptar la oferta de Dragan. Tal vez el viaje con Brisa le ayude a pensar con mayor clarividencia y a tomar las decisiones adecuadas.

Capítulo 51

Pese a su respetable edad y a sus pulcras gafas, limpias y transparentes, la mirada de Carlos Puig, aquel prestigioso y curtido abogado, le recordó a la de un zorro acostumbrado a sortear la vigilancia del hombre y a cazar sus piezas con la máxima discreción.

—El motivo de la reunión —expuso, solemne— es que he recibido una llamada con una oferta inesperada en relación con las deudas de tu padre. En síntesis, mi interlocutor se ha comprometido a garantizar que los acreedores de Gold Investments cobrarán un tercio de lo invertido siempre que todos ellos firmen un documento transaccional renunciando a cualquier reclamación judicial en el futuro. He realizado algunas comprobaciones y existe un banco extranjero dispuesto a avalar la operación. Por lo que parece, la oferta es seria. ¿Qué sabes al respecto?

Brisa le hubiera podido explicar que su padre había sido el testaferro de un poderoso clan de pakistaníes, que la pasada noche había sido amordazada y amenazada en un conocido hotel londinense, que su vida corría serio peligro si insistía en indagar el pasado económico de su padre, y que probablemente los salvajes atentados de Bombay habían sido financiados a través de sus cuentas secretas en la isla de Man. Por supuesto, no tenía intención de revelar tales cosas.

—Nada. No sé nada —respondió Brisa con voz neutra.

—Es de lo más inusual —apuntó Carlos—, ofrecer tanto dinero sin que nadie sepa nada al respecto.

—Desde luego. ¿Has averiguado la identidad de quien hizo la oferta? —preguntó, devolviendo la pelota al alero de Carlos.

—No se ha querido identificar, aunque supongo que nadie nos preguntará por ello si los acreedores cobran a toca teja. Estamos hablando de mucho dinero. Contando únicamente con los bienes de tu padre, los acreedores podrían llegar a cobrar un diez por ciento de sus créditos una vez liquidados los activos de la herencia. Con esta oferta, se garantizarían salvar un tercio de lo invertido.

A Brisa no se le escapó que, aunque la organización criminal oculta tras la oferta era muy poderosa, temían una batalla legal contra las sociedades de la isla de Man que habían utilizado a su padre como testaferro para invertir en España. Como desde las cuentas de dichas sociedades se habían financiado actividades criminales, y hasta terroristas, las demandas judiciales podían prosperar. Si evitaban los pleitos, cortaban de cuajo cualquier posible investigación. Como escribió Sun Tzu, siglos antes del nacimiento de Cristo, la mejor manera de vencer es ganar la guerra antes de empezar la batalla. Milenios después, la estrategia diseñada por Sun Tzu seguía siendo empleada por generales y capos mafiosos.

—De todas maneras —prosiguió Carlos—, saldar un tercio de las deudas podría no ser suficiente. Los acreedores pueden pensar que tu padre ocultaba en el extranjero mucho más dinero del que ellos recibirían aceptando nuestra propuesta. Me sentiría mucho más confiado en alcanzar el acuerdo si estuviera autorizado para ofrecerles hasta un cuarenta por ciento de sus créditos.

A Brisa le pareció divertido que aquel hombre insinuara que era ella quien podía dar la orden de pagar más dinero a discreción. Sin duda, debía de pensar que la persona con quien había hablado por teléfono esa mañana actuaba siguiendo sus instrucciones. Por lo que a ella respectaba, Carlos podía pensar lo que quisiera. De hecho, no tenía ningún interés en sacarle de su error, sino en que utilizara sus habilidades negociadoras para alcanzar un acuerdo que impidiera a los acreedores querellarse judicialmente contra ella.

—Teniendo en cuenta los activos disponibles, un tercio es una propuesta muy generosa —sentenció Brisa.

—Intentaré negociarlo y cerrar todos los flancos, que no son pocos, pues necesitaremos convencer a la totalidad de los acreedores para garantizar la ausencia de querellas y demandas ulteriores. Será muy complicado, intervendrá todo mi equipo, y necesitaré tener garantizados los honorarios. No los míos, por supuesto, pero sí los de mis asociados y empleados, que van a trabajar hasta la extenuación en este caso.

En otra ocasión, Brisa hubiera disfrutado de la meliflua retórica del abogado, pero había tenido uno de los peores días de su vida, estaba muy cansada y de un humor de perros.

—Lo mejor será que negocies directamente los honorarios con quien te ha llamado esta mañana. Algo me dice que os entenderéis.

Capítulo 52

El viaje, de casi tres horas en coche, transcurre en un abrir y cerrar de ojos. Brisa, concentrada en conducir, se niega a hablar de lo sucedido en Londres. Ante la insistencia de Roberto, le asegura que no ha habido ni un asomo de flirteo con Mario y que ya le explicará todo lo sucedido más adelante. Aliviado en parte de los celos, Roberto asume que lo mejor es esperar a que Brisa cambie de humor. Agotado por una noche en blanco y otra registrando gestorías, entorna un momento los ojos. Al abrirlos ya han llegado a su destino: Ornolac-Ussat-Les Bains, un diminuto pueblo francés que esconde un gran secreto.

Situado al otro lado de la carretera que conduce a las grutas de Lombrives, las más grandes de Europa, el pueblecito de Ornolac protege una cueva mágica: la de Bethlehem. Muchísimo más pequeña que la de Lombrives, los cátaros la eligieron para realizar sus ceremonias de iniciación más importantes. Actualmente es muy poco conocida, no aparece en las guías turísticas, y ni siquiera existe señal alguna que indique cómo llegar hasta ella. Pocos lugareños están dispuestos a hablar del camino de tierra, recortado entre montañas, que conduce a la gruta de Bethlehem. Una verja alta de hierro rematada con picos puntiagudos cierra el paso al visitante.

Es una verja disuasoria, pero no lo suficiente para detener a personas ágiles y decididas. Una vez superado el obstáculo, basta atravesar un pequeño llano para divisar la entrada de la cueva. Las grandes rocas, macizas y graníticas, configuran un paisaje de otro tiempo. El altar es un menhir apoyado sobre dos piedras que se elevan desde el suelo. Un pentágono irregular tallado a mano sobre la roca ahuecada de una pared lateral da testimonio de los rituales que se practicaron allí siglos atrás. La luz que entra desde lo alto de un muro derruido envuelve el santuario en un sugerente juego de claros y sombras.

—Ha valido la pena el madrugón, para disfrutar de la magia de un lugar tan singular —dice Brisa—. Incluso te perdono que te quedaras dormido durante el trayecto.

—Sabía que te gustaría.

La atmósfera de aquella cueva secreta parece haber contagiado a Brisa, que, lejos de mostrarse inquieta por el insólito escenario, exhibe una actitud relajada como si se hubiera liberado de la tensión que le ha acompañado desde el inicio del viaje.

—Después del asesinato de mi madre, sentí una atracción irresistible hacia el vacío de la muerte. Mis tendencias góticas de la adolescencia tienen mucho que ver con esa fascinación hacia el abismo oscuro. Los cátaros sabían mucho de la muerte. Tanto que no tuvieron miedo de perder la vida para alcanzar otra mejor. Cercados por los cruzados, prefirieron ser inmolados por el fuego antes que renunciar a su fe. Pese a que se les ofreció perdón si se convertían al cristianismo oficial, tras celebrar la llegada del solsticio de verano abandonaron su último refugio (la fortaleza encaramada sobre lo alto de Montsegur), descendieron a las faldas de la mítica montaña que les había protegido y, voluntariamente, entraron en la pira sin que ni uno solo abjurara de sus creencias. Una simple mentira los hubiera salvado, pero ellos creían en la verdad, en la reencarnación y en la no violencia. Con semejantes principios, estaban condenados a desaparecer de la faz de la Tierra: buscaban la muerte y la encontraron. Por eso, desde que la leí, me sentí subyugada por su trágica historia.

Roberto la observa. Parece absorta, como si estuviera hablando para sí; ni siquiera le mira. Su atención vaga por algún punto muy distante, como si de alguna manera su mente buscara el final de un ovillo compuesto por el hilo de antiguos recuerdos.

—Es curioso que a ambos nos cautivara su historia por motivos diferentes. A mí no me atrajeron por su psicología, sino por sus misterios. Mi gran afición siempre ha sido resolver enigmas, y los cátaros representaban todo un desafío. Me documenté a fondo y, al poco de comprarme mi primer coche, decidí recorrer el Languedoc francés visitando no solo los pueblos y montañas donde vivieron y amaron, sino también las grutas donde se escondieron y practicaron sus iniciaciones secretas. No fui el primero. Se ha especulado mucho sobre la posibilidad de que los cátaros ocultaran en el interior de alguna cueva sus objetos más venerados, entre los que se hallaba el Santo Grial.

»El arqueólogo alemán Otto Rahn estaba convencido de que podría encontrarlo en el sur de Francia. Se basaba en el estudio de *Parsifal,* un poema compuesto por un trovador del siglo XIII que identificó el Grial con una singular esmeralda que, según la leyenda, se desprendió de la frente de Lucifer durante su caída a la Tierra. Al igual que Heinrich Schliemann logró encontrar las ruinas de Troya tomando como referencia los versos de la *Ilíada,* Otto Rahn quiso emular a su compatriota y exploró durante años el Ariège francés buscando pruebas que confirmaran las hipótesis del poema. Finalmente, expuso sus hallazgos en *Cruzada contra el Grial,* un libro que leyó con inusitada atención uno de los hombres más nefastos de la historia de la humanidad.

»Poco podía imaginar Rahn que una mañana recibiría un misterioso telegrama en el que le ofrecían una considerable suma de dinero si decidía proseguir sus investigaciones para escribir una secuela del libro. El telegrama, sin firmar, le conminaba a dirigirse al número siete de Prinz Albrechtstrasse, en Berlín, para concretar los detalles. El autor se presentó en la dirección indicada, y allí se encontró con su Mefistófeles particular. Heirich Himmler, el máximo dirigente de las SS, le esperaba sonriente. —Roberto constata, satisfecho, que ha logrado captar la atención de Brisa, cuyos ojos rasgados le miran intensamente—. Hitler y su lugarteniente Himmler compartían extrañas creencias ocultistas, y querían hacerse a toda costa con objetos míticos de gran poder como el Arca de la Alianza o el Santo Grial. De hecho, Himmler ya tenía preparado, en el imponente castillo de Wewelsburg, un pedestal vacío destinado al Grial. Tan solo quedaba encontrarlo, y Otto Rahn era el hombre elegido para la misión.

—Así que el precursor de Indiana Jones fue un arqueólogo alemán —bromea Brisa.

—Con algunas diferencias. En lugar de ser un atractivo y heroico Harrison Ford, Otto Rahn era un enclenque jovencito de tendencias homosexuales al que ofrecieron los recursos necesarios para alcanzar su sueño a cambio de vestir el uniforme de las temidas SS. Rahn, al igual que Fausto, vendió su alma al diablo y descubrió demasiado tarde el precio que debía pagar por ello. Su sueño de encontrar el Grial se trocó en pesadilla y acabó suicidándose para dejar de ser utilizado por las fuerzas oscuras del Tercer Reich.

—Dio su vida por una leyenda, pero no por una cualquiera —afirma Brisa, que vuelve su vista hacia la hendidura por la que entra la luz de la mañana—. Buscar una esmeralda es buscar algo más, especialmente si se trata de la gema que se desprendió de Lucifer, también llamado Luzbel, por ser el ángel más bello y luminoso. La luz más brillante puede ocultar las sombras del demonio. No sé si mi padre era consciente de ello cuando escribió aquello de «gozo encierra sufrimiento», ni tampoco si es una casualidad que la cruz de mi madre esté jalonada de esmeraldas, pero, por mi experiencia en psicología clínica, puedo decir que las gemas son una metáfora de una realidad superior.

A Roberto no dejan de sorprenderle las diferentes facetas de Brisa. Con sus pantalones anchos de algodón, su ceñido jersey beis y las gafas negras, podría ser la profesora de historia o psicología con la que fantasean los chicos del instituto. Podría ser tantas cosas que Roberto se pregunta, una vez más, si no sufrirá algún síndrome de personalidad múltiple.

—¿Qué tienen que ver las gemas con la psicología clínica? —inquiere.

—Desde los albores de la humanidad, los profetas y los místicos han experimentado visiones repletas de los colores más puros, de rubíes que refulgían como lenguas de fuego y de diamantes semejantes a estrellas. Los paraísos de todas las religiones se hallan siempre repletos de gemas. Pues bien, en 1960 se comenzó a experimentar con terapias psicodélicas en pacientes a los que se les suministraba LSD para explorar su conciencia. Existen centenares de casos documentados en los que manifestaron tener visiones de resplandecientes gemas bañadas de luz en escenarios muy semejantes al Edén descrito por Ezequiel o al Jardín de las Hespérides de la tradición grecorromana. ¿No te parece asombrosa esa coincidencia entre profetas, místicos y pacientes bajo los efectos de alucinógenos?

—Es algo notable —concede Roberto. Está claro que Brisa no quiere hablar todavía de lo que le ha sucedido en Londres y prefiere refugiarse en conversaciones sobre temas complejos y abstractos—. Me gustaría saber qué explicación tienes para algo tan inusual.

—Platón sostenía que el mundo terrenal tan solo reflejaba las sombras de otro mundo ideal, superior y más auténtico, en el que los objetos brillan como si fueran piedras preciosas. Tal vez entonces los visionarios de toda condición sean capaces de conectar temporalmente con ese mundo superior, y tal vez por ello sean tan valiosas las piedras preciosas y las gemas: porque su brillo nos recuerda, siquiera inconscientemente, la luminosidad de ese otro mundo. De ahí la enorme atracción que podría ejercer la esmeralda desprendida de la frente de Luzbel, el más resplandeciente de los ángeles caídos.

A Roberto no le gusta esa nueva referencia a Lucifer. Aunque Brisa no se lo ha contado, sabe que la expulsaron de la universidad por experimentar con drogas alucinógenas en pacientes y que su exnovio apareció muerto y drogado en la piscina de su casa. Considerando que su padre murió ahorcado con una cruz de esmeraldas clavada en la garganta y que, además, le fascina la oscura estética gótica, sabe que, tal vez, lo más prudente es salir de aquella cueva y despedirse de Brisa para siempre..., pero no puede. Se siente atraído por ella como un imán; por eso mismo, necesita esclarecer la verdad sobre su pasado.

—¿No es peligroso experimentar con alucinógenos, sobre todo si se trata de personas con problemas mentales? —pregunta Roberto.

—¿Es un cuchillo peligroso? —le replica ella—. En manos de un sádico asesino puede ser un artefacto diabólicamente cruel. En manos de un avezado cirujano, puede salvar vidas. Nada es veneno. Todo es veneno. La diferencia depende de la dosis.

Roberto conoce la cita de Paracelso, el célebre alquimista y médico suizo, pero no quiere seguir perdiendo el tiempo hablando de asuntos académicos. Prefiere ir directo al grano.

—Dime una cosa: ¿has experimentado tú misma o con tus pacientes con drogas psicodélicas?

El rostro de Brisa se crispa. Sus ojos se vuelven hacia el pentágono cincelado en la pared y, finalmente, miran a los de Roberto con dureza.

—He experimentado con más cosas de las que podrías imaginar. Sin ir más lejos, en mi reciente visita a Londres, me drogaron, me vejaron y me amenazaron. De eso quería hablarte hoy.

Brisa no escatima detalles sobre lo sucedido en el hotel londinense. Su voz, suave y calmada, contrasta con la indignación creciente que se apodera de Roberto.

—¡Mataré a ese hijo de puta de Mario con mis propias manos!

—En realidad no sabemos qué papel jugó Mario en la encerrona —apunta Brisa—. Ni siquiera podemos estar seguros de que esté implicado personalmente.

—Por lo que a mí respecta ya sé bastante. Y cuando acabe con él, sabré unas cuantas cosas más.

—Ni se te ocurra estropear mis planes. Mario debe de tener información valiosísima. Yo me encargaré de extraérsela con mucha más eficacia que cualquier matón justiciero. Te aseguro que conozco métodos muy persuasivos.

—No sé qué tramas exactamente —responde Roberto, retorciéndose las manos—, pero creo que es demasiado peligroso para que lo afrontes tú sola. Detrás de Mario puede haber una poderosa organización criminal.

—No te preocupes por mí. Estoy acostumbrada a jugar al límite, y mis armas de mujer son más afiladas de lo que parece.

Capítulo 53

Barcelona, 14 de mayo de 1983

Mario camina cogido de la mano de su madre. No es el parque al que suelen ir, pero tampoco es la primera vez que lo visitan. Reconoce el lago salpicado de flores acuáticas, la explanada de césped y el caminito de tierra que conduce hasta los columpios. Más allá, hay un teatrillo en el que actúan magos y payasos, pero a él lo que más le gusta es la función de polichinelas. Los muñecos se disfrazan, hablan, se pelean a bastonazos y mueren entre gemidos. Los niños participan alborozados en la batalla avisando a gritos a los muñecos buenos cada vez que aparecen los malos en el escenario.

—Quiero ver cómo se pelean los muñecos —dice Mario, excitado.

—Hoy veremos algo mucho más divertido que una lucha de polichinelas —le responde su madre.

—¿Iremos a ver *E.T.*, esa peli que sale en tantos sitios? Me ha dicho un amigo que en las estrellas existen muchos *etés* como ese.

—No te puedo llevar a las estrellas, pero sí que puedo acompañarte al cine esta tarde.

—¡Bien!

Su madre le acaricia el pelo y le da un sobre de papel áspero, repleto de coloridos dibujos bélicos. Él rasga el papel, con entusiasmo, y de su interior surgen multitud de diminutos soldaditos amarillos que empuñan cuchillos, machetes y bayonetas. Todo está dispuesto para la guerra. Se sienta alegremente sobre la tierra y coloca a los soldados en posición de batalla, listos para matarse.

El grito de una mujer paraliza el inicio de las hostilidades. Mario levanta la cabeza, para averiguar de dónde procede el grito. Un hombre con barba y una larga melena extrae algo del cuello ensangrentado de una señora, que se desploma sobre la tierra del parque, justo detrás de los columpios. El melenudo la deja tendida y sale corriendo a una velocidad asombrosa.

«Asesino, asesino», gritan varias voces. Nadie lo persigue.

Una niña rubita se abraza llorando al cuerpo inmóvil de la mujer.

Mario, asustado, también rompe a llorar.

Su madre le limpia las lágrimas con un pañuelo y le reprende severamente:

—No llores nunca más. Lo que acabas de ver no es diferente a las batallas de tus soldaditos de juguete. Los fuertes ganan. Los débiles sangran y lloran. Yo quiero que tú seas fuerte. El más fuerte.

Capítulo 54

—Tus juegos son muy peligrosos —afirma Roberto.

—Lo sé. Prefiero vivir al límite que estar muerta en vida, como otros. A demasiada gente civilizada le asusta tanto exprimir la vida que mueren sin haberla conocido. No es mi caso. Cuando llegue la parca, nos reconoceremos mutuamente, como dos amantes que se miran desnudos, con deseo.

—A veces me pregunto si estás loca y, en otras ocasiones, estoy completamente seguro de que lo estás. ¿Buscas de verdad la muerte como los cátaros o solo es una pose?

Brisa entorna los ojos y apoya las manos sobre el mismo menhir que los maestros cátaros utilizaron como altar siglos atrás.

—Simplemente no temo a la muerte porque no tengo motivos para ello. Las verdades profundas se expresan mejor con imágenes que con palabras. Como sabes, el último día del año visité una gruta situada en lo alto de una montaña provenzal, un santuario milenario al que la mano del hombre ha añadido misteriosas vidrieras de refulgentes colores. En una de ellas se puede contemplar a María Magdalena orando a la luz de una vela. Sin embargo, la protagonista no es ella, sino el cráneo de una calavera que reposa sobre un libro de piedra que contiene una críptica inscripción: «Tourengeau, *le disciple de la lumière*». Es la firma del artista que compuso la vidriera: el discípulo de la luz.

Roberto recuerda haber visto una iconografía similar en la capilla anexa a la iglesia de Sant Pau al Camp, donde se había encontrado con Dragan. Allí, sobre la losa sepulcral de Guifré

Borrell I, un cuadro oscurecido por el paso del tiempo mostraba una calavera en primer plano y a María Magdalena, reclinada sobre una piedra orando mientras sostenía un libro con la mano izquierda.

—Curiosamente, hace poco vi un cuadro similar en una iglesia románica que está muy cerca de mi casa. Lo recuerdo muy bien porque me pareció una pintura muy extraña.

—Porque se inscribe dentro de una tradición ajena a la oficial de la Iglesia, reflejada por primera vez en un cuadro pintado por Guercino a principios del siglo XVII. En él retrata a dos pastores en el momento en que descubren una calavera sobre una pilastra de piedra que contiene una enigmática inscripción: «*Et in Arcadia ego*». Es decir: «Y en la Arcadia yo», la muerte.

—*Et in Arcadia ego* —repite Roberto—. Y en el paraíso, yo, la muerte. ¡Qué siniestro!

—La muerte —bromea Brisa— tiene demasiada mala prensa desde hace siglos. Tomemos por ejemplo la imaginería cristiana de las iglesias medievales, tan obsesionadas con el martirio de la crucifixión y las penas del Infierno que silencian la resurrección de Jesús. Un olvido calculado, porque las imágenes pintadas y esculpidas en las iglesias eran los grandes creadores de arquetipos inconscientes en una época en la que el pueblo analfabeto no podía ver televisión. Podríamos decir que la publicidad subliminal de aquellos tiempos ya estaba interesada en asociar la muerte con el miedo. La propaganda no ha cambiado a través de los siglos. Tan solo ha perfeccionado sus técnicas. En realidad, no hay que temer a la muerte.

A Roberto le sorprende escuchar aquella última frase de boca de Brisa, teniendo en cuenta que su padre falleció ahorcado con una cruz atravesada en su garganta, y su novio, ahogado en la piscina de su casa.

—La enfermedad y la muerte siempre han infundido miedo a la humanidad —replica, con ironía—, y no creo que hubiera cambiado demasiado la cosa si los muros de las iglesias se hubieran copado con escenas de resurrección y ángeles mofletudos tañendo el arpa.

—Te sorprendería el poder que las imágenes tienen sobre nuestro inconsciente. Nada es como parece, sino como lo vemos. La muerte, desde el otro lado del espejo, puede reflejar un nuevo principio. Algunos de mis pacientes se sometieron voluntariamente a sesiones de regresión y visualizaron su nacimiento: la mayoría creyó estar muriendo durante el parto.

—Eso podría tener su lógica. Al fin y al cabo, los bebés pasan de un medio acuoso y protegido a otro diferente en el que deben aprender a respirar por sí mismos a través de los pulmones.

—¡Ajá! ¿Y si nuestra perspectiva es similar a la de un bebé? ¿Y si la muerte física es en verdad un nacimiento a otro plano existencial? Según mi interpretación, las calaveras de la vidriera y el cuadro simbolizan una ecuación constante en la evolución del universo: muerte, mutación y resurrección. *Et in Arcadia, ego*. Incluso en el Paraíso existiría la muerte, sí, pero como puerta de resurrección a otra vida. No existen motivos para temer a la muerte.

—Quizás tengas razón, pero lo único seguro es que ningún difunto ha regresado todavía al mundo de los vivos. Si de verdad quieres vengarte de Mario, habrá que averiguar primero si forma parte de una organización criminal, antes de actuar —aconseja, reconduciendo la conversación hacia el asunto que le preocupa más…

—¿Y no le das el beneficio de la duda? —pregunta Brisa, con un tono que a Roberto se le antoja burlón—. Mario podría ser inocente como un lirio.

Roberto frunce el ceño y niega con la cabeza.

—Ese cabrón debió de perder su inocencia el mismo día que aprendió a respirar. No me extrañaría que hubiera actuado en solitario, simplemente para protegerse a sí mismo. Si era el gestor de las cuentas secretas de tu padre, y a través de ellas se han financiado actividades criminales, y hasta terroristas, tenía buenos motivos para temer acabar en la cárcel si decidías acudir a los tribunales. Los capos mafiosos deben de estar bien protegidos tras una maraña de bancos y sociedades pantalla, pero no sucedería lo mismo con Mario, que sería el primer eslabón de la cadena. Amenazándote, se aseguraba tu silencio y su libertad.

—En tal caso, su puesta en escena ha sido muy convincente, pero un hombre solo es muy vulnerable. Si ha sido así, no tendrá ninguna oportunidad.

Roberto resopla. Las apuestas están muy altas. Brisa habla con calma y frialdad. Cualesquiera que sean sus planes, no son fruto de un calentón.

—No se puede actuar precipitadamente a partir de meras conjeturas. Por muchos trapos sucios que oculte Mario, la organización criminal que empleaba a tu padre como testaferro puede estar detrás de él. Hay que ser prudente y pensar que Mario es solo parte de un engranaje mayor.

—Ya lo he pensado. Quizá se limitó a dar el chivatazo y fue otro el que entró en mi habitación. O tal vez no. Pronto lo averiguaré. En cualquier caso, lo más urgente es organizar una maniobra de distracción: simular que me retiro del juego para dejar de estar en el punto de mira.

—¿A qué te refieres exactamente?

—Ayer hablé con Mario y le comenté mi intención de cancelar mis cuentas en la isla de Man y transferir todo mi dinero a una cuenta secreta en Andorra. Le pareció una idea excelente y se ofreció a hablar con el director de la oficina del Royal Shadow Bank del principado para que no me cobre ninguna comisión durante el primer año.

—Andorra está a un tiro de piedra de Barcelona y podrás sacar el dinero fácilmente cuando lo necesites. Pero ya no podrás ir nunca más a la isla de Man a examinar las cuentas de tu padre.

—Esa es la idea. Que piensen que he claudicado y se confíen. Mientras tanto, actuaré en la sombra.

El tiempo ha cambiado. El viento sopla con fuerza y las nubes han ganado la partida al sol. La cueva, en penumbras, ya no parece tan acogedora. Hace frío y caen las primeras gotas, como preludio de la tormenta que se avecina. Los pensamientos de Roberto son sombríos. Su amiga estaba obcecada con la venganza. Tal vez a Brisa no le importe correr el riesgo de que la maten, la torturen o la violen, pero él no está dispuesto a permitirlo.

—Lo primero —prosigue Brisa— es averiguar todo lo posible sobre la vida de Brigitte Blanchefort; con toda probabilidad, la madre de Mario. De alguna manera, en su pasado se esconde un misterio que puede resultar clave para entender la causa de la muerte de mi padre y todo lo que me está sucediendo.

Roberto guarda silencio y trata de ordenar sus pensamientos para hallar una salida que minimice los riesgos a los que se enfrenta Brisa.

—Parece imposible que hechos tan distantes puedan estar relacionados. Sin embargo, la cruz que apareció clavada en el cuello de tu padre perteneció a la familia de Brigitte Blanchefort. A su vez, esta viajó a Barcelona de jovencita para actuar en teatros de variedades y desapareció después sin dejar rastro. Por otro lado, casi no sabemos nada sobre la infancia de Mario Blanchefort, excepto los rumores de que su madre fue bailarina en El Molino. Necesitamos más información. Tengo un amigo detective que podría ayudarnos a esclarecer este asunto. Estoy dispuesto a ayudarte en esta búsqueda, siempre que me jures no actuar contra Mario sin avisarme antes.

—Te lo prometo —asegura Brisa estrechándole la mano—, si aceptas hacerme un pequeño favor.

—¿Cuál?

—Acompañarme a Andorra. Está a tan solo una hora de aquí. Abriría hoy mismo una cuenta bancaria en el principado, ordenaría la transferencia de los fondos depositados en la isla de Man y dejaría zanjado este tema. Después, podríamos relajarnos. Conozco un hotel con aguas termales al aire libre, donde es posible bañarse desnudo contemplando la nieve de las montañas. ¿Qué te parece el plan?

Capítulo 55

—¿Por qué escribiría mi padre que el gozo encierra sufrimiento? —pregunta Brisa, interrumpiendo abruptamente la tregua que les brinda el oasis en el que se hallan sumergidos.

La nieve de las montañas resplandece bajo los últimos rayos del atardecer; las aguas calientan sus cuerpos, mecidos por un placentero masaje de burbujas y chorros termales; el frío exterior acentúa el contraste de sensaciones. Aquel estado de relax invita a olvidar temporalmente los problemas, pero a Brisa le gusta nadar a contracorriente.

—Estoy convencida de que la trágica cita esconde un mensaje cifrado dirigido a mí sobre los turbios asuntos en los que estuvo implicado. Sin embargo, por más vueltas que le he dado, no saco nada en claro.

—Quizá porque no somos personajes de ninguna novela superventas —bromea Roberto—. Si no, ya habríamos dado con alguna permuta numérica que transformara las letras de la frase en una pista que seguir. La realidad suele ser más prosaica.

—Quizás tengas razón —contesta Brisa, entornando los ojos.

Roberto no puede olvidar que se ha metido en el *jacuzzi* vestida con un minúsculo bikini negro, cuyos laterales se unen por sugerentes aros dorados. Brisa se desliza sobre el agua, se sienta sobre él y le pide que le masajee la espalda. Durante un largo rato sus manos se deslizan, ingrávidas, sobre los hombros y el esbelto cuello de su amiga. Después, bajan a la espalda. El grato calor de los chorros se intensifica. Las dudas que le suscita su amiga dejan de tener importancia mientras le desabrocha el sujetador y lo arroja sobre la hamaca donde descansan sus albornoces. Sus senos turgentes copan las palmas de sus manos como la fruta perfecta de un paraíso pagano.

Brisa se zafa de aquella placentera postura, se gira y, poniéndose frente a él, estrecha sus pechos contra la piel de su tórax.

—¿Has oído hablar del tantra? —pregunta Brisa con voz melosa.

—¿Es alguna técnica del *Kamasutra*? —tantea Roberto, mientras sus manos acarician las comisuras de las nalgas de su sensual compañera de juegos.

—Más que una técnica, es la danza de la vida. Los occidentales hemos sido educados para las prisas durante siglos. Los orientales, más sabios, se decantaron por los deleites de la paciencia. Pronto descubrieron que no hay mayor placer para el hombre que retardar el orgasmo. Arder sin consumirse abre las puertas del paraíso. Se han escrito infinidad de libros al respecto, pero nada puede sustituir la práctica.

—Creo que serías la profesora con la que soñaría cualquier alumno —dice Roberto, retomando sus pensamientos matutinos en la gruta de Ornolac.

—El tantra sería algo así como la filosofía del sexo —explica Brisa, juntando un poco más su cuerpo al de Roberto—. En lugar de combatir la tentación, se trata de profundizar en ella. Si la llama del deseo se mantiene encendida sin apagarse, la energía comienza a fluir por el cuerpo, activando los *chakras* hasta iluminar la glándula pineal. Por supuesto, esto último es algo reservado a los elegidos, pero el premio de consolación no está mal: un éxtasis prolongado en el que se funde el tiempo junto a los cuerpos de los amantes.

—Suena bien —dice Roberto, cuyas manos continúan jugueteando con las piernas y los glúteos de su sensual profesora—. Ahora que ya me has instruido en la teoría, estoy preparado para pasar a la práctica.

—Te enseñaré si me prometes que intentarás controlarte —responde Brisa, retirándole las manos de las caderas—. Se trata de comenzar muy lentamente, prolongando los juegos previos y amplificando las sensaciones. Con la llama al máximo, hay que evitar quemarse, prestar atención al ritmo de la respiración y no dejarse llevar por la ansiedad. El cuerpo de la mujer está naturalmente dotado para cabalgar una ola tras otra sin dejar de flotar. El hombre, en cambio, no está tan preparado para seguir la respiración de la naturaleza en erupción.

—Ya veremos —replica Roberto, sonriente, mientras se lanza por sorpresa sobre su amiga.

Brisa lo esquiva ágilmente y antes de que le dé tiempo a reaccionar ya ha salido del agua. Su cuerpo, mojado, con las manos cruzadas tapándose a medias los pechos, irradian sensualidad.

—La lección teórica ha terminado. Ahora toca el examen práctico. ¿Te atreves a subir a la habitación del hotel? —le provoca guiñándole un ojo.

Hay muchas formas de hacer el amor. Acariciar con manos y lengua el cuerpo del amante, una y otra vez, recorriendo sus rincones más erógenos hasta que todas las zonas ardan en deseos de explotar, es una de ellas.

—Ya estamos listos —susurra Brisa—. Recuerda: nada de prisas.

Brisa eleva ligeramente las caderas e introduce la intimidad de Roberto dentro de ella sin apenas moverse. Sus labios permanecen entreabiertos; la mirada, un tanto perdida; el pelo, revuelto; los pechos, henchidos. Muy suavemente comienza su danza del tantra. Roberto siente el masaje de las contracciones, y su pene responde con un baile involuntario en el que se agita y agranda con cada succión. El baile de los sexos es tan intenso como sutil. A cada estremecimiento le sigue una pausa, y a cada pausa un nuevo estremecimiento. El espejo sobre el techo le devuelve la imagen desnuda de Brisa. Por momentos parece quedarse quieta, pero las imágenes son engañosas. Sus sexos vibran con una intensidad que el espejo no puede percibir.

El tiempo desaparece a medida que se aproximan a un orgasmo que se evade cuanto más se aproxima. Con asombrosa precisión, las contracciones se relajan cuando el final parece inevitable. Roberto trata de contenerse dirigiendo sus pensamientos hacia otro lado, aparta la vista de Brisa y constata, asombrado, que el juego continúa. La excitación crece tras cada parón, pero los cuerpos parecen haber hallado el punto exacto del equilibrio inestable.

Brisa sonríe, se acaricia los pezones erectos de sus senos y, de improviso, se contonea salvajemente sobre él en movimientos tan rápidos como lascivos. Roberto responde al envite, le palmea las nalgas y juntos inician una feroz carrera jalonada de gemidos que les deja sin aliento. Cuando por fin acaban, la sensación de paz y éxtasis los embarga.

—Creía que la lentitud era la clave del tantra —bromea Roberto.

—No te creas todo lo que te digo —contesta Brisa con una risa cristalina.

Capítulo 56

Pepe eligió nuevamente el mismo bar para su cita con Roberto. Como cada noche, las canciones de los Beatles transportaban a los clientes a un pasado nostálgico. Pepe era un fan incondicional de la música de los sesenta y, como el local estaba tan próximo a su casa, lo había adoptado como una suerte de oficina musical en la que despachar asuntos con personas de su entera confianza.

—De momento no hemos averiguado nada de Dragan, el tipo al que fotografiaste de noche con la cámara oculta —anunció Pepe—. La calidad de las imágenes es pésima y no tenemos ninguna referencia que seguir, por lo que sería una sorpresa dar con él, aunque seguiremos con los ojos bien abiertos. Siento no poder darte mejores noticias.

—No te preocupes. Si quería reunirme contigo no era para hablar de Dragan, sino para encargarte algo muy diferente. Se trata de un hombre del que conozco nombre, apellidos, profesión, lugar de trabajo... Sé hasta dónde vive.

—En ese caso, malo sería que no fuéramos capaces de localizarlo —bromeó Pepe—, aunque supongo que querrás algo más.

—Quiero que le sigáis, que os peguéis a él como una lapa y que descubráis todos sus secretos, tanto los presentes como los del pasado, incluidos los de su madre.

—¿De quién se trata?

—Su nombre es Mario Blanchefort Murat. Trabaja como director de una de las oficinas del Royal Shadow Bank en Barcelona. Es un auténtico hijo de puta.

—Esto te costará dinero, Roberto. Tendría que dedicar al menos dos hombres para un seguimiento exhaustivo. Además, la interceptación de comunicaciones privadas es un delito.

—Ya te he dicho que es un cabrón de primera. Quiero llegar hasta el final, sin miramientos ni remilgos legales.

—Déjame aconsejarte algo... Las escuchas telefónicas pueden llegar a dar problemas. Sin embargo, trabajamos con uno de los mejores *hackers* del mercado, un chaval que es un auténtico genio. No está en nómina, pero asume los riesgos, entra en cualquier ordenador, saquea la información sin que la víctima se entere, nos la entrega y le pagamos en negro. Lógicamente, nosotros tampoco podemos facturar algo así. Ya sé que eres un probo inspector de Hacienda, pero para estos casos lo más limpio es trabajar en negro.

—No nací ayer, Pepe. Tú dime el precio y yo conseguiré el dinero.

—No puedo cobrarte menos de diez mil euros mensuales, aunque, en este caso, sí garantizo resultados.

Roberto metió la mano en el bolsillo de su pantalón y extrajo diez billetes de quinientos que entregó a su amigo.

—Me urge que empecéis a trabajar cuanto antes.

—Esto no es propio de ti. ¿En qué líos andas metido?

Por toda respuesta, Roberto se quedó absorto escuchando a la banda tocar una de las melodías más conocidas de los Beatles:

Lucy in the Sky with Diamonds. [1]
Lucy in the Sky with Diamonds.
Newspaper taxis appear on the shore
waiting to take you away.
Climb in the back with your head in the clouds.

1. Lucy en el cielo con diamantes. / Lucy en el cielo con diamantes. / Taxis de papel de periódico aparecen en la orilla / esperando para llevarte. / Súbete detrás con la cabeza en las nubes. / Y te has ido. / Imagínate en el tren de una estación de cristal, / con porteros de plastilina que llevan corbatas que parecen de cristal. / De repente hay alguien ahí, en el torno. / La chica con los ojos caleidoscópicos. / Lucy en el cielo con diamantes.

And you are gone.
Lucy in the Sky with Diamonds,
Lucy in the Sky with Diamonds.
Picture yourself on a train in a glass station,
with plasticine porters with looking glass ties.
Suddenly someone is there at the turnstile.
The girl with caleidoscope eyes.
Lucy in the Sky with Diamonds.

Lucy in the Sky with Diamonds era el nombre en clave de la droga LSD. Brisa le había explicado que los Beatles habían hallado inspiración para muchas de sus canciones experimentando con LSD, y que las visiones de quienes ingerían tales sustancias estaban repletas de piedras preciosas cuando «el viaje» al otro mundo era bueno. El pegadizo estribillo lo confirmaba: la traducción literal de «Lucy in the Sky with Diamonds» era «Lucy en el cielo con diamantes». El resto de la letra tampoco dejaba lugar a dudas sobre el alterado estado de conciencia de quien la había compuesto.

Pepe le sacó de sus ensoñaciones.

—Se trata de esa chica, Brisa, ¿verdad? Este encargo debe de estar relacionado con ella.

Por toda respuesta, Roberto guardó silencio y bebió de su cerveza.

—¿Te has planteado ya si fue Brisa quien mató a su padre? —preguntó Pepe a bocajarro—. Al fin y al cabo, apareció con rastros de LSD en el cuerpo, una sustancia en la que tu amiga es una eminencia.

—No lo creo —afirmó él, con rotundidad—. Ella es la primera interesada en aclarar las causas de su muerte.

—¿Estás seguro? Por lo que me has contado, es una mujer que miente casi por costumbre. Que yo sepa, es la única heredera de un hombre conocido por su riqueza. Un móvil muy poderoso...

—Su padre murió arruinado por la estafa de Madoff. Lo único que cobrará, en el mejor de los casos, serán dos millones de euros por el seguro de defunción.

Pepe tamborileó con los dedos encima de la mesa.

—Por mucho menos dinero se mata todos los días.

—No me imagino a Brisa matando a nadie por dinero —se indignó Roberto.

—Te sorprendería saber lo que es capaz de hacer alguna gente de la que nunca hubieras sospechado. En mi oficio, uno se vuelve muy desconfiado. ¿Qué tal se llevaba Brisa con su padre? En los crímenes familiares, el móvil no siempre es económico.

—Joder, Pepe. Una cosa es tener problemas con tu padre y otra drogarle, meterle una cruz por la garganta y ahorcarle. ¿Acaso hay algo que sepas y que todavía no me has contado?

—Acaba de llegar el informe completo del despacho californiano. Según parece, tu amiga frecuentó en San Francisco ambientes góticos, participó en algunas fiestas sadomasoquistas, y hasta corren rumores sobre su inclinación por el satanismo. Mira, no me suelo inmiscuir en la vida privada de los demás, pero soy tu amigo y quiero que tengas los ojos bien abiertos. Y no sé si serás capaz de hacerlo. O mucho me equivoco, o estás colgado de esa Brisa.

—No vas desencaminado —reconoció Roberto, tras beber otro trago.

—Te diré algo: he conocido a mucha gente que ha acabado con graves problemas. La mitad ha sido por culpa de su avaricia y su ambición. La otra mitad ha jodido su vida por perder la cabeza por ir detrás de alguna falda que no le convenía. Te conozco desde hace años. Siempre has sido un ejemplo de estabilidad y honestidad. De repente te divorcias, conoces a una chica rarísima con un pasado terrorífico, gastas billetes de quinientos como si fueran del Monopoly y me pides que espíe a mafiosos y banqueros. No me hace falta ser una pitonisa para pronosticar que acabarás muy mal si no te sales del lío en el que te has metido. ¿Por qué no pedimos otra cerveza y me cuentas de qué va esta historia? Al fin y al cabo, somos amigos...

Capítulo 57

Brisa necesitaba información sobre Brigitte Blanchefort y gracias a Charo, la dueña del restaurante de cocina árabe, había concertado una cita con una mujer que podía ayudarle a aclarar algunos de los misterios relacionados con la noble familia francesa a la que perteneció la cruz de esmeraldas. Golpeados por la fortuna, se vieron obligados a venderla a un anticuario, y su bella hija, herida en su orgullo, se trasladó a Barcelona para intentar triunfar como artista en los animados teatros de los últimos años del franquismo. Todo apuntaba a que aquella díscola jovencita había actuado como bailarina en El Molino y que luego había desaparecido, sin dejar otro rastro que el de su hijo: Mario Blanchefort, el hombre encargado de gestionar las cuentas de su padre en la isla de Man.

Se encontraron en la entrada del zoo de Barcelona; el incesante parloteo de los loros recluidos tras sus muros fue el primer anticipo de lo que le esperaba. Silvia resultó ser una señora de unos sesenta años, cara oronda, expresión vivaracha y lengua voraz, tan predispuesta a hablar de sí misma que parecía una cotorra aquejada de una verborrea incontenible.

El zoo de Barcelona está emplazado dentro de uno de los parques más grandes de la ciudad; el paseo por sus extensos jardines se convirtió en un suplicio por etapas en el que Silvia fue desgranando los hitos que jalonaban su vida con el mismo detalle que un orfebre del siglo XV emplearía para labrar un relicario. Sus recuerdos de la infancia enlazaban con los de su adolescencia, avanzaban hasta su primera juventud y regresaban nuevamente a su niñez, como si se tratara de un bucle interminable.

Cuando se sentaron en un banco de hierro de L'Umbracle, una estructura metálica de techo abovedado y listones de madera diseñada para albergar plantas tropicales, Brisa perdió la paciencia. La mujer continuaba relatando anécdotas de su pasado como si creyera que el propósito del encuentro fuera sentar las bases para escribir una biografía novelada que celebrara su vida y milagros. Decidió sacarla de su error.

—No sé si te ha comentado Charo que estoy recopilando información sobre una chica francesa que trabajó en El Molino. Se llamaba Brigitte Blanchefort.

—Sí, sí —confirmó Silvia—, pero no la conozco de nada.

Brisa observó las exóticas plantas y los árboles que las rodeaban, e inspiró hondo, como si aquel bosque artificial pudiera insuflarle la serenidad necesaria para evitar soltar unos cuantos exabruptos.

—Sin embargo —añadió Silvia—, conozco a un hombre que te puede hablar sobre ella.

Las facciones de Brisa se relajaron. Dejó de mirar las plantas para posar una dulce mirada sobre su interlocutora.

—Se trata de Antón Blay, un gran vidente. Si alguien puede ayudarte, es él.

Brisa frunció el ceño y trató de mantener la compostura, respirando acompasadamente, en cuatro tiempos, tal como solía hacer cuando practicaba yoga.

—Antón —prosiguió la mujer— fue un adivino que se granjeó una justa fama entre los artistas de El Molino, el Apolo y el resto de los teatros de variedades del Paralelo. Durante la década de los setenta y los ochenta, no había ni una sola vedet o bailarina que no le consultara. Ya sabes que en el mundo del espectáculo somos muy supersticiosos; no buscar su consejo era sinónimo de mal fario. Antón era tan bueno que ni siquiera cobraba. Simplemente, aceptaba que cada cual dejara su voluntad en un sobre cerrado.

Brisa sopesó que, en realidad, esa era una excelente forma de hacer negocios. Probablemente, el supuesto vidente solo pronosticara acontecimientos genéricos y agradables que predispusieran a su clientela a dejar un buen número de billetes dentro del sobre.

—Respecto a mí, por ejemplo, adivinó que me casaría y

tendría hijos —dijo Silvia, como confirmando sus pensamientos—. ¡Y acertó! La verdad es que era extraordinario. El único vidente auténtico que he conocido. Durante años fue famosísimo, pero ahora ha caído en el olvido. Sus antiguos clientes nos hemos hecho demasiado mayores y ya no queremos que nadie nos pronostique el destino. Es mejor no conocer las desgracias futuras para no padecerlas por anticipado. De todas maneras, aunque apenas tiene clientes, creo que sigue ejerciendo. Si quieres, te puedo dar una tarjeta suya.

Sin esperar su respuesta, Silvia empezó a revolver en su bolso, tan repleto de cosas como desordenado, y, contra pronóstico, extrajo una pequeña cartulina rectangular de gastado color blanco con letras negras de imprenta. En ella se podía leer: «Antón Blay. Vidente. Doctor de las ciencias arcanas».

Tan pronto como Silvia se fue, Brisa llamó al número de teléfono de la tarjeta. No tenía nada que perder.

—Hola, buenos días —la saludó una voz femenina—. Consulta del doctor Blay. ¿En qué puedo ayudarle?

—Buenos días. Me gustaría concertar una entrevista con el señor Blay.

—Si se refiere a una consulta, el doctor podría atenderla esta misma tarde a las seis.

—Perfecto —aceptó Brisa. Si el precio que tenía que pagar por averiguar algo sobre Brigitte Blanchefort era soportar una sesión con un vidente, estaba dispuesta a asumirlo.

—Si es tan amable, anote la dirección, por favor.

Capítulo 58

Una señora rolliza, que lucía un pelo blanco muy cuidado, le abrió la puerta y la acompañó amablemente a un despacho del interior de la vivienda, donde la recibió el doctor Blay.

—Qué agradable sorpresa —dijo el hombre, estrechándole la mano—. Últimamente no acostumbra a venir demasiada gente joven por mi consulta.

Brisa examinó al autodenominado doctor de las ciencias arcanas. Rondaría los setenta años, era alto, de complexión gruesa y vestía una amplia túnica de color crudo que le cubría del cuello hasta los pies. Los ojos, de mirada aguda, se ocultaban tras unas gafas de cristal compacto, y su cuidada barba parecía querer compensar el escaso pelo que le quedaba en la cabeza.

—Siéntate y guarda silencio —la conminó el doctor al tiempo que le ofrecía una silla—. No es nada personal —dijo con una sonrisa—. Es solo la rutina de trabajo que aplico siempre en una primera visita. A los videntes se nos suele acusar de sonsacar información a los clientes durante la charla previa para adivinar lo que desean oír. Para evitar suspicacias, prefiero no saber nada sobre la persona que acude a mi consulta hasta después de elegir tres cartas del tarot que revelen lo esencial del motivo por el que ha llegado hasta mí. Se trata, pues, de un pequeño ritual que, de alguna manera, dirigirá nuestra conversación posterior.

A Brisa le pareció divertido aquel juego trufado de enredos. En realidad, ella había acudido a la casa de Blay con el exclusivo propósito de averiguar si aquel doctor de las ciencias ocultas podía proporcionarle información sobre Brigitte Blanchefort. Sin embargo, la señora que había atendido su llamada en primer lugar había trastocado sus palabras ofreciéndole una hora de consulta en lugar de una entrevista, y ella no había querido deshacer el equívoco por miedo a decepcionarla y perder la hora.

—La primera carta que sacaré del mazo representa el motivo que te aflige; la segunda, la emoción con que lo afrontas; y la tercera, el futuro que te espera si no cambias de actitud —anunció Antón, mientras barajaba los arcanos mayores.

Con gesto pausado, depositó sobre la gastada mesa de madera tres cartas del tarot marsellés: el ahorcado, la muerte y la torre que se derrumba.

Brisa dio un respingo involuntario al contemplar la grotesca figura del ahorcado y recordar el surco de la soga anudada en el cuello de su padre.

—Son cartas muy graves. Debes extremar las precauciones y no equivocarte en ninguna de tus decisiones —dijo el maestro de lo arcano con la preocupación reflejada en el rostro—. La carta del ahorcado ha salido invertida, lo que indica siempre un desenlace desfavorable. Cualquiera que fuera el problema original, salud, dinero o amor, la cosa no acaba bien.

Brisa asintió levemente, rememorando la imagen del cuerpo sin vida de su padre sobre la cama de baldaquín.

—La segunda carta —prosiguió Antón— relaciona la muerte con el ahorcado, lo que me indica que alguien cercano a ti ha fallecido. La tercera carta, una torre destruida por una lengua de fuego, es muy gráfica e ilustra el viejo adagio: cuanto más alto subas, más dura será la caída. Evidentemente, el tarot marsellés se está remitiendo a la mítica torre de Babel, por la que los hombres fueron castigados por su soberbia. En el fondo, este arcano siempre muestra los éxitos materiales y egoístas destruidos por contravenir la ley divina.

—No podría haber realizado un diagnóstico más preciso sobre lo que ha sucedido en mi familia —reconoció Brisa, asombrada por lo que había escuchado, sin dejar de preguntarse si aquel hombre no estaría informado de antemano. Sin embargo, eso no tenía mucho sentido. Tal vez simplemente hubiera tenido suerte al lanzar las cartas. O quizás estuviera en presencia de un auténtico vidente.

—El mérito es de las cartas, pues son ellas las que me escogen a mí —sentenció Antón—. De todos modos, el mejor diagnóstico es inútil si el doctor no es capaz de ofrecer una receta.

—La verdad es que me ha impresionado, así que estoy dispuesta a probar el tratamiento que me prescriba —dijo Brisa, curiosa.

—Lo primero que debes saber es que las enfermedades del alma no se curan con pastillas. En mi profesión, las soluciones nunca pasan por comprar drogas legales en las farmacias. Digamos que requieren un esfuerzo de tipo personal. En tu caso, la carta clave es la muerte. Debes morir al pasado, si quieres vivir.

Brisa sintió un escalofrío. Lo que acababa de escuchar era casi una amenaza: «Debes morir al pasado, si quieres vivir». ¿Tenía que olvidar lo sucedido en el hotel de Londres y abandonar la búsqueda que unía la cruz de Lorena con Brigitte Blanchefort? ¿Podía renunciar a ejecutar su venganza? «Debes morir al pasado, si quieres vivir.» Aquella era una advertencia que Brisa no pensaba escuchar.

—Te has quedado muy pensativa, niña —dijo Antón, mirándola a través de las gruesas lentes de sus gafas—. No te dejes desanimar por mi consejo lapidario. Al fin y al cabo, cada muerte trae siempre su propia resurrección.

—Estaba pensando en cuánta razón tiene —mintió Brisa, dispuesta a jugarse un envite que le demostrara que aquel anciano carecía de facultades paranormales—. Resulta que mi padre, que falleció hace poco, se labró una enorme fortuna, pero en su camino perjudicó gravemente a algunas personas. Como yo soy la heredera, me había planteado resarcir a esas personas en la medida de lo posible. Su consejo me confirma que ese es el camino que seguir: enterrar el pasado reparando las injusticias cometidas.

—Hija, tus palabras me hacen feliz. No encuentro mayor satisfacción que poder ser útil con las cartas. A eso me he dedicado toda mi vida. Años atrás llegué a tener un gran prestigio. Acudían a mi consulta las mejores artistas y muchísima gente del mundo del espectáculo. El piso rebosaba de vida, y todos se disputaban mis consejos. Sin embargo, como El Molino, fui pasando de moda, y hoy casi nadie se acuerda de mí. Por eso me reconforta saber que todavía conservo las facultades para poder ayudar a mis semejantes.

—Vivimos en una sociedad enferma que no respeta a sus mayores —le aduló Brisa—. A mayor edad, mayor sabiduría. Es de puro sentido común. En otras culturas es tradición solicitar el consejo de los mayores antes de actuar, y a nadie se le ocurre proceder de otro modo. En cambio, nosotros preferimos relegarlos al olvido y entronizar la juventud como único valor. Es estúpido desperdiciar así la experiencia de quienes han vivido más, y dice muy poco sobre el corazón que hace latir nuestra civilización occidental.

—¡Qué difícil es encontrar personas que piensen como tú! —exclamó Antón—. Y cuánta razón tienes. Dejar de ser útil es la peor sentencia a la que uno se enfrenta cuando se aproxima a la vejez —concluyó, con emoción contenida.

—Usted siempre podrá ayudar a quien necesite buenos consejos. Para mí ha sido una experiencia única escuchar por su boca mi propia voz interior. Y, solo para poder cumplir con mis mejores propósitos, me atrevo a pedirle un nuevo favor —anunció Brisa, sopesando que la fruta ya estaba madura como para comérsela.

—Si está en mi mano —se ofreció Antón—, haré cuanto pueda.

—El caso es que necesitaría localizar a una mujer de origen francés llamada Brigitte Blanchefort, o al menos conocer algo más sobre su pasado. Por lo que sé, trabajó como artista en El Molino, en los años setenta, y se me ha ocurrido que tal vez pudiera haber sido una de sus numerosas clientas del mundo del espectáculo. Sería un golpe de suerte que me pudiera ayudar, pero ¿quién sabe? Creo más en el destino que en las casualidades, y puede que haya llegado hasta su casa esta tarde por más de un motivo.

—¿Y por qué querrías encontrar a Brigitte Blanchefort? —preguntó Antón, extrañado.

Por el modo en que había formulado la pregunta, Brisa tuvo la corazonada de que aquel hombre podía proporcionarle las respuestas que andaba buscando. Debía concentrarse en su nuevo papel y mostrarse más convincente que nunca. No sería descabellado que aquel doctor de lo arcano tuviera una sensibilidad especial para captar el olor de las mentiras. Al fin y al cabo, su trabajo siempre había consistido en tratar con la gente. Sin embargo, ni los más hábiles son capaces de detectar la mentira cuando va envuelta de verdades.

—Recientemente he averiguado que mi padre compró una joya extraordinaria que perteneció durante generaciones a una noble familia francesa: los Blanchefort. Un anticuario de la Ille-su-le-Mer me explicó que la familia, venida a menos, se vio obligada a malvender su patrimonio y que su hija pequeña, Brigitte, acabó trabajando como bailarina en El Molino de Barcelona. Tengo razones para pensar que mi padre se aprovechó de la desgracia ajena para pagar por la pieza un precio muy inferior a su valor real, y me gustaría reparar esa injusticia devolviéndosela a Brigitte Blanchefort, o a alguno de sus hijos. Era algo que ya me había planteado antes de acudir aquí esta tarde, y sus palabras me han acabado de convencer. Pensará que soy una tonta supersticiosa, pero tengo el pálpito de que, si no consigo devolver la joya a sus legítimos propietarios, tendré mala suerte.

—Existen casos de joyas malditas —barruntó el doctor—, y tu propósito me parece justo. Creo que podré ayudarte. Yo nunca conocí a Brigitte Blanchefort personalmente, por lo que no te la podré presentar. Se esfumó de la faz de la Tierra hace muchísimo tiempo. No obstante, conozco muy bien a un hombre que fue su amante. Desesperado por la desaparición de su gran amor, acudió a mi consulta hace ya más de veinticinco años. Desde entonces, no ha dejado de visitarme año tras año con la esperanza de que le pudiera dar noticias sobre su paradero.

—Parece una historia muy triste —repuso Brisa, aparentando estar conmovida.

—Así es —confirmó Antón—. No le pude ayudar a aliviar su dolor. Soy vidente, no hago milagros tales como resucitar a los muertos; porque estoy convencido de que a esa Brigitte la asesinaron. Las cartas lo indicaban inequívocamente. Sin embargo, a ti sí podré ayudarte. El amante desdichado conoce al hijo de Brigitte.

—Al menos podría devolver la joya a un miembro de la familia Blanchefort —dijo Brisa.

—Siempre que Joan Puny, que así se llama el antiguo amante de Brigitte, acepte hablar contigo. Últimamente está muy huraño: no quiere saber nada de nadie ni recibe visitas. Ni siquiera las mías.

—¿Está deprimido? —preguntó Brisa.

—Peor que eso. Hace un tiempo le diagnosticaron una enfermedad degenerativa incurable: esclerosis lateral amiotrófica. Está muy avanzada. Temo que cualquier día se suicide. Haré una cosa: te escribiré su nombre y su dirección en esta tarjeta. Dile que vas de mi parte y tal vez haga el esfuerzo de recibirte. Por cierto, que he estado tan absorto en la conversación que he olvidado preguntarte tu nombre. ¡Menuda cabeza!

—Me llamo Susana —mintió ella.

—Encantado de conocerte, Susana —dijo Antón estrechándole fuertemente la mano con una cálida sonrisa dibujada en el rostro.

—El placer es mío —replicó Brisa, convencida ya de que aquel doctor de lo arcano no era infalible como vidente.

«Debes morir al pasado, si quieres vivir», le había advertido. Brisa pensaba hacer todo lo contrario. Sumergirse en el pasado le mostraría el camino para ejecutar su venganza.

Capítulo 59

Roberto entró en el despacho de Joan Esteba, el inspector jefe provincial de Barcelona, convencido de que le había convocado para informarle sobre los pormenores de la operación Cascabel, a raíz de las recientes detenciones efectuadas por los Mossos. Su sorpresa fue mayúscula:

—Iré directamente al grano —dijo Joan, un hombre acostumbrado a no demorarse en prolegómenos de cortesía cuando le preocupaba algún asunto—. Debes incorporarte esta misma semana a tu puesto de trabajo y cumplir con el horario habitual fichando en los tornos, como el resto de personal.

—Eso no es en lo que habíamos quedado —protestó Roberto, perplejo por aquella orden. Incumplir la palabra dada no era propio de su jefe.

—Lo sé y te debo una disculpa, pero las circunstancias han cambiado. Álvaro Quirós, el inspector al que había asignado la mayoría de tus expedientes, ha ganado contra pronóstico una plaza de concurso y se marcha a los Servicios Centrales de Madrid. He intentado reasignar tus expedientes a otros jefes de unidad y todos se han negado.

—¿Por qué?

—Alegan exceso de carga de trabajo, y no les falta razón. Además, algunos compañeros se han quejado al delegado especial del trato discriminatorio del que gozas, y este se ha lavado las manos dejándonos a los pies de los caballos. Prefiero decirte la verdad: si se produce alguna denuncia interna sobre tus incumplimientos horarios, no tendrías cobertura legal y podrías enfrentarte a un expediente disciplinario que acabara con tu expulsión del cuerpo. Para evitarlo, la única solución es incorporarte cuanto antes.

Aquello era una amenaza de despido en toda regla. Joan había hablado muy rápido, casi atropelladamente. Las manos le sudaban un poco y su cara estaba más enrojecida de lo habitual. Resultaba evidente que aquella situación le incomodaba sobremanera e incluso era probable que él, personalmente, no estuviera de acuerdo con tamaña injusticia, pero la orden, inequívoca, no podía ser ignorada. El inspector jefe nunca hablaba a la ligera ni le temblaba el pulso a la hora de adoptar decisiones.

—Me habéis utilizado como a un muñeco de quita y pon —resumió Roberto—. De haber tenido la Agencia Tributaria más repercusión mediática en la operación Cascabel, el delegado especial hubiera tenido a bien hallar alguna solución. Tú y yo sabemos de lo que estoy hablando —concluyó.

—A mí tampoco me gusta que se acordara una cosa y que ahora el delegado especial nos deje con el culo al aire, pero esa es la triste realidad.

—La triste realidad es que ahora tendré que trabajar como dos personas por el sueldo de una, y la mitad se lo llevará mi exmujer. Mientras tanto, algunos de los compañeros que tanto han protestado complementarán su salario impartiendo clases por las tardes en alguna academia.

—Lamento no poder ayudarte en este asunto. Estoy atado de pies y manos por las instrucciones y las órdenes reglamentarias. Tendrás que cumplir el horario, finalizar tus expedientes y, además, sacar adelante tu trabajo como perito judicial.

Roberto guardó un silencio tenso. El sistema, con sus absurdas milongas legales, era una oda a la hipocresía y a la injusticia. Los bancos y los políticos, con sus prácticas corruptas y su imprudencia criminal, habían arrojado sobre la población toneladas de deuda. Los resultados, en forma de paro, pérdidas de sueldo, precariedad laboral y merma de servicios sanitarios serían equivalentes a los resultantes de una derrota militar. Cuando Alemania perdió la Primera Guerra Mundial, los países vencedores les impusieron una deuda colosal imposible de pagar en una generación. Aquí, sin necesidad de ninguna guerra, bancos y cajas de ahorros, ayuntamientos, comunidades autónomas, diputaciones y el Gobierno central habían conseguido deber una cantidad equivalente. Harían falta generaciones para devolver las astronómicas cifras que reclamarían los países acreedores. A la vuelta de la esquina, esperaban bajadas de sueldo y de pensiones, gravísimos recortes en el estado de bienestar y privatizaciones de los escasos activos estatales que todavía no se hubieran malvendido.

A cambio de aquella bomba de miseria que estallaba a cámara lenta, los banqueros habían cobrado bonus millonarios, y seguían haciendo gala de su impudicia gracias a la permisividad de los políticos. Naturalmente, los políticos no podían exigir ninguna responsabilidad porque eran cómplices necesarios en el desaguisado nacional. Tanto financieros como políticos se habían hecho de oro malversando el dinero ajeno, y ahora, de común acuerdo, querían obligar a pagar el pato a los ciudadanos.

¿Qué diferencia existía entre un atracador con una pistola y aquellos señores amparados por las leyes y bendecidos por los reglamentos? Fundamentalmente, que los segundos eran mucho más peligrosos, pues con sus prácticas corruptas y su desinterés para legislar en pos del bien común no asaltaban una sola casa, sino que robaban a todo el país.

La guinda del pastel era el delirante sistema judicial, con todas las garantías imaginables a disposición de los criminales de guante blanco, incluida la práctica habitual de demorar los procesos durante años o incluso décadas. Obviamente, hubiera sido posible organizar una jurisdicción eficiente, bien pagada y con suficiente personal para combatir los crímenes económicos que tan caros le salían al ciudadano corriente, pero los políticos ya estaban satisfechos con aquel simulacro de justicia en el que se juzgaba a uno de cada mil corruptos y en que eran poquísimos los que acababan en prisión.

Hacienda era una de las instituciones que mejor funcionaba, pero tenía las alas recortadas. El elevado número de expedientes que finalizar cada año y el escaso tiempo en que debían cerrarlos dificultaban en gran medida la persecución de los delitos económicos más complejos, que, en el mejor de los casos, iban a morir al limbo judicial, donde dormían el sueño de los justos, a no ser que fueran rescatados por algún juez heroico que no estuviera abrumado por los expedientes que se agolpaban sobre su mesa.

Y él, por su parte, tenía que joderse y cumplir órdenes, acatando la legalidad vigente promulgada por los políticos de turno que, como los fariseos denunciados dos mil años atrás por Jesucristo, seguían siendo sepulcros blanqueados por fuera y malolientes por dentro.

Roberto se juró a sí mismo que de ahora en adelante no respetaría nada que no fuera su propia ley. El sistema estaba podrido y su única obligación moral era ser fiel a sí mismo.

—Ya sé que estás atado de pies y manos, Joan —dijo al fin Roberto—. El problema es que nosotros somos los encargados de proporcionar la cuerda a quienes nos atan.

Capítulo 60

No hacía falta tener dotes de adivina para predecir que la situación económica de Joan Puny, el antiguo amante de Brigitte, sería casi tan precaria como su salud. La calle de En Tarròs, situada justo detrás del antiguo y recientemente reformado mercado de Santa Caterina, era estrecha, oscura y maloliente. A las dos de la tarde y con un cielo completamente despejado de nubes, ni un solo rayo de sol tocaba el suelo del callejón. Peatonal por imperativo geométrico, ni siquiera el coche más pequeño hubiera podido entrar en aquel lugar dejado de la mano de Dios. El olor a humedades se confundía con otros hedores tan indefinibles como los diminutos insectos que flotaban ingrávidos a ras de su cabeza.

Sábanas, ropas y toallas también permanecían suspendidas sobre las ventanas y balconcitos, en los que algunos vecinos intentaban aportar retazos de naturaleza colgando diversas suertes de macetas. Otros, más despreocupados, se limitaban a colocar bombonas naranjas de butano en sus diminutas terracitas. En la mayoría de las puertas, enrejadas, laminadas o de madera gruesa, se podían ver grandes cerrojos. Los locales de las plantas bajas también estaban protegidos por candados y persianas de metal. Unas cuantas persianas destrozadas contribuían a alimentar la sensación de inseguridad.

Brisa tocó repetidamente el interfono del piso, pero sin obtener respuesta. Tras un rato de espera, una enjuta vecina entrada en años salió del portal y la dejó pasar sin pedir explicaciones. Su nuevo disfraz de monja, pensó Brisa, ya le había abierto la primera puerta. Joan Puny padecía una enfermedad degenerativa incurable y no sería de extrañar, sopesó, que él u otras personas del edificio estuvieran recibiendo ayudas asistenciales de alguna congregación religiosa.

La finca no tenía ascensor y resultaba obligado subir unas estrechas escaleras para alcanzar el quinto piso. Brisa pulsó el timbre sin demasiada fe. Sus esfuerzos se vieron recompensados antes de lo que esperaba. La puerta se abrió chirriando y frente a ella apareció un hombre mayor sentado en una silla de ruedas. El cuello, inclinado hacia la derecha, la rigidez facial y los labios torcidos eran signos inequívocos de que la atrofia había alcanzado un nivel crítico e irreversible. Los ojos, sin embargo, seguían manteniendo una expresividad que infundía temor. La mirada de Joan Puny destilaba odio. Brisa sintió como si la estuviera acusando de un crimen terrible.

—¿Para qué sirve dar tanto bombo a la ley de dependencia si la asistencia social tarda años en llegar? —se quejó el viejo en tono airado—. Creía que ya no enviarían a nadie a cuidarme hasta que estuviera muerto —añadió, arrastrando las palabras con dificultad.

—Las siervas de María no estamos sometidas a leyes laicas, pero acudimos siempre a donde se nos necesite —afirmó Brisa, enlazando las manos en gesto humilde—. Desde hace más de un siglo nuestra congregación religiosa está consagrada al cuidado gratuito de los enfermos en sus domicilios, bajo los únicos auspicios de la divina providencia.

—Los servicios de la Generalitat me prometieron un asistente social, y quince meses después resulta que es la divina providencia la que me provee de una monja. Supongo que con eso me las tendré que apañar. Como ves, necesito algo de ayuda. Si no he contestado al interfono, es porque me ha costado demasiado tiempo y esfuerzo incorporarme de la cama y sentarme en la silla. Todavía puedo hacerlo yo solo, pero dentro de poco mi cuerpo me fallará hasta para eso.

Brisa dedujo que, tras la ira y el enojo de aquel anciano, se agazapaba un miedo atroz. Le sobraban razones para estar aterrorizado. La esclerosis lateral amiotrófica era una de las enfermedades más crueles que uno pudiera imaginar. La vista y las funciones cerebrales se mantienen intactas, pero las células del sistema nervioso van muriendo progresivamente, provocando una parálisis corporal progresiva, *in crescendo*, que en su última etapa es total, a excepción de los ojos. El pronóstico es siempre mortal, y la esperanza de vida no suele exceder de cuatro años.

—Las siervas de María no prometemos milagros, pero sí trabajo. Estoy aquí para hacer los esfuerzos que tu cuerpo no te permita realizar.

—Te agradezco que ofrezcas obras y no sermones —dijo Joan, con voz gangosa—. Si quieres, podemos pasar al salón.

Resultaba evidente que sus problemas corporales también alcanzaban al movimiento de su mandíbula. Dadas sus precarias condiciones, a Brisa no le extrañó que la suciedad y el desorden se hubieran adueñado del interior de su piso.

—Una chica de servicio viene a limpiar y ayudarme en mi aseo cada quince días. No es suficiente, pero ya no tengo más dinero ni familia a la que recurrir —se justificó Joan.

—No te preocupes más de eso. Como solemos decir las hermanas: obras son amores y no buenas razones. ¿Dónde tienes los útiles de limpieza? —preguntó Brisa con la mejor de sus sonrisas.

Brisa, bien pertrechada con guantes de plástico, trapos, bayetas, fregona, escoba, jabón y lejía se aplicó a conciencia a eliminar la mugre y la inmundicia de aquel pequeño piso. Tras dos horas de esfuerzos, el aspecto del salón, la cocina y el baño, adaptado para minusválidos, mejoró ostensiblemente. Al entrar en el dormitorio de Joan, dispuesta a rematar su agotadora labor, supo que aquel hombre condenado tenía las respuestas que estaba buscando. Sobre su mesita de noche una joven bellísima de larga melena rubia, labios sensuales y grandes ojos azules la miraba desde el marco de plata en el que se exhibía su fotografía.

—¡Qué mujer más hermosa! —dijo Brisa, halagando así al mismo tiempo a la fotografiada y a quien habría sido su fogoso amante en tiempos mejores.

—¡Ah, Brigitte! —exclamó Joan—. Hace tiempo que desapareció, junto a todas las cosas buenas de mi vida.

—Brigitte... Qué nombre tan bonito y tan poco común. ¿Acaso era francesa?

—En efecto, aunque prefiero no hablar de ella. Me resulta

demasiado doloroso recordar el pasado. Siempre fui un hombre orgulloso de su fuerza. Ahora solo me queda lo que ves.

Él no lo sabía, pero le quedaba mucho más. Aquella foto y sus recuerdos guardaban la llave de un secreto que había permanecido oculto durante un cuarto de siglo. Para abrir aquella cerradura le haría falta paciencia.

—Hay muchos tipos de fuerza, pero la fe es la mayor de todas —afirmó Brisa.

—La fe no puede ayudarme cuando quiero bañarme —repuso Joan en tono hosco.

—Yo sí —se ofreció Brisa.

—¿Tienes experiencia con personas con movilidad reducida? —preguntó Joan.

—Naturalmente —mintió Brisa.

—En ese caso, acepto tu oferta. Hace más de dos semanas que no me lavo.

Brisa le ayudó a cambiarse a otra silla de ruedas más pequeña y manejable, le condujo hasta el aseo y le quitó la ropa. Desnudar su alma era su objetivo, pero para eso tenía que limpiar primero su cuerpo. Ninguna de las dos tareas le iba a resultar agradable.

Capítulo 61

Roberto se anudó la corbata frente al espejo del cuarto de baño, respiró hondo y se preparó mentalmente para volver al trabajo. Lo primero era desempolvar los expedientes acumulados en al armario, repasarlos y volver a citar a todos los obligados tributarios. Lo segundo, casi tan urgente como lo primero, emitir el informe pericial de la trama Cascabel. La jueza García ya le estaba metiendo prisa. Los detenidos se le acumulaban en prisión y necesitaba saber cuanto antes las eventuales responsabilidades de cada cual, para dejarlos en libertad provisional o mantenerlos a buen recaudo.

El sonido del timbre le sobresaltó. No era normal que nadie llamara a la puerta de su casa a las siete y media de la mañana. Miró por la rejilla y, tras alguna vacilación, dejó entrar a Dragan, pulcramente afeitado y ataviado, como él, con traje y corbata. Al verle, acudieron a su cabeza imágenes de *El Padrino*.

—¡Qué elegancia! —elogió Roberto en tono de broma, omitiendo cualquier referencia cinematográfica—. ¿Acaso vas a alguna boda?

—Hoy no hay ni bodas ni funerales —respondió Dragan—. Digamos que esta mañana tengo una cita de negocios en un lugar elegante. Vamos a tratar diversos asuntos y uno de ellos será el de tu futura colaboración con nuestra organización.

—¿Quieres un café? —ofreció Roberto—. Está recién hecho.

—No quiero cafés. Tan solo respuestas.

—En ese caso, tendrás que responder primero a mis preguntas. Si recuerdo bien, estabais interesados en pasarme información sobre algunas empresas para que las investigara y les hiciera la vida imposible. Eso no es tan sencillo y depende mucho del tipo de sociedades que tengáis *in mente*.

—De momento, serían empresas que aportan mano de obra intensiva en el sector de la construcción de Barcelona.

—Estamos hablando de sociedades en las que su único activo son los trabajadores, principalmente inmigrantes. ¿No es así?

—En efecto —confirmó Dragan—. Mano de obra barata que trabaja a destajo. Son los nuevos remeros de las galeras del siglo XXI. Como te dije, siempre ha habido chusma y siempre la habrá.

—Pero con la crisis inmobiliaria ya ni siquiera hay trabajo para toda la chusma y necesitáis eliminar competencia —apuntó Roberto.

—Lo entiendes todo a la primera. Eso es lo que me gusta de ti —dijo Dragan—. En efecto, todos ofrecemos a las constructoras trabajadores a precios de saldo, todos pagamos comisiones a los jefes de obra y a los de más arriba, pero nadie quiere que la mierda los salpique. Ahí es donde tú entras en juego. Si te damos información confidencial, los que desestimen nuestras ofertas y elijan a otros tendrán serios problemas. Podrías demostrar que existen cesiones ilegales de trabajadores bajo la apariencia de subcontratas, qué sociedades emiten facturas falsas o quiénes cobran comisiones ilegales, iniciar inspecciones relámpago, cortocircuitarles con embargos, denunciarlos por vía penal... El arsenal es muy amplio si uno cuenta con la información que nosotros te proporcionaremos.

Roberto guardó silencio, se sirvió un café e invitó a Dragan a sentarse en una de las cuatro sillas de la pequeña mesa del salón, que estaba repleta de papeles y que también cumplía funciones de comedor a la hora de la cena. La referencia a las cesiones ilegales de trabajadores le suscitó nuevos interrogantes. A raíz de su visita a las obras del AVE, habían concluido que los trabajadores de Kali lo eran, en realidad, de Ferrovías, la principal empresa contratista, que por dicho motivo debía asumir cuantiosas deudas. Su atípica actuación había despertado tanta alarma en el sector que los hermanos Boutha se habían visto obligados a viajar a Barcelona para dar explicaciones y ofrecer garantías, con el fin de evitar que les cancelaran los contratos del resto de las empresas que ellos controlaban. La idea original había partido, teóricamente, de Marta, la comisaria, pero ahora Roberto estaba seguro de que detrás de aquel plan estaba Dragan. Si ella había sido hábilmente utilizada en su beneficio o si también cobraba un sueldo de la banda era algo que no podía dilucidar sin más datos. Lo que estaba claro era que Dragan tenía trazado un plan de largo recorrido.

—Quiero que entiendas —dijo Roberto mirándolo fijamente— que ningún inspector puede cargar contra las empresas que le dé la gana. No obstante, creo que me las podría apañar para conseguir seleccionar las sociedades que me propongas, pero eso no está al alcance de cualquiera, implica ciertos riesgos y tiene un precio mayor del que me ofreciste.

—¿Qué cifra has pensado? —preguntó Dragan, con un deje de ironía en la mirada.

—Quince mil euros mensuales.

—Eso es mucho dinero por no correr ningún riesgo. Simplemente estarás cumpliendo con tu trabajo y, además, mejor que el resto de tus compañeros. Piensa que te facilitaremos testimonios de personas clave que te servirán los casos en bandeja de plata.

—Mi trabajo no es seleccionar empresas para cargar en plan; puedo tener problemas —adujo Roberto, a sabiendas de que era muy improbable. Al ser un experto en el sector de la construcción, le sería sencillo justificar la necesidad de elegir una u otra sociedad. El inspector jefe nunca ponía pegas a quien mostraba iniciativa para combatir el fraude.

—Diez mil euros mensuales en efectivo es lo máximo que te puedo pagar —ofreció Dragan—. Piensa que, al no declararlos al fisco, serán tuyos libres de polvo y paja —añadió con una sonrisa.

—No imaginaba que vosotros también tuvierais restricciones presupuestarias —replicó Roberto, sarcástico—. Hoy en día, los tres negocios más lucrativos que existen son: el tráfico de armas, el de drogas y el de personas. Explotar a los inmigrantes, cobrarles una fortuna por regularizar sus papeles, pagarles un sueldo de miseria y llevaros un jugoso margen por cada factura emitida con el sudor de sus frentes es un grandísimo negocio.

—La esclavitud es uno de los mejores negocios de la historia. Con el tiempo cambian las formas, pero no lo esencial. Se aproximan tiempos muy duros, Roberto. Mi consejo es que aceptes los diez mil euros mensuales. No te arrepentirás.

En aquel regateo, más propio de un mercado persa, lo más importante no era el precio, sino las condiciones.

—Me parece un sueldo muy bajo, considerando los beneficios que obtendréis a cambio de mi colaboración. Sin embargo, estoy dispuesto a aceptar siempre que no me pidáis hacer la vista gorda en ningún expediente que recaiga en mi unidad. Una cosa es cobrar primas de terceros por ganar partidos contra el fraude, y otra dejártelos ganar. Para mí la diferencia es muy importante.

—Te lo garantizo —aseguró Dragan, ofreciéndole la mano—. Sé que tienes tu propia moral, y yo respeto a las personas como tú.

Roberto le ofreció la mano y Dragan se la estrechó con íntima satisfacción. Cuando se enteró por primera vez de que actuaría como perito en la causa judicial, temió que el afamado inspector pudiera descubrir que eran sus clientes pakistaníes quienes estaban detrás de la operación contra los hermanos Boutha. Gracias a sus desvelos, ese peligro había pasado, y ahora hasta podía serles útil trabajando para ellos.

—¿Sabes?, aunque despreciamos las leyes, también nos regimos por nuestro propio código de honor —le confesó Dragan.

—¿Incluye vuestro código matar cuando os lo pide un compañero? —preguntó Roberto.

—Depende —repuso Dragan—. ¿Estás pensando en un caso concreto o es una pregunta abstracta?

—Simplemente quería saber si podría recurrir a vosotros en caso necesario.

Dragan se carcajeó con un risa que a Roberto le recordó la de una hiena.

—Te aseguro que eso no me lo esperaba de ti. Por supuesto que matamos, pero siempre con cabeza. Cualquiera puede disparar una pistola, pero quienes de verdad triunfan en el mundo criminal son quienes mejor saben manejar los hilos legales y financieros. Los beneficios colosales del crimen son solo el primer paso para introducirse en los mercados, eliminar competencia, conseguir posiciones dominantes en sectores clave, infiltrar a nuestra gente en las instituciones y, por supuesto, ganarse el afecto de los políticos. Manejarse con soltura en el tablero de la política internacional, conocer los entresijos de los paraísos financieros, lavar el dinero más blanco que nadie y conseguir una buena reputación regentando fundaciones benéficas..., eso es mucho más importante que matar.

—Por lo que dices, no os diferenciáis en casi nada de una caja de ahorros —bromeó Roberto.

—Te sorprendería conocer el grado de presencia de las mafias en España. Pocas veces he visto un país tan predispuesto a hacer negocios como el vuestro. La gente es amable, el clima acompaña, la comida es magnífica, el Gobierno regala el dinero a manos llenas y es la perfecta puerta de entrada para regularizar inmigrantes. En ningún otro país de la Unión Europea es posible conseguir los permisos de residencia y la nacionalidad con tanta facilidad. Tendríamos que estar locos para crear alarma social con crímenes violentos que destaparan nuestra presencia a los ojos de la opinión pública. Ahora bien, si hay algún tipo que te cae mal o te ha hecho alguna putada, existen muchos modos de eliminarlo sin dejar rastro de nuestra presencia...

Mario Blanchefort le caía muy mal, era un hijo de puta, y el mundo sería un lugar mejor sin él, pero encargar su asesinato era demasiado, o, cuando menos, prematuro.

—Tan solo era curiosidad —dijo al fin, casi con indiferencia.

—Cada cual tiene su propia moral, Roberto. Existen morales de cobardes, de esclavos y de amos. En nuestro código de honor, si alguien hace una putada de las que duelen, una muerte rápida se consideraría un castigo demasiado suave. Si cambias de opinión, avísame, pero recuerda que nada es gratis.

Capítulo 62

—Esta ha sido mi última comida —anunció Joan Puny—. Cuando te vayas, me suicidaré.

Brisa retiró de la mesa la crema de verdura que le había preparado y optó por desdramatizar la situación.

—No eres la primera persona a quien no le gusta mi forma de cocinar, pero nadie había tenido una reacción tan exagerada como la tuya.

Joan esbozó una mueca que Brisa interpretó como una sonrisa teñida de amargura.

—Hablo en serio —respondió, lapidario.

Su convicción y serenidad convenció a Brisa de que estaba hablando en serio. Aquella broma había estado fuera de lugar. Una frivolidad que convenía reparar, adoptando nuevamente su papel de monja beata.

—Suicidarse va contra las enseñanzas de nuestro señor Jesucristo, quien aceptó de buen grado su martirio para salvar a todos los hombres.

Joan inspiró varias veces antes de replicar, como si estuviera reuniendo energía antes de un gran esfuerzo.

—El suplicio de Jesús fue terrible, pero breve comparado con el mío. Mi enfermedad ha avanzado vertiginosamente en los últimos meses, y cada día será peor que el anterior. La mandíbula se me desencaja sin previo aviso y cada vez me cuesta más trabajo hablar correctamente. Es cuestión de tiempo que tenga dificultades para respirar y hasta para tragar saliva. ¿Hasta cuándo podré seguir utilizando la silla de ruedas eléctrica sin ayuda? Todavía puedo pulsar sus botones con los dedos y hasta soy capaz de teclear el tablero del ordenador para encargar la comida por Internet. Inevitablemente mis manos se seguirán atrofiando, y los dedos se negarán a obedecer a mi mente. Esta es la parte más cruel de la enfermedad. La mente mantiene una lucidez absoluta durante todo el proceso. ¿Puedes imaginar una tortura peor? A esta enfermedad se la conoce, con razón, como «la cárcel del cuerpo».

De estar ella en la situación de aquel desgraciado, no dudaría en poner punto final a la función de su vida. Sin embargo, necesitaba convencerle de que no debía morir. Al menos hasta que le hubiera dicho cuanto sabía sobre el pasado de Brigitte Blanchefort y su relación con la cruz clavada en la garganta de su padre.

—Cuídate de las tentaciones del diablo —le advirtió Brisa—. La carne es pasajera; el espíritu, inmortal. Apura el cáliz de este mundo, por amargo que sea, y no permitas que tu alma se pierda para la eternidad.

—La eternidad cabe en un minuto de sufrimiento —replicó Joan—. Yo ya he sufrido muchos minutos de eternidad, y me aterra imaginar lo que queda por llegar.

Brisa tenía que apelar al inconsciente de aquel hombre si quería alcanzar sus objetivos. Había pasado con él la tarde anterior, hoy le había preparado la comida y mañana estaría muerto si no era capaz de manipular sus emociones. Considerando su edad, habría cursado sus estudios en algún colegio de la España franquista de la posguerra. Una educación en la que se entremezclaban la religión, el miedo, la escasez y la represión dejaba marcas imborrables en el carácter de las personas. Y Joan tenía miedo, mucho miedo. Un sentimiento que ella podía utilizar.

—No está de moda hablar del Infierno. El demonio ha conseguido que no se hable de él en este mundo corrupto. Y, sin embargo, existe. El menor de los sufrimientos del averno es mayor que cualquiera de las penalidades que has experimentado. Y de allí no sale nadie. Imagina que el mundo fuera una bola de acero y que un pájaro inmortal la rozara con sus alas, día tras día. ¿Cuánto tiempo tardarían las alas del pájaro en desintegrar ese mundo de acero? Un parpadeo, comparado con la eternidad, que no tiene fin. Comprendo tu desesperación, pero no estás solo. Creo que Dios me ha guiado hasta tu casa para evitar que cometas un error imperdonable.

—Hace muchos años que no voy a misa —dijo Joan, como hablando para sí. Después, guardó silencio. Sus labios se movían involuntariamente y las manos le temblaban.

Brisa dejó que el silencio se espesara. Joan parecía ensimismado en sus pensamientos. Cuando uno es mayor y ve la muerte tan próxima, resurgen los temores y las emociones de la infancia.

—¿Crees que todavía estoy a tiempo de confesarme? —preguntó finalmente.

—Por supuesto. Nada alegra más al Señor que recuperar a una oveja descarriada. Confiésate y serás perdonado. El Señor es misericordioso.

—No estoy tan seguro. Algunos de mis pecados están teñidos de sangre. A menudo, pienso que Dios me ha castigado a causa de ellos con esta terrible enfermedad.

Un suave escalofrío recorrió la columna de Brisa, como advirtiéndola de que su destino estaba entrelazado con el pasado de aquel hombre sentado frente a ella en una silla de ruedas.

—Los caminos del Señor son inescrutables. Quizá tu enfermedad sea la penitencia que te impone para entrar en el reino de los cielos. Solo una confesión sincera te separa de la salvación. Atrévete a dar ese paso y conocerás al fin la paz que tanto anhelas. No hablo con la voz hueca de quien escucha los vientos, sino que doy testimonio con mi vida. Las siervas de María tenemos dispensa para ungir los sacramentos en casos extremos como el tuyo, y he visto a muchos hombres transformarse delante de mis ojos. Aunque tus pecados sean rojos como el fuego del Infierno, el espíritu de Dios te limpiará hasta dejarte blanco como la nieve. Nosotros no podemos nada. Dios todo lo alcanza.

—Tus palabras son bellas, pero todavía recuerdo las enseñanzas de los padres jesuitas. Ni siquiera Dios podría absolverme si después de confesarme me quitara la vida con mi propia mano.

—Así es —confirmó Brisa—. El Señor no perdona a los suicidas. Aunque quisiera, no podría, porque mueren en pecado mortal.

El silencio se instaló de nuevo en la habitación. La cabeza de Joan se inclinó todavía más hacia su derecha, como si hubiera renunciado a sostenerla. Cuando el sonido de la vieja nevera comenzó a ser audible en el salón, volvió a hablar.

—¿Y si alguien me matara después de recibir la confesión? —preguntó Joan con una mueca siniestra dibujada en su rostro.

—En ese caso, irías al cielo.

—¿Serías capaz de hacerlo? —la retó.

—Te sorprendería saber de lo que es capaz una monja como yo —repuso Brisa, midiéndole con la mirada.

Capítulo 63

—Te agradezco que no te importe vernos otra vez en La Garrafa —dijo Pepe—. Últimamente paso demasiado tiempo en el despacho, y en casa las malas caras se están convirtiendo en la única costumbre inalterable. Aquí me puedo relajar tomando una cerveza, fumando un puro habano sin reproches y escuchando música en directo.

A Roberto aquel pub también le parecía un lugar agradable, pero no estaba allí para escuchar música, sino noticias frescas sobre Mario Blanchefort.

—Por lo que me has comentado, hay novedades inesperadas.

—Así es —confirmó Pepe, barriendo el local con la vista.

La banda no había comenzado a tocar y las mesas de alrededor estaban vacías. No existía riesgo de que nadie los pudiera escuchar.

—Esta mañana tu amigo Mario se ha visto con Dragan en el café Why Not, en el paseo Manuel Girona. Las fotos que nos pasaste de ese tipo son muy borrosas, pero creo no equivocarme. Si quieres confirmarlo por ti mismo, puedes verlas en mi cámara digital.

Roberto sintió como la tensión se le disparaba al contemplar la primera foto de la serie. Dragan vestía el mismo traje con el que había acudido a su casa por la mañana. Mario, muy risueño, bromeaba dándole una palmadita en el hombro. Aquella camaradería daba a entender que ya existía una previa complicidad entre ellos. Las piezas encajaban peligrosamente. El padre de Brisa había sido utilizado como testaferro de lujo por poderosos personajes pakistaníes a través de sociedades radicadas en paraísos fiscales y cuentas secretas gestionadas por Mario Blanchefort. Él, por su parte, había sido contactado por una misteriosa red mafiosa, de la que Dragan era la cabeza visible. A través de sus propios análisis ya había concluido que también eran pakistaníes los que controlaban aquella red criminal. La foto que estaba mirando confirmaba sus peores sospechas: Mario y Dragan formaban parte de la misma organización que había amenazado a su hija, que había atacado a Brisa en Londres y que, tal vez, había asesinado a su padre en su mansión de Barcelona. Una organización capaz de financiar los salvajes atentados de Bombay no vacilaría en eliminarlos de un plumazo si les causaban el más mínimo dolor de cabeza.

—¿Habéis averiguado algo de ese tal Dragan? —preguntó Roberto, procurando aparentar tranquilidad.

—Sí. Es una especie de *consigliere* de importantes familias mafiosas. Tras el nombre de Dragan se oculta Victor Volkov, un hombre muy bien conectado, que domina varios idiomas y es diplomado por Harvard con honores y número uno de su promoción en Economía. Todo un portento especializado en tramas financieras internacionales y estructuras de negocio. Está considerado un fuera de serie sin escrúpulos que vende su talento al mejor postor. De hecho, me extraña mucho que fuera él quien se encargara de contactar contigo, porque habitualmente solo se mueve en las altas esferas y deja ese tipo de trabajos a personas de menos nivel.

—Por las conversaciones que hemos mantenido —caviló Roberto—, apostaría a que ha leído mi tesis doctoral sobre el futuro económico tras la caída del muro de Berlín. Quizá sentía cierta curiosidad intelectual por conocerme, o quizás es de los que disfruta corrompiendo a las personas honestas que despiertan su interés. Se nota que le divierten los juegos de poder. Por cierto, ¿habéis averiguado para quién trabaja en la actualidad?

Pepe exhaló una bocanada de humo antes de contestar.

—Ni siquiera vamos a intentarlo. Somos un modesto despacho de detectives, no la CIA. Nuestros casos habituales son divorcios, seguimientos a empleados que fingen bajas laborales, enredos de variados pelajes y, ocasionalmente, espionaje empresarial. Este asunto nos viene demasiado grande. No vamos a husmear en la trastienda de las grandes mafias, y te aconsejo, como amigo, que tú tampoco lo hagas.

—¿Me vas a dejar tirado? —preguntó Roberto, indignado.

—No intentes presionarme. No quiero problemas que puedan perjudicar mi salud de forma permanente. Por si lo has olvidado, te recuerdo que tengo mujer e hijos, y, por mucho que se quejen de mí, prefieren que siga vivo. Haremos las cosas a mi manera. Me pagaste la mitad por adelantado y cumpliré lo pactado, pero en cuanto transcurra el mes abandonaré el caso. He dado órdenes de extremar las precauciones en el seguimiento de Mario Blanchefort, sin ampliarlo a Dragan ni a cualquier otra persona que huela a crimen organizado.

Roberto desvió la mirada de su amigo y observó cómo los músicos subían al escenario, colocaban las partituras sobre un atril y afinaban sus instrumentos. Tras beber un trago de cerveza, retomó la palabra, más calmado.

—Te comprendo, Pepe. Sería injusto exigirte más.

—Nunca he pretendido ser un héroe y no quiero empezar ahora. Ya soy demasiado mayor —concluyó el detective, que soltó una nueva bocanada de humo.

La banda empezó a tocar y una pareja acaramelada se sentó en una mesa cercana a la suya. La conversación tocaba a su fin.

—Lo que sí me interesaría son los datos que tu especialista en informática pueda conseguir —dijo Roberto, aludiendo al *hacker* que colaboraba como *freelance* para el despacho de Pepe.

—Te los daré en cuanto pueda. Estos días ha tenido el teléfono desconectado y no he vuelto a saber nada de él. Ya sabes como son estos jóvenes genios de la informática. Desaparecen durante semanas, y cuando menos te lo esperas se presentan en el despacho con un *pen drive* repleto de información confidencial y la factura en la mano. Estoy convencido de que el chaval solo dedica un puñado de horas a los encargos de mi despacho, cuando se queda sin dinero en la hucha. Para él es coser y cantar. Como te dije, en lo suyo es el mejor.

Pepe dio una nueva calada al puro. La pareja de tortolitos que se había sentado cerca de ellos le dirigió una mirada de reproche, que su amigo ignoró con olímpica indiferencia.

—Tú siempre has sido un tío legal —dijo Pepe en voz

queda, justo cuando las guitarras y la batería empezaron a sonar, haciendo su voz inaudible para cualquiera que no estuviera sentado junto a él—. De esta no podrás salir bien. Los códigos que maneja esta gente no son los tuyos. Abandona la partida antes de que sea demasiado tarde. Deja de preocuparte por salvar el mundo, no te compliques innecesariamente la existencia y disfruta de las cosas buenas de la vida. Si lo intentas, verás que no es tan difícil.

Como si la banda del local quisiera respaldar las palabras de su amigo, comenzó el concierto con una de las canciones más alegres de los Beatles.

We all live in a yellow submarine,[2]
yellow submarine, yellow submarine.
We all live in a yellow submarine,
yellow submarine, yellow submarine.
As we live a life of ease,
everyone has all we need,
sky of blue and sea green,
in our yellow submarine.
We all live in a yellow submarine,
yellow submarine, yellow submarine.
We all live in a yellow submarine...

Roberto se preguntó dónde vivía él exactamente. La respuesta no era tranquilizadora. En un mundo sin reglas en las que confiar, él era su única ley, como una boya aislada en mitad del océano.

2. Todos vivimos en un submarino amarillo, / submarino amarillo, submarino amarillo. / Todos vivimos en submarino amarillo, / submarino amarillo, submarino amarillo. / Como llevamos una vida fácil, / todos tenemos lo que necesitamos, / el cielo azul y el verde mar, / en nuestro submarino amarillo. / Todos vivimos en un submarino amarillo, / submarino amarillo, submarino amarillo. / Todos vivimos en un submarino amarillo.

Capítulo 64

En cuanto Pepe le reveló el contenido de la llamada, Roberto salió apresuradamente del pub, se puso el casco de la moto y, desoyendo las advertencias de su amigo, se dirigió al extraño local conocido como Undead Dark Club.

Nadie hubiera podido impedírselo tras enterarse de que Mario acababa de entrar en aquel lugar acompañado de una chica con melena violeta vestida de gótica. Pese a la inusual tonalidad del pelo, conocía suficientemente bien a Brisa como para sospechar que se trataba de ella. Desde que habían vuelto de Andorra, no se habían vuelto a ver. Aquel mismo día, le había dado largas porque le dolía el estómago, o eso le había asegurado. Ahora estaba a punto de descubrir la verdad.

El color rojo chillón de la entrada le pareció más propio de un club de alterne o de intercambio de parejas que de un local de música, pero era una discoteca de ambiente gótico. Al menos, pensó, su atuendo no desentonaría del todo. Vestía una cazadora de cuero, una camisa negra, botas de moto con hebillas de metal y vaqueros gastados. El encargado de la puerta debió compartir su opinión, pues se limitó a preguntarle si tenía entrada para el concierto, antes de venderle una por diez euros. El nombre del grupo que actuaba aquella noche no le pasó inadvertido: Trobar de Morte. Un nombre que parecía premonitorio.

El interior estaba débilmente iluminado por velas rojas prendidas del muro de piedra que conducía a la sala principal a través de un largo pasillo flanqueado por gárgolas y ánforas. Las estatuas desnudas de una musa griega y de un joven efebo le dieron su silenciosa bienvenida. Una niebla artificial se filtraba por la estancia confundiendo sus formas y ofreciendo perspectivas diferentes con cada nueva mirada. La mujer era ora una virgen pura, ora una experimentada vestal. El joven podía ser tanto un ángel como un impúdico sátiro.

Sobre las paredes, Roberto distinguió dos imágenes que parecían emular a un diablo con forma de cabra y a una diosa pagana, ambos desnudos y separados por espejos tallados como ventanas de una catedral. Diminutas luces rojas y verdes contribuían a crear desde el techo una atmósfera espectral.

Y, sin embargo, el grupo que cantaba en el fondo de la sala no respondía a nada de lo que hubiera supuesto previamente. Una mujer delgada, de cara pálida y lacia melena negra, vestía un traje blanco, como si fuera la novia de aquella fiesta. Tocada con una diadema en la cabeza y con pulseras plateadas adornando sus brazos, le recordó a una elfa delicada y poderosa, capaz de embrujar al auditorio con las ondulaciones de su voz. La música, de tonos celtas y acento medieval, fluía mágicamente acompañada de flautas, violines, gaitas y guitarras.

El público disfrutaba intensamente del espectáculo. Roberto no había acudido al concierto por placer. La sala estaba abarrotada y todos los asistentes seguían de pie la música, ataviados con su peculiar indumentaria. Las chicas lucían oscuros vestidos muy elaborados, llamativos, elegantes, estrafalarios o extremadamente provocativos, según los gustos de cada cual. En los chicos predominaban las sencillas camisetas negras estampadas con dibujos y símbolos indicativos de su atracción por lo siniestro.

Trobar de Morte elevó el ritmo de su música, los espectadores empezaron a aplaudir, entregados, y Roberto encontró lo que había venido a buscar. Mario Blanchefort, con las manos en los bolsillos, contemplaba el concierto con una nota de soberbio desdén reflejada en las labios. Vestía una elegante camisa negra de lino sin botones y pantalones de cuero ceñidos. La chica que estaba a su lado, menuda y muy bien proporcionada, exhibía un ajustado corpiño que realzaba sus generosas curvas. Una falda corta dejaba ver sus esbeltas piernas cubiertas por medias de araña. Unos zapatos altos de tacón y unos guantes deliberadamente rotos en las puntas de los dedos completaban su atuendo de mujer fatal. El maquillaje blanco que cubría su rostro contrastaba con su cabellera violeta, la pintura negra dibujada en sus párpados y los labios intensamente morados. Roberto la miró fijamente a los ojos. Eran violetas, como su pelo.

Una peluca y un par de lentillas de colores no bastaban para engañarle. Brisa se aproximó hacia él con paso rápido y decidido, le agarró del codo y casi a trompicones le condujo a la barra de la discoteca, vacía de gente y alejada del concierto.

—¿Quieres que te invite a una copa para recuperarte del dolor de estómago? —preguntó Roberto con acidez.

—¿Se puede saber qué coño haces aquí? —replicó Brisa, visiblemente enfadada.

—Ya eres mayorcita para vestirte como te plazca, pero te advertí de que determinadas compañías son extremadamente peligrosas. Tú deberías saberlo mejor que nadie.

—Me has estado siguiendo —afirmó Brisa con un tono de voz que cortaba como el cristal—. ¿Cómo, si no, sabías que estaba aquí?

—No eres la única admiradora de Trobar de Morte en Barcelona.

—¡No me mientas! —gritó ella—. ¿Acaso me crees tan idiota como para creer que suelo frecuentar este tipo de locales? Ya te dije que el sexo no implicaba ningún tipo de compromiso ni de obligaciones. Ambos estuvimos de acuerdo. Y ahora resulta que actúas como un enfermo obsesivo. Te considero un buen amigo, y siempre me has ayudado, pero no soporto que nadie me robe mi intimidad. Lo mejor será que nos dejemos de ver durante una buena temporada. Al menos hasta que se te pase la tontería —concluyó con frialdad.

—No se lo que te traes entre manos, pero si lo que pretendes es ganarte la confianza de Mario para sonsacarle información, el juego se te puede ir de las manos. Es demasiado peligroso.

—¿Y quién eres tú para decirme lo que debo hacer? Quizás a ti te guste ser Pepito Grillo o la voz de mi conciencia, pero yo no tengo que darte explicaciones de mis actos. Tal vez quiera extraerle información, o puede que tan solo quiera pasar un buen rato. Tal vez desee las dos cosas. Mario es un hombre muy atractivo y a mí siempre me han gustado los juegos peligrosos.

Al escuchar aquellas palabras, Roberto sintió que algo le explotaba por dentro.

—De ahora en adelante, no cuentes conmigo para participar en ellos —le respondió, rabioso.

—Lo único que quiero de ti es que dejes de seguirme —dijo Brisa, dándose la vuelta y dirigiéndose hacia la pista.

En la esquina, a la altura de las estatuas desnudas, la aguardaba Mario, apoyado en la pared. Tras cogerla por la cintura, giró la cabeza, miró a Roberto y le dedicó una sonrisa burlona.

Capítulo 65

Como cada mañana, Brisa desayunó un tazón de cereales con leche y leyó la página de necrológicas. Una antigua costumbre, casi un ritual, a la que pocas veces renunciaba. Desde niña, la muerte la rondaba, y ella la cortejaba. La sangre derramada por su madre había acabado por alcanzar a su padre, y pronto reclamaría una nueva víctima.

Brisa se levantó, recogió la mesa y lavó cuidadosamente los platos, el tazón y los cubiertos. Después, todavía en pijama y zapatillas, se repanchingó en el sofá del salón y encendió su ordenador portátil. Tras echar una rápida ojeada a las pésimas noticias sobre la crisis financiera, abrió su correo electrónico. Un mensaje fechado dos días atrás y titulado «Dear Brisa Gold», remitido por el Bank of Valletta, el principal banco de la República de Malta, captó su atención. Tras cerciorarse de que no se trataba de *spam*, lo abrió. Su lectura le resultó sorprendente:

> Querida señora Gold:
>
> Lamentamos profundamente la muerte de su padre y le enviamos nuestro más sentido pésame. Recientemente hemos tenido conocimiento de esta terrible noticia, y, siguiendo las instrucciones que dejó dadas para este caso, nos ponemos en contacto con usted a través del correo electrónico que nos facilitó.
>
> Así, cumpliendo mis obligaciones legales, le comunico que usted es la única beneficiaria del *trust* Gozo, administrado en su exclusivo interés por quien suscribe la presente.

Me resultará grato informarla personalmente de todos los detalles relativos al *trust* tan pronto como lo estime conveniente.

Sinceramente suyo,

GEORGE HIGGINS
Director financiero

Brisa releyó la carta con incredulidad. Constituía la prueba de que su padre no solo era titular de cuentas *offshore* en la lluviosa isla de Man. La soleada Malta era también un paraíso fiscal protegido por el secreto bancario, y resultaba posible que, en el *trust* gestionado por el Bank of Valletta, su padre hubiera depositado una fortuna que ahora estaría a su disposición.

También existían otras posibilidades menos halagüeñas, considerando el nombre del *trust* y aquella enigmática leyenda de «Gozo encierra sufrimiento». Pronto lo descubriría. De acuerdo con la dirección escrita en el margen superior izquierdo del correo, la oficina bancaria tenía su sede, precisamente, en Gozo. Aquello no podía ser casualidad.

Brisa supuso que Gozo sería una ciudad, pero, como nunca había oído hablar de ella, realizó una búsqueda por Internet para informarse de sus características. Una rápida lectura de la página de Wikipedia la sacó del error. La supuesta ciudad era, en realidad, una isla poco conocida de la República de Malta.

Brisa averiguó su prefijo y llamó al número de teléfono que aparecía en el *e-mail*.

—Buenos días, soy Marguerite, del Bank of Valletta ¿en qué puedo ayudarla? —preguntó en inglés una voz femenina, en el tono rápido y profesional de quien está acostumbrada a repetir la misma frase centenares de veces.

—¿Podría hablar con George Higgins? —respondió Brisa, empleando su mejor acento británico de la alta sociedad.

—Lo lamento mucho. El director no está en la oficina. ¿Querría hablar con alguna otra persona? —le ofreció solícita Marguerite.

—Con el subdirector —pidió Brisa.

—¿Tendría la bondad de decirme su nombre?

—Brisa. Brisa Gold.

—Un momento, por favor; enseguida la paso.

El subdirector resultó ser un hombre extremadamente amable, pero incapaz de aclararle nada sobre el correo en cuestión. Según adujo, no podían facilitar información confidencial por teléfono. Si quería averiguar el montante de los activos depositados en el *trust* y las reglas por las que se regía, debía acudir a sus oficinas bancarias y hablar directamente con el director. Por desgracia, por culpa de un inesperado percance, estaría ausente hasta mediados de la próxima semana.

Brisa porfió por concretar un encuentro en una fecha más próxima, pero todos sus intentos fueron rechazados —educada pero firmemente— por aquel subdirector con alma de burócrata y vocación de frontón. No pudo más que claudicar. George Higgins, el director de las oficinas bancarias, era también el administrador del *trust*, y solo él estaba autorizado para informarla adecuadamente.

Resignada, concertó una cita para el jueves de la semana siguiente. El misterio de Gozo debería esperar. Mientras tanto, se ocuparía de desvelar otros secretos que habían permanecido ocultos durante demasiado tiempo.

Se duchó, eligió un conjunto de ropa interior blanca, unas medias de discreto color crudo y se vistió con los hábitos de las humildes siervas de María. El de monja se estaba convirtiendo en uno de sus disfraces favoritos. Ni siquiera necesitaba maquillarse, al contrario de cuando se caracterizaba de gótica siniestra.

El disfraz de monja era, en apariencia, más inofensivo que el de gótica. En realidad, ambos resultarían igual de letales.

Capítulo 66

Roberto continuaba furioso con Brisa. Quizá nunca la había conocido realmente. Puede que tras todos sus disfraces no existiera más que el humo tóxico que permanece en el aire cuando se desvanecen los brillantes colores de los fuegos artificiales. Un olor insidioso, desagradable y corrosivo.

Pepe también estaba enfadado. Según él, su inexplicable presencia en el Undead Dark Club dificultaría los futuros seguimientos a Mario, lo cual pondría en peligro a los miembros de su equipo. Por dicho motivo, le había comunicado que se iba a pensar si seguir con el caso. Por él se podían ir todos al diablo. Le importaba todo un pimiento, y menos que nada lo que aquella mañana le estaba contando Javier Castillo.

—Parece que las autoridades marroquíes están dispuestas a extraditar a los dos hermanos Boutha que permanecen todavía en su país —informó Javier—. Aunque finalmente no se ha encontrado ni rastro de financiación a organizaciones terroristas, el resto de las pruebas que tenemos son tan claras que no les quedará otro remedio.

A estas alturas, Roberto estaba convencido de que las falsas informaciones sobre financiación terrorista habían sido el cebo utilizado por Dragan para que los Mossos picaran el anzuelo y se implicaran a fondo en investigar la trama dirigida por los hermanos Boutha.

—Me alegro —se limitó a decir, tratando de parecer entusiasta—. Los cabrones que no vacilan en explotar a sus propios compatriotas y saquear las arcas del país que los acoge merecen acabar en la cárcel. Y, en este caso, llevábamos las de ganar. Los hermanos Boutha no son tan importantes como para forzar un conflicto diplomático con España.

—Pero sí lo suficiente como para amedrentar a distancia a los trabajadores de sus empresas piratas. Muchos de ellos están recibiendo amenazas y retractándose de sus declaraciones iniciales, en las que denunciaban el dinero que habían pagado a cambio de regularizar sus papeles y las infames condiciones en las que se veían obligados a trabajar para devolver sus deudas.

Dragan tenía razón cuando hablaba de la chusma. Siempre habían existido esclavos, y el siglo XXI los proveía en cantidades industriales. Tras la caída del muro de Berlín, el capitalismo se había quitado la careta y había dejado paso libre al esclavismo de última generación. Ya no hacía falta desplazar la producción a China para que alguien trabajara catorce horas todos los días por un sueldo de miseria. Bastaba con contratar a chinos hacinados en un almacén de Badalona, o a marroquíes dados de alta en alguna empresa pirata sin bienes tangibles ni domicilios conocidos. La tendencia, alentada por políticos de manos blancas y billetera oscura, ya había dado sus frutos. Los nuevos esclavos modernos resultaban mucho más baratos que en la época del Imperio romano, y la escandalosa concentración de la riqueza en cada vez menos manos iba camino de alcanzar los vergonzosos niveles existentes en la Europa feudal. Los contratos basura, el empleo precario y los sueldos miserables eran el legado que la clase política ofrecería a los nuevos dioses del mercado, que también exigirían el desmantelamiento del Estado social.

—Aunque no todos se atrevan a cantar, nadie librará a los hermanos Boutha y a los principales cabecillas de pasar una buena temporada a la sombra —dijo Roberto, retomando el hilo de la conversación.

—La verdad es que hemos prestado un gran servicio a la sociedad desarticulando a esa banda —se congratuló Javier.

Roberto sabía que era una verdad a medias. Los mercados de trabajo en los que se aportaba mano de obra intensiva y no cualificada estaban dominados por diversas mafias, fundamentalmente chinas, marroquíes y pakistaníes. Mientras el poder político prefiriera mirar para otro lado y ocultar la mierda debajo de alfombras demagógicas, quitar de en medio a los hermanos Boutha solo provocaría que otros se repartieran su parte del pastel.

Sintió una punzada de culpabilidad, como un mordisco en el interior de su estómago. Sin embargo, optó por ignorar su conciencia crítica y aplicarse a sí mismo aquel precepto del Eclesiastés que decía: «¿Para qué querrías destruirte?».

«No seas demasiado justo ni demasiado sabio». El autor del Eclesiastés, hijo del rey David de Jerusalén, incomparable poeta y uno de los mayores sabios de la historia ya dejó por escrito su opinión del mundo antes de la venida de Cristo: «Lo que fue eso será. Lo que se hizo eso mismo se hará. Nada hay nuevo bajo el sol».

Nada había cambiado demasiado desde entonces. ¿Para qué iba Roberto a preocuparse por las irresolubles injusticias planetarias si él mismo no era capaz de sostener su minúsculo mundo personal? ¿Para qué desengañar al bueno de Javier sobre el alcance de sus logros?

—Tienes razón, Javier —afirmó, dándole una palmadita en el hombro—. Hemos hecho un grandísimo trabajo. Nadie nos podría exigir más.

Capítulo 67

Joan Puny no ha vuelto a decir nada de la muerte ni del suicidio. Tampoco ha querido confesarse. Y, sin embargo, ella no se sorprende cuando escucha sus palabras, saliendo de su garganta como heridas supurantes.

—Durante estos días no he dejado de pensar en la culpa y en el castigo que implica mi enfermedad. Creo que tenías razón cuando dijiste que Dios podría haberme impuesto una penitencia en vida por mis pecados pasados.

—Yo no soy quién para juzgar —dice Brisa con fingida modestia—, pero creo que el Señor me utiliza a veces para que su voz alcance a los que son duros de oído.

Joan ladea la cabeza en un gesto de mudo asentimiento. De su boca cuelgan unas babas que Brisa limpia con un pañuelo, aparentando cariño. No hay nada más fácil que manipular a alguien con el sentimiento de culpa, porque es la víctima quien se tortura a sí misma, ahorrándole trabajo al verdugo.

—Quien a hierro mata a hierro muere —afirma Joan en tono resignado—. Yo trabajé como portero de discoteca muchos años. Era alto, fuerte, rápido y quinto dan de cinturón negro. Me sentía como Dios. Decidía quién pasaba, quién se quedaba sin entrar y, sobre todo, quién debía recibir una paliza. Gente marrullera, pringados que se tomaban demasiadas copas, tíos que se pasaban de listillos... Después del primer golpe, se olvidaban de discutir. Yo era el puto amo, ¿comprendes?

Brisa se ha acostumbrado a escuchar a Joan a través de su hablar trabado por balbuceos constantes, y ya no le molestan. Es capaz de comprender automáticamente sus defectuosas expresiones casi antes de que termine la frase. Lo que le resulta difícil es imaginar a aquel viejo inválido como un temible matón.

—Creo que sí —responde—. El poder es el mayor embriagador del Maligno. Y, sin embargo, se engaña quien sigue sus señuelos. La violencia engendra violencia, y quien la inflige la acaba sufriendo.

—No era mi caso —se pavonea Joan, tras un ataque de tos—. Nadie tenía huevos para buscarme las cosquillas. Quien se iba con el rabo entre las piernas no volvía a por más.

—¿Y nunca tuviste problemas con la justicia? —pregunta Brisa.

—El mundo está lleno de cobardes —sentencia Joan con desdén—. Solo una vez me denunciaron —añade antes de llevarse la mano a la garganta.

La enfermedad progresa muy velozmente y, en ocasiones, se atraganta hasta con su propia saliva. Brisa le lleva a la boca un vaso de agua y le ayuda a beber.

—¿Qué ocurrió para que te denunciaran? —pregunta cuando estima que Joan se ha repuesto de sus problemas.

—Aquella noche había esnifado demasiado —recuerda Joan—. Entonces aparecieron tres chavales pijillos con alguna copa de más. Les negué la entrada y uno de ellos me faltó al respeto. Sus dos amigos le rieron la gracia, y el chaval se fue animando. Ya había decidido arrearle una buena cuando le advertí de que le mataría si volvía a abrir la boca. Tuvo la mala idea de responderme que la violencia es el último recurso del incompetente.

»Mientras sus amigos le seguían jaleando, saqué de mi bolsillo un puño de hierro y, con las manos en la espalda, me lo enfundé sin que lo vieran. Me aseguré de que el puñetazo en el estómago le dejara sin respiración. Todavía estaba doblándose cuando le alcancé en la mandíbula. Supe en el acto que se la había fracturado. Su chulería no le sirvió de mucho. Se desplomó rápidamente, como si tuviera prisa por caer. Sus amigos se limitaron a mirar cuando le empecé a patear en la cabeza. Estaban paralizados, acobardados. Los únicos movimientos del chaval eran espasmos involuntarios, pero no había perdido completamente la conciencia. Sabía que era capaz de escucharme cuando le dije: «Con la siguiente patada, te mataré».

»Y lo hubiera hecho de no ser porque uno de sus compañeros le apartó lo suficiente como para que no le pudiera dar de pleno. Sentí asco. Lo alcé del suelo como a un saco de patatas y lo arrojé dentro de un contendor de basura.

Brisa deja vagar su vista por el salón del piso. Estos días ha dedicado muchas horas a ordenarlo, adecentarlo y limpiarlo, y está satisfecha con los resultados. Sin embargo, cierto tipo de suciedades dejan marcas indelebles.

—¿Qué sucedió después?

—Según sus abogados, sufrió un hematoma cerebral que le inutilizó zonas enteras de la mente. Algunas partes de su cuerpo quedaron paralizadas; y sus antiguas capacidades intelectuales, muy mermadas. Yo perdí mi trabajo y tuve que cumplir ocho meses de condena en la cárcel Modelo de Barcelona.

Aquel suceso de su vida y el modo en que lo había relatado definían al tipo de hombre que tenía frente a sí. Brisa podía aprovecharse de su carácter para conducirle hasta donde quería.

—Debieron de ser tiempos muy difíciles. Supongo que a tu novia francesa también le afectaría enormemente la situación.

Joan guarda un prolongado silencio. Por el rictus de su rostro, se adivina que el recuerdo de su amante todavía le atormenta.

—Brigitte nunca fue mi novia, aunque yo siempre la quise —dice al fin, pronunciando muy trabajosamente cada palabra—. Cuando ya no me pueda mover, estoy seguro de que la seguiré contemplando tal como la vi por primera vez en El Molino: bailando llena de gracia y sensualidad, con un vestido de plata que resaltaba su melena de oro y dejaba entrever los tentadores racimos de su cuerpo. Poseía una belleza natural y magnética que me atraía inevitablemente, igual que la luz a las luciérnagas. Caí rendido a sus pies de inmediato. Ella no me empezó a tomar en serio hasta mucho tiempo después. Nos convertimos en amantes y yo caí presa de la mayor de las locuras, hechizado por una pasión desbocada. Hubiera hecho cualquier cosa por ella, y, de hecho, perpetré un crimen terrible. No sé si Dios podrá perdonarme.

—Los pecados cegados por el amor encuentran antes su pronta redención —se apresura a decir Brisa—. No te dejes engañar por mis hábitos. He escuchado historias truculentas que poca gente se atrevería siquiera a imaginar. Y si yo las perdono de buen grado, ¿qué no hará Dios, que todo lo puede?

Los ojos de Joan brillan con una intensidad especial, como si toda la vida que se le escapa del cuerpo se concentrara en sus recuerdos.

—Brigitte me hablaba siempre de una cruz que había pertenecido a su familia durante generaciones. Una cruz de colgante, pequeña, pero jalonada de esmeraldas con un grado inigualable de pureza. Los padres de Brigitte, con problemas económicos, se habían visto obligados a malvenderla; por esas cosas del destino, la acabó adquiriendo una mujer acaudalada y ramplona de la burguesía catalana. Yo siempre he odiado a los que nacen ricos, y hubiera hecho cualquier cosa por complacerla. Nada parecía más fácil que robársela. Todos los sábados por la mañana iba con su hija al Turó Park, y casi siempre llevaba colgada del cuello aquella valiosa cruz, como si fuera lo más natural del mundo. En fin, cosas de ricos que tú y yo nunca entenderemos.

A Brisa se le congela la respiración. Todavía no ha acabado la historia, pero ya sabe que se encuentra frente al asesino de su madre.

—Me disfracé para la ocasión —prosigue Joan—, con barba postiza, peluca y ropa muy holgada. Brigitte estaba allí aquella mañana. La avisé para que viera quién era yo y cómo me las gastaba. La noche anterior habíamos hecho el amor como posesos y por la mañana nos metimos demasiada mierda en el cuerpo. La cárcel había hecho que mi afición por la droga creciera, y Brigitte también había caído en el vicio. El caso es que lucía un sol espléndido y yo me volvía a sentir como Dios. Me acerqué a la ricachona, le puse la navaja en la garganta y le pedí que me entregara el colgante. Todo era muy sencillo, pero la muy idiota reaccionó mal. Forcejeó, se puso a gritar como una histérica y yo perdí la paciencia. Le asesté una puñalada en el cuello y le arranque la cruz de un tirón. Mientras la gente corría a atenderla, escapé en sentido contrario. En la puerta del parque, tenía preparada una moto robada. Me monté en ella, salí disparado y la aparqué cerca del bar Velódromo. Extraje del sillín una bolsa de deporte y fui a los baños del bar. En la bolsa guardaba unas mudas de recambio, y en ella guardé mi peluca, la barba postiza, las gafas de sol y la ropa que vestía en el Turó Park. El Velódromo, con sus dos plantas enormes, siempre estaba repleto de gente. Nadie se percató de que quien salía de uno de los baños no se parecía a quien había entrado. Fue un crimen perfecto. Lo celebramos a lo grande con Brigitte, y pensé que ya no tendría que rendir cuentas a nadie. Hasta que te conocí.

A Brisa se le revuelve el estómago al recordar la imagen de su madre ensangrentada, tendida sobre la tierra del parque. Imagina a aquel hombre embrutecido revolcándose con su compañera en una orgía de sexo y drogas. Siente arcadas, pero consigue dominarlas.

—Ninguna cuenta se queda sin pagar eternamente —sentencia Brisa.

Le cuesta aceptar que aquel despojo humano haya sido el causante de tantísimo dolor en su vida. Es aquel inválido, con menos cerebro que un primate, quien ha marcado su vida del color rojo de la sangre. A él le debe su infancia de lágrimas y las heridas de su alma. Años clamando venganza contra un fantasma se resuelven en un mano a mano contra un viejo impedido en su silla de ruedas. Podría sacarle los ojos, clavarle palillos en las uñas, desollarle la piel y dejarlo morir muy lentamente. Y, sin embargo, el destino ha querido hurtarle la ansiada venganza. No existe tortura más dolorosa que la decretada por la naturaleza contra su enemigo del alma. Durante los próximos meses, tal vez años, su cuerpo continuará degradándose mientras su mente mantiene inalterada su lucidez hasta el final. Encerrarle con vida dentro de un ataúd y enterrarle bajo tierra le causaría menos sufrimiento que soportar su enfermedad hasta el final.

—Gracias a ti comprendí que Dios me envió la enfermedad para purgar mis pecados. Ahora me gustaría recibir el sacramento de la confesión y que mis faltas me fueran perdonadas.

La candidez de Joan le hace sonreír. No tiene ninguna intención de facilitarle consuelo.

—Solo estoy autorizada a administrar confesión a enfermos que están en inminente peligro de muerte y, por suerte, ese no es tu caso. Tu enfermedad progresa inexorablemente, pero está lejos de haber alcanzado su punto culminante.

—Me dijiste que podías hacerlo —balbucea Joan—. Incluso insinuaste estar dispuesta a practicar la eutanasia a alguien que se hubiera confesado, para evitarle sufrimientos y asegurar que su alma fuera al Cielo.

—Sí, pero solo en casos muy especiales que deben ser objeto de estudio y dispensa por parte de la madre superiora —miente Brisa.

—¿Podrías interceder por mí, explicándoles la situación desesperada en que me hallo? No tengo a nadie en la vida, excepto a ti, y cada día que pasa me encuentro peor. No quiero condenarme eternamente, pero ya vivo en un infierno. ¿Para qué prolongar la agonía?

—Te comprendo muy bien —dice Brisa acariciándole delicadamente la mejilla—. Haré cuanto pueda ante la madre superiora.

Brisa ya conoce la respuesta de la madre superiora: «Los pecados de Joan Puny son demasiado graves. La única penitencia posible es mortificarse con la enfermedad hasta que Dios decida llamarle...». Sin embargo, le conviene que tenga esperanzas. Todavía debe contarle más cosas.

—La madre superiora —explica— administra nuestra congregación como si fuera una caja sin fondos. Es tan generosa que siempre gasta más de lo que ingresa y, aunque Dios siempre provee por los necesitados, te ruego que consideres legar tus bienes a las siervas de María. Así redimirías parte de tus culpas, pues podríamos vender la joya que robaste para ayudar a los enfermos, convirtiendo el mal en bien.

Joan prorrumpe en un fatigoso ataque de tos antes de contestar.

—He guardado esa cruz de esmeraldas durante años, pero hace poco se la entregué a otra persona —se lamenta.

El corazón de Brisa, bien escondido tras sus hábitos monacales, apenas puede contener su impaciencia al percatarse de que quien mató a su madre está a punto de ofrecerle el hilo que conduce hasta el asesino de su padre.

—¿Cómo fue eso? —pregunta con suavidad, adoptando un tono casi maternal.

—Un día, Brigitte, mi gran amor, desapareció sin avisar. Su hijo tenía ocho años recién cumplidos. La primera semana me ocupé del niño personalmente, pero al final comprendí que la mejor solución era que los servicios sociales se hicieran cargo de él. Los hogares Mundet, gratuitos y bien preparados, eran una opción excelente. En cuanto a la cruz, decidí que conmigo estaría mejor protegida que en ningún otro lugar. La guardé durante años como una reliquia, incluso después de aceptar que Brigitte nunca volvería. Cuando mi enfermedad progresó a la misma velocidad que menguaban mis fondos, pensé en venderla, para poderme pagar una asistenta. Hubiera sido como matarme dos veces. Preferí honrar la memoria de mi amada y devolvérsela a su hijo. Al fin y al cabo, ella siempre quiso que la cruz permaneciera en su familia, y yo conocía a Mario, su único hijo, con el que había ido manteniendo un contacto esporádico a lo largo de los años.

Brisa también conocía a Mario Blanchefort. Pronto averiguaría sus más recónditos secretos.

—¿Le contaste a él también la historia del asesinato en el Turó Park? —pregunta Brisa. La información exacta podía ser la diferencia entre la vida y la muerte.

—Le ahorré cualquier detalle relacionado con su pasado —explica Joan—. No hubiera tenido sentido. Él ha rehecho completamente su vida; en la actualidad es un banquero de éxito. Me limité a contarle que había guardado toda mi vida la cruz de su madre como mi recuerdo más preciado y que, ante la inminencia de mi muerte, prefería que retornara a su familia. Me disculpé por haberle ocultado la existencia de la joya y, pese a su insistencia, me negué a aceptar cualquier ayuda económica. En mi nueva etapa no iba a necesitar demasiado dinero, pues había decidido suicidarme aquella misma noche. Pero no me atreví, y fui posponiendo mi ejecución de un día para otro hasta que apareciste en mi puerta como enviada por el Cielo, justo cuando se cumplían cinco semanas de mi encuentro con Mario.

Era fácil hacer las cuentas. Su padre había muerto poco después de que Mario hubiera recuperado la cruz. Eso bastaba para señalarle como principal sospechoso. Y Mario iba a confesarle todo lo que había hecho. De eso estaba segura. Esa misma noche consumaría su venganza.

Capítulo 68

Roberto cerró la carpeta y miró por la ventana. Era viernes tarde, el sol se había ido y la única luz visible era la que desprendían los coches que transitaban por la ronda del Litoral. El inspector jefe había pasado por su despacho para preguntarle si necesitaba algo y desearle un buen fin de semana. La chica que limpiaba los despachos de su planta también se había despedido. En el edificio solo quedaban el personal de seguridad y él. Cualquiera en su lugar se hubiera deprimido. No le faltaban motivos.

Roberto se preguntó por qué se empeñaba en trabajar tanto, si acabar los expedientes atrasados no resolvería ninguno de sus problemas. La respuesta era sencilla: para intentar no pensar en ellos. Uno de sus problemas insolubles se llamaba Brisa. Todavía le quemaban sus palabras y su actitud de la última vez que se habían visto, pero también estaba preocupado por su seguridad. Aunque podía comprender que se hubiera enfadado al creer de forma equivocada que la estaba siguiendo a ella, en lugar de a Mario, quizás hubiera sobreactuado, exagerando deliberadamente su reacción para asegurarse de que no la iba a espiar en un futuro. Sus palabras, insinuando lo mucho que le gustaría «conocer mejor» a Mario, podían ser mentira, una burda provocación para asegurarse de que no le quedaran ganas de continuar husmeando en sus asuntos. Brisa era capaz de cualquier cosa.

A sabiendas de que actuaba como un colegial sin cabeza la llamó. El teléfono sonó un largo rato hasta que saltó el buzón de voz. A continuación, marcó el número de Pepe.

—Hola, Roberto —saludó, su amigo.

—Hola, Pepe. Llamaba para saber si hay alguna novedad sobre el canario.

El canario era el nombre en clave que empleaban para referirse a Mario cuando hablaban por teléfono.

—He decidido dejar al canario sin vigilancia. Creo que será lo mejor para todos.

—¡Joder, Pepe! ¿Por qué?

—Ya conoces los motivos.

Pepe consideraba que al presentarse en la discoteca Undead, desoyendo sus consejos, había puesto sobre aviso a Brisa y probablemente también a Mario, dificultando así los futuros seguimientos. En su opinión, tal comportamiento era el de un adolescente enamorado, incapaz de controlar sus impulsos. Teniendo en cuenta la relación de Mario con el grupo mafioso del que Dragan era cabeza visible, su amigo temía que otro error de cálculo trajera consecuencias funestas.

—Te prometí que ya no cometería más imprudencias —alegó Roberto.

—No te creo. Llámalo química, pasión o con el nombre que prefieras. El caso es que hay un factor equis que te desborda, y me preocupa que puedas hacer cualquier cosa cuando tengas el mono.

—Somos amigos y teníamos un trato —le recordó Roberto.

—Precisamente porque somos amigos mi preocupación principal es protegerte. Y la mejor manera es manteniéndote alejado de peligros. Cualquier información que te diera solo serviría para que te metieras en más problemas.

—¿Qué sabes y no me has contado? —preguntó Roberto—. ¿Sigue revoloteando el canario con la brisa?

—Ya hablaremos en persona. Te devolveré el dinero y dejaremos en paz al canario.

—Hay algo nuevo que no me quieres contar, ¿verdad?

—Nada que no sepas ya.

Roberto se dejó llevar por la angustia y la incertidumbre que le bullían dentro, como si estuviera siendo azuzado por una invisible bestia rabiosa.

—Me estás mintiendo. Te conozco. No me devuelvas el

dinero. No lo aceptaré. Ahora, escúchame bien: sigue vigilando, porque, si le ocurre algo a Brisa, te haré responsable —le amenazó.

—Hablaremos cuando estés más tranquilo —le respondió Pepe antes de colgar.

Se dio cuenta demasiado tarde de que había cometido un error al mencionar por teléfono el nombre de Brisa. Era una imprudencia más que, lejos de persuadir a su amigo, le habría reafirmado en sus convicciones.

Pepe examinó nuevamente el dosier sobre Mario Blanchefort que le había proporcionado el *hacker* con el que solía colaborar. Si informaba a Roberto sobre su contenido, estaba casi seguro de que este cometería una locura irreparable. Y si no lo hacía y le ocurría algo a Brisa, nunca se lo podría perdonar.

Capítulo 69

Brisa entró a las nueve y media en la sala Undead acompañada de Mario y una amiga, coincidiendo con el inicio del concierto. La noche todavía era joven, pero a medida que pasara el tiempo envejecería hasta morir. Nada ni nadie puede escapar de la muerte, ni siquiera la noche, pero algunas vidas se prolongan más allá de lo tolerable. Espoleada por las confesiones de Joan Puny, Brisa había decidido remediar antes del alba los errores de cálculo en que a veces incurre la naturaleza.

El reencuentro con Peter Nelly, un antiguo amigo de su exnovio, no la distraería de sus planes. Días atrás, había recibido un mensaje por Facebook de aquel colega norteamericano para anunciarle que iba a pasar unos días en Barcelona. Habían compartido muy buenos momentos juntos, pero desde la trágica muerte de su novio no se habían vuelto a ver, y Brisa no quería recordar el pasado enterrado en California. La ausencia de respuesta no había desanimado a Peter. Recientemente, le había vuelto a escribir anunciándole que interpretaría unas canciones en el Undead Dark Club y que esperaba verla allí. Brisa había aceptado finalmente su invitación, aun sabiendo que el encuentro reabriría las heridas sin cicatrizar de su alma gastada.

Peter no había cambiado de aspecto. Erguido sobre el escenario, su pelo en cresta seguía desafiando la gravedad, los *piercings* se acumulaban en su rostro pintado de blanco y los tatuajes de su cuello se extendían como serpientes por sus brazos desnudos. Un collar de pinchos, botas metalizadas, un frac sin mangas ni camisa y una cadena ajustada a la cintura completaban su atuendo antisistema.

Aunque el punto fuerte de Peter era la informática, también era el solista de un grupo punk que había obtenido cierto reconocimiento en ambientes minoritarios. Nunca había actuado fuera de California, pero, de alguna manera, su música debía de haber llegado a oídos de Lady Morte, la dueña del Undead, pues, de otro modo, difícilmente estaría actuando en la sala acompañado por la Banda de Medianoche.

Mario evaluó las diferencias respecto al último concierto. La música era más estridente y agresiva, y el público vestía de forma más provocadora. Las crestas punk se mezclaban con melenas al viento y algún sombrero de copa. A las jovencitas con trajes de estilo renacentista se les unían hombres con aspecto de santeros, calvos barbudos con gabardinas del tipo Matrix, tías de metro ochenta con cuerpos de recios chicarrones, chavalitas con corbata, individuos de luto riguroso que parecían mormones, colegialas de faldas cortas y trenzas de colores, ochenteros desfasados embutidos en cuero... Tampoco faltaban las oscuras maduritas, los chavales de camiseta negra moviendo el esqueleto, las mujeres mustias de rostro fúnebre y las morenazas marmóreas capaces de resucitar a los muertos.

Ninguna le llamó tanto la atención como Carla, la acompañante de Brisa. De piel pálida y pelo azabache, sus ojos verdes brillaban como gemas y las curvas que exhibía con descaro hipnotizaban a cuantos posaban sus ojos en ella, incluidas no pocas chicas. De hecho, su orientación sexual parecía inclinarse hacia el lado femenino, a juzgar por el sensual baile con el que Carla y Brisa habían deleitado al personal durante la última canción. Un cálido beso entre las dos le reafirmó en su primera opinión, aunque, dada la ambigüedad de sus expresiones y el modo en que lo miraba, no descartó que sus tendencias abarcaran un espectro más amplio.

El solista punk anunció el fin de su actuación entre aplausos y peticiones de bises, y cedió el micrófono a un chaval delgadito, de voz profunda y larga melena negra, que provocó el delirio entre la concurrencia femenina con su primera intervención.

Peter Nelly bajó del escenario y se dirigió directamente hacia Brisa, saludándola efusivamente. Tras las presentaciones de rigor, Olga se ofreció a ir a buscar bebidas a la barra. Mario aprovechó para acompañarla, y dejó solos a Brisa y a su estrafalario amigo.

—A juzgar por la reacción del público, parece que las chavalas prefieren a tíos más guapos y delicados que yo —bromeó Peter con su inequívoco y perezoso acento californiano.

—Jordi, el solista de Medianoche, es el capricho de las chicas. Es imposible competir con él, pero no has estado nada mal.

—Como se suele decir, los viejos roqueros nunca mueren. Sin embargo, a veces son asesinados —añadió Peter crípticamente.

Brisa sintió como si le hubieran disparado en el estómago, a bocajarro.

—¿Qué quieres decir? —preguntó, a sabiendas de que la respuesta no le iba a resultar agradable.

—Te evitaré los rodeos. No tenía tu teléfono de Barcelona, y tampoco te quise dar ninguna pista por Internet. Como sabes, el ciberespacio está demasiado controlado. Si he insistido en verte es porque he averiguado que Paul no murió en tu piscina por accidente. Fue asesinado.

La imagen de su exnovio flotando boca abajo en la piscina se le apareció tan claramente como si volviera a estar de nuevo en su casa de San Rafael. Nunca sería capaz de superar aquello.

—Siento generarte mal rollo —se disculpó Peter—, pero, en cuanto contrasté la información, supe que debía decírtelo.

Brisa respiró hondo y trató de no dejarse arrastrar por las emociones. No debería ser tan difícil, pensó. De alguna manera, ella también estaba muerta. Sin embargo, la vida le seguía doliendo demasiado.

—Has hecho bien, Peter, pero este no es lugar para hablar de algo así. Dime, ¿dónde te alojas?

—En el hotel Princesa Sofía.

—¡Vaya! ¡No está mal para un antisistema! —exclamó Brisa, en un esfuerzo por tratar de engañar a su mente, bromeando como de costumbre. Debía mantenerse fría y proseguir su actuación sin salirse del guion.

—Las cosas me han ido mejor últimamente y tenían una buena oferta —se justificó Peter, esgrimiendo una media sonrisa en los labios, pintados de color negro.

—Pues aprovechemos la oferta. ¿Qué te parece vernos en tu habitación sobre las tres de la madrugada?

Capítulo 70

—¿Qué rollo le va a Carla? —preguntó Mario, aprovechando que la voluptuosa amiga de Brisa había ido al servicio.

A lo largo del concierto, Carla había prodigado caricias y toqueteos a Brisa mientras bailaban sin control. Sus movimientos desprendían una sensualidad animal, casi salvaje, y los constantes roces con su amiga dejaban claro que la prefería a ella. Sin embargo, a él también le había enviado miradas insinuantes. Las señales eran contradictorias, y tanto podían suponer que Carla disfrutara provocando a los hombres como que le atrajera probar diversos tipos de frutos.

—A Carla le van los rollos raros —repuso Brisa.

—¿A qué te refieres? —preguntó Mario, encendido por las morbosas imágenes de Carla que desfilaban por su mente, como si esta hubiera activado un proyector dentro de su cabeza.

—Es mi sumisa. ¿No te has fijado en su collar?

A Mario no le había pasado desapercibida la cadena plateada que envolvía el cuello de Carla, si bien, dada la estética transgresora de la mayoría de los asistentes, tampoco le había dado ningún significado concreto.

—Esta es la llave que lo cierra o lo abre —añadió Brisa, tocando una crucecita gótica que portaba como colgante.

—Así que a tu amiga le gustan los juegos —apuntó Mario, excitado.

—Sí, pero es muy selectiva a la hora de elegir compañeros sexuales. Tú estás de suerte, porque le has parecido muy atractivo.

—En tal caso, es una lástima que sea tu sumisa —comentó Mario con un brillo malicioso en sus ojos.

—No soy tan mala como dueña. Podría permitirle tener una aventura contigo —señaló, acariciando la cruz gótica que pendía de su cuello.

—¿Sois de esas a las que les gustan los tríos? —preguntó Mario sin ambages, sorprendido del cariz que estaba tomando la conversación.

Los blancos dientes de Brisa sonrieron entre sus labios oscuros, antes de contestar.

—¡Qué pesados os ponéis los hombres con lo de los tríos! No te ofendas si te digo que no me pones. Me caes bien, me pareces un tío atractivo..., y soy bisexual, como mi amiga, pero no tengo química contigo. En cambio, a ella sí que le atraes. De hecho, no ha ido al baño, sino que nos ha dejado a solas para que hablemos en privado y tomes una decisión sobre cómo va a proseguir la noche. Sinceramente, ¿qué te parecen Carla y sus tendencias eróticas?

Si se trataba de decidir, Mario tenía muy claro que no debía desaprovechar una oportunidad como aquella.

—La verdad es que tu amiga es un cañón, y a mí también me van las fantasías con sumisas.

Brisa esbozó una media sonrisa y sus ojos se entornaron ligeramente, como expresando comprensión y asentimiento.

—Lo suponíamos. De hecho, durante el último baile hemos acordado que, si quieres jugar con ella, nos podemos ir ahora mismo a mi casa. Yo me mantendría al margen de vuestros juegos, pero mi presencia en el piso sería una garantía de seguridad para Carla, que, al fin y al cabo, no te conoce de nada. Yo sí la conozco, y te aseguro que te lo vas a pasar muy bien esta noche...

—¿Y tú te vas a conformar con quedarte a dos velas? —preguntó Mario, extrañado por una oferta sexual tan insólita como desinteresada.

—En absoluto —replicó Brisa—. Yo me reservaré la mejor parte. No existe hombre capaz de dejar completamente satisfecha a Carla. En realidad, ni a ella ni a ninguna mujer.

—Después de hoy tendrás que cambiar de opinión —afirmó Mario, herido en su orgullo masculino.

—Si así fuera, te cedería el collar y la llave al acabar la función, pero ya conoces el refrán: perro ladrador, poco mordedor —se burló Brisa.

Mario le dedicó la mejor de sus sonrisas:

—Ya puedes ir preparando la llave del collar. Me gustan los desafíos, pero creo que este va a ser el más fácil y placentero de toda mi vida.

Capítulo 71

Pepe se alarmó cuando vio el número de Álvaro en la pantalla de su móvil. Le había encargado seguir a Mario y que lo llamara únicamente podía implicar malas noticias.

—He perdido al canario —anunció Álvaro.

—¡Joder! —exclamó Pepe, intuyendo que aquello podía conllevar graves problemas—. Si a ti nunca se te escapa ni un pájaro de mal agüero.

—No ha sido culpa mía. Se me ha reventado la rueda de la *scooter* en el peor momento y ha comenzado a balancearse de un lado a otro. Si hubiera intentado seguirle, habría llamado demasiado la atención, y no quería que me cogiera el número de la matrícula.

Dadas las circunstancias, Álvaro había actuado correctamente. Desde la atolondrada irrupción de Roberto en la discoteca Undead, él mismo había ordenado extremar las precauciones para evitar que los descubrieran. Y un pinchazo en la rueda era algo inusual. Quizás, un simple caso de mala suerte, o tal vez un sabotaje intencionado.

—Has hecho bien —concluyó Pepe—. ¿Sabes adónde iba? Contesta solo con un «sí» o con un «no».

—No.

—En ese caso, ven aquí enseguida. Analizaremos lo sucedido y veremos si todavía nos queda margen de acción —dijo Pepe antes de colgar.

A continuación, centró su atención en los datos del portátil de Mario sustraídos por el *hacker*. Como de costumbre, había logrado introducirse en el ordenador personal de su víctima y robarle toda la información sin dejar rastro. El correo personal, los movimientos bancarios, los cargos de la tarjeta de crédito, las páginas web visitadas, las fotos y los documentos guardados podían decir mucho sobre una persona.

Tanto que Pepe había preferido no mostrarle aquel involuntario *striptease* a Roberto. Su incontrolada pasión por Brisa, repleta de oscuros misterios, y su odio visceral hacia Mario formaban un cóctel explosivo repleto de peligros si se agitaba demasiado. Considerando las conexiones de Mario con un poderoso cártel mafioso, Pepe había adoptado la única decisión lógica: comunicar a su amigo que abandonaba el caso.

Pese a ello, había mantenido el seguimiento porque le inquietaba un aspecto de su personalidad. Mario era un sádico, o, al menos, tenía predilección por las fantasías eróticas de dominación, tal como había comprobado al examinar su ordenador. No le había querido decir nada a Roberto, porque, a su juicio, estaba demasiado alterado como para actuar racionalmente. Al fin y al cabo, Mario y Brisa solo se veían de forma ocasional y cada cual era muy libre de poner en práctica cualquier tipo de fantasías sexuales si le venía en gana. De hecho, aquel tipo había tenido infinitud de romances esporádicos, incluido uno con la mujer de Roberto, y no existía ninguna denuncia ni quejas por el trato recibido, sino todo lo contrario, tal como dejaban claro los correos electrónicos a los que había accedido. Aquel era otro punto que había sopesado a la hora de no facilitar a Roberto la información del *hacker*.

Sin embargo, el episodio en el hotel de Londres le pesaba en la conciencia. Roberto se lo había contado con todo lujo de detalles para dejar claro lo peligroso que podía llegar a ser aquel tipo. Lo cierto es que Brisa no había sufrido ningún daño y tampoco existían pruebas de que Mario hubiera participado en aquella agresión, pero resultaba innegable que las amenazas habían estado teñidas de una latente y retorcida sensualidad.

No creía que a Brisa le fuera a pasar nada malo, si ella misma evitaba meterse en más líos. De lo contrario, podía sucederle cualquier cosa, y Roberto nunca se lo perdonaría.

Pero aquel pinchazo... ¿Realmente había sido un accidente? Ya no podía hacer nada, salvo rezar.

Capítulo 72

Un chillido de mujer.

Un hombre con barba y con una larga melena corre veloz.

Una señora ensangrentada se desploma sobre la tierra del parque.

Una niña rubita abraza llorando al cuerpo inmóvil.

Mario, asustado, prorrumpe en un llanto.

Su madre le reprende severamente.

—No más lágrimas. Los fuertes ganan. Los débiles sangran y lloran. Yo quiero que tú seas fuerte. Muy fuerte. El más fuerte.

Mario se arrastra por un túnel, largo, estrecho y repleto de sangre. Las paredes se cierran contra él, pero continúa avanzando. Poco a poco, palmo a palmo, se va abriendo paso, pero aquel corredor húmedo y oscuro no tiene fin. El fin de la oscuridad es la luz. Una luz blanca que duele. El frío también es algo nuevo: nunca antes lo ha sentido. Un ser enorme con bata verde le saca de la gruta cogiéndole de la cabeza. Mario se siente morir en el gélido espacio exterior. La cueva donde ha vivido tanto tiempo ya no le nutre ni protege. Grita su disgusto y el aire entra por primera vez en sus diminutos pulmones.

—El niño ha nacido muy bien —anuncia el médico.

—Te llamas Mario y serás fuerte, muy fuerte —le reconforta su madre, meciéndolo entre los brazos.

Y

Su madre no está. Hace mucho que se fue. Mario tiene ocho años. También tiene miedo. Unos señores se lo han llevado de su casa y lo han traído a un edificio grande repleto de niños. Hay profesores, monjas, clases, una piscina y barracones con literas. Él ya ha estado antes en colonias de verano. Su madre, confía, vendrá a buscarlo dentro de unos días.

Los días pasan y su madre no viene. Unos niños han empezado a molestarle. Se burlan de él, y por las noches le asustan con historias de miedo cuando la monja se queda dormida. Ayer le pegaron y por la noche fueron a su litera. Querían manosearle. Se resistió, y sus gritos despertaron a la monja, pero no siempre podrá protegerle. Mario se siente amenazado. Él es más pequeño, y ellos son más. De algún modo, debe ser más fuerte.

Un grupito de niños mayores duermen en otro barracón. Ocultan cuchillos y alardean de que cuando se van con sus padres aprenden a robar bolsos y a abrir coches en la calle. Mario les pide que castiguen a quienes le molestan. Los niños de tez morena se ríen y le aseguran que lo harán si les da un buen fajo de dinero.

El dinero es fácil de conseguir. Se ha hecho amigo de un ciego que vende cupones. Cada tarde, cuando salen a pasear, entra en su caseta, le saluda y se lleva unos caramelos que aquel hombre le regala. Llevarse también unos billetes no ha sido difícil. Al fin y al cabo, los ciegos no ven.

Los niños mayores le miran con respeto, le felicitan y lo acogen bajo su protección. Esa misma noche, los niños estúpidos de su barracón le miran cabizbajos y no le vuelven a molestar. Mario ha sido el más fuerte.

—Has tenido mucha suerte —le dice una monja—. ¿Te acuerdas de aquellos señores que vinieron aquí y os hicieron tantas pruebas y preguntas?

—Sí —responde Mario.

—De entre todos los niños, te han seleccionado a ti.

—¿He sido el mejor? —pregunta Mario.

—Digamos que has sido el elegido. De ahora en adelante, una fundación extranjera se hará cargo de ti. Estudiarás en los mejores colegios, podrás aprender idiomas y tendrás muchas más oportunidades de las que aquí te podemos ofrecer. Eres un niño muy afortunado, Mario. ¿Lo sabías?

—Mi madre me dijo que los fuertes siempre ganan —responde él.

Capítulo 73

Los recuerdos más confusos del pasado se mezclan con los del presente, como si estuviera despertándose dentro de un sueño largo y profundo. A Mario le resulta difícil ordenar los sucesos por orden cronológico, pero pugna por conseguirlo. La descarga eléctrica, los pechos de Carla, la cara de Brisa (tan pálida como la muerte), las esposas, una pistola, el repugnante sabor de un brebaje marrón…

Su mente está a oscuras, pero las imágenes se van ordenando, cobrando un sentido siniestro, con la certeza de que su despertar será el inicio de una pesadilla peor.

Carla sonríe con picardía cuando se sube a la motocicleta de Brisa. Él se queda esperando un taxi, deleitándose por anticipado con los placeres que le brindará la sensual amiga de Brisa. La imagen del trasero de Carla sobre la BMW se funde con la de sus senos bailando bajo su escote.

Lo siguiente que se funde es su conciencia, al recibir una descarga eléctrica. Brisa le invita a pasar a su dormitorio. En lugar de Carla, le espera una pistola. Un dolor agudo le sacude. Se desploma en el suelo. Todavía no sabe qué le ha ocurrido cuando Brisa le esposa, sin que su cuerpo reaccione. Su boca ingiere un líquido asqueroso y su mente se convierte en un torbellino caleidoscópico que tritura su sentido de la realidad. Fragmentos olvidados de su infancia reviven tal y como sucedieron, entremezclados con imágenes imposibles de catalogar: cuadrados de fuego, explosiones cósmicas, ruedas de luz, alineaciones geométricas inauditas, puentes de energía, terremotos marinos, lunas fugaces, música de diamantes, lenguas de fuego, olores de madreselva...

Mario no recuerda bien lo que ha experimentado ni lo que ha dicho. Esos lapsus de memoria le preocupan, porque al abrir los párpados contempla los ojos verdes de Brisa. La expresión de su rostro, pintado de blanco, le inspira terror.

Cuando se percata de que le está despojando de su ropa, trata de resistirse, pero sus movimientos son torpes y descoordinados. Siente frío al quedarse desnudo y expuesto como un niño indefenso. La conexión entre su mente y su cuerpo falla, y, como si fuera un muñeco averiado, se limita a zarandearse torpemente mientras Brisa le ata los brazos y los pies a los barrotes de la cama.

La primera parte del plan ha funcionado tal como ella esperaba. Mario, embriagado por la lujuria, no ha dudado en esperar un taxi, mientras ella llevaba a Carla en moto hasta una calle cercana a la discoteca. Allí le ha pagado por los servicios prestados y se ha despedido. Ya en su piso, una pistola Taser de cincuenta mil vatios y la candidez de Mario dándole la espalda han bastado para reducirlo. Maniatado y confuso, ha intentado resistirse a ingerir la pócima recién llegada de Perú. Un segundo disparo ha sido suficiente para que se tragara el vaso entero de ayahuasca como si fuera un niño sediento de leche.

La ayahuasca no tiene el sabor de la leche, y sus efectos también son muy distintos. Preparada por curanderos indígenas en las selvas amazónicas mezclando durante horas los tallos de ciertas enredaderas con hojas de chacurna y otras plantas, se ha empleado durante milenios como un potente alucinógeno capaz de alterar la conciencia de quien lo ingiere. De color café y olor a madera, su sabor es extremadamente amargo y seco. En la primera parte de la ingesta, el consumidor suele sufrir dolores de barriga y abundantes vómitos. Después, si todo va bien, su alma se libera y comienza un vuelo repleto de visiones. Recuerda escenas de su vida con precisión cinematográfica, revive pasajes olvidados y es su propia conciencia la que elige quedar atrapada en el infierno de sus problemas sin resolver o transportarse hacia cielos desconocidos.

Brisa conoce muy bien los efectos del brebaje alucinógeno y ha creado las condiciones idóneas para que Mario navegue por la deriva de su pasado y saque a flote sus secretos más oscuros. Sin embargo, no está satisfecha con el resultado obtenido.

Un chamán experimentado es capaz de viajar con el paciente y compartir sus mismas vivencias para guiarle a través de los recovecos más tenebrosos de la travesía. La ayahuasca es bien conocida por sus propiedades telepáticas. Algunas comunidades indígenas la utilizan en sesiones colectivas para reforzar la cohesión del grupo. Sin embargo, ella sigue siendo una aprendiz de bruja, una limitada psicóloga occidental incapaz de emular los logros psíquicos de un auténtico chamán.

El colocón psicodélico de Mario le ha impedido revelar nada coherente. Además, pese a que ella misma ha ingerido una dosis menor del brebaje amazónico, apenas ha logrado establecer contacto con su psique. Afortunadamente, dispone de una segunda estrategia, más convencional, para hacerle confesar.

Mario ya está empezando a recuperar la conciencia y en su estado, confuso, desnudo e indefenso, existen técnicas infalibles de interrogación si se sabe lo suficiente sobre la víctima. Brisa le introduce una mordaza en la boca, apaga las luces y sale de la habitación. Así, privado de sus sentidos y de referencias temporales, podrá manipular a Mario más fácilmente. Pero eso será cuando regrese de su cita con Peter Nelly en el hotel Princesa Sofía.

Capítulo 74

Su reloj marcaba las tres de la mañana cuando entró en la recepción del hotel Princesa Sofía. Tras desmaquillarse a conciencia y tirar a la basura aquella peluca violeta y las lentillas de colores, había cambiado su disfraz de gótica por un elegante traje de chaqueta. Su aspecto era tan radicalmente distinto que ninguno de los presentes en el Undead sería capaz de reconocerla, ni siquiera la chica a la que había contratado para que simulara ser su amante bisexual.

Brisa cogió el ascensor, subió hasta la planta decimosexta y llamó a la puerta de la habitación. Peter la recibió sonriente, vestido con bermudas, zapatillas y una camiseta negra sin mangas con la imagen del comandante Che Guevara.

Las ventanas abiertas ofrecían una bella vista nocturna de la ciudad iluminada, y el amplio salón disponía de escritorio, sofás, minibar y una elegante mesa de madera.

—No está mal la choza para un revolucionario —comentó Brisa con ironía.

Peter rio exhibiendo su atractiva sonrisa de niño travieso.

—Cuando la chica de recepción vio mis *piercings* y mi cresta naranja se asustó tanto que, en lugar de confirmar mi reserva, se negó a dejarme entrar. Monté tal escándalo que el director, temiendo que los demandara por discriminación, me ofreció esta suite sin coste extra alguno.

—En tus buenos tiempos, ni te hubieras planteado dormir en un hotel de cinco estrellas. Si mal no recuerdo, los tildabas de monolitos decadentes erigidos a mayor gloria de las desigualdades sociales.

Peter volvió a sonreír con esa encantadora mezcla de virilidad y suavidad que siempre le había caracterizado. Desde su primer encuentro en la Universidad de Berkeley, a Brisa le había atraído su carismática personalidad y sus ideas radicales. De no haber conocido a Paul, hubiera resultado inevitable vivir un apasionado romance con aquel punki genial. Sin embargo, tras la muerte de su exnovio, había necesitado dejar de verle. Los tres habían compartido demasiados momentos juntos y su mera presencia le traía a la memoria recuerdos muy dolorosos.

—Nunca te fíes de alguien lo suficientemente estúpido como para mantener inalterados sus puntos de vista a lo largo del tiempo —esgrimió Peter—. Mi trabajo como asesor de seguridad en redes informáticas me permite costearme algunos caprichos, y la verdad es que pasar penurias no reporta beneficio alguno. Lo realmente importante es que seamos capaces de transformar el sistema corrupto que nos rodea. Paul murió por intentarlo.

Paul, Peter y ella habían sido una suerte de rebeldes con causa, buscadores de enfoques alternativos a la realidad social comúnmente aceptada. A pesar de que eran muy diferentes, se habían sentido unidos por su peculiar cruzada contra las normas sin sentido que el resto del mundo acataba sin rechistar. La muerte de Paul acabó con casi todo, y ahora, cuando pensaba que su corazón yacía sepultado bajo tierra californiana, volvía a llamar a la puerta a través de su amigo.

—Cuéntame qué ocurrió —dijo Brisa, que se sentó en el sofá por miedo a que le fallaran las piernas.

—Ocurrió la masacre de la plaza Nisur, en Bagdad. Sobre el mediodía del 16 de septiembre del 2007, el convoy armado de Blackwater llegó a un concurrido cruce del distrito Mansur. Como siempre, la policía local detuvo el tráfico para que los vehículos blindados de los mercenarios norteamericanos avanzaran sin problemas. Sin embargo, los todoterrenos militares equivocaron su ruta y se dirigieron hacia una calle de sentido único en dirección contraria. El convoy de Blackwater, al ver cortado el paso a causa de su propia desorientación, no tuvo mejor ocurrencia que abrir fuego indiscriminado desde las ametralladoras de sus torretas. Aquello fue una carnicería en la que perecieron, reventados, niños, madres y pobres inocentes por encontrarse en el lugar erróneo a la hora equivocada.

—Lo recuerdo muy bien, porque Paul estaba en Irak asesorando a Blackwater sobre asuntos informáticos —dijo Brisa—. Su intención era recabar datos sobre el terreno para denunciar los abusos que cometían allí las fuerzas mercenarias. Al cabo de poco, expiró su contrato y regresó a Berkeley. Según él, no había averiguado nada diferente a lo que ya había salido en prensa.

—Te mintió por motivos de seguridad —afirmó Peter—. En realidad, había logrado convencer a un soldado norteamericano que presenció los hechos para que testificara en contra de los mercenarios de Blackwater. Hubiera sido una bomba mediática de incalculables consecuencias políticas. Como sabes, la matanza de la plaza Nisur ocupó la portada de los principales periódicos, sacando a la luz las escandalosas cifras que cobraban Blackwater y el resto de las subcontratas privadas de seguridad desplegadas en Irak. Aprovechando el revuelo, las autoridades de Bagdad, hartas de los desmanes perpetrados de un modo rutinario por las tropas mercenarias, solicitaron de un modo formal expulsar a Blackwater del país y juzgar a los implicados. Sin embargo, actualmente no hay demasiadas esperanzas de que se celebre el juicio, porque los medios de comunicación afines al Gobierno Bush orquestaron con éxito una enorme campaña para defender el buen nombre de Blackwater tergiversando los hechos y difamando a quienes habían denunciado a la compañía.

—La declaración pública de un militar norteamericano —observó Brisa lacónicamente— hubiera podido decantar la balanza en sentido contrario.

—Por eso mataron a tu novio —sentenció Peter—. Las consecuencias hubieran sido devastadoras para la Administración Bush, cuya estrategia bélica consistía en ningunear a su propio ejército y cubrir de oro a los mercenarios contratados por las sociedades amigas de Dick Cheney, Donald Rumsfeld y demás aprendices de brujo. El testimonio del soldado contactado por Paul hubiera conseguido hacer tambalear sus indecentes manejos.

»Le faltaban pocos días para licenciarse, y Paul había concertado una cita con él para grabar un vídeo en el que relatara cuanto sabía. Habían pactado colgarlo en nuestro portal de Internet, lo que hubiera supuesto un doble triunfo: dar a conocer el portal entre el gran público y desbaratar las amenazas que hubieran recaído sobre el soldado para disuadirlo de testificar en el juicio. Una vez difundidas sus declaraciones en la Red, ya no había marcha atrás, y esa misma publicidad hubiera resultado su mejor protección. El vídeo nunca llegó a grabarse. El soldado falleció en una emboscada; Paul, en la piscina de tu casa. Ambos el mismo día. Demasiada coincidencia, ¿no crees?

Brisa sintió hervir dentro de sí la ira por la sangre derramada.

—¿Por qué no me lo contaste antes? —preguntó bruscamente.

—No lo he sabido hasta hace muy poco —se justificó Peter—. El asunto era máximo secreto. Solo una o dos personas estaban al tanto de la información. Ya conoces el modo en que nuestro portal procura ocultar todo lo relativo a sus fuentes...

La mente de Brisa voló de nuevo a los últimos días que había pasado con Paul en California. Recordó la primera vez que le habló de aquel portal que pretendía difundir en la Red los documentos clasificados como secretos por bancos, multinacionales, diplomáticos, ejércitos y sectas. Peter y su novio, entusiasmados por la idea, se registraron en el chat de la página Wikileaks, entraron en contacto con sus anónimos creadores y muy pronto se encontraron trabajando a horas intempestivas por el mero hecho de creer que se les ofrecía la posibilidad de abordar los problemas mundiales desde una perspectiva radicalmente distinta. Sin embargo, no había dinero para pagarles ni a ellos ni a ninguno de los colaboradores; la organización era tan caótica como sus componentes; los éxitos brillaban por su ausencia. Nada hacía suponer que aquel ambicioso proyecto pudiera llegar a ser algo más que la loca aventura de jóvenes idealistas apasionados por la informática.

—Ahora comprendo —reflexionó Brisa— por qué Paul estaba tan alterado desde su regreso. Según él, su estado de ansiedad obedecía a la frustración por lo que había visto en Irak. En realidad, acariciaba con las manos la posibilidad de alcanzar su gran sueño: sacar a Wikileaks del anonimato, para hacer de este mundo un lugar más transparente y mejor.

—Paul murió, pero su sueño sigue muy vivo —dijo Peter, señalando con el dedo índice hacia las alturas.

—En efecto —admitió Brisa—. He de confesar que jamás

tuve fe en que el proyecto que tanta ilusión le hacía a Paul llegara a tener éxito. Y, sin embargo, tras su muerte, habéis alcanzado logros increíbles, como hacer tambalear a una de las entidades bancarias más importantes de Suiza.

—Eso no es nada comparado con el proyecto que tenemos ahora entre manos —reveló Peter—. Vamos a desvelar las prácticas corruptas de los bancos islandeses que han llevado a ese país a la ruina. Sus políticos y banqueros pretenden ampararse en la ignorancia de la población para eximirse de sus responsabilidades, pero, cuando saquemos a la luz la escandalosa verdad con documentos irrebatibles, el pueblo no tragará y acabará juzgando a los auténticos culpables. Como dijo Jesucristo: «Solo la verdad os hará libres». Tenía razón, pero se adelantó un poco a su tiempo: hace siglos no existía Internet. Ahora, por primera vez en la historia, disponemos del mecanismo para que su aspiración se cumpla.

—«La nueva era de la comunicación cambiará el mundo», solía decir Paul —susurró Brisa, con la voz ligeramente quebrada y los ojos humedecidos—. Yo siempre le replicaba que sin cambio de conciencia cualquier avance tecnológico acabaría creando más sufrimientos y desigualdades. ¡Quizá Paul tuviera razón! ¡Tal vez yo fuera la equivocada!

Peter posó cariñosamente la mano, llena de tatuajes, sobre el hombro de Brisa.

—Paul estaría orgulloso de saber que estamos recorriendo el camino que iniciamos juntos. El proyecto sobre los bancos islandeses en el que estoy involucrado hubiera colmado sus expectativas y, de alguna manera, me ha permitido dignificar su memoria, averiguando la verdad sobre su muerte. Como sabes, los miembros de la organización no solemos conocernos personalmente, pero el enorme volumen de documentos sobre la corrupción islandesa me llevó a trabajar en equipo con otro voluntario de la organización. Pasamos muchas horas juntos y, al enterarse de que yo había sido amigo íntimo de Paul, me reveló toda la historia.

Brisa se levantó del sillón y comenzó a dar vueltas alrededor del salón, como si fuera un animal enjaulado.

—¿Quiénes intervinieron en la muerte de Paul? —preguntó al fin, sin dejar de andar.

—¿Qué más da quiénes fueron? —replicó Peter—. No es posible vengarse como en un drama shakesperiano. Pudo ser un comando de Blackwater, un equipo de la CIA o un organismo secreto del Pentágono. Todos ellos disponen de hombres entrenados para matar sin dejar rastro, capaces de hacer que parezca un accidente. ¿A quién querrías eliminar? ¿Al sicario que ejecutó las órdenes, al dueño de Blackwater, al jefe de Defensa del Pentágono, al vicepresidente del Gobierno o al presidente de los Estados Unidos? Hemos de ser realistas y apuntar más alto. Nuestra bala de plata tiene que ir contra el corazón de la bestia: el sistema financiero, que, oculto tras los paraísos fiscales, compra voluntades, soborna a políticos, organiza guerras, vende armas, lava el dinero ensangrentado por el crimen, trafica con droga, ampara a dictadores y mafiosos, especula en los mercados y esclaviza a los pueblos. Si quieres disparar, no te equivoques de diana.

Brisa dejó de caminar, volvió a sentarse en el sofá y miró fijamente a Peter.

—¿Qué me estás tratando de decir?

—Nos conocemos desde hace mucho tiempo. Eres una luchadora, pero no es posible vengarse de lo que nos hace la vida. Como dijo Confucio: «Si lo que buscas es venganza, cava dos tumbas». Tu novio murió por una causa noble. Si tenemos que luchar y, tal vez, caer, que no sea contra los peones, sino contra el corazón de sombra que los mueve. Que sea por la memoria de Paul. Algún día su sueño será realidad y las transacciones financieras no serán oscuras, sino públicas y transparentes. Ese día los poderosos dejarán de ser invisibles y no podrán seguir esclavizando a los hombres amparados en la mentira, como han hecho siempre. Nuestro portal, por el que Paul dio su vida, no es una simple dirección en la Red. Es la puerta hacia la liberación. Una revolución en la que tú también podrías participar.

Brisa, juntó las manos suavemente, como en un gesto de oración, y apoyó los dedos pulgares en el mentón:

—Ya sabes que nunca he colaborado con vosotros, ni podría hacerlo aunque quisiera. Mis conocimientos informáticos son muy limitados.

—Lo sé, pero quizá puedas honrar la muerte de Paul aportando información valiosa. Por lo que he leído en la prensa, la agencia de valores de tu padre invirtió una fortuna en el fondo manejado por Bernard Madoff. Es probable que, como heredera, tengas acceso a documentos ilustrativos de que «el rey estaba desnudo». El escándalo Madoff es el enésimo ejemplo de que sin una política transparente, como la propugnada por Wikileaks, estamos condenados a que unos pocos corruptos manejen nuestro dinero en su propio provecho, tal como hizo también el Gobierno Bush inyectando toneladas de millones en las empresas bélicas privadas de su corte luciferina. Es todo parte del mismo juego, y la única manera en la que podemos ganar es alterando la reglas de este casino trucado en el que se juega la partida. Si somos capaces de mostrar al mundo sus cartas marcadas, la banca sombra no podrá seguir ganando.

Los ojos de Brisa brillaron, como si súbitamente hubieran alcanzado una nueva perspectiva.

—Eso es lo que Paul siempre me repetía —aseguró Brisa—. No le hice caso en vida; tal vez logre hacerlo tras su muerte. Es posible que dentro de unos días pueda entregaros algo mejor que los anodinos contratos firmados entre la sociedad de mi padre y Bernard Madoff. —Brisa guardó silencio, como meditando sus próximas palabras. Peter permanecía expectante—. Mi padre estaba involucrado en asuntos muy turbios que se ventilaban a través de bancos opacos con sede en paraísos fiscales —reveló al fin—. He cancelado, bajo fuertes amenazas, las cuentas secretas que poseía en la isla de Man, pero recientemente me he enterado de que también operaba desde Gozo, una pequeña isla de la República de Malta. Estoy convencida de que allí encontraré buen material.

—¿Por qué estás tan segura?

—Porque dejó escrita una frase en clave, «Gozo encierra sufrimiento», y en la isla del mismo nombre existe un banco que gestiona un misterioso *trust* fundado por mi padre, del que nunca me había hablado. Es una larga historia que te contaré en otra ocasión. He dejado un asunto pendiente, sin resolver, y ahora debo volver a mi casa. Mañana, cuando haya acabado con él, seguiremos hablando.

Capítulo 75

Los nítidos recuerdos de su infancia quedan atrás. También las visiones repletas de brillantes colores. Los efectos del brebaje alucinógeno han remitido considerablemente, pero aún no se encuentra bien. Mario está confuso y desorientado, como si hubiera dejado de volar por encima de las nubes y estuviera planeando a ras del suelo sin encontrar ningún pedazo de tierra sobre el que aterrizar. Cuando uno amanece con resaca, el alcohol todavía embota parcialmente los sentidos, mengua los reflejos y disminuye la capacidad de concentración. De forma análoga, la droga que ha ingerido continúa influyendo en su organismo, pero de un modo radicalmente diferente. Su estado mental, a caballo entre el sueño y la vigilia, le impide razonar de forma objetiva. En su situación, eso es algo peligrosísimo.

Brisa ha regresado y le sonríe desde arriba. Él permanece tumbado sobre la cama, desnudo, amordazado y atado por gruesas cuerdas. Con todo en contra, intenta desesperadamente recobrar su lucidez. Necesita recuperar el control total sobre sus pensamientos si quiere aprovechar el primer error que cometa ella.

Brisa evalúa la situación con una frialdad que quema como el hierro incandescente. Debido a sus múltiples experiencias con pacientes y amigos, sabe con certeza que los delirios alucinógenos de Mario han cesado. Por el tiempo transcurrido desde que le forzara a ingerir la ayahuasca, su conciencia debe haber regresado de su viaje al otro plano de la realidad, aunque todavía permanezca alterada. Durante las próximas horas dispondrá de una menor capacidad de análisis racional, su sensibilidad se mantendrá exacerbada al máximo y sus reacciones físicas serán lentas. Y lo más importante: no podrá recordar todo lo que su mente ha experimentado e imaginado, ni lo que su boca ha dicho, confesado o callado. Eso le permitirá a ella jugar con ventaja, utilizando su arma favorita: el engaño.

Brisa está convencida de que fue él quien la desnudó, vejó y amenazó en el hotel de Londres. También debió de ser él quien asesinó a su padre, pues poco antes de su muerte recibió de Joan Puny la cruz que apareció clavada en su garganta. Mario sufrirá atrozmente por ello antes de exhalar el último aliento.

—Ahora vamos a charlar un ratito —dice Brisa, sentándose en una silla a la vera de la cama—. Te advierto de que chillar no te servirá de nada: la habitación está completamente insonorizada.

Mario evalúa la situación mientras Brisa le quita la mordaza. Podría estar mintiéndole. ¿Cómo saber si de verdad la habitación está insonorizada? Decide no gritar. Comunicarse con ella le brindará la oportunidad de revertir la situación a su favor. Tiene un as escondido en la manga, y jugar bien sus cartas siempre ha sido su especialidad.

Por sorpresa, dos fuertes bofetones le cruzan la cara. El impacto es tan fuerte que el sonido zumbón continúa reverberando dentro de su cabeza cuando la mano de Brisa se ha retirado.

—¡Eres un cabrón! —grita Brisa—. Inducido por la droga, confesaste haber sido tú quien me amenazó en el hotel de Londres.

La mirada de Mario es transparente y su tono pausado cuando responde a la acusación.

—Sí, fui yo. Lo hice para evitarte una suerte peor. No quería que te matasen. Al fin y al cabo, somos hermanos, hijos del mismo padre.

Cuatro bofetadas salvajes golpean nuevamente a Mario.

—¡Mientes, hijo de puta; mientes! —chilla Brisa, con un brillo animal bailando en los ojos.

Se siente mareado. Su sentido espacial está trastocado y un agudo sonido sacude su cerebro como un martillo pilón.

—Tú eres el asesino de mi padre —susurra Brisa a su oído, con un tono tan bajo como amenazador—. La cruz que le clavaste en la garganta es tuya. Lo sé todo. Me lo has revelado esta noche, junto con el resto de tus recuerdos pasados.

Las palabras de su madre resuenan en la mente de Mario.

«Los fuertes ganan. Los débiles sangran y lloran. Yo quiero que tú seas fuerte. Muy fuerte. El más fuerte.»

—Si dije tal cosa, no fue una verdad, sino un delirio —replica Mario—. Si quieres conocer la verdad sobre nuestro padre, escúchame bien —le dice, con voz grave, casi paternal.

Brisa extrae de su bolso la táser y la aprieta contra sus testículos.

—Cuéntame únicamente cómo llegó esta cruz a tus manos —exige, mostrándole el crucifijo de esmeraldas que Mario recuerda muy bien—. Si vacilas o detecto que mientes, tus pelotas recibirán un impacto de diez mil voltios.

El dedo índice de Brisa acaricia el gatillo de la pistola. Por la expresión de su rostro, parece muy predispuesta a apretarlo.

—El pasado 12 de diciembre vi esta cruz por primera vez —responde Mario apresuradamente—. Me la dio Joan Puny, un hombre afectado por una enfermedad degenerativa incurable. Según me dijo, la joya perteneció a mi madre, y él la conservó como su recuerdo más preciado durante un cuarto de siglo. Sin embargo, sintiendo la proximidad de su muerte, decidió entregármela a mí como último servicio a su amada. La cruz había pertenecido a los antepasados de mi madre durante generaciones, y Joan estaba convencido de que ella se lo agradecería desde el Cielo.

—Respuesta correcta —afirma Brisa, reforzando la presión de la pistola—. Siguiente pregunta: ¿de qué conocías a ese hombre? Contesta inmediatamente o… ¡buum!

Su táctica consiste en lanzar una batería continua de preguntas sin darle tiempo a reflexionar. Mario intenta mantener los nervios templados y olvidarse de lo que sucederá si vacila en sus respuestas. Algo nada fácil, considerando el frío metal que oprime sus partes más íntimas.

—Al poco de cumplir ocho años, mi madre desapareció. Joan Puny era su amante y nunca se olvidó de ella. Durante mucho tiempo, mantuvo contactos esporádicos conmigo para saber si había tenido noticias de su gran amor. El pobre hombre conservó la esperanza de volver a verla mucho después de que yo la hubiera perdido. Lo cierto es que su juicio anduvo siempre un poco trastornado. Yo lo toleraba porque nuestros breves encuentros eran muy espaciados y porque, de algún modo, era el único nexo con la memoria de mi madre.

—Hasta aquí tu relato coincide con lo que ya me contaste antes —miente Brisa—, salvo en un detalle: Joan Puny, el amante de tu madre, es también tu padre biológico. ¿No es cierto? —pregunta Brisa, estudiando sus pupilas y las inflexiones de sus facciones, como solía hacer con sus pacientes tras formular una cuestión embarazosa para ellos.

—¡Es imposible! —exclama Mario, asustado, temiendo que esas sean sus últimas palabras—. Yo también contemplé la misma posibilidad —prosigue con voz entrecortada—, pero la descarté al examinar con detenimiento los álbumes de fotos que Joan conserva en su casa. No existe ni un solo rasgo común en nuestros rostros, ni siquiera cuando él era joven. Además, según me aseguró, no mantuvo relaciones con mi madre hasta mucho después de que yo naciera.

Brisa también ha visto fotos de Joan cuando tenía la edad de Mario. Sin duda, no se parecen en nada.

—Tienes respuestas para todo —afirma Brisa cáusticamente—. Veamos si explicas igual de bien esa gilipollez de que somos hijos del mismo padre. Si pensabas que con ese cuento me ablandarías, no has estado muy listo. Empieza a largar, porque estoy deseando que cometas el primer error para freír un par de huevos.

—La cruz de esmeraldas fue la clave de todo —comienza Mario, captando inmediatamente la atención de Brisa—. La mañana del 12 de diciembre, Joan Puny me llamó para concertar una cita. Yo tenía la agenda repleta, así que le propuse posponer nuestro encuentro hasta pasadas las fiestas navideñas. Joan se negó en redondo y me dijo que esa misma mañana acudiría sin falta a mi despacho a entregarme algo. Me sorprendió verle entrar en silla de ruedas, transformado en una ruina. Me habló de su enfermedad y de lo difícil que le resultaba seguir viviendo. Aquella mañana era viernes, el último día laborable, y tenía reuniones con clientes importantes, y por momentos temí que el único propósito de su visita fuera desahogar conmigo sus penas, pues apenas disponía de tiempo, y no podía dedicarle más que unos pocos minutos. Supongo que mi impaciencia resultaría evidente, porque sin demorarse en más preámbulos me entregó la joya que sujetas y...

—Soy yo la que está perdiendo la paciencia —le interrumpe

Brisa—. Ve directamente al grano o atente a las consecuencias.

Mario traga saliva y opta por cambiar el ritmo de su relato, buscando una primera frase que capté el interés de Brisa.

—El destino o la fatalidad quiso que Arturo Gold, nuestro padre, fuera el siguiente en entrar a mi despacho —dijo, concentrando su mirada en los ojos de Brisa—. Cuando vio la cruz de esmeraldas sobre mi mesa, se puso lívido y apenas pudo articular palabra. Aunque nunca me había revelado que yo era su hijo, su reacción hizo que todas los pedazos de mi vida encajaran como un crisol fundido en una sola pieza. En aquel preciso instante supe con absoluta certeza que estaba frente a mi padre.

»Solo para ver si era capaz de recomponer su rostro desencajado le pregunté: «¿Te gusta esta joya?». Él acertó a decir que era muy especial, y quiso saber si era una joya única o si existían varias copias. Le mentí con cierta naturalidad: «Se la he comprado esta mañana a un anticuario y no me ha sabido dar explicaciones sobre su origen. Así que lo desconozco». La expresión de su faz se relajó un tanto, pero seguía observando la cruz como si fuera una aparición fantasmal.

—Podrías ser un buen narrador de historias si llegaras a vivir lo suficiente —apunta Brisa—. De momento, limítate a explicar por qué supusiste que él era tu padre.

—Tendría que haber estado ciego para no darme cuenta —aduce Mario—. El estado de *shock* que sufrió al ver la cruz en mi despacho delataba la enorme carga emocional que representaba para él. ¿Dónde podría haberla visto antes si Joan Puny la custodió en su casa durante el último cuarto de siglo? Con toda probabilidad, colgada del cuello de mi madre. A partir de aquel punto, me resultó muy sencillo unir los retales perdidos de mi vida. A los ocho años me quedé sin familiares. Nadie se hizo cargo de mí y los servicios sociales me destinaron a un centro educacional para niños problemáticos. Ya te puedes imaginar: hijos de presidiarios, prostitutas, drogadictos, enfermos terminales y demás causas perdidas. Para las monjas que nos cuidaban debía resultar desesperanzador constatar lo difícil que resulta no repetir el ciclo familiar. En mi caso, tuve «suerte». Una fundación extranjera me seleccionó entre todos los niños del centro para ofrecerme una oportunidad de oro: pagarme la mejor educación en los colegios más exclusivos, incluidas estancias en el extranjero durante los meses de verano, para aprender idiomas. Tras acabar la carrera y el máster en Londres, comencé a trabajar como gestor de cuentas en una oficina del Royal Shadow Bank en la isla de Man. Una vez más, me sonrió la «fortuna». Una mañana lluviosa apareció Arturo Gold por la puerta de la oficina y se convirtió en mi mejor cliente, al abrir conmigo una cuenta muy importante. Congeniamos muy bien, y, al poco tiempo, yo era el gestor de todo su patrimonio en el extranjero. Como te dije, había que estar muy ciego para no ver a mi padre tras aquellas inusuales coincidencias. Nunca me reconoció como hijo legítimo, pero tampoco me abandonó, sino que me tendió la mano desde el anonimato.

Brisa inhala una calada y expira el humo de su cigarrillo. No suele fumar, excepto en situaciones muy especiales. Esta lo es.

—Te voy a hacer una pregunta más. Quiero que la contestes con una sola palabra. ¿Lo has entendido?

Mario asiente en silencio. Sabe que su relato ha sorprendido a Brisa. Quizás haya abierto la primera brecha en su determinación, pero la situación sigue siendo extremadamente incierta y peligrosa.

—¿Cuál es el nombre de la fundación extranjera que patrocinó tus estudios? —inquiere Brisa.

—Gozo. Fundación Gozo —responde Mario.

Brisa apaga su cigarrillo contra un cenicero, se levanta de la silla y camina unos pasos por su habitación antes de dirigirse nuevamente hacia Mario.

—Es posible que tú y yo compartamos la sangre del mismo padre, pero eso no cambia las cosas. De hecho, las empeora. Por lo que a mí respecta, eres el principal sospechoso de la muerte de mi padre, y quizás el tuyo. La pena por tal crimen es una muerte lenta, muy lenta. No obstante, voy a concederte un juicio justo. Tendrás derecho a hablar exponiendo tu defensa. Yo seré la víctima, el jurado y la jueza. Quizás el sistema judicial tradicional sea más garantista de los derechos humanos, pero te aseguro que el mío es mucho más efectivo para averiguar la verdad. Te concedo quince minutos para que expongas tu defensa y expliques cómo llego esta cruz desde tus manos a la garganta de mi padre.

Capítulo 76

Mario volvió a tragar saliva antes de reanudar su relato. Si quería sobrevivir, sus palabras debían sonar tan sinceras como convincentes. Disponía de quince minutos para salvar el pellejo o firmar su certificado de defunción. Un tiempo breve que debía aprovechar con la intensidad y determinación propia de los más fuertes.

—Estuve en casa de Arturo, nuestro padre, poco antes de que muriese —reveló—. Hubiera podido interrogarle sobre la verdad de nuestra relación cuando vio la cruz en mi despacho, pero no era el lugar adecuado. La oficina estaba repleta de gente, y los clientes con quienes había concertado cita aguardaban impacientes su turno. Así que simulé una avería del sistema informático y prometí llevarle a su domicilio la documentación que él había venido a buscar. Me citó a las ocho de la tarde, y acudí allí como tantas otras veces. Solíamos repasar diversos temas financieros y después aprovechábamos para charlar de la vida en general y de nada en particular, saboreando una copa de vino.

»Aquella tarde, la última que pasamos juntos, no la podré olvidar jamás. Al entrar en su casa lo encontré solo, cariacontecido y con la mirada perdida. Había despachado al servicio, tal como solía hacer los fines de semana, pero algo raro flotaba en el ambiente. Su semblante mostraba un aspecto mucho peor que por la mañana, y parecía, literalmente, un hombre hundido. A la sensación de naufragio se unió la oscuridad. Un corte eléctrico en un tramo entero de la calle quiso que nuestro último encuentro tuviera como único testigo la tenue luz de una vela. Desde la perspectiva del tiempo, resulta inevitable suponer que antes de mi llegada recibió noticias de la colosal estafa perpetrada por Madoff. El castillo de naipes construido durante treinta años de engaños estaba a punto de derrumbarse arrastrando en su caída a victimas tan ilustres como mi apesadumbrado anfitrión. Yo no tenía forma de saberlo en aquellos momentos, por lo que atribuí su estado a la cruz de esmeraldas que había visto en mi oficina. No descarto que la joya influyera en hacer más grande su desolación, pues hay culpas que no se lavan ni con el transcurso del tiempo. Sea como fuere, aquello me brindaba la oportunidad de forzarle a revelar las escabrosas circunstancias que envolvían mi vida y su pasado.

»Así pues, como quien descarga una metralla de perdigones sobre un animal enjaulado, le pregunté: «Tú eres mi padre, ¿verdad?». Arturo, así le solía llamar yo, inclinó la cabeza y se tapó la cara con las manos. Después, volvió a mostrar su rostro a la luz de la única vela que iluminaba el salón de su mansión y me miró un largo rato antes de confesar que sí, que yo era su hijo.

Brisa repasó los rasgos que la unían a Mario. Ambos tenían el pelo rubio y la frente despejada, como su padre. Sin embargo, los ojos eran muy distintos. Los de Mario, grandes y azules, como los que exhibía Brigitte en la foto que había visto en casa de Joan Puny. Los suyos, en cambio, eran verdes y achinados. Resultaba innegable que Mario, al igual que ella, tenía unos labios carnales, sensuales, pero el dato no le pareció concluyente, pues la curva que dibujaban era distinta. También diferían sus narices, en forma y tamaño, pero no era menos cierto que ambos compartían un rostro anguloso de estructura felina, similar al de su padre. Los registros del *trust* en Gozo hubieran podido ayudarla a determinar si el hombre al que estaba interrogando era su hermano, pero Malta quedaba muy lejos. Brisa decidió supeditar su juicio al relato de Mario.

—Arturo, nuestro padre, se levantó, se dirigió al mueble bar, encendió una cerilla para ver en aquella oscuridad y se sirvió un generoso vaso de whisky sin hielo. Me preguntó si quería uno y le respondí que no. «Necesito entrar en calor», se justificó. Con paso vacilante, alcanzó el sillón que estaba frente a mí, dejó su copa en una mesita de cristal y, una vez acomodado, retomó la palabra: «Durante toda mi vida he sido un esclavo de las apariencias. Ya no tiene sentido seguir fingiendo, pues parece que este sea el día elegido por el destino para que rinda cuentas de todos mis actos. Quizá no te guste lo que vas a escuchar, pero tienes derecho a saber la verdad sobre por qué mantuve oculta mi paternidad». Le respondí, cortante, que suponía que el hijo ilegítimo de una cabaretera no estaba a la altura de su apellido.

»Entonces, con voz grave, me dijo: «Resulta fácil juzgar a los demás y, en mi caso, no te faltan motivos. Mi vida ha sido una mentira, una loca carrera guiada por el dios del dinero y de la falsa honorabilidad. Ahora lo único que te puedo ofrecer es mi verdad desnuda. Una verdad sucia, oscura y patética. En suma, una verdad de hombre a hombre».

»Acarició su copa y bebió un trago largo, como si quisiera coger fuerzas para continuar hablando: «Cuando conocí a Brigitte, tu madre, ya estaba comprometido y las invitaciones de boda cursadas. De no haber acudido a El Molino a celebrar mi despedida de soltero, todo habría sido muy diferente. No albergaba dudas sobre mi futuro matrimonio. Lorena era joven, guapa, inteligente, de buena familia y compartíamos amistades desde la adolescencia. No podía soñar con nada mejor. Hasta que Brigitte salió al escenario. En cuanto la vi, quise hacerla mía para siempre. Un temblor me recorrió de pies a cabeza, impidiéndome pensar. Bailaba con el cuerpo flexible de una gata y rezumaba sensualidad en cada palmo de sus curvas, pero no fue la bruta lujuria la única emoción que me cegó. Era hermosísima, elegante y seductora, sí, pero había algo más. El mismo cuerpo, con diferente alma, solo habría sido para mí otra chica bonita incapaz de hacerme sentir emociones que ni siquiera sospechaba que pudiera albergar… La primera vez que toqué su piel, en el baile que se organizó después de la función, no era dueño de mis actos. Quizás hubiera debido romper todas las invitaciones de boda esa misma noche, pero no lo hice.

»Brigitte era la pasión abrasadora, tan pura que me dolía cada roce y cada ausencia; un mundo desconocido, ignoto y salvaje. Lorena era la tierra firme, segura y tranquilizadora. Dejarla plantada ante el altar equivalía a un suicidio social. Las amistades me hubieran dado la espalda; la mayoría de mis clientes (viejos conocidos de nuestras familias) hubieran confiado sus inversiones a otro corredor y, de haber pretendido desposar a Brigitte, hasta mi propia familia me hubiera retirado la palabra. Creerás que exagero, pero treinta y tantos años atrás Barcelona era una ciudad mucho menos abierta que en la actualidad, y los círculos en los que me movía hubieran exigido cerrar filas contra un traidor a su propia clase.

»No pude dejar ninguno de los dos mundos. Me produjo vértigo dar un salto mortal sin red y también me resultó imposible renunciar a Brigitte. Dirás entonces que fui un cobarde —prosiguió Arturo, sin dejar de beber con ritmo fluido de la copa que sujetaba su mano—. Quizá sí, pero una noche le propuse a Brigitte hacer las maletas, abandonar Barcelona y empezar desde cero en otro país. Ella se rio. Me aseguró que era imposible, que no saldría bien. Brigitte era tan joven e inconsciente…, o demasiado consciente. Según me decía, lo nuestro era una pasión destinada a brillar como una estrella fugaz antes de explotar. Nos prometimos que dejaríamos de vernos en cuanto me casara con Lorena. Por supuesto, fuimos incapaces de cumplir nuestra promesa, y un buen día me anunció que se había quedado embarazada. Mi esposa también esperaba un bebé. ¿Qué podía hacer?

»Me vi abocado a llevar una doble vida —me dijo, apurando el whisky de un solo trago—. No te puedes imaginar la angustia que eso provoca. Mi vida se convirtió en un sobresalto continuo, una especie de bomba de relojería que podía explotar en cualquier momento. El dinero me permitió ganar tiempo, pero no paz. Al principio, las cosas fueron mejor de lo que me esperaba. Brigitte se trasladó a un lujoso piso, propiedad de una de mis sociedades, y le asigné una mensualidad generosa, extremadamente generosa. La antigua bailarina empezó a vivir como una gran señora, con servicio las veinticuatro horas y tiempo libre para hacer lo que le venía en gana. Nos seguíamos viendo, por descontado, pero mis negocios, la vida social y mi familia oficial exigían dedicación.

»Aquello no podía durar ni salir bien, de ninguna manera. Con el tiempo, Brigitte me empezó a ignorar. Salía con quien quería cuando se le antojaba y no se ponía ningún tipo de freno. Mi papel de amante fue sustituido progresivamente por el de cajero automático. Lo cierto es que me sobraba el dinero, y, de haber tenido la cabeza más fría, hubiera evitado tragedias posteriores. Por desgracia, estaba loco por Brigitte y ella lo sabía. Jugaba a un juego muy peligroso, demasiado al límite como para no quemarnos. Un día, ella me provocó, se burló de mí y me dijo cosas terribles, cosas que ninguna mujer debería decir jamás a un hombre. Perdí el control y llegamos a las manos, pero ella siguió riéndose como una loca. Había empezado a consumir coca, y probablemente se había pasado de la raya. Le juré que no le daría ni un duro más. Brigitte sonrió y replicó que le seguiría pagando todos sus caprichos tanto si quería como si no. Después, me dio la espalda y se encerró con llave en su habitación.

»Ofuscado y rabioso, lo único que hallé a mano para herirla fue una cajita de terciopelo que contenía una pequeña joya de la que estaba enamorada: la cruz de esmeraldas que vi sobre tu escritorio esta mañana. En un arrebato que tenía más de impotencia que de bravura, me la llevé a casa».

»Arturo hizo una pausa, como si de repente comprendiera que había hablado más de la cuenta, y me miró con los ojos turbios de alcohol. Entonces caí en la cuenta de que la copa de whisky que se había acabado como si fuera zumo natural no era la primera que se bebía aquella tarde.

»En voz baja, casi hablando para sí, me dijo que era muy sorprendente que aquella cruz hubiera ido a parar precisamente a mis manos. Tuve que mentirle, para reafirmarme en mi versión inicial: «La compré en una tienda de antigüedades del casco viejo. Fue algo así como un flechazo extraño, pues no soy aficionado a coleccionar este tipo de joyas. De hecho, andaba buscando un regalo para una mujer con la que mantengo una relación muy especial, pero me quedé tan misteriosamente atraído por la cruz de esmeraldas que decidí quedármela para mí. Sabiendo ahora que se trataba de una de las joyas favoritas de mi madre, puedo comprender mejor el porqué. Debí de haberla visto muchas veces y, de alguna manera, mi inconsciente fue capaz de relacionar la cruz con los recuerdos perdidos de mi infancia. Como dijo Pascal hace ya más de trescientos años: el corazón tiene razones que la razón desconoce...».

»Arturo se levantó sin decir nada, avanzó a tientas hasta el mueble bar del salón, se trajo consigo una botella de Lagavulin medio vacía y, tras escanciarse otra copa, siguió hablando: «La historia de esta cruz es tan rocambolesca como nefasta. Brigitte ya me habló de ella en nuestra primera cita. Al igual que tú, la vio en una tienda de antigüedades y se quedó prendada de ella. Naturalmente, se la compré sin reparar en el precio. Para ella siempre fue algo más que una joya. Nunca entendí por qué, pero la adoptó como una suerte de talismán mágico. Si no se la hubiera comprado, o no me la hubiera llevado a mi casa, ofuscado por nuestra acalorada discusión... A veces, hijo mío, la belleza está maldita».

»Tras pronunciar aquella frase, miró su vaso de whisky maltés como quien consulta un oráculo, lo dejó pesadamente sobre la mesa y guardó un obstinado silencio. Aunque parecía tan absorto en sus pensamientos que casi ni se daba cuenta de que yo seguía allí le dije que no entendía lo que quería decir para invitarle a seguir hablando. «Porque el gozo encierra sufrimiento, y la belleza, desgracias. Al menos, esa ha sido mi experiencia de la vida —sentenció, como si ya estuviera despidiéndose de la suya—. De no haber sido tan bella la cruz de esmeraldas, mi esposa no se hubiera encaprichado de ella cuando la encontró en el bolsillo de mi americana. Ya sabes lo descuidados que llegamos a ser los hombres y cómo les gusta a las mujeres registrarlo todo. Naturalmente, tuve que improvisar una mentira: le aseguré que era un regalo sorpresa que le quería ocultar hasta el día de su santo. A mi esposa le fascinó la joya no solo por su belleza, sino porque esa cruz de doble travesaño se conoce en Francia como cruz de Lorena, que era precisamente su nombre de pila. Entusiasmada por lo que creyó que era un hermosísimo regalo preñado de simbolismo, mandó labrar una fina cadena de oro para utilizar la cruz como colgante. Esa fue su perdición. Una soleada mañana, un rufián se fijó en ella y se la quiso robar amenazándola con un cuchillo. Lorena se resistió y el desgraciado le acuchilló en la garganta. Resulta tan absurdo morir por culpa de una joya tan diminuta...».

Arturo volvió a quedarse callado, y yo compartí su silencio mientras ataba los cabos de aquella historia turbia y sangrienta que había marcado mi infancia. Dejé que apurara otra copa antes de preguntar lo que deseaba saber: ¿qué había pasado con mi madre después de su discusión». Con la mirada perdida me dijo: «Casi no nos volvimos a ver. Me amenazó con montar un escándalo si no le pagaba lo que exigía, y llegamos a un acuerdo económico mensual con el que se mostró satisfecha».

»Me resultó obvio que Arturo no deseaba remover esa parte de su pasado, pero yo no estaba dispuesto a concederle la paz del olvido, sino todo lo contrario. Le pregunté, fingiendo una espontánea curiosidad, si no quiso recuperar también la cruz de Lorena. «Sí, pero tuvo que conformarse con la jugosa paga mensual», me respondió Arturo, sin añadir más explicaciones. «Hasta que desapareció para siempre», apunté yo, mirándole fijamente, con dureza.

»Arturo se revolvió incómodo en el sillón, y sus ojos, embotados de alcohol, recuperaron por un momento el brillo perspicaz tan característico de nuestro padre: «Lamentablemente, Brigitte se adentró por caminos de los que pocos regresan. La cocaína y las malas compañías fueron su perdición. Nunca sabremos lo que le ocurrió». Al contrario —repliqué yo—. Resulta obvio que la mataste —añadí.

»Arturo se enfadó conmigo y me acusó de haber perdido el juicio. «En absoluto —respondí con calculada frialdad—. Solo hace falta unir los cabos para darse cuenta de que no queda ninguno suelto. Si Brigitte hubiera revelado al mundo tu doble vida, el escándalo hubiera sido mayúsculo y hasta podrías haberte visto implicado en el asesinato de tu esposa. Más de uno hubiera podido sospechar que contrataste a un sicario para sacártela de encima. Sin llegar a eso, tú mismo has confesado que mi madre te chantajeaba y que vuestra relación había llegado a su fin. Más aún. Has afirmado que se drogaba y que su comportamiento era imprevisible. No hace falta ser Sherlock Holmes para deducir que el principal beneficiado de su desaparición fuiste tú»

»Él rompió a sudar copiosamente y se llevó las manos a la cabeza, como si quisiera despejar las vaporosas brumas etílicas del malta escocés. Trató de defenderse: «Te dejas llevar por el rencor… Es verdad que no me ocupé de ti durante la infancia, pero le daba a tu madre dinero suficiente para que lo hiciera por mí. Podrás acusarme de haberte abandonado durante un año en aquel orfanato, pero me redimí ofreciéndote, a través de mi fundación, la mejor educación que un muchacho podía recibir. Te acostumbraste a los colegios más exclusivos y a las estancias pagadas en el extranjero todos los veranos. En cuanto conseguiste tu primer trabajo me convertí en tu mejor cliente, y te abrí las puertas de tu presente profesional. Tal vez no haya sido un padre ejemplar, pero creo que he hecho más que la mayoría. Debes creerme: yo no mandé asesinar a tu madre».

»No le creí. Sus propias palabras le habían delatado. Su expresión corporal y su nerviosismo también le acusaban. Asqueado, extraje la cruz de esmeraldas del bolsillo de mi chaqueta y se la arrojé a la cara. «¿Acaso crees que todo se puede comprar con dinero? —le grité con furia—. ¡Eres tan cobarde que ni siquiera te atreviste a matar a mi madre! Encargaste su asesinato. ¿No es eso? Quédate con la cruz de tu vergüenza y llévatela a la tumba contigo. No quiero nada que provenga de tu sucio dinero. Eres una especie de moderno rey Midas, que mata con su tacto cuanto roza…»

»Podría haberle dicho muchas más cosas. Podría haberle matado. Pero no lo hice. Me levanté, le di la espalda y me fui.

Capítulo 77

—Tu tiempo ha terminado —dijo Brisa tras consultar su reloj.

Existía un tiempo para cada cosa sobre la faz de la Tierra.

Un tiempo para hablar y un tiempo para callar.

Un tiempo para vivir y un tiempo para morir.

Tiempo de sembrar y tiempo de recoger la cosecha.

Tiempo de matar y tiempo de sanar.

Tiempo de rasgar y tiempo de coser.

Tiempo que buscar y tiempo que perder.

Tiempo de amar y tiempo de odiar.

Tiempo de guerra y tiempo de paz.

A ella le tocaba el tiempo de juzgar. Mario había apostado muy fuerte. Aun estando atado y completamente a su merced, había tenido el coraje de relatar con aplomo una historia que dejaba muy malparada la imagen de su padre. Pero aquella imagen coincidía con la que ella tenía y la historia aportaba luz sobre los aspectos más oscuros de su turbulenta vida sentimental.

Brisa nunca se había sentido querida por su padre, y estaba convencida de que tampoco había sido un hombre enamorado de su esposa. El relato de Mario no solo concordaba con sus propias emociones íntimas, sino que le permitía comprender mejor aspectos capitales en la existencia de su padre. La atormentada relación con Brigitte y su sórdido final bañado en sangre explicaban perfectamente su comportamiento posterior con las mujeres. Incapaz de mantener una nueva relación sentimental, había optado por encuentros esporádicos con profesionales del sexo, como otro ingrediente del selecto surtido de lujos que le proporcionaba el dinero. Su fachada romántica de sensible caballero fiel a su esposa hasta después de su muerte nunca fue más que una mentira patética.

Brigitte le había hecho sufrir, y le había llevado a matar. Cargaba con dos muertes a sus espaldas, y con un doble fracaso mayúsculo del que habían nacido Mario y ella. El dinero, el único lenguaje que había entendido durante su vida, le permitió continuar gozando de los placeres carnales sin arriesgarse a mantener contactos reales, de corazón a corazón. La vida de su padre había sido muy triste, y esa tristeza, profunda, se había filtrado de diferentes maneras en sus dos hijos. A ella, la niña nacida por las exigencias urbanas de la buena sociedad barcelonesa, le tocaba decidir sobre la vida o la muerte de aquel hijo fruto de esa pasión desbocada.

Brisa sabía de sobra lo difícil que resultaba mentir improvisando un relato creíble durante las horas posteriores a la ingesta de ayahuasca. Lo que Mario había contado resonaba con el eco de la verdad. Con pasmosa tranquilidad, había ido desgranando hechos y detalles que encajaban como piezas del mismo puzle con otras partes de la historia que ella ya conocía.

Repasó los fragmentos de las distintas fuentes en busca de contradicciones. No las halló: todos los retazos dispersos se unían entre sí, configurando un mosaico reconocible a través del tiempo. Así, por ejemplo, Brigitte no habría visto por casualidad la cruz de esmeraldas en una tienda de Barcelona. Con toda probabilidad ya conocía la dirección del anticuario que la exhibía en sus vitrinas cuando llegó a la ciudad. Tan manipuladora como irresistible, no le habría resultado difícil averiguar en su pueblo natal el destino final de las joyas vendidas por su noble y arruinada familia.

A juzgar por el efecto que aquella hermosa bailarina producía en los hombres, la cruz de esmeraldas no habría sido el único objeto familiar recuperado por ella gracias a los regalos de sus rendidos admiradores. Sin duda, había sido una seductora peligrosa, y el infeliz Joan Puny, otro pelele al que utilizó para obtener algunos de sus caprichos: la cruz de esmeraldas y el asesinato de su madre. Todos los protagonistas de la desgraciada historia ya estaban muertos, salvo Joan Puny, condenado a seguir viviendo. Y allí, en aquella habitación, ella podía añadir otro capítulo truculento a la historia de su familia.

¿Había matado Mario a su padre?

El grueso de la historia encajaba demasiado bien como para ser inventada. Los efectos de la ayahuasca dificultaban el análisis racional indispensable para elaborar mentiras creíbles e impulsaban a contar la verdad a quienes la ingerían. Sin embargo, su influencia no eliminaba la voluntad ni las facultades de quienes bebían el brebaje amazónico. ¿Y si su hermanastro hubiera optado por narrar un relato casi fiel a la realidad, en el que tan solo hubiera distorsionado el último giro? En lugar de levantarse e irse de la casa, Mario podría haber aprovechado la oscuridad y el estado etílico de su padre para diluir una dosis de LSD en el whisky. Después, solo habría tenido que esperar unos minutos para ahorcarle sin oposición, haciéndole tragar la cruz de las desgracias como colofón.

—Tu historia es brillante —dijo Brisa—, pero no completamente cierta. Cuando llegaste a la mansión de nuestro padre, ya llevabas en tus bolsillos la droga con la que vencer su resistencia y los guantes que emplearías para no dejar huellas cuando lo ahorcaras. ¿No es así? Te había llamado, desesperado, tras tener noticias de la estafa de Madoff para discutir contigo el margen de maniobra que le restaba. Y tú sabías muy bien que, dadas sus circunstancias financieras, la policía concluiría que se había suicidado a causa de su inminente ruina.

—Lo que te he contado es la pura verdad —replicó Mario.

—Lo dudo. Sin embargo, lo acabarás haciendo: conozco métodos muy lentos que me permitirán averiguar hasta el menor de los detalles —amenazó Brisa—. Es tan solo cuestión de tiempo, y yo no tengo prisa…

—Te equivocas —repuso él—. Si me torturas, en lugar de la verdad, te diré lo que quieras.

Brisa contempló a Mario con respeto. Desnudo, atado y sin estar en plena posesión de sus facultades, no perdía el arrojo ni la capacidad de influir en ella. No estaba completamente segura de si su hermanastro había cometido parricidio, ni tampoco de qué habría hecho ella de ser Mario. Lo más probable, caviló, es que nunca pudiera responder con certeza a ninguna de las dos preguntas.

—De momento, ya has confesado ser tú quien me amenazó en el hotel de Londres —le recordó Brisa, buscando comprobar sus reflejos mentales con un brusco cambio de tema.

—Solo para salvarte la vida —se defendió Mario—. De no haber renunciado a seguir indagando en las cuentas que nuestro padre poseía en la isla de Man, quienes están detrás de las operaciones no hubieran vacilado en matarte. Fui yo quien los convencí de que no sería necesario recurrir a tal cosa.

—¿Y con qué argumentos? ¿Alegando que soy la hermanita que siempre quisiste tener? —preguntó Brisa con tanta ironía como escepticismo.

—Me bastó con recurrir a un tecnicismo legal —esgrimió Mario con una débil sonrisa—. Les recordé que habías acudido a diversos notarios después de averiguar que tu padre guardaba comprometedores secretos relacionados con sus cuentas en el extranjero, secretos peligrosos que podían poner en peligro tu vida. ¿Y si para protegerte habías dictado testamento nombrando heredero a algún periodista estrella dispuesto a ventilar toda la mierda en caso de que resultaras asesinada? Los convencí de que era más seguro para ellos mantenerte viva que matarte, siempre que estuvieras lo suficientemente asustada para abandonar tus pesquisas. Los mensajes anónimos no te amedrentaron lo más mínimo, así que, cuando decidiste viajar a la isla de Man en mi compañía, me ofrecí a hacer el trabajo sucio por ellos. Aceptaron darme una oportunidad. Al fin y al cabo, yo era uno de los principales interesados en que no saliera a la luz ninguna información sobre esas cuentas, por haberlas gestionado personalmente durante los últimos años.

—Y disfrutaste con el encargo, ¿no es verdad, cabrón? —le preguntó Brisa, apretando con fuerza la pistola eléctrica contra sus testículos.

—Lo mío solo fue una elaborada puesta en escena, sin más secuelas que las psicológicas —repuso Mario con un hilo de voz—. De haber dejado que actuaran otras personas, hubieras sufrido graves lesiones. Este tipo de gente no se anda con chiquitas. Te lo aseguro…

O Mario era el mayor virtuoso de la mentira con el que se había topado, o… Resultaba imposible que tuviera respuestas tan rápidas y convincentes para todo. Brisa apartó suavemente la pistola de sus testículos.

Él respiró aliviado y prosiguió, con aquella voz profunda de encantador de serpientes.

—De alguna manera, estamos empatados: ambos nos hemos torturado mutuamente sin infligirnos daños graves. Te propongo un pacto de hermanos: si firmamos la paz y me desatas, te contaré algo que podría salvarte la vida.

Brisa acarició delicadamente su artefacto eléctrico y le miró con aire de superioridad.

—Me lo dirás igual, tanto si quieres como si no.

Mario le devolvió la mirada con una curiosa mezcla de inocencia y firmeza.

—Si me torturas, te diré lo que quieras oír, o quizá me inventaré una historia. Nunca sabrás si miento o no. Y tal vez no salves tu vida, por no respetar la mía.

Brisa dibujó una sonrisa muda con los labios. Eran hermanos y llevaban la mentira en la sangre. Las palabras de Mario no podían asustarla: a ella no le importaba morir, porque una parte suya ya estaba muerta. Si quieres vengarte, cava dos tumbas...

Toda su vida había querido vengarse de algo. Del asesinato de su madre, del carácter de su padre, de su falta de amor por ella y de tantas otras cosas... Pero su padre ya estaba muerto, el asesino de su madre había quedado encerrado en la peor cárcel posible y, por mucho que lo deseara, no era posible vengarse de la existencia sin ser uno mismo la primera víctima.

El silencio se apoderó de la estancia mientras ambos se miraban a los ojos tratando de comprender lo inaprensible, aquello que no puede ser nombrado, pero que determina el destino de los hombres.

Brisa guardó la pistola en su bolso y comenzó a desatar las ligaduras de Mario. En aquella disputa fraternal, había algo más en juego que la vida o la muerte.

Los efectos de la droga y la tensión producida por las cuerdas en las articulaciones de Mario había sido lo suficientemente intensos como para que no pudiera incorporarse por sí mismo. Brisa le ayudó a levantarse y le condujo hasta un mullido sillón abatible, diseñado para proporcionar reconfortantes masajes al pulsar el botón adecuado.

—En el fondo somos muy parecidos —afirmó Brisa—: capaces de hacer lo que sea por conseguir nuestros objetivos. Ahora, estamos en paz.

—Solo si me ofreces un cigarrillo —repuso Mario con una media sonrisa.

—Ya sabes que fumar perjudica seriamente la salud —observó Brisa, con malicia.

—Si los indios eran capaces de fumar la pipa de la paz para evitar una guerra, nosotros también podemos permitirnos un cigarrillo después de lo que hemos pasado —apuntó Mario.

Brisa arqueó las cejas, sacó de su bolso un paquete de tabaco y le ofreció un cigarrillo.

—Ahora que ya somos amigos, eres libre para contarme lo que, según tú, podría salvarme la vida. No es que me importe demasiado, pero me gusta estar bien informada.

Mario exhaló una bocanada de humo con evidente satisfacción. Después mudó su rostro a una expresión más grave.

—Ten mucho cuidado —le advirtió con voz queda—. Tu teléfono y tu ordenador están intervenidos. Hiciste muy bien en cancelar las cuentas de tu padre en la isla de Man, pero si tuvieras acceso a cualquier otro tipo de documentación confidencial no se lo entregues a nadie, o te matarán. Esta gente no conoce ni la piedad ni las buenas costumbres.

—¿Incluso si hubiera dejado como heredero a algún periodista mediático con afán de protagonismo? —preguntó Brisa.

—Ya has quemado esa carta. Ellos estaban muy preocupados por las operaciones realizadas en la isla de Man, pero, al haberlas cancelado, ningún heredero tuyo tendría derecho a solicitar información sobre ellas. Si accedieras, por otra vía, a documentos peligrosos archivados por tu padre en algún lugar secreto, una vez que los recuperaran no tendrían ningún problema en asesinarte. ¿Lo entiendes?

—Perfectamente —respondió Brisa.

Capítulo 78

—Al final, vivieron felices y comieron perdices.

Cuando Roberto acabó de leer la historia de Blancanieves, María dormía plácida y profundamente, como si la paz infinita hubiera descendido sobre la Tierra. Relajada, con su cabecita descansando sobre la almohada y sin más movimientos que el de su confiada respiración, parecía imposible que apenas unos minutos antes hubiera estado berreando con la fuerza de un volcán.

Siempre había admirado la capacidad de los niños para cambiar su estado de ánimo de un instante a otro, sin esfuerzo ni transición. Al contrario que a su hija, a él le resultaba imposible desconectar de sus problemas u olvidar sus preocupaciones. Paradójicamente, reflexionó, la inocencia de los niños era su mejor protección. Sin embargo, él no podía permitirse la fe de los inocentes ni creer en las fábulas románticas de Walt Disney. La cruda realidad era muy diferente. Los matrimonios no vivían felices el resto de sus días comiendo perdices.

Roberto se preguntó por qué su exmujer le habría llamado. La excusa esgrimida, que su hija había estallado en un ataque de nervios a la hora del almuerzo reclamando su presencia, le parecía un cuento chino. La respuesta le aguardaba al otro lado de la puerta.

Una vaga sensación de *déjà vu* le asaltó al entrar en el salón que habían compartido durante los últimos años. Todo seguía igual: la mesa de centro de nogal, los mullidos y cálidos sofás color crema, la rústica chimenea, la televisión extraplana colgada sobre la pared... El único cambio era que él ya no formaba parte de aquel hogar desde que un juez le había ordenado que lo abandonara por el grave delito de ser un cornudo.

Reparó en el aspecto de Olga. Aunque lucía un *look* casual, su cabellera negra relucía brillante, tenía los labios pintados de suave color carmesí, los ojos maquillados y vestía vaqueros desgastados combinados con una camisa blanca, sencilla y ajustada. En otro tiempo no hubiera dudado en pensar que estaba terriblemente atractiva, pero ya no la podía mirar de la misma manera.

—Nunca había visto a María llorar tan desconsoladamente —afirmó ella—. Reclamaba tu presencia con tal desespero y parecía tan fuera de sí que dudé entre llamarte a ti o a un médico.

—No te preocupes —la tranquilizó Roberto—. No tenía nada especial que hacer, y veo tan poco a la niña que hasta hecho de menos sus berrinches.

Olga le miró con expresión dulce y comprensiva.

—Lamento que no pases más tiempo con ella. Mañana tenía pensado irme de excursión con ella. ¿Quieres acompañarnos? Podríamos quedarnos a dormir en alguna casa rural del Montseny, como hacíamos antes. Es tan bonita la montaña en el mes de enero…

—No me parece la mejor idea —objetó Roberto con frialdad.

—Se me había ocurrido que compartir una excursión no era algo tan malo —dijo ella con expresión resignada.

—Me temo que el tiempo para hacer cosas juntos ya pasó —apuntó él, cortante.

Olga agachó ligeramente la cabeza y guardó un reflexivo silencio antes de hablar nuevamente.

—Cometí un terrible error, pero tenemos una hija en común, y siempre te he querido. Estaría dispuesta a cualquier cosa si me quisieras perdonar.

La realidad, constató Roberto, estaba muy alejada de los cuentos con los que se alimentan las ilusiones de los niños.

—El perdón no tiene nada que ver con lo que me pides. La cuestión es que ya no estoy enamorado. Eso no es algo que pueda cambiar, ni aunque quisiera.

ϒ

Los sentimientos y las pasiones que dirigen nuestras vidas no se pueden controlar, pensó Roberto al salir de su antigua casa. Del mismo modo que le resultaba imposible sentir deseo alguno por su exmujer, tampoco era capaz de sacarse a Brisa de la cabeza.

Como respondiendo a una improbable conexión invisible, en ese momento sonó el teléfono. Era ella.

—Nunca dejas de sorprenderme —la saludó Roberto, a la defensiva—. No creí que volvieras a llamarme después de nuestra última conversación.

—Te debo una disculpa de las grandes por aquel numerito —dijo Brisa con esa voz que tantas emociones le despertaba con solo escucharla—. Todo lo que te dije en la discoteca Undead era mentira, pero necesitaba alejarte de mi lado y, de paso, impedir que te vieras involucrado en un crimen. Cuando coincidimos en la discoteca estaba planeando matar a Mario y no podía permitir que te entrometieras. Es una larga historia que ya terminó y que necesito contarte…

—Como te decía, nunca dejas de sorprenderme.

—¿Por qué no me acompañas a pasear por Collserola y charlamos como viejos amigos?

Capítulo 79

Grandes pinos, alcornoques, robles y algunos plátanos jalonan el sendero por el que transitan. Hace frío, pero Roberto apenas lo siente, absorto como está en el increíble relato que escucha. Pistolas eléctricas, drogas alucinógenas, interrogatorios al filo del abismo y el inesperado origen de Mario superan con creces cuanto hubiera imaginado previamente.

—Eres una mujer peligrosa —dice.

—Y no solo con mis enemigos. A veces también soy un peligro para mis seres queridos, e incluso para mí misma —afirma Brisa, muy seria.

Roberto respira el aire húmedo del pinar y observa a lo lejos los caminos que se bifurcan en los bordes del estanque. Tan solo unas cuantas horas atrás, Olga le había comentado lo mucho que le gustaría pasear por la montaña, y ahora lo hace acompañado de una mujer imprevisible; cuanto más la trata, más intrigante le parece. En su rostro se dibuja un rictus de tristeza y sus ojos permanecen ligeramente entornados.

—Cuando murió mi novio, en California, me sentí tan culpable que estuve al borde del suicidio —susurra—. Es la primera vez que hablo de ello —añade con voz entrecortada.

—Ni siquiera sabía que hubieras tenido un novio —miente Roberto, arqueando las cejas.

—Ha pasado más de un año y todavía me duele tanto como cuando lo encontré ahogado en la piscina de mi casa. No creo que lo pueda superar…

—¿Murió en tu piscina? —pregunta Roberto, fingiendo

sorpresa, pese a estar bien informado por Pepe de aquel inquietante episodio de su vida.

Brisa asiente y se para frente a un roble alto de tronco grueso, como si buscara aproximarse a la fuerza con que el árbol sostiene su vasta copa repleta de hojas.

—Su imagen me persigue como una sombra. Lo quería con la apasionada locura del primer amor. Fue un flechazo a primera vista con el que atravesé nuevos cielos y algunos infiernos. Paul era sensible, idealista y brillante, pero también inseguro e inestable. En su adolescencia flirteó con drogas tan nocivas como la cocaína, y tuvo serios problemas con el alcohol. Cuando nos conocimos, en la universidad, ya había dejado esos hábitos destructivos, pero hay adicciones que siempre permanecen latentes. Agazapadas en los pliegues del alma, aguardan pacientes su momento y aprovechan cualquier flaqueza para adueñarse nuevamente de quien vuelve a reclamar su dosis de veneno. Es una enfermedad como otra cualquiera, pero yo, que soy psicóloga, no lo supe entender. Las últimas palabras que le dirigí fueron terribles. Siempre tendré que cargar con ese peso.

—Sé muy bien lo que quieres decir —sostiene Roberto—. Yo también soy capaz de comportarme de un modo hiriente con personas con las que me unen lazos muy íntimos.

—Yo fui mucho más que hiriente —asegura Brisa—. Recuerdo perfectamente cada detalle de aquella terrible noche. Paul había quedado con unos viejos amigos para tomar unas cervezas y bailar en una conocida discoteca. Yo tenía una cena de compromiso y me incorporé más tarde. Cuando llegué, estaba borracho y había esnifado un par de rayas. Perdí los nervios y, hecha una furia, me puse a chillarle en público cosas tremendamente humillantes, cosas muy difíciles de soportar por ningún hombre. Nadie conoce mejor que una novia los puntos débiles de su pareja, y yo no dejé ningún botón sin pulsar. Sus amigos trataron de calmarme. Solo sirvió para que me enzarzara con ellos en una discusión tan escandalosa que los guardias de seguridad acudieron a imponer orden. Avergonzado, Paul optó por desaparecer de la escena. Perdí un tiempo precioso buscándole por las dos plantas de la discoteca. Su motocicleta ya no estaba cuando llegué al aparcamiento. Su móvil no respondía a mis llamadas y supuse que buscaría refugio en su bar musical favorito. Me equivoqué. Cuando llegué a casa, lo encontré flotando boca abajo en la piscina...

Roberto comparte el afligido silencio de Brisa sumido en sus propias reflexiones. La versión de su amiga coincide con la información de la agencia de detectives americana...

—Fue el inicio de mi particular descenso a los infiernos —prosigue ella, con una mueca de dolor dibujada en su hermoso rostro—. Como un fantasma, me perseguía la idea de que Paul se había suicidado por cuanto le había dicho...

—Nadie en su sano juicio se mata por una bronca de su novia —interrumpe Roberto, tratando de detener las tortuosas elucubraciones mentales de Brisa.

—Ya lo sé, pero no dejaba de recordarme a mí misma que el alcohol y la cocaína actúan como amplificadores de las emociones más negativas cuando quien ha abusado de ellas entra en una fase depresiva.

—Sinceramente, me parece más lógico pensar que cayera a la piscina y se ahogara a causa de su mal estado.

—Sí —concede Brisa—, pero yo me repetía sin cesar que, de haber sido más comprensiva, en lugar de haber reaccionado como una fiera, no habría ocurrido ningún accidente... El caso es que me consideré la única y exclusiva responsable de su muerte. Hubo quien llegó todavía más lejos, y me convirtió en la principal sospechosa de un homicidio voluntario.

—¿Cómo pudo imaginar nadie algo tan descabellado? —pregunta Roberto, pese a conocer de antemano la respuesta.

—Una muerte tan extraña levantó suspicacias e investigaciones. No tardó demasiado en descubrirse que había practicado con mis pacientes terapias alternativas utilizando LSD y ayahuasca, algo rigurosamente prohibido por el código deontológico de la universidad. No hizo falta demasiada imaginación para que alguien relacionara la cocaína consumida por Paul con mis experimentos.

—Si también empleabas cocaína en tus terapias...

—¡Por supuesto que no! —exclama Brisa, indignada—. La cocaína es una droga adictiva manipulada químicamente por mercaderes de la muerte y su consumo siempre resulta perjudicial. En cambio, la ayahuasca y el LSD, utilizados dentro de un contexto terapéutico, son capaces de producir cambios enormemente positivos en las personas. Y, sin embargo, me convertí en sospechosa de asesinar a mi novio por el mero hecho de haber ayudado a la gente utilizando métodos poco convencionales.

—¿Qué te llevó a explorar métodos tan inusuales? —pregunta Roberto, deseoso por saber más sobre los misterios que rodean el pasado y la personalidad de su amiga.

—Yo siempre he sido inusual. Por eso me interesé en un innovador programa psiquiátrico desarrollado en Canadá a principios de los años cincuenta en el que se administró LSD a pacientes alcohólicos. Los resultados fueron inesperadamente positivos y establecieron los fundamentos del tratamiento en el que me basé para tratar a mucha gente.

—Lo cierto es que yo siempre he asociado droga con descontrol, y me parece increíble que, en lugar de añadir fuego al incendio, pueda ayudar a curar enfermedades psicológicas.

—Comprendo tu escepticismo, pero querer tenerlo todo bajo control no siempre es la mejor manera de fluir con la existencia. Muchos pacientes se aferran a sus rígidas pautas mentales porque eso les proporciona la falsa seguridad de lo conocido. Paradójicamente, su afán por no perder el control les impide solucionar sus conflictos. La mayoría mantiene bloqueados recuerdos traumáticos de la infancia, pero para sanar deben revivir esas experiencias y descargar la energía que les continúa estrangulando desde su pasado irresuelto. En palabras llanas: deben llorar su dolor.

—Algo así como la catarsis que propugnaban los antiguos autores griegos —señala Roberto.

—Exactamente. Los filósofos griegos eran tan sabios que el propio Freud tomó prestados algunos de sus conceptos milenarios para formular sus teorías revolucionarias. El problema es que la práctica no siempre comparte camino con la teoría, y la mayoría de las personas psicoanalizadas no logran revivir sus emociones secuestradas. En cambio, una dosis adecuada de LSD es capaz de obrar el milagro de que los pacientes rememoren los sucesos pasados tal cual los vivieron cuando todavía eran niños, bebés o recién nacidos.

—Tal como lo explicas —dice Roberto, esbozando una sonrisa—, bastaría recetar una dosis de LSD para acabar con los problemas mentales de media humanidad.

—Si fuera tan fácil —reconoce Brisa—, los psicólogos nos quedaríamos sin trabajo. Algo que de momento no ocurrirá, porque, si bien el LSD puede provocar avances extraordinarios, hay personas a las que jamás debería recomendarse este tipo de sustancias, bajo ningún concepto. Lo cierto es que sus efectos suelen ser más perturbadores que terapéuticos, a no ser que la sesión transcurra con el apoyo psicológico constante por parte de un especialista. Pero, incluso así, los resultados son imprevisibles. Por eso no es de extrañar que la mayoría de los casos en los que se experimentó con LSD acabaran en sonados fracasos. Yo coseché algunos éxitos espectaculares, pero también acumulé decepciones, y, finalmente, dejé de trabajar con ella, al igual que el resto de mis compañeros de profesión.

—Así que, por una vez en tu vida, decidiste alinearte con el *establishment* —ironiza Roberto.

—No exactamente. En realidad, solo cambié el LSD por otra sustancia mejor: la ayahuasca, una planta sagrada elaborada por chamanes desde los albores de los tiempos. Conocí a uno que cambió mi forma de ver el mundo. —Brisa acaricia la corteza del roble, como si se estuviera despidiendo de él, y reanuda el paseo con paso tranquilo—. Sucedió durante una de las vacaciones más memorables de mi vida. Había viajado a Perú para practicar el surf en sus playas, sin más ambición que relajarme y disfrutar de su naturaleza desbordante. Sin embargo, allí me esperaba el destino en forma de un médico francés con el que trabé amistad. Había llegado al país andino quince años antes para dirigir un pequeño hospital, y durante el curso de su trabajo observó que algunos curanderos locales obtenían éxitos notables con enfermos sin necesidad de recurrir a medicinas occidentales. Intrigado, se interesó por sus métodos, y aquellos le explicaron que extraían sus conocimientos de una planta sabia: la ayahuasca. Pese a su escepticismo cartesiano, decidió probarla. El mundo que se abrió ante sus ojos fue tan revelador que acabó renunciando a su puesto de director de hospital para abrir su propio centro alternativo en el que fusionó las técnicas occidentales con los conocimientos chamánicos para curar adicciones.

—¿Y no sería el francés uno de esos charlatanes del *new age* que buscan el dinero de los incautos? —pregunta Roberto, con cautela.

—A mí también me asaltó la misma duda —coincide Brisa—, y, para despejarla, decidí someterme en persona a sus prácticas innovadoras. Viajé con él a su centro en Tarapoto, donde comprobé que la mayoría de sus pacientes no eran acaudalados turistas, sino oriundos de la zona y algunos extranjeros de escasos recursos. Sus métodos eran muy profesionales; combinaban análisis de sueños, psicoterapia clásica, dieta y trabajo corporal en grupo. La diferencia esencial con otras terapias residía en que, cuando el equipo médico consideraba que alguien estaba preparado, le recomendaban un retiro en plena selva amazónica, donde, rodeado de naturaleza, se le permitía experimentar con la ayahuasca bajo la supervisión de un guía. Yo tuve la suerte de ser iniciada por uno de los mejores chamanes de la zona.

Un rayo de luz se filtra entre las copas de los árboles. Roberto observa detenidamente a Brisa, que anda por el bosque como si fuera una pequeña hada. Si algo tiene esa mujer, piensa, es que nunca deja de sorprenderle.

—Pasé una semana viviendo en la selva y durmiendo en la cabaña del chamán. Allí, en medio de la naturaleza, accedí a una sabiduría ajena a las estructuras de poder que soñé con poder trasladar a nuestra sociedad, tan ciega y tecnificada como un robot sin alma. La muerte de Paul destruyó mis sueños. Perdí a mi amor, fui expulsada de la universidad, me revocaron mi licencia de psicóloga y, tratada como una criminal, tuve que pelear muy duro para no acabar en prisión.

La imagen de Brisa cambia como un prisma. Roberto tiene ante sí a una aventurera del espíritu, una pionera maltratada por una sociedad con la que no se identifica. Sin embargo, las piezas siguen sin encajar completamente. Ella no es ninguna mosquita muerta, sino una mujer de rompe y rasga, a quien le gustan los oscuros ambientes góticos, que asistió en su juventud a clubes sadomasoquistas de San Francisco y que hasta pudo participar en fiestas satánicas, según la agencia de detectives.

—Si experimentar con drogas estaba prohibido, es lógico

que perdieras la plaza de profesora universitaria y que te obligaran a cerrar tu consulta, pero no comprendo por qué te acusaron de asesinato. Por mucho que emplearas una sustancia prohibida como la ayahuasca, si era con fines terapéuticos y de manera muy controlada, tu perfil no respondía al de una desequilibrada capaz de matar a su novio.

Brisa continúa caminando y se ajusta sus gafas de lentes ahumados antes de hablar:

—Cuando salieron a la luz más cosas de mi pasado, muchos me tomaron por una especie de bruja moderna que adoraba a Satanás. Algo así como una versión actualizada de las legendarias hechiceras diabólicas…

Capítulo 80

En una lujosa mansión con privilegiadas vistas sobre la bahía de San Francisco se reúnen dos hombres. Los suelos de mármol brillan impolutos y los cristales de los grandes ventanales parecen transparentes: ni una mota de polvo se acumula en las cortinas de seda ni en los muebles del siglo XIX. Todo está inmaculadamente limpio, menos su conciencia. Ambos se conocen desde hace mucho tiempo, han colaborado en asuntos en los que nadie debería participar y, sobre todo, que nadie puede conocer.

—¿Están ya bajo control las cuentas de Arturo Gold en la isla de Man? —pregunta Richard, un estadounidense acostumbrado a moverse entre los melifluos pasillos del poder.

—Absolutamente —responde Ahmed, un pakistaní educado en las mejores universidades americanas—. Su hija canceló las cuentas y transfirió el poco dinero que quedaba a un banco andorrano. Ya es técnicamente imposible que pueda consultar los movimientos realizados en ellas.

—Un problema menos —se congratula Richard—. No podíamos permitirnos que esa Brisa se dedicara a seguir el rastro del dinero y atara cabos. La información era demasiado peligrosa.

—Sobre todo en estos momentos, cuando hay tanta tensión entre la India y Pakistán —recalca Ahmed—. Lo que ahora me preocupa es averiguar si Arturo Gold depositó algún otro tipo de documentación confidencial en la isla de Gozo. El correo electrónico que el banco de Malta le envió a su hija me tiene con la mosca tras la oreja. Si el viejo zorro nos consiguió ocultar que había constituido un *trust*, bien pudo guardarse alguna otra carta oculta bajo su manga de filibustero.

—Pronto saldremos de dudas —asegura Richard—. Tengo a uno de mis mejores agentes trabajando sobre el terreno. Aunque sabemos que Brisa no estaba al tanto de las operaciones de su padre, no podemos descartar que este decidiera dejarle alguna información *post mortem*.

—¡La chica me parece manejable, pero no me fío de nadie! —exclama Ahmed—. Si finalmente tiene acceso a información comprometedora, lo mejor será arrebatarle los documentos y, después, retirarla de la circulación de modo permanente.

—Si la eliminamos, ¿nos podría causar problemas un hipotético heredero nombrado por Brisa y dispuesto a tirar de la manta? —pregunta Richard.

—Ya no. Las transferencias que nunca deben salir a la luz son las que realizamos desde las cuentas de la isla de Man, pero, al haberlas cancelado, ningún heredero podrá reclamar nada de ellas y, mucho menos, información de operaciones pasadas.

—En tal caso, si mi agente descubre que el padre de Brisa tuvo la ocurrencia de dejarle material confidencial, no tenemos motivos para actuar con guante blanco.

—Yo recomendaría un trabajo muy limpio —sentencia Ahmed—. Lo mejor sería acabar con Brisa y con cualquier otro acompañante con el que viajara. No me gusta dejar cabos sueltos.

Capítulo 81

—De nada sirvió —se lamenta Brisa— que mis pacientes declararan haber experimentado cambios profundos y positivos gracias a las sesiones con la ayahuasca, ni que sus familiares respaldaran tales afirmaciones. Cuando se desveló mi afición por lo gótico, se desató una auténtica caza de brujas. Fotos de las que no guardaba memoria salieron a la luz y escandalizaron al fiscal del distrito, a los decanos de la universidad y a cuantos las tuvieron entre las manos. De haberme tenido que enfrentar a un jurado popular de perfil conservador, la sentencia hubiera estado asegurada. Lamentablemente, en nuestra sociedad una imagen vale más que mil acciones, y las palabras no hubieran servido de nada.

—Quizá yo esté chapado a la antigua, pero la verdad es que tu aspecto en el Undead Dark Club me resultó un tanto inquietante. El rostro oculto bajo el maquillaje blanco, los ojos pintados de negro, los labios morados, la provocadora minifalda y tu ajustado corpiño provocaban una mezcla de sensaciones difíciles de definir.

—Es justo lo que pretendía —afirma ella con sonrisa pícara—, aunque tampoco me puse nada demasiado impactante. Deberías haberme visto durante mis locos años universitarios. En San Francisco, al lado de Berkeley, proliferaban las fiestas transgresoras. Tras años de represión en el internado suizo, ardía en deseos de soltarme la melena. Maquillajes extremos, corsés victorianos, vestidos renacentistas, prendas fetichistas de látex y cuero, disfraces de dominátrix, vampiresa, enfermera... Todo valía con tal de llamar la atención y romper límites.

En ese momento, Brisa viste de forma recatada, pero a Roberto no le cuesta imaginarla enfundada en todos y cada uno de los eróticos disfraces que ha mencionado.

—Debieron de ser años repletos de sexo, drogas y *rock and roll* —se limita a decir.

—Fue una época muy divertida, pero jamás consumí drogas recreacionales. Al igual que tú, la mayoría de la gente tiene una visión deformada de los movimientos alternativos y tiende a demonizar lo que no conoce. A las mujeres nos gusta sentirnos sexis cuando somos jóvenes, y la estética gótica nos permitía exhibirnos en nuestra plenitud. Sin embargo, lo que nos unía no era la frivolidad, sino la música, la rebeldía y el espíritu crítico ante una sociedad con la que discrepábamos. Romper las convenciones era parte del juego, pero lo que convertía aquellas fiestas en inolvidables era la cantidad de gente interesante que acudía a ellas.

—¿Interesante, extravagante o simplemente diferente? —pregunta Roberto, con tono escéptico.

—Te sorprendería descubrir el alma que se oculta tras el disfraz de las personas que frecuentan el mundo gótico. Suelen ser creativas, inconformistas, sensibles, cultas y con un coeficiente intelectual muy superior a la media. Algunas de las que conocí llegaron a ser cantantes y escritores de culto; otras prosperaron en el mundo de la alta tecnología; sin embargo, la mayoría no estaban interesadas en el éxito material, y eso era lo que me gustaba de ellas: su autenticidad. Hablábamos de filosofía, literatura, música y sexo con una libertad que no he encontrado en ningún otro ambiente.

—Lo que explicas no encaja demasiado con la imagen que tengo de esa gente. Siempre he pensado que eran una especie de tribu urbanita, rara, siniestra y con una mórbida inclinación hacia la muerte y la violencia.

—Nada más lejos de la realidad —dice Brisa sonriendo—. Los violentos son los políticos y los ejecutivos con traje de marca, que, obsesionados con el crecimiento económico, expolian los recursos del planeta. Los góticos, en cambio, no están interesados en dañar a nadie; jamás he visto a ninguno involucrarse en una pelea. De hecho, se consideran a sí mismos como los herederos del romanticismo europeo del siglo XVIII y, en cierto sentido, podríamos afirmar que son más bien de tendencias pacifistas.

Roberto escucha con atención, pero no se conforma con la estampa tan bucólica y edulcorada con la que Brisa retrata a la tribu oscura de los góticos.

—Quizá sean los más fieles seguidores de Mahatma Gandi, pero, a juzgar por su estética, se emplean a fondo para ocultarlo. ¿O acaso no proliferan los individuos vestidos de un negro riguroso que se revisten con collares de metal, *piercings*, brazaletes con pinchos y demás parafernalia de rollo duro?

—Podríamos decir que a los góticos nos gusta explorar el lado oscuro de la luna, pero, si imaginas que la mayoría se entrega a desaforadas escenas sadomasoquistas, te equivocas. La gente, a veces, se viste de manera extrema por motivos que nunca imaginarías. Un viejo amigo mío punki suele llevar cadenas como símbolo de la esclavitud a que nos somete el sistema, y se calza gruesas botas castrenses a modo de burla contra lo militar.

Roberto arquea los ojos en señal de incredulidad y sonríe irónicamente.

—Creo que ya no me sorprenderá nada de lo que digas. Supongo que, si te preguntara por qué te enfundabas ajustados vestidos de látex, serías capaz de argumentar que era tu forma de protestar contra la tiranía de la moda impuesta por los grandes almacenes.

Brisa se ríe desenfadadamente.

—El disfraz de dominátrix lo utilicé alguna vez durante mi primer año en la universidad, cuando asistí, por curiosidad, a algunas fiestas fetichistas que se organizaron en San Francisco. Para mí fueron, sobre todo, un espectáculo visual, ya que no soy partidaria de dolores extremos y, desde luego, aborrezco las prácticas de algunos dementes. Otra cosa es que los juegos de rol puedan crear situaciones eróticas altamente estimulantes, siempre que sean consensuadas.

Roberto reflexiona sobre la espontaneidad con la que Brisa desvela cuanto ha mantenido en secreto. Le resulta obvio que los informes de la agencia de detectives han sido alarmistas. La vida de su amiga puede contemplarse desde muchos prismas, pero, más allá de su singularidad y extravagancia, no cree que su personalidad oculte un aspecto particularmente pérfido o siniestro.

—Supongo que, en mayor o menor medida, todos etiquetamos y juzgamos a los demás basándonos en su aspecto exterior. Quizá sea una costumbre malsana, pero los seres humanos actuamos así, y las explicaciones que pudieras ofrecer difícilmente lograrían cambiar la imagen ya formada de quienes vieron tus fotos tras la muerte de tu novio. Eso te situaba en el centro de la tormenta, porque la estética gótica rinde culto a lo oscuro, a la muerte, y a los ojos de muchos estará inspirada por el mismísimo diablo.

—Tienes razón —admite Brisa—, pero yo nunca he militado en el bando de la mayoría. Aunque resulte paradójico, solo quien se atreve a abrazar la oscuridad es capaz de contemplar todos los espectros de la luz; y solo quien pierde el miedo a morir puede vivir, en lugar de vegetar como un zombi. Sin embargo, ¿cómo explicar a quienes me querían condenar que si les espantaba tanto la muerte y lo oscuro es porque nunca habían vivido con plenitud? Sencillamente, no era posible.

—¿Y cómo conseguiste librarte de la cárcel? —se interesa Roberto, llevando de nuevo la conversación a lo concreto, rehuyendo las herméticas disquisiciones en las que tan fácilmente se pierde Brisa.

—Porque el fiscal del distrito no quiso presentar cargos contra mí. El caso era complicado y tenía aristas punzantes muy difíciles de pulir. Por un lado, carecían de pruebas sólidas que me incriminaran; tan solo disponían de evidencias circunstanciales. Además, tampoco existía ningún móvil al que pudieran agarrarse. Es cierto que un fiscal hábil hubiera podido manipular al jurado y predisponerlo en mi contra, pero el escándalo hubiera tenido consecuencias muy negativas para la reputación de la universidad donde trabajaba. Finalmente, tras muchas dudas y presiones, se decidió echar tierra sobre el asunto. El pacto incluía que aceptara sin rechistar mi expulsión de la universidad y la retirada de mi licencia para ejercer como psicóloga. A cambio de evitar el juicio, no me quedó otra alternativa que marcharme de California, la tierra prometida, con mi amor muerto, el trabajo perdido y mis sueños enterrados.

—Imagino lo mucho que debiste sufrir. Perderlo todo de repente es algo demasiado duro para cualquier ser humano...

—Caí en una depresión muy profunda —reconoce Brisa—.

Tan profunda que mi padre logró que firmara el cargo de administradora de Gold Investments sin tan siquiera darme cuenta. Ilusa de mí, confié en su palabra cuando aseguró que me cedía ante notario una parte de las acciones para motivarme a aceptar su oferta de trabajar con él. En aquellos días, a duras penas era capaz de salir a la calle; pasaba la mayor parte del tiempo encerrada en casa compadeciéndome de mí misma. Así pues, resolví aceptar su propuesta con el único propósito de obligarme a no consumirme a solas entre mis dolorosos recuerdos. El trabajo resultó idóneo para mis propósitos, ya que absorbía gran parte de mi tiempo y no presentaba ninguna complicación: tan solo convencer a la gente de comprar, vender e invertir su dinero en todo tipo de productos financieros que nadie comprendía cabalmente. Ni los clientes ni yo. En definitiva, algo entretenido que no requería ningún esfuerzo intelectual.

—¿Y no te sentiste alguna vez como una charlatana de feria proclamando las virtudes de relojes que no dan la hora? —pregunta Roberto, remedando el tono irónico empleado por Brisa para describir su trabajo.

—Si tuviera que hacer un símil, preferiría definirme como una vendedora de cupones para invidentes. Aunque no admitíamos a cualquiera. Los ciegos que entraban por la puerta del despacho eran millonarios muy pagados de sí mismos a quienes les gustaba conversar y alardear de su riqueza. Yo les dejaba pavonearse, les hacía sentirse más inteligentes de lo que eran y les facilitaba su boleto para la rifa con una sonrisa bien ensayada. Mis estudios de teatro me convirtieron rápidamente en la mejor vendedora de nuestro elitista negocio. Y es que, a veces, la vida es puro teatro.

—Por lo que explicas, asumo que te divertirías representando tu papel de vidente financiera.

—La mayoría de los payasos que hacen reír a los niños ocultan una gran tristeza bajo sus caras pintarrajeadas. Al igual que ellos, yo apenas podía soportar el dolor que sentía, pero me engañaba a mí misma interpretando mi personaje ficticio todos los días. Para sobrevivir, me sumergí en una gran mentira. Todo me resultaba insípido, gris e indiferente, pero, de alguna manera, conseguí evitar el suicidio gracias a mi nuevo papel. La muerte de mi padre hizo estallar mi falso mundo. La explosión me sacudió con tal fuerza que recobré el contacto con mis emociones perdidas. De entre las ruinas de mi vida surgió mi parte más oscura: un ansia de venganza destructora que siempre ha convivido conmigo. Después me asaltaron otras emociones mucho más difíciles de soportar. Y es que tras la muerte de Paul estaba convencida de que ya nunca más volvería a experimentar con ninguna otra persona la pasión ardiente del amor. Hasta que apareciste nuevamente por mi vida.

Roberto reduce el paso, envuelve con sus brazos a Brisa y ambos se funden en un beso largo y profundo. Sus pensamientos se apagan y todo parece detenerse, como si, tras haber esperado aquel beso, el resto del mundo contuviera el aliento.

—El soplo de la resurrección surge del modo más inesperado —afirma Brisa con voz muy suave—. Cuando descubrí que mi corazón reclamaba salir de su tumba, me avergoncé de mí misma. De alguna manera, era como traicionar el recuerdo de Paul. Por eso, aunque cedí a las tentaciones del cuerpo, quise mantener el control, tratando de no involucrar al placer con las emociones del alma. Mi comportamiento debía de parecerte incomprensible, pero, si alternaba fuego y aire, era porque yo también luchaba en secreto entre mis sombras y mis luces.

Roberto sonríe levemente.

—Intentar comprenderte es como adentrarse en un laberinto sin salida, pero, aun así, no puedo evitar preguntarme qué deseabas cuando tu parte oscura asumió las riendas. ¿Qué te impulsaba? ¿Qué era lo que buscabas realmente?

—Venganza, por supuesto. Primero localicé al asesino de mi madre, un viejo decrépito confinado en una silla de ruedas por una enfermedad degenerativa incurable. El destino se me había adelantado, pues arrebatarle la vida solo hubiera contribuido a aliviar su sufrimiento. Sin embargo, a Mario sí había decidido matarle. Y no de una forma rápida ni fácil. Tracé un plan del que te debía excluir, pues necesitaba intimar con Mario para ganarme su confianza. Por eso te monté aquel numerito tan desagradable en el Undead. Existían muchos riesgos, y apartarte de mi lado era el mejor modo de protegerte.

—¿Y ahora? —inquiere Roberto, pasándose la mano por la nuca, inquieto.

—¿Ahora qué? —pregunta Brisa a su vez.

—¿A qué riesgos te piensas enfrentar esta vez? Has dejado libre a Mario. No sé cómo reaccionará, por muy hermanos que seáis, pero lo cierto es que te advirtió de que tus comunicaciones están intervenidas y de que, si tienes acceso a nueva documentación confidencial de tu padre, no vacilarán en asesinarte.

—Únicamente si llegan a enterarse de tal cosa —precisa ella.

Roberto la observa, entre preocupado e incrédulo.

—Todavía hay algo que no me has contado, ¿verdad?

—En efecto —reconoce Brisa—. Hace pocos días recibí un mensaje en mi correo electrónico en el que se me informaba de que soy la única heredera de un *trust* gestionado por un banco maltés, domiciliado en la pequeña isla de Gozo.

—«Gozo encierra sufrimiento»... Ese fue el mensaje que escribió tu padre en su ordenador portátil —le recuerda Roberto.

—Así es, pero eso no es todo. Como sabes, mi padre tenía propiedades inmobiliarias repartidas en varios países. Pues bien, uno de esos países es Malta. Tras recibir el mensaje del *trust*, solicité a mi abogado información detallada sobre las fincas maltesas. La única que existe está situada en Gozo; su nombre es Villa Gozo.

—Y, naturalmente, piensas ir a la isla, al banco y a la finca —afirma Roberto, con una expresión de reproche dibujada en el rostro.

—No tengo otro remedio, si quiero descubrir el misterio que rodea a la muerte de mi padre —argumenta Brisa, con la convicción de quien no se plantea salirse del camino que le depara el destino.

—En ese caso, no te dejaré ir sola.

Brisa coge con suavidad la mano a Roberto y se la acaricia delicadamente mientras habla.

—Soy consciente de los peligros que conlleva el viaje, pero tengo motivos personales por los que prefiero correr el riesgo. Sin embargo, tú no tienes por qué compartirlos conmigo.

—Está decidido: no pienso dejarte ir sola —repite él, dando por zanjada la cuestión.

—Ya sé que eres un cabezota, pero solo te pido que antes de decidir escuches bien lo que me queda por contar.

Capítulo 82

La pequeña pista de aterrizaje está acostumbrada a recibir millones de visitantes cada año. La inmensa mayoría de los pasajeros suelen desplazarse directamente desde el aeropuerto a su capital, La Valetta. Otros destinos menos frecuentes son la silenciosa y milenaria Mdina o las históricas ciudades situadas frente al puerto principal de la isla.

Brisa y Roberto no se dirigieron a la capital, para admirar su esplendorosa catedral, ni a ninguna de las antiguas ciudades fortificadas. En lugar de ello, recogieron sus maletas, alquilaron un coche y condujeron hacia la costa norte. Desde allí, un ferri los llevó a la isla de Gozo en apenas media hora.

La hacienda que buscaban resultó estar situada en un promontorio sobre un pequeño pueblecito rural llamado Santa Lucija. El verde valle por el que condujeron contribuyó a mitigar ligeramente la tensión que anidaba dentro de ellos. Parecía indudable que el padre de Brisa había previsto que su hija acudiera a aquella remota villa de campo tras su muerte, pero desconocían los motivos para proceder de tal modo. «Gozo encierra sufrimiento.» La frase resultaba inquietante.

Un hombre de mediana edad y aspecto fornido los esperaba paciente frente a la verja de entrada.

—Soy David, de la agencia inmobiliaria —los saludó en inglés. Una vez terminadas las presentaciones de rigor, les preguntó amablemente—: ¿Habéis tenido problemas para encontrar la casa?

—Gracias al GPS no ha sido difícil —contestó Brisa—, pero

hemos tardado más de lo que calculábamos en sacar el coche del ferri.

—Si me seguís —se ofreció David—, os enseñaré donde aparcar, y después os mostraré la finca. Os va a encantar. Es una antigua quinta de más de trescientos años, completamente remodelada y transformada en una mansión de ensueño.

Tras atravesar un amplio patio, Brisa y Roberto accedieron a la villa subiendo unas escaleras ornamentadas con balaustradas de piedra caliza. Los altos techos abovedados, las luminosas habitaciones con baño propio, una enorme cocina sostenida sobre arcos de piedra, dos soleadas terrazas con vistas a la campiña, el espacioso comedor con muebles de caoba y una piscina de diseño que se fundía con el paisaje corroboraron las palabras de David.

Sin embargo, no fue el diseño, ni la calidad de los acabados, ni la belleza de la finca lo que llamó la atención de Brisa. Lo que realmente le interesó fue la sofisticada caja fuerte alojada dentro del armario ropero de la suite principal.

—¿Conoces la combinación para abrirla? —preguntó Brisa al agente inmobiliario.

Por toda respuesta, el hombre se inclinó sobre la caja y manipuló los botones, sin obtener ningún resultado.

—Supongo —conjeturó— que el señor Gold cambiaria personalmente la clave de seguridad la última vez que estuvo en la villa.

—¿Recuerdas cuándo fue? —preguntó Brisa.

—Sí, claro—respondió David—. Fue el 5 de diciembre pasado. Lo recuerdo bien porque me sorprendió que me ordenase retirar la finca del mercado hasta nuevo aviso.

El pulso de Brisa se aceleró notablemente, pero trató de disimular su turbación. Los salvajes atentados en Bombay habían acaecido justo una semana antes. Y una semana después, su padre había perecido ahorcado en el salón de su casa. Teniendo en cuenta que los ataques terroristas podían haber sido financiados a través de las cuentas de su padre, el nexo que unía tan nefastos acontecimientos cobraba un sentido lúgubre y ominoso. Un sentido que podía guardar sus respuestas en el interior de la caja fuerte. Abrirla no debía de suponer ningún problema, pues, en lugar de dígitos, el teclado electrónico reproducía las letras del abecedario latino.

En cuanto David se fue, Brisa tecleó la palabra «gozo» en el tablero de la caja. La puerta se abrió silenciosamente. Dentro había un sobre cerrado y una escritura notarial. Rasgó el sobre y leyó la breve carta que su padre había escrito de su puño y letra.

Querida Brisa:

Bienvenida a mi casa de Gozo. Supongo que, tras mi muerte, el Bank of Valletta te habrá avisado de que eres la única beneficiaria de un *trust* que te garantizará tranquilidad económica durante el resto tu vida. Aquí tienes la escritura pública que atestigua tu condición de exclusiva beneficiaria. No hace falta que la lleves al banco. Ellos tienen una copia y la obligación de entregártela. La legislación y las prácticas anglosajonas son muy serias en todo lo relacionado con el dinero y sus instituciones fiduciarias. Apenas albergo dudas de que cumplirán lo pactado. Sin embargo, como soy desconfiado por naturaleza, preferí dejarte unas claves en mi ordenador personal que te llevaran hasta aquí para cubrir cualquier eventualidad. Supongo que tendrás muchas preguntas. Dentro de mi caja de seguridad personal del banco encontrarás las respuestas.

Hasta siempre,

ARTURO, tu padre

—Por lo que parece, tus problemas económicos se han acabado —se congratuló Roberto, suponiendo que aquella noticia satisfaría a su amiga. No todos los días le anuncian a uno que nunca más tendrá que preocuparse por el dinero. Sin embargo, el gesto grave en el rostro de Brisa no mostraba señal alguna de alegría. Tan solo una honda preocupación.

—El banco ya está cerrado esta tarde —dijo, contrariada—. Tendremos que esperar hasta mañana para conocer los secretos de mi padre —añadió, ignorando por completo el comentario de Roberto.

—En tal caso, propongo que nos comportemos como unos turistas más —dijo él, tratando de que su voz sonara animada—. He tenido tiempo de echar un vistazo a la guía en el avión, y aquí hay muchos lugares interesantes. Podemos visitar la gruta de Calipso, la ventana azul, los templos megalíticos más antiguos del mundo o simplemente pasear por los pueblecitos de la isla.

Brisa guardó silencio, con la mirada perdida, como si estuviera intentando recordar algo vital. Cuando sus ojos recuperaron la vivacidad habitual, retomó la palabra.

—Pasear por algún pueblecito tranquilo me ayudará a relajarme. Además, así aprovecharemos para comprar aceite, sal y algo de comer. La despensa de la cocina está vacía, y esta noche he invitado a Peter a cenar en casa con nosotros.

Roberto no pudo reprimir una mueca de disgusto al escuchar el nombre de aquel amigo de Brisa, un tipo muy peculiar. Aquel juego era demasiado peligroso. Las cartas estaban marcadas y no eran ellos quienes repartían la baraja.

Capítulo 83

La imagen de Peter, con su cresta, sus *piercings* y sus tatuajes se le antojó a Roberto tan extravagante como sus actividades. Según le había explicado Brisa, su amigo californiano era el cantante de una banda punk reverenciada como grupo de culto en ambientes muy minoritarios. Como no había logrado vivir de la música, vendía al mejor postor su talento informático configurando redes de seguridad *on line* para compañías punteras. En su tiempo libre era muy aficionado a realizar exactamente lo contrario: introducirse en el espacio cibernético de las empresas que no estaban protegidas por él. En cierto modo, no carecía de lógica, pues ¿quién podía diseñar mejor que un *hacker* las redes de seguridad cibernéticas que él mismo atacaba? El dios Jano de la Antigüedad también tenía dos caras.

Sin embargo, Peter no se conformaba con robar y proteger simultáneamente a las empresas, sino que había sido uno de los primeros, junto al novio de Brisa, en trabajar de forma gratuita y anónima para un portal de Internet dedicado a la divulgación de todo tipo de secretos. En los últimos meses, su éxito había sido muy superior al esperado al lograr difundir los manuales empleados por el ejército norteamericano en el campo de prisioneros de Guantánamo, las cuentas ocultas de un conocido banco suizo y documentos internos de la Iglesia de la cienciología.

Sin duda, se trataba de material muy peligroso, pero quizá no tanto como el que podía aportar a título póstumo el padre de Brisa. Dilucidar qué podría publicarse y bajo qué condiciones en aquel portal era el objetivo primordial de aquella cena.

Brisa sirvió los platos en silencio, con la elegancia y la precisión de quien oficia un solemne ritual. Después abordó el asunto que tanto le preocupaba con voz neutra y ligeramente impersonal, como si fuera una experimentada locutora informando de alguna noticia de un país lejano.

—Hoy hemos sabido por nuestro agente inmobiliario que mi padre estuvo en esta casa el 5 de diciembre pasado, una semana después de los atentados de Bombay y una semana antes de su muerte. Ambos sucesos pueden estar relacionados. Actuaba como testaferro de turbios millonarios pakistaníes, y no debemos descartar que hubieran utilizado sus cuentas secretas en la isla de Man para financiar los ataques terroristas. Al menos eso es lo que asegura Ariel, un enigmático hombre que afirmaba ser agente del Mosad y que conocí al poco de fallecer mi padre.

Roberto sospechaba que aquellos siniestros pakistaníes también estaban detrás de las amenazas a su hija. El amistoso encuentro entre Dragan y Mario, que Pepe había fotografiado, parecía dejar claro que ambos formaban parte de la misma red criminal. Gracias a un programa informático capaz de rastrear la vida laboral de una ingente cantidad de trabajadores pakistaníes domiciliados en Barcelona, había logrado identificar a los testaferros de las sociedades que utilizaba ese grupo mafioso para regularizar inmigrantes y blanquear dinero. Sin embargo, no había logrado averiguar quiénes eran los responsables últimos, y tampoco había querido contarle nada de todo aquello a Brisa.

—Mi padre —prosiguió ella— habría llegado a ejercer de agente doble suministrando en secreto cierta información al Mossad. El tal Ariel, si es que ese era su nombre real, creía que mi padre había guardado documentos financieros relacionados con los atentados, y me ofreció una importante cantidad de dinero a cambio de localizarlos. Naturalmente, me negué.

Roberto dedujo que, por una extraña pirueta del destino, esos mismos documentos podrían conducirle a averiguar la identidad de quienes dominaban desde las sombras la organización criminal con la que había cerrado un acuerdo de colaboración recientemente. En teoría, las amenazas a su hija habían sido retiradas y él se limitaría a cobrar una buena suma mensual por perseguir y dejar fuera de la circulación a sus más directos rivales. Sin embargo, ni Dragan ni los titiriteros invisibles que manejaban las marionetas podían sospechar que él también barajaba un plan B con el que podría golpearlos desde el anonimato.

—Hiciste muy bien —aprobó Peter—. La mayoría de los necios se aprestan a vender su alma por treinta monedas de plata en cuanto se les presenta la ocasión. Solo unos pocos no se dejan comprar, y todavía son menos los hombres como Paul, dispuestos a jugarse el tipo sin importarles el precio por mantenerse fieles a su conciencia.

Brisa manipuló con su tenedor la guarnición que acompañaba al salmón, como si estuviera poniendo orden en el plato. Un temblor casi imperceptible recorría su rostro.

—Paul y yo éramos muy diferentes —afirmó con voz tenue—. Al contrario que él, yo nunca quise saber nada de política. Estaba convencida de que evolucionar personalmente como psicóloga era lo mejor para mí misma y la sociedad. Paul, en cambio, con un idealismo rayano en lo infantil, creía que era posible influir activamente en las decisiones de nuestros gobernantes. Como buen norteamericano, él se inscribía y participaba en todo tipo de asociaciones, mientras que mi naturaleza siempre ha sido escéptica e individualista.

Brisa hizo una breve pausa, como si estuviera pugnando por mantener el control sobre sus emociones, y prosiguió hablando en un tono entre la melancolía y la rabia.

—Todavía recuerdo lo indignado que se mostró Paul cuando, tras el 11-S, el presidente Bush utilizó el miedo al terrorismo para imponer incrementos desaforados en los gastos militares, escandalosas bajadas de impuestos a los más ricos y una guerra mentirosa contra Irak. Aquel ejercicio de cinismo despertó en él una rabia tan enorme que tuve que emplearme a fondo para evitar que cometiera alguna barbaridad irreparable.

—De no haber sido por ti —reveló Peter—, hubiera sido capaz de atentar contra el mismísimo presidente… Y yo le hubiera apoyado de buena gana de haber trazado algún plan viable, por mínimas que fueran las posibilidades de éxito.

Roberto sabía que Paul había tenido problemas con las drogas y que Peter era un excéntrico imprevisible, pero aquello ya era demasiado.

—A mí, particularmente, también me disgustaron las medidas adoptadas por Bush tras el 11-S —apuntó Roberto—, pero de ahí a querer cometer una locura semejante…

—Tú no conocías a Paul ni vivías allí, como nosotros, y, por tanto, no puedes comprenderlo —replicó Brisa con dureza.

Roberto optó por guardar silencio. Resultaba obvio que estaba muy alterada.

—La mayoría de la gente ni siquiera lo recuerda, pero, en aquellos tiempos —expuso Brisa dulcificando ligeramente su expresión—, Bush carecía de la fuerza moral para imponer su criterio, al haber sido elegido no por mayoría popular, sino gracias a que el Tribunal Supremo impidió que se recontaran los votos en Florida, el estado gobernado por su hermano. Entonces, misteriosamente, alguien comenzó a enviar unas cartas con ántrax que provocaron el pánico generalizado. Las máscaras de gas se agotaron y la población, conmocionada, se abalanzó sobre los supermercados en busca de provisiones ante el temor de un inminente ataque con armas biológicas. Las oficinas demócratas del Senado tuvieron que cerrar cuando se descubrió que habían sido contaminadas con esporas de ántrax, y hasta Tom Dachle, el líder de su partido, recibió una carta infectada con bacilos. Decenas de trabajadores del Senado, sobre todo demócratas, fueron tratados médicamente contra el maligno enemigo invisible. La resistencia inicial a los planes presidenciales se desmoronó, y las radicales propuestas legislativas de Bush fueron aprobadas por amplia mayoría en las dos cámaras. Después las cartas dejaron de enviarse y no se volvió a saber nada más del ántrax. Ya había cumplido su misión.

Peter pinchó un trozo de salmón, que, sin embargo, dejó en el plato, como si estuviera jugueteando con él antes de asestarle el golpe definitivo.

—Lo que Brisa quiere decir —explicó en tono condescendiente— es que el asunto dejó de ocupar las portadas de los medios de comunicación. Pero de alguna manera había que cerrar el caso. Así que el FBI inició una prolija y larga investigación en la que finalmente averiguó la procedencia del ántrax: un laboratorio del ejército ubicado en Fort Dentrick, Maryland. Como no podía ser de otra manera, «el único culpable», el profesor Bruce Ivins, se «suicidó» en su casa poco antes de ser arrestado. Y es que, como todo el mundo sabe, los muertos no suelen hablar demasiado…

—Se suicidó, o «lo suicidaron», con una sobredosis de Paracetamol el verano pasado —precisó Brisa—. Algunas mentiras tardan más en descubrirse que otras, pero que la lucha contra el terrorismo fue una mera excusa para conseguir propósitos inconfesables ya no hay quien lo niegue.

Peter miró a su amiga con una admiración no falta de complacencia y se aprestó a desarrollar su argumento.

—En Afganistán, la prioridad nunca fue acabar con los integristas talibanes, y la prueba es que tras la invasión se ha multiplicado por ocho la producción de opio en un país que ya tenía el liderazgo destacado como proveedor mundial de heroína. Con los integristas tan bien financiados gracias a la droga, la reconstrucción de Afganistán resultaba imposible y, sin embargo, Washington ordenó expresamente que no se dañaran los campos de cultivo de las adormideras. ¿Y qué decir de Irak? —preguntó a continuación con voz vehemente—. Ya es por todos sabidos que Sadam Hussein no tenía armas de destrucción masiva ni mantenía vínculos con terroristas. Y aunque la invasión resultó un éxito fulgurante, desde Washington ordenaron licenciar sin empleo y sueldo, pero con armas, a todo el ejército y a la policía iraquí, en un país que se había logrado estabilizar sin apenas incidentes. Los generales norteamericanos se llevaron las manos a la cabeza, pues dejar sin medios de vida a cientos de miles de soldados cuya única experiencia era el combate solo podía provocar que floreciera por doquier la insurgencia armada. Es decir, al igual que en Afganistán, los neoconservadores estadounidenses aseguraron desde el principio los cimientos para que las dos guerras quedaran estancadas en un caos incontrolable. Miles de personas murieron inútilmente debido a que los medios de comunicación propagaron las mentiras del Gobierno Bush con el celo de los antiguos evangelistas. Si la gente hubiera tenido acceso a la verdad, la guerra de Irak nunca hubiera tenido lugar y Paul todavía seguiría entre nosotros. Por eso es tan importante —concluyó— que la información, por amarga que sea, esté disponible, para ser consultada de forma transparente por todos los ciudadanos. De conseguirlo, nuestro mundo tendrá posibilidades de sobrevivir, pese a los psicópatas que lo gobiernan.

Aunque el discurso vehemente de Peter era un ataque general al corazón del sistema, a Roberto le pareció obvio que tenía un objetivo mucho más concreto: manipular las emociones de Brisa para predisponerla a entregarle lo que él deseaba. El mensaje subyacente era sencillo: «La información adecuada en manos del público hubiera evitado la muerte de tu novio; si permites que publiquemos la documentación depositada por tu padre en el Bank of Valletta, quizá logremos impedir otras guerras y la muerte de más gente inocente». Roberto respiró hondo, entrelazó sus manos con firmeza, dirigió una larga mirada a sus dos compañeros de cena y habló con voz firme:

—Creo que deberíamos reconducir la conversación y hablar de lo que nos ha de ocupar ahora: determinar bajo qué circunstancias y condiciones sería aceptable o desaconsejable que algunos de los hipotéticos documentos que encuentre mañana Brisa en la caja de seguridad del Bank of Valletta sean expuestos públicamente en un portal de Internet. El hecho de que el Gobierno Bush fracasara en Afganistán y ocultara los verdaderos propósitos por los que invadió Irak son asuntos de altos vuelos que no cambian en nada lo que nos ocupa aquí y ahora.

—O sí —respondió Brisa.

Capítulo 84

Israel es un país diminuto, que se asemeja a una isla rodeada por un mar de enemigos que ansían su destrucción. Dramáticamente inferior en población, territorio y recursos materiales, ha debido confiar en la precisión de su inteligencia para sobrevivir, incluso desde antes de su nacimiento.

A finales de 1929 los líderes de la Yishuv, la comunidad judía de Palestina, llegaron a la conclusión de que si deseaban alcanzar sus fines debían contar con un servicio secreto de información. Todavía no tenían nombre oficial ni estructura jerárquica, pero sí fondos para reclutar a vendedores ambulantes que trabajaban en el barrio árabe de Jerusalén, limpiabotas que lustraban los zapatos de militares británicos, mujeres que se relacionaban con oficiales del Mandato, dueños de cafés que confraternizaban con ellos, estudiantes universitarios, maestros de escuela, maleantes habituales y comerciantes de toda condición.

Aquel heterogéneo ejército de informantes constituyó el embrión de lo que años más tarde sería el Mosad, la agencia de inteligencia más organizada y temida del mundo. Dentro de su estructura existen *katsas* (agentes secretos), *kidones* (especializados en asesinatos), *neviols* (expertos en vigilancia) y *sayanim*.

Los *sayanim* son judíos desperdigados por el mundo que colaboran con Israel de manera voluntaria y altruista cuando ocasionalmente se les requiere. Aunque leales a sus países de residencia, todos ellos reconocen una fidelidad mística superior hacia Israel, algo que los impulsa a prestarle ayuda en la medida de sus posibilidades. Así, por ejemplo, los que poseen una inmobiliaria pueden ofrecer alojamiento, los médicos son capaces de curar heridas graves sin informar a las autoridades, los camareros pueden relatar las conversaciones escuchadas y los gerentes de hoteles pueden revelar la identidad de sus clientes.

La casa más cercana a la mansión de Gozo del difunto Arturo Gold resultó ser propiedad de un *sayan*. Gracias a ello, Ariel Shavit y su equipo de *kidones* pudieron escuchar nítidamente la conversación entre Brisa, Peter y Roberto, sin más ayuda que la de un micrófono direccional de última generación.

—¿Qué opinas? —preguntó Ismael, un miembro del equipo de *kidones*.

—Tenemos que estar preparados para cualquier eventualidad —contestó Ariel—. Gold dejó de pasarnos información porque sabía que sospechaban de él. No estoy seguro de que depositara documentación estratégica en el banco al que mañana acudirá la chica, pero, si lo hizo, la operación será complicada.

—Eso quiere decir que hay más gente que anda tras la pista, ¿no es así? —preguntó Ismael.

—No somos los únicos que nos hemos infiltrado en su ordenador, así que saca tú mismo las conclusiones.

—En ese caso, será inevitable que corra la sangre.

—Contamos a nuestro favor con el factor sorpresa. Como siempre, habrá que actuar con la máxima celeridad y no dejar huellas. Nadie sabe que estamos aquí, salvo nuestro *sayan*. Hemos entrado en el país con documentación falsa y no tendremos problemas en salir sin que nos detecten dentro del yate que nos espera en el puerto. No debemos preocuparnos.

Capítulo 85

—Me resulta imposible olvidar que Paul murió por querer revelar la verdad sobre lo que estaba sucediendo en Irak —dijo Brisa—. Pese a lo mucho que le quería, nunca le comprendí. En mi opinión, intentar provocar cambios políticos era completamente inútil. Las revoluciones nos han enseñado que a unos regímenes nefastos les suelen suceder otros peores. Para mí el problema no estribaba en cambiar los collares a los mismos perros, sino en profundizar en la psique humana y lograr que nuestra conciencia evolucionara. El resto lo consideraba una pérdida de tiempo.

—En cambio a Paul y mí no nos interesaba la psicología, sino las implicaciones económicas que deparaban las interminables guerras contra el terror —apuntó Peter, con la intensidad, casi revolucionaria, que caracterizaba todo lo que decía—. El dinero corrió como la espuma entre la gente más cercana al poder neoconservador. Las guerras demandaban armas y un número creciente de soldados, materiales y servicios que ya no eran suministrados por el ejército, sino subcontratados a las empresas de sus amiguetes a precios astronómicos. Halliburton, de la que había sido presidente Dick Chenney, fue una de las grandes beneficiadas. Pronto comprobamos que los conflictos de intereses no eran la excepción, sino la norma.

—Más gasto militar —apuntó Brisa— equivalía a más dinero para repartir entre todos. La verdad es que mirando las cosas en perspectiva reconozco que la rabia de Paul no solo era legítima, sino saludable. Con más personas como él, nuestro planeta sería un lugar más acogedor y seguro. De hecho, hizo cuanto estuvo en su mano para mejorarlo.

»Un día, el azar, el destino o la fatalidad llamó a la puerta de Paul en forma de anuncio. Una empresa norteamericana solicitaba informáticos expertos en sistemas avanzados de comunicación para trabajar en Bagdad. La capital de Irak ya no era la ciudad maravillosa de *Las mil y una noches*, sino la lúgubre pesadilla de un aciago demiurgo. No obstante, a Paul le interesó el puesto por una razón muy específica. Blackwater era una empresa de mercenarios dirigida por un fundamentalista neoconservador que se estaba forrando a costa del erario público. El negocio era muy simple: el Gobierno estadounidense les contrataba por cifras exorbitantes y Blackwater, a su vez, reclutaba a sudamericanos deseosos de jugarse la vida por un salario miserable. La frustración de Paul era tan inmensa y el asco que sentía hacia aquel negocio de la muerte tan profundo que decidió convertirse él mismo en creador de la noticia, recabando información de primera mano para denunciar después en Wikileaks los abusos que lograra descubrir.

Brisa posó la mano en la copa de vino y se la llevó a los labios muy lentamente, como si le costara un gran esfuerzo alzar el cristal que envolvía la bebida. Después, la dejó delicadamente en la mesa y prosiguió hablando, con la mirada perdida.

—Dios sabe que insistí cuanto pude en quitarle esa peligrosa idea de la cabeza. Me desesperaba pensar que podía perderle, e incluso amenacé con romper nuestra relación. Todo fue en vano. Me dijo que cumpliría su contrato de seis meses y que luego regresaría. Mantuvo su palabra. Volvió a casa y me aseguró que no había sido capaz de obtener pruebas relevantes con las que demostrar los múltiples abusos de los que había tenido noticia. Mentía. El 16 de septiembre, pocos días antes de finalizar su contrato, un convoy fuertemente armado de Blackwater masacró sin motivo a decenas de civiles inocentes en la plaza Nisur de Bagdad. Un soldado californiano que estaba a punto de licenciarse presenció la tragedia. Paul lo convenció de que a su regreso relatase en un vídeo cuanto había visto.

—¡Paul fue un héroe! —exclamó Peter—. Buscaba un bombazo mediático que pusiera de relieve, en nuestro portal, las mentiras de quienes manejan nuestro planeta desde las sombras, pero lo eliminaron de la partida como quien desinfla a un muñeco.

Los ojos de Brisa se enrojecieron. Se pasó un pañuelo delicadamente por los ojos, como si alguna mota se hubiera colado en ellos. Tras un sonoro silencio, sus ojos continuaban enrojecidos, pero, cuando habló, su voz sonó firme.

—Ya es imposible saber quién mató a Paul y averiguar quién dio la orden. Nunca podré vengar su muerte, ni verle otra vez, pero todavía no es demasiado tarde para mantener despiertos sus sueños. Existen tipos que rigen los destinos del mundo y utilizan el terrorismo para fomentar guerras y dispendios militares en su propio beneficio. Son los mismos que llevan décadas financiando a los integristas talibanes y que, pese a invadir su país, han respetado los campos donde se cultivan las adormideras del opio como si fueran campos santos. Son los capitalistas del desastre, que se enriquecen con las guerras, los muertos y el tráfico de drogas. Son los amos de las sombras que mueven su dinero manchado de sangre desde los paraísos fiscales sin que nadie los vea ni les pida explicaciones. Siempre pensé que no eran asunto mío y que podía vivir ignorando su existencia. Ahora sé que estaba equivocada. Entre esos tipos y yo existe algo personal.

Roberto retorció con fuerza los dedos, nervioso. Tenía que decir algo. Resultaba evidente que Peter había manipulado las emociones de Brisa para predisponerla a entregarle lo que él deseaba. Debía proporcionarle una visión menos poética, más práctica.

—Elogio tu discurso y tus intenciones. No obstante, dar a conocer públicamente según qué documentos podría costarte la vida. Yo me lo pensaría dos veces antes de actuar de un modo tan imprudente.

—Nuestro portal garantiza el anonimato de sus fuentes —terció Peter—. Además, la mejor defensa es un buen ataque. Incluso si sospecharan que Brisa es el origen de las filtraciones, una vez publicados los documentos ya no tendrían ninguna razón para atentar contra ella. Nuestro sistema de seguridad está diseñado como una hidra de mil cabezas: si le cortan una, le crecen dos. Es decir, que, si alguien elimina algún sitio nuestro de la Red, automáticamente se crean cientos de réplicas en otros lugares del mundo.

—Se te olvida —protestó Roberto airadamente— que uno de los principios de cualquier asociación criminal es castigar con crueldad a quienes los perjudican, aunque solo sea para que nadie tenga tentaciones de repetir algo parecido. Si identifican a Brisa como la fuente, su vida no valdrá nada.

—Cualquier cosa que le hicieran —argumentó Peter —solo redundaría en que la información desvelada se difundiera con mayor vigor. No les convendrá tocarle ni un pelo, porque eso podría poner en marcha un ventilador mediático de proporciones considerablemente mayores. Créeme, tengo una gran experiencia y sé muy bien cómo funciona este mercado. No obstante, estoy de acuerdo contigo en que existe un riesgo nada desdeñable. Lo aconsejable, por tanto, es analizar a fondo la documentación y a partir de lo que consideremos…

—No vale la pena seguir divagando —cortó Brisa—. Tratar de anticipar el futuro es tan fútil como contar vientos. Mañana os traeré la información que encuentre en el banco, la examinaremos detenidamente y valoraremos los riesgos. Pero la decisión final será mía.

Capítulo 86

—¿Estás segura de querer seguir adelante con esto? —preguntó Roberto en cuanto Peter se hubo marchado.

Brisa guardó silencio y se limitó a encogerse de hombros.

—Todavía estás a tiempo de pensártelo —la apremió Roberto—. Es demasiado peligroso, y ambos lo sabemos.

—Se lo debo a Paul —susurró Brisa en voz queda.

Roberto negó con la cabeza de mal humor.

—¿Hasta qué punto confías en Peter? Y no lo digo por su aspecto estrafalario. Sinceramente, me ha parecido mucho más interesado en publicar un bombazo en su portal de Internet que en velar por tu seguridad.

—Es su forma de ser —le defendió Brisa—, pero me fío de él casi más que de mí misma. Nos conocemos desde hace muchos años, hemos compartido infinidad de vivencias y te puedo asegurar que es el hombre más íntegro que puedas imaginar. Para él, su lucha por la verdad está por encima de los intereses particulares, pero es un amigo fiel. Si mañana decido no publicar ningún documento, respetará mi voluntad y no intentará convencerme de lo contrario. Lo conozco muy bien.

Roberto abrió las palmas de las manos como dándose por vencido.

—No soportaría que te ocurriera algo.

Brisa le miró con aquellos ojos rasgados y posó las manos sobre su cintura sin decir nada. No hacía falta. La llama del deseo seguía sus propios impulsos, tan primitivos que surgían de lo más profundo de la naturaleza, como el hielo que se funde en las montañas al llegar la primavera.

El fresco vestido gris azulado de Brisa también le recordó a la primavera. Su tela era muy fina y la forma en que se deslizaba sobre su cuerpo, como una suave caricia, resultaba muy sugerente. No mostraba nada, ni siquiera era escotado, pero dibujaba el contorno de su silueta como si fuera la piel de una fruta tentadora. Resultaba inevitable imaginársela desnuda. El vestido era sencillo, de una sola pieza y debía resultar muy fácil de quitar. Bastaban las yemas de dos dedos para bajar la cremallera que recorría su espalda, oculta entre las costuras.

Brisa le tocó los labios con un dedo, como indicándole que guardara silencio. Después le cogió de la mano y le llevó hasta la habitación. Ambos se besaron lentamente, dejando que sus lenguas se reconocieran. La saliva provocó un estallido sordo en los circuitos nerviosos de su mente. El beso se volvió largo, apasionado y violento. El olor de Brisa le impregnó por completo. Se desnudaron entre gemidos y sus cuerpos interpretaron una canción que recordaban muy bien.

Capítulo 87

Al día siguiente, Brisa se levantó temprano, se preparó un zumo de naranja, se despidió de Roberto y condujo hasta Victoria, la capital de la isla de Gozo. Gracias al GPS no tuvo dificultad en localizar la calle donde se hallaban las oficinas bancarias del Bank of Valletta. Allí, pensó, le esperaba el último secreto que guardaba su padre.

George Higgins, el director de la sucursal y único administrador del *trust*, fue el encargado de responder a todas sus preguntas. De unos cincuenta años, buena figura, tirando a grueso, mandíbula prominente, frente ancha y mirada despejada, transmitía seguridad. Nada en su apariencia hacía suponer que la semana pasada hubiera tenido algún percance que le hubiera obligado a ausentarse del trabajo, pero, como quiera que no le ofreciera ningún tipo de explicación, Brisa se abstuvo de importunarle con preguntas indiscretas. No era un asunto de su incumbencia, y la información que de verdad le interesaba era la que le proporcionó diligentemente tras examinar su pasaporte y el resto de la documentación que había traído consigo: el certificado de defunción de su padre con la apostilla de La Haya, el certificado del registro de últimas voluntades y la escritura pública de aceptación de la herencia.

Con voz inexpresiva, sin emoción, Higgins le comunicó que el *trust* fiduciario del que ella era la única beneficiaria contaba con un capital de treinta millones de euros. La mitad, disponible de inmediato; la otra mitad debía permanecer obligatoriamente invertida en bonos, obligaciones o imposiciones a plazo fijo. Por supuesto, le aseguró, los intereses estarían siempre a su disposición y, aunque él fuera el administrador formal del *trust*, seguiría al pie de la letra sus instrucciones.

La cifra superó ampliamente sus expectativas. El secreto bancario que amparaba la legislación maltesa y el hecho de que la figura legal del *trust* permitiera que su nombre no apareciera en ningún registro garantizaban su anonimato. Los acreedores de Gold Investments, la sociedad de valores quebrada por su padre, no podrían averiguar jamás que una parte del dinero evaporado se ocultaba en aquella remota isla, como en las antiguas novelas de piratas. Los piratas modernos eran aseados financieros y, en lugar de cofres enterrados, se valían de apuntes informáticos para ocultar los doblones de oro, pero la idea general seguía siendo la misma.

Y, sin embargo, no todo era virtual. Como en un guiño a las viejas tradiciones, la llave del tesoro resultó tener peso, volumen y consistencia física.

—Su padre contrató un servicio de caja fuerte que está depositada bajo custodia en nuestras oficinas centrales de la isla de Malta —le explicó el hombre—. Necesitará esta llave que le entrego para abrirla.

Brisa supuso que su padre había preferido alquilar una caja fuerte en las oficinas centrales de la isla principal por motivos de seguridad. Al fin y al cabo, si había depositado en ella documentos que podían resultar comprometidos, las medidas de protección debían estar a la altura. Y, sin duda, la central del banco más importante de Malta era una buena opción.

Conducir hasta el puerto de Magarr, embarcarse en un ferri con destino a la costa norte de Malta y recorrer la carretera que conecta con la capital resultó un tanto engorroso, pero al cabo de menos de tres horas llegó a su destino.

Tras las formalidades de rigor, un hombre mayor muy sonriente llamado Charles Moore la acompañó a los sótanos del edificio. Caminaron por un largo pasillo flanqueado por numerosas puertas. El hombre abrió una de ellas y la invitó a entrar en un cuarto funcional de unos treinta metros, donde una mesa elegante, cuatro sillas y una lámpara conformaban una decoración minimalista.

—Un momento, por favor —solicitó Moore, antes de abandonar la sala con esa sonrisa que parecía convivir con él permanentemente.

Brisa no se quedó sola mucho rato. Enseguida aquel hombre, que parecía tan satisfecho con su trabajo, regresó portando bajo el brazo una caja de acero de unos cuarenta centímetros. Moore la depositó sobre la mesa, extrajo una llave de su bolsillo, la insertó en una de las dos cerraduras de la caja y le dio una vuelta.

—Ahora puede introducir su llave en la otra cerradura y la caja se abrirá —le dijo en tono confidencial—. Cuestión de seguridad —añadió esbozando su inevitable sonrisa—. Una llave para el banco y otra para el cliente. Siéntase libre de retirar de esta caja lo que desee, o de depositar algo en ella. Tómese el tiempo que necesite. Cuando haya terminado, avíseme. La esperaré en el cuarto de enfrente —concluyó, y se retiró discretamente.

Brisa notó como el corazón se le aceleraba. ¿Qué se ocultaría dentro de aquel caparazón acorazado? Probablemente algo lo bastante importante como para que hubiera gente dispuesta a matar por ello. Algo que su padre solo quería que conociera después de su muerte.

Brisa hizo girar su llave y la cerradura hizo *clic*.

Capítulo 88

Roberto y Peter, sentados en la misma mesa en la que habían cenado la noche anterior, miraron atentamente a Brisa, expectantes por escuchar el contenido de aquella carta póstuma escrita por Arturo Gold. Las paredes de piedra y los altos techos sostenidos sobre enormes arcos abovedados le conferían a la estancia una fragancia solemne más propia de un convento que de un comedor. El sol del atardecer se filtraba por los alargados ventanales laterales, creando una atmósfera crepuscular. El canto de una alondra rasgó el silencio y, como obedeciendo a aquella señal, Brisa extrajo la carta del sobre y comenzó su lectura.

Querida Brisa:

Si estás leyendo esta carta, es que estoy muerto.

Durante la última semana he temido por mi vida. No quise decirte nada para no alarmarte y porque la ignorancia sobre mis actividades era tu mejor protección. Creo que al final lograré conjurar el peligro al que me enfrento, pero podría equivocarme. En tal caso, estas palabras que estoy escribiendo serán mi testamento y mi despedida.

Te preguntarás por qué el nombre de usuario de mi ordenador y la clave de acceso para iniciar la sesión respondían a la palabra «gozo», y porqué en mis documentos digitales abrí una carpeta de idéntico nombre, dentro de la cual únicamente dejé escrita la frase: «Gozo encierra sufrimiento».

Era mi manera de llamar tu atención, por si el Bank of Valletta incumplía lo estipulado y no te avisaba de la existencia del *trust*, algo muy improbable, porque es un banco muy serio. Sin embargo, siempre he preferido pecar de prudente: ser algo desconfiado forma parte de mi carácter y no tengo intención de cambiar mis costumbres, ni siquiera después de muerto. Asumo que, como buena psicóloga, le habrás dado muchas vueltas a la frase, intentando encontrar en ella una clave para entender mi vida y quizás algo más. Eso era exactamente lo que quería, aunque mi último deseo encerraba una intención oculta: que no te pasara desapercibida, entre mi lista de propiedades inmobiliarias, la villa Gozo, en Gozo. Previendo que la visitarías para escudriñar qué misterios se ocultaban en ella, impartí instrucciones tajantes de que no se alquilara nuevamente hasta nuevo aviso y dejé las escrituras que te acreditan como única beneficiaria del *trust* dentro de la caja fuerte de la mansión. No creo que hayas tenido problemas para abrirla. Siempre has sido una chica lista.

Te preguntarás por qué no te hablé sobre la existencia del *trust*. Tenía mis razones, que espero que comprendas. Cuando creé el *trust*, al poco de morir tu madre, lo hice con la intención de dejarte protegida ante los avatares económicos que me pudieran golpear en el futuro. Quizá te parezca extraño, pero más de una vez he estado al borde de la ruina, y quise asegurarme de que, si eso sucedía, no sufrieras nunca las consecuencias. Por eso, de acuerdo con los estatutos fundacionales, tú eres la única beneficiaria, es decir, la única persona en el mundo que puede disponer del capital y los intereses que genere el *trust*. Esa cláusula fundacional es inamovible y ni siquiera yo la puedo modificar. De haberte revelado antes la existencia del *trust*, hubieras podido disponer del dinero desde ese mismo momento, sin que yo hubiera podido hacer nada por evitarlo. Y, francamente, no quería que sucediera tal cosa.

No te lo tomes como una crítica, pero tu carácter siempre ha sido muy inestable, algo que me reprocho. Perdiste a tu madre cuando eras tan solo una niña pequeña, y yo nunca he podido suplir el inmenso amor que te profesaba. No es momento de engaños. He sido un mal padre y ambos lo sabemos. Sin embargo, siempre me he preocupado por ti, intentando reconducir por mejores caminos tus inclinaciones poco convencionales. Como padre, te conozco muy bien, y por dicho motivo preferiría que siguieras sin tener millones de euros a tu disposición. Tengo mucha experiencia y he visto a demasiada gente joven precipitarse hacia el abismo cuando súbitamente han recibido una fortuna caída del cielo. Fiestas, alcohol, drogas... Las tentaciones son muchas, y tú siempre has tenido tendencia a vivir al límite. La muerte de tu novio, Paul, marcó un trágico punto final. Creo que el trabajo que has desempeñado en Gold Investments te ha sentado muy bien y te ha permitido superar la depresión que te mantenía postrada en casa. Sin embargo, no estás completamente recuperada, y por eso preferiría que, sin faltarte de nada, tampoco manejaras demasiado dinero todavía. Ahora bien, si el destino decide acabar con mi vida, confío en ti para que actúes con prudencia, sigas mis consejos y procures mantener los pies en el suelo.

Quizá pienses que hubiera debido dejarte noticia del *trust* maltés en mi testamento notarial, pero, en tal caso, el notario y las autoridades fiscales hubieran sabido de su existencia de forma inmediata. Una escritura pública es como una carta abierta que cualquier interesado acaba leyendo, y no solo motivos fiscales aconsejan que el *trust* permanezca oculto.

Por la misma razón, descarté dejarte una nota escrita para que la encontraras tras mi muerte. Si fallezco en los próximos días, será porque me han asesinado. En tal caso, mi muerte no será plácida, sino violenta; quizá simulen un suicidio o un accidente en extrañas circunstancias... Es imposible adivinar los detalles, pero de lo que estoy seguro es de que la policía registrará todo de arriba abajo y no dejará ni un cajón de mi casa sin remover. Todavía peor: puede que sean los asesinos los que registren mis pertenencias. En todo caso, la leyenda «Gozo encierra sufrimiento» pasará a los ojos de cualquiera como una reflexión personal sobre mi vida, y no les faltará razón.

«Gozo encierra sufrimiento» también es mi epitafio, el triste resumen de mi vida. Mis placeres y mis goces han traído muchísimo sufrimiento. No quiero entrar en detalles concretos, ni en dolorosos recuerdos, pero nunca me he dejado de sentir culpable por la muerte de tu madre. Mi vida amorosa ha estado marcada por la tragedia; de alguna manera siempre he sido el causante de innecesarios padecimientos y, en última instancia, me siento responsable por la muerte de seres queridos. Quizá por ello perdí la capacidad de expresar amor, de establecer vínculos emocionales profundos con otras personas; quizá por ello no he sido un padre cercano. No lo sé. Tú eres psicóloga y supongo que te habrás enfrentado a casos semejantes al mío. No deben ser tan raros en esta sociedad de locos en la que intercambiamos sentimientos por cosas materiales, como si fuéramos indios ignorantes trocando oros por espejuelos.

La seguridad que proporciona el dinero, la adicción al poder, la comodidad del lujo... son cadenas de seda más irrompibles que las argollas de acero. A lo largo de mi vida he traspasado las puertas de la moral en demasiadas ocasiones. Tratándose de asuntos financieros nunca tuve remordimientos, hasta que siete años atrás realicé un pacto con el diablo en el que me quedé atrapado. Acumulaba demasiadas deudas, y los atentados del 11 de septiembre arrasaron no solo las torres gemelas, sino también mi porfolio de acciones y el de mis clientes de Gold Investments. Para salvar mi posición necesitaba más dinero, desesperadamente, pero no encontraba quien me lo prestara. En tal situación se presentó en mi despacho un grupo extranjero dispuesto a avalarme ante los bancos a cambio de que figurara como hombre de paja de sus inversiones en España.

No me preocupé de averiguar la verdadera identidad de sus dueños ni sus intenciones últimas. Me limité a abrir unas cuentas cifradas en el Royal Shadow Bank de la isla de Man para que las manejaran a su antojo y a figurar como la cara visible de algunas sociedades.

Tras el 11-S, en Europa se incrementaron de forma notable los controles internacionales sobre grupos mafiosos o potencialmente ligados a organizaciones terroristas. La gente que contactó conmigo me utilizó para pasar desapercibida ante las autoridades nacionales de la Unión Europea. Mi reputación me permitió constituir sociedades y abrir cuentas cifradas a mi nombre sin que el Royal Shadow Bank me hiciera demasiadas preguntas sobre la procedencia del dinero. Yo ya venía operando con ellos desde hacía cierto tiempo y no les resultó extraño que incrementara mis actividades.

No hace falta que sepas mucho más. Tan solo que actué siempre como un mero testaferro, sin saber ni el origen ni el destino del dinero que circulaba por las cuentas. No intentes averiguar lo que yo no quise saber. Se trata de gente extremadamente peligrosa que no vacilaría en acabar con tu vida si les causaras problemas.

Comprobarás que en el Royal Shadow Bank de la isla de Man queda un pequeño saldo del que puedes disponer tranquilamente: pertenece a una antigua cuenta mía, y todas las operaciones que se han hecho a través de ella son perfectamente honorables, salvo que nunca declaré sus movimientos al fisco español. En cambio, aunque en las demás cuentas figuro como titular, en realidad era un mero hombre de paja. Ninguna de ellas tiene saldo positivo actualmente, así que limítate a cancelarlas y olvídate de ellas; será lo mejor para tu seguridad. Asimismo, existen sociedades patrimoniales domiciliadas en el mismo banco en las que he sido socio o administrador. En todas ellas fui también un mero testaferro retribuido. No intentes reclamar nada de ellas, porque firmamos contratos de fiducia en los que reconocía no ser su verdadero propietario y estar obligado, como administrador formal, a seguir estrictamente las instrucciones de los auténticos dueños. Tal como te explicarán en el banco, como los contratos de fiducia son del todo legales, técnicamente tú no eres heredera de ninguna de estas sociedades. Limítate a aceptarlo y no hagas más preguntas.

Espero, sinceramente, que nunca llegues a leer esta carta, pero, si lo hicieras, mi última frase será también mi despedida. Vive feliz y deja morir el pasado.

TU PADRE, que siempre te ha querido

Brisa dejó de leer y unas lágrimas negras mezcladas con rímel se deslizaron por sus mejillas. Sin perder la compostura, dejó la carta sobre la mesa, extrajo un pañuelo de su bolso, se secó los ojos y limpió a tientas las manchas de su rostro.

Roberto permaneció inmóvil, guardando silencio, a la espera de que Brisa retomara la palabra. Peter, en lugar de permanecer sentado, se levantó de la silla aparatosamente y anduvo a grandes zancadas hasta detenerse frente a ella.

—Esos cabrones mataron a tu padre —afirmó furioso—. Esta carta es la prueba —añadió, sujetando el papel con la mano izquierda.

—Es cierto, pero no puedo hacer nada —dijo Brisa con voz clara, tras recuperar el dominio de sus emociones—. Como sabéis, cancelé las cuentas abiertas en la isla de Man, por lo que ya no tengo acceso a ellas. También he repasado a fondo toda la documentación de mi padre y he examinado las cajas de seguridad que tenía en España. No hay nada. Ni una sola referencia a ese grupo mafioso que lo utilizó como testaferro. Conocer sus identidades es tarea imposible. No tengo idea de quiénes eran ni forma de averiguarlo tirando de ningún hilo. Mi padre lo dejó todo bien atado, y esta carta es su última voluntad. Solo me queda respetarla. ¿Qué otra cosa podría hacer, aunque quisiera? Por una vez en mi vida, pienso seguir sus consejos.

—Y, entonces, ¿qué vas a hacer? —preguntó Peter—. ¿Vas a dedicarte simplemente a disfrutar? No te imagino tumbada en una hamaca en el Caribe, viendo pasar los días del calendario entre puestas de sol y piñas coladas.

Brisa esbozó una media sonrisa antes de contestar.

—Más bien estaba pensando en olvidarme de todo y empezar de nuevo. Parte del acuerdo consistió en aceptar que mi nombre fuera excluido de la lista de licenciados de la Universidad de Berkeley para evitar que su reputación pudiera quedar empañada. Sin embargo, mi padre me ha dejado diez millones de euros —mintió Brisa, rebajando sustancialmente la cantidad—. Así que dispongo de tiempo y dinero suficiente para sacarme de nuevo el título de psicóloga y abrir después un centro de terapias alternativas no convencionales. Como tú mismo me dijiste, Peter: «Si buscas venganza, cava dos tumbas». Yo ya estoy cansada de muertes y cementerios. Quizá sea hora de empezar a vivir...

Capítulo 89

El encuentro con Carlos Puig, el abogado encargado de negociar un acuerdo con los acreedores de Gold Investments, le trajo a la mente el cuento de *La Caperucita Roja*. Carlos era un hombre mayor, de unos sesenta años, de pelo cano, mejillas sonrosadas, cutis suave, perfectamente afeitado y aspecto pulcro, ataviado con un elegante traje, un reloj de marca y unas gafas de oro relucientes. Sin embargo, la imagen que le llegaba a Brisa era la de un lobo feroz dispuesto a asestar una dentellada mortal con sus grandes fauces en cuanto abriera la boca.

—Me he permitido convocarte en mi despacho porque estamos cerca de lograr un acuerdo con los acreedores de Gold Investments —anunció con expresión grave y satisfecha a un tiempo.

Aquello significaba que todavía existían desacuerdos. Gold Investments, la sociedad de valores de su padre, había invertido una suma considerable de sus recursos en el fondo de Bernard Madoff sin contar con el consentimiento de sus clientes. Lógicamente, estos se sentían estafados y querían recuperar el dinero que Madoff, «el mago de las finanzas», había hecho desaparecer como si nunca hubiera existido.

Sin embargo, los acreedores se enfrentaban a un doble problema. Por un lado, aunque Madoff no era un prestidigitador, había volatilizado nada menos que cincuenta mil millones de dólares ante la «atenta» mirada de la Securities Exchange Commision y demás autoridades supervisoras de las operaciones en bolsa. Por otro lado, la suma de los activos de su padre, descontadas las hipotecas, no alcanzaría a pagar más que un diez por ciento del dinero perdido por los clientes de Gold Investments. En esta delicada tesitura, no había solución posible sin añadir a la ecuación un tercer elemento, la X: el grupo mafioso que había utilizado a su padre como hombre de paja.

Y es que los acreedores podían plantear una batalla legal solicitando auxilio judicial para investigar a las sociedades patrimoniales de la isla de Man, en las que su padre hubiera figurado como administrador o socio. Al existir contratos fiduciarios que ocultaban a los verdaderos propietarios de dichas sociedades, los acreedores difícilmente cobrarían nada, pero, si desde estas se habían desviado fondos a actividades terroristas o criminales, los tribunales podían acabar adoptando medidas judiciales contra los dirigentes del grupo criminal. Así que la X, la incógnita que no deseaba ser despejada, había maniobrado desde el anonimato para evitar molestos litigios de imprevisibles consecuencias.

—La situación es la siguiente —expuso Carlos—: hemos llegado a un principio de acuerdo con el bufete que aglutina a los acreedores de Gold Investments. En primer lugar, hemos tasado las propiedades de tu padre a precio de mercado y se las cederemos íntegramente para que sean ellos los que procedan a su venta de forma escalonada. Asimismo, les transmitiremos nuestras acciones contra Bernard Madoff para que cobren la parte que les corresponda del dinero que finalmente logren rescatar las autoridades norteamericanas. Por último, un banco extranjero, que no ha querido desvelar por cuenta de quién actúa, garantiza entregar una importante suma de dinero. El acuerdo está casi cerrado, pero falta un último fleco.

«Fleco» era un eufemismo al que habría que añadir unos cuantos ceros.

—¿De cuánto dinero estamos hablando? —preguntó Brisa.

—De unos diez millones de euros.

Diez millones. Aquello confirmaba sus sospechas de que Peter, su viejo amigo, era un caballo de Troya. Un traidor de la peor calaña. ¿Desde cuándo se habría vendido a las mismas fuerzas que con tanta vehemencia fingía combatir?

Afortunadamente, ella le había engañado afirmando que el *trust* contaba con un capital de diez millones de euros, en lugar de treinta. Si hubiera dicho una cifra inferior, podrían haber sospechado que estaba mintiendo. Diez millones resultaba creíble. Saber mentir no estaba al alcance de cualquiera, pero ella era una experta. La mejor. Por eso había logrado engañarlos a todos, no solo en lo referente al dinero, sino también en relación con lo que realmente había encontrado en la caja fuerte del Bank of Valletta.

—Diez millones no son un fleco —protestó Brisa—, sino una suma enorme.

—Lo comprendo —dijo Carlos, sin demasiada convicción—. Sin embargo, debemos valorar que los clientes de Gold Investments están dispuestos a asumir pérdidas colosales. Considera también que como administradora eres responsable de ellas, y que te podrían denunciar por estafa. Si firmamos el acuerdo, renunciarán a todas sus acciones legales. Visto así, diez millones no son tantos para evitar la cárcel.

Resultaba evidente que Carlos seguía pensando que era ella quien dictaba las órdenes al banco extranjero dispuesto a asumir una parte de las deudas. Tanto mejor. No era necesario desengañarle, pero no le convenía dar la impresión de que cedía sin luchar todo el dinero que, supuestamente, conformaba el capital del *trust*.

—Diez millones son muchos —insistió ella—. Si logras rebajarlos a ocho, cerramos el trato.

—Lo intentaré —prometió Carlos.

Brisa albergaba serias dudas de que lo consiguiera, pero estaba dispuesta a pagar los diez millones a cambio de acabar con aquel asunto e iniciar un nuevo capítulo en su vida.

Capítulo 90

La tenue luz del pub invitaba a hablar, pero Pepe y Roberto no encontraban las palabras adecuadas para iniciar la conversación. Los jóvenes rostros de John Lennon, Ringo Starr, Paul McCartney y George Harrison sonreían burlones desde las fotos que adornaban las paredes. También ellos fueron grandes amigos, pero con el paso del tiempo la ruptura fue inevitable. La culpable, a los ojos de la mayoría, fue Yoko Ono, a la que se acusó de separar a John del resto del grupo. En realidad, confluyeron varios motivos, pero el detonante fue Yoko. Las mujeres, pensó Roberto, podían incendiar el corazón de un hombre, cambiar completamente su mundo y volver del revés lo que antes se veía derecho. Esa era justo la opinión de Pepe sobre su relación con Brisa, y probablemente tuviera razón.

—¿Sabes que eres el único amigo que conservo de nuestra época universitaria? —preguntó Pepe.

Roberto evocó fugazmente aquella época feliz de su juventud: los partidos de fútbol, las carreras en moto, los libros, las fiestas... Visto con perspectiva, resultaba difícil de explicar que él tampoco hubiera mantenido contacto con casi ninguna de las personas con quienes había compartido tantos buenos momentos. La vida, en general, era así: difícil de explicar.

—La verdad es que últimamente nuestra amistad ha pasado por momentos complicados —comentó Roberto, recordando su última conversación telefónica. En ella, su amigo le había comunicado su decisión de no continuar vigilando a Mario y él le había amenazado con hacerle responsable de lo que pudiera ocurrirle a Brisa si persistía en su negativa.

—Solo intentaba protegerte —adujo Pepe—. Habíamos descubierto que Mario pertenecía a un peligroso grupo mafioso, Brisa no era de fiar y tú te comportabas como un adolescente en celo presentándote en las discotecas donde se citaban. Si hubiéramos seguido telegrafiándote sus movimientos, hubieras acabado en un féretro de madera.

A Roberto no le acabó de convencer aquella explicación. Había algo que le quemaba por dentro y que no podía seguir guardándose en su interior.

—Seamos francos —dijo Roberto—: ¿a quién intentabas proteger, a mí o a ti mismo?

La cálida mirada de Pepe se transformó al instante en algo semejante a un mar de hielo, como si sus pupilas fueran de acero.

—Sin que tú lo supieras —reveló—, continuamos siguiendo a Mario, solo para intentar asegurarnos de que tu querida Brisa no sufriera ningún percance irreparable mientras estuviera con él.

Roberto se avergonzó inmediatamente de su acusación, fruto de un impulso, aunque no pudo evitar sentir una punzada de rabia porque le hubiera ocultado información.

—Te ruego que me perdones —solicitó Roberto—. Cuando se trata de Brisa, pierdo el control.

Pepe sonrió, su mirada volvió a ser cálida como un día de verano, se bebió un trago de cerveza y dejó el vaso en la mesa antes de hablar:

—Precisamente por eso dejé de informarte de los devaneos de tu amiga. Eres capaz de hacer cualquier cosa por ella, y créeme que me preocupa. Esta chica tiene demasiados puntos oscuros.

—No tienes de qué preocuparte —replicó Roberto—. Se ha sincerado conmigo y nada es exactamente igual a lo que parecía. Brisa no tuvo nada que ver con la muerte de su novio, su afición por la estética gótica no esconde ningún rasgo siniestro de su personalidad y no es la única psicóloga de prestigio que ha experimentado con drogas para ayudar a sus pacientes. Aunque es una chica poco convencional a la que no le gusta respetar casi ninguna regla, tiene sus propios principios, y solo es peligrosa para sus enemigos. A raíz de la muerte de su padre asumió muchos riesgos para intentar desentrañar qué misterios se ocultaban tras ella, y no hubiera vacilado en vengarle si le hubiera sido posible. Por suerte, esa historia ya es agua pasada y ha desistido de sus temerarios propósitos gracias una carta póstuma que su padre le dejó a modo de último testamento.

Pepe le miró a los ojos con una expresión que a Roberto se le antojó veladamente burlona.

—Entonces, ¿ya puedo dejar de seguir a Mario? —preguntó arqueando las cejas como si fueran puntos interrogativos que ansiaran recibir una respuesta positiva.

—Ya no me interesa saber nada de Mario —confirmó Roberto.

Pepe sorbió relajadamente el resto de la cerveza que le quedaba en el vaso, como si con aquel largo trago diera por concluido un enojoso y pesado asunto con el que hubiera tenido que cargar durante demasiado tiempo. Después, se relamió los labios y se permitió darle un consejo a su amigo:

—Hay mujeres que siempre guardan una sorpresa en la recámara, y Brisa es una de ellas.

Capítulo 91

Roberto admira la belleza del camino que discurre sobre acantilados rocosos que van a morir a la mar. Las vistas son espectaculares, pero basta un paso en falso para despeñarse hacia el abismo. Las palabras burlonas de Pepe resuenan en sus oídos como un eco del viento: «Hay mujeres que siempre guardan una sorpresa en la recámara».

Tan solo han transcurrido unas pocas semanas desde su anterior paseo con Brisa por el camino de ronda que une S'Agaró con Platja d'Aro, pero en su mente el tiempo se podría medir en meses y hasta en años. Demasiadas historias tenebrosas, mentiras y medias verdades. El viaje a Malta ha despejado algunas incógnitas, pero ha dejado otras tantas sin aclarar.

—Tu padre fue muy prudente al no desvelar en la carta ningún dato que permitiera identificar a quienes le utilizaron como testaferro, ni siquiera su nacionalidad. No obstante, sí reveló el motivo por el que necesitaban a un hombre de paja creíble: para pasar desapercibidos ante las autoridades de la Unión europea, que tras el 11-S incrementaron de forma notable los controles sobre grupos potencialmente ligados a organizaciones terroristas. Y justo esa mención parece confirmar que quienes están detrás de esta trama son acaudalados pakistaníes convencidos de la necesidad de apoyar la yihad financiando células islámicas terroristas.

—Eso parece —concede Brisa—. Ariel Shavit, el agente del Mosad, así me lo aseguró, y el propio Mario me reveló que políticos pakistaníes estaban implicados en la trama, aunque yo tampoco descartaría que estuvieran involucrados cargos relevantes de los Estados Unidos.

Roberto se detiene bruscamente.

—¿Has encontrado algún documento que lo sugiera o es una mera hipótesis?

—Son simples conjeturas, pero no sería algo tan raro ni sorprendente. Es bien sabido que la CIA colaboró durante muchos años con los servicios secretos pakistaníes, financiando a Bin Laden y a los talibanes para que combatieran a los rusos en suelo afgano. Y, casualmente, el Gobierno de Bush logró imponer su radical agenda militar y económica gracias a los atentados organizados por Bin Laden el 11-S. Tras la invasión de Afganistán, so pretexto de combatir el terrorismo, no han querido erradicar los campos de las adormideras de opio, la fuente principal de financiación de los talibanes que comulgan con Al Qaeda. El escándalo es tan considerable que actualmente Afganistán produce el noventa por ciento de la heroína que se consume en el mundo, y más de la mitad de su producto interior bruto procede de la droga. Teniendo en cuenta que en aquel remoto país controlado por el Ejército norteamericano no se mueve ni la hoja de un árbol sin la participación de los poderosos servicios secretos pakistaníes, las conclusiones son inevitables.

»Una cosa son los intereses de los gobiernos, y otra muy distinta las de las personas que los sirven. Lo cruda realidad es que la droga mueve en Afganistán miles de millones de dólares y que los principales actores implicados deben recibir cantidades ingentes de dinero para que la fábrica de opio del mundo siga funcionando a pleno rendimiento.

—No te falta razón —concede Roberto—. Los narcodólares hacen extraños compañeros de viaje, así que podrían existir miembros de alto nivel dentro de los servicios de inteligencia norteamericanos asociados secretamente con los pakistaníes para velar por que año tras año el negocio de la droga sea tan rentable como de costumbre. Nada nuevo bajo el sol. Si ya ocurrió en Centroamérica, ¿por qué no iba a suceder en el sur de Asia? Es decir, *business as usual*.

Capítulo 92

A tan solo una hora de San Francisco y a cinco minutos del pueblo de Sonoma, una barrera de seguridad garantiza la intimidad de los exclusivos propietarios de un fabuloso complejo residencial ubicado en plena naturaleza. Concebida como un área de placer y un refugio para millonarios, cada mansión procura una total discreción. Las reglas de la urbanización impiden que ninguna construcción permanezca a la vista. Pequeños caminos se desvían de la carretera para permitir a los potentados acceder a sus casas. Así pueden gozar de las comodidades del mundo moderno a la vez que disfrutan en soledad de los montes que rodean sus terrenos ajardinados.

—No tenemos nada de lo que preocuparnos. Arturo Gold no dejó ningún documento comprometedor ni en el Bank of Valletta ni en ningún otro lado —afirma Richard relajadamente, deleitándose en las aguas calientes de su *jacuzzi* preferido. Construido con rocas y piedras da la impresión de ser un pequeño lago natural creado entre árboles y flores seleccionadas por el capricho de una naturaleza benéfica.

—¿Estás seguro? —pregunta Ahmed.

—Completamente. Peter es uno de nuestros mejores hombres —asegura Richard—. Es un agente muy meticuloso que nunca nos ha fallado. Tú mismo puedes formarte una opinión propia. Tuvo la precaución de grabar todos sus encuentros con Brisa. Por si fuera poco, contamos con pruebas documentales. El padre de Brisa le dejó una carta en el banco maltés, a modo de testamento personal. En ella se refiere a su trabajo como testaferro sin dar nombres ni datos concretos, ni querer desvelar nada que nos pudiera perjudicar. Al contrario, le aconseja que cancele las cuentas de la isla de Man y que no haga ninguna pregunta sobre las operaciones que se realizaron desde el Royal Shadow Bank, para evitarse problemas.

—¿Tenemos una copia? —pregunta Ahmed.

—Por supuesto. Peter nos entregó una foto digitalizada de la carta y hemos hecho un examen grafológico de la firma. La letra es de Arturo Gold, no hay duda. Además, dada la importancia del caso, me he tomado la molestia de examinar personalmente las grabaciones de sus conversaciones con Brisa. La chica no ha encontrado un solo documento que nos pueda incriminar y ya no quiere meterse en líos. Como te digo, puedes estar tranquilo.

—Entonces, como de costumbre, *business as usual* —concluye Ahmed, alzando su copa.

Capítulo 93

Los mercaderes del planeta lo trocean y lo inscriben a su nombre en los registros inmobiliarios, patentan los genes y cobran regalías por los cultivos de semillas, privatizan las fuentes de las montañas y venden agua embotellada. Sin embargo, la naturaleza se empeña en proseguir regalando vida a todos los seres de la Tierra.

El fuerte viento trajo consigo el olor profundo del mar. Roberto respiró hondo, trató de ordenar sus ideas y expuso en voz alta alguna de sus reflexiones.

—No deja de sorprender que islamistas radicales utilizaran de tapadera a un hombre de raza judía como tu padre.

—Al contrario —rebatió Brisa—: era la tapadera perfecta. Cualesquiera que fueran los problemas financieros que mi padre tuvo en el año 2001, el caso es que no trascendieron al exterior y su reputación se mantuvo intachable. Era un millonario socialmente admirado, con buenas conexiones y un sólido prestigio en los mercados inmobiliarios y de valores. A nadie, por tanto, le podía extrañar que acometiera importantes inversiones a través de sociedades domiciliadas en la isla de Man. Y el Royal Shadow Bank tampoco quiso ser quisquilloso con quien ya era un excelente cliente suyo, bien conocido en el mundo por sus múltiples inversiones y su capacidad de atraer capitales. Si acaudalados hombres de negocios le confiaban sus ahorros para que los invirtiera en bolsa, a través de Gold Investments, resultaba creíble que también pudieran encomendarle importantes sumas de dinero para obtener plusvalías en el mercado inmobiliario español.

Roberto contempló el mar. El viento arreciaba y las olas rompían su espuma contra los acantilados.

—Tal como lo dices, parece que todo respondía a una lógica impecable. Sin embargo, algo salió mal.

—El factor humano es imprevisible y no siempre responde a la lógica —afirmó Brisa—. Mi padre tenía sangre judía, pero no practicaba más religión que la del culto al dinero. No le gustaba inmiscuirse en temas políticos y nunca fue un miembro activo de la comunidad hebrea en Barcelona. De hecho, le resultaban indiferentes las tradiciones judías, y prueba de ello es que mi madre, católica practicante, procedía de una familia cristiana muy tradicional. Y, sin embargo, cuando fue contactado por Ariel Shavit, decidió arriesgarse a pasar información al Mosad, a sabiendas de que podía costarle la vida.

Brisa miró a las olas, que chocaban contra las rocas, y guardó un prolongado silencio, como si estuviera sondeando el mar en busca de respuestas.

—¿Por qué crees que lo hizo? —preguntó Roberto.

Nosotros hemos nacido en tiempos de paz, no hemos conocido los horrores de la guerra. Mi padre, sí, al menos indirectamente, pues nació en 1941. En España corrían los duros tiempos de la posguerra, y en Europa la Alemania nazi se paseaba victoriosa, invadiendo países, recluyendo a los judíos en guetos y construyendo campos de concentración que facilitaran la «solución final» ansiada por Hitler. Como mis abuelos paternos eran hebreos de ascendencia asquenazí, la mayor parte de sus primos y hermanos vivían en ciudades centroeuropeas. No pudieron escapar a tiempo y fueron exterminados como ratas. Son cosas de las que se habla poco, pero que calan muy hondo. Afortunadamente, la familia de mi padre se encontraba a salvo en Barcelona, pero eso no quiere decir que las circunstancias que rodeaban su vida fueran amables. Las simpatías del régimen franquista estaban del lado de la Alemania nazi y, en un país extremadamente católico, como la España de la posguerra, los judíos eran mirados con recelo. Les convenía pasar lo más desapercibidos posible, y, tengo para mí, que la indiferencia de mi padre hacia las tradiciones judías fue una estrategia de su inconsciente destinada a sobrevivir en un entorno hostil. Naturalmente, con el paso de los años, los peligros quedaron conjurados, pero mi padre mantuvo su actitud indolente con el mundo hebreo.

—Hasta que apareció Ariel Shavit —apuntó Roberto.

—En efecto. Según me dijo, Ariel logró despertar sus emociones aletargadas y le convenció de que la única manera de evitar que se repitiera un nuevo holocausto era protegiendo a Israel de sus enemigos. El Mosad velaba por ello, y, naturalmente, el terrorismo islámico estaba entre sus principales preocupaciones. A mediados del año 2008, mi padre accedió a facilitarle información sobre las transacciones realizadas desde la isla de Man. Recopiló documentos y datos de los que guardaba copia, se los entregó y se comprometió a informarle en el futuro de las operaciones en las que interviniera como testaferro.

—La decisión de tu padre fue muy valiente —elogió Roberto.

—Demasiado —valoró Brisa—. Por lo que parece, en el mundo de los espías la información es más valiosa que la vida de sus fuentes, y mi padre se vio atrapado entre dos fuegos que no podía apagar. Al sentirse amenazado por partida doble, y viendo peligrar su vida, decidió viajar a Gozo, asegurarse de que los papeles de mi *trust* estaban en regla y redactar la carta que os leí a modo de salvoconducto *post mortem*. Aunque mi desconocimiento absoluto de sus operaciones constituía mi mejor protección, pensó que una confesión final garantizaría mi seguridad si los pakistaníes o el propio Mosad me presionaban más de la cuenta.

Roberto reflexionó sobre el frágil hilo que sujetaba la vida de las personas. En el aire se percibía el intenso olor de resina procedente de los grandes pinos que surgían de entre las rocas. El murmullo del mar acompañaba el sonido de sus pasos y no se veía a nadie pasear por aquel regio camino.

—La verdad —dijo Roberto— es que hemos conseguido aclarar muchos puntos oscuros sobre su vida, aunque no los suficientes como para dilucidar con seguridad las causas de su muerte.

—La versión oficial es que se suicidó —anunció Brisa con cierto desdén en su voz—. Ayer Carlos, mi abogado, me comunicó que la compañía aseguradora no me pagará la indemnización estipulada en el contrato. La policía ha cerrado el caso por falta de pruebas contra persona alguna, aprovechando las semejanzas que le unían con el fallecido Thierry de la Villechutet.

Roberto había leído el caso de Thierry de la Villechutet en los periódicos. Se trataba de un conocido aristócrata francés que gestionaba un fondo de inversiones en el que participaban numerosas personalidades, ricos y famosos. Al igual que el padre de Brisa, el ingenuo aristócrata había confiado la mayor parte del dinero depositado a Bernard Madoff. Enfrentado al oprobio de la ruina y al desprecio social, Thierry de la Villechutet había preferido hacer mutis por el foro suicidándose en su despacho el día anterior a la Nochebuena.

—¿Y quién crees tú que asesinó a tu padre? —preguntó Roberto.

—Desde luego no creo que fuera el Mosad. No ganaban nada con su muerte, y a mí me ofrecieron dinero, pero en ningún momento me amenazaron. De hecho, me negué a ofrecerles información y el propio Ariel Shavit se limitó a pedirme que me pusiera en contacto con ellos si cambiaba de opinión.

—¿Y qué me dices de Mario? —preguntó Roberto—. ¿Estás completamente segura de que no intervino en su muerte?

—Siempre quedará un margen para la duda —reconoció Brisa—, pero mi intuición me dice que no fue él. Y en las circunstancias en que tuve la oportunidad de interrogarle, te aseguro que era muy difícil engañarme. Si tuviera que apostar, me jugaría un brazo a que fue asesinado por el mismo grupo mafioso que le utilizó como tapadera. Tenían motivos sobrados para ello: mi padre había cedido información confidencial de sus cuentas al Mosad y sabemos que los pakistaníes sospechaban de él. Probablemente decidieran liquidarlo el viernes 12 de diciembre, al sopesar que esa era su mejor alternativa tras la detención de Madoff. Siempre es peligroso mantener con vida a un hombre demasiado informado, pero, si se trata de uno presuntamente arruinado, el riesgo resulta demasiado alto.

—En efecto —convino Roberto—. Debieron de pensar que tu padre, acuciado por sus problemas económicos, estaría expuesto a la tentación de vender la información confidencial que tuviera al mejor postor.

—Y en una situación desesperada hubiera podido amenazarlos, incluso, con revelar todos los datos que conocía si no le avalaban nuevamente ante los bancos, tal como hicieron en el año 2001 a cambio de ser su testaferro. Sin embargo, la situación había cambiado radicalmente. En el año 2001, mi padre tuvo un problema de liquidez, no de solvencia: solo había perdido demasiada sangre y necesitaba una transfusión para recuperarse, pero no tenía dañado ningún órgano vital. En cambio, tras el varapalo de Madoff, su muerte económica era inevitable, y ni una docena de trasplantes hubiera podido evitarlo.

Brisa elevó su mirada hacia la playa de Sa Conca, que se divisaba al final del camino, suspiró levemente y continuó hablando:

—No les convenía montar un escándalo con un asesinato y abrir una investigación judicial que hubiera podido olfatear el hedor de los muertos escondidos en sus armarios. Necesitaban actuar rápido y simular un suicidio, lo que no era tan sencillo, pues una resistencia activa por parte de mi padre hubiera dejado huellas fácilmente reconocibles para un médico forense. En esta tesitura, pudieron recurrir al LSD como una solución de emergencia. Bastaba con diluir una dosis infinitesimal en su bebida para sumirle en la indefensión más absoluta; en el estado alcohólico en que se hallaba la tarde noche del viernes, les debió de resultar muy sencillo. Después de ahorcarle, solo tuvieron que preocuparse de no dejar huellas en la mansión.

—Es una explicación muy plausible —asintió Roberto—, pero lo que no consigo entender es el significado de la cruz en la garganta de tu padre.

—Los pakistaníes debieron de aprovecharla para enviarle un mensaje en clave al Mosad, indicándoles que ellos eran quienes le habían asesinado por haberles traicionado. Algo así como: «Le hemos puesto la cruz al judío que habló más de la cuenta». La cruz fue durante siglos el instrumento de tortura más doloroso utilizado para ejecutar a los traidores, y los romanos la utilizaron como escarmiento contra los judíos tras la gran revuelta de Jerusalén.

—Es algo macabro, pero creo que podrías tener razón. Quizá quisieron advertir a cuantos pudieran irse de la lengua de que su garganta sería castigada si la utilizaban indebidamente. He leído varios libros dedicados al crimen organizado y, cuando las mafias deciden ejecutar a un traidor, no lo hacen de cualquier manera, sino siguiendo un ritual, de tal modo que el cuerpo de la víctima sea también un mensaje y un símbolo. Recuerdo un caso que conmocionó a la opinión pública en septiembre del año 2005. Paolo Di Lauro, uno de los capos más importantes de la camorra, fue detenido porque uno de los suyos, Edoardo La Monica, desveló su paradero a la policía. El día siguiente a su detención se encontró el cadáver mutilado del confidente. Todos entendieron el significado del lenguaje corporal: le faltaban las orejas con las que escuchó el lugar donde escondían al capo; le arrancaron los ojos con los que había visto demasiado; le cortaron la lengua con la que había hablado; y le cortaron las manos con las que había recibido el dinero. Como colofón, grabaron una cruz sobre sus labios, sellándolos para siempre como símbolo de la fe que había traicionado.

—En el caso de mi padre —caviló Brisa—, no podían permitirse un ajuste de cuentas tan truculento, porque una investigación judicial les hubiera podido perjudicar gravemente, pero al ver la cruz pudieron aprovecharla para dejar un mensaje inequívoco destinado, exclusivamente, a los que tenían ojos para ver y oídos con los que escuchar: el Mosad y sus confidentes.

Roberto y Brisa continuaron caminando en silencio hacia la playa de Sa Conca. El agua moldeaba la arena como si fuera una media luna creciente. Roberto se preguntó adónde los llevaría el flujo de la marea que dirigía sus vidas y consideró los muchos asuntos que, contra pronóstico, habían concluido de manera satisfactoria para ella: gracias a la carta *post mortem* de su padre estaba aparentemente fuera de peligro, había heredado una fortuna libre de impuestos en Malta, el caso por homicidio se había archivado y estaba a punto de firmar un acuerdo con los acreedores de Gold Investments que la exoneraría de cualquier responsabilidad penal. Y, sin embargo, conociéndola, era capaz de querer embarcarse en una nueva y temeraria cruzada para vengarse de cuantos hubieran podido intervenir en los asesinatos de Paul y de su padre. Brisa, como el viento, era absolutamente imprevisible.

—¿Qué planes de futuro tienes? —preguntó—. ¿De verdad vas a abrir un gran centro de terapias alternativas no convencionales, tal como afirmaste en Malta?

Brisa le miró fijamente con una sonrisa dibujada en su boca.

—Carlos Puig, mi abogado, me ha comunicado que hacen falta diez millones de euros para cerrar el acuerdo con los acreedores de Gold Investments si quiero evitar un juicio penal. Y como quiera que tampoco voy a cobrar nada de la compañía aseguradora por la muerte de mi padre, mi único plan de futuro es cruzar andando la playa de Sa Conca y comprobar si ya está abierto el camino de ronda que conduce a Sant Antoni de Calonge. La última vez que llegamos hasta aquí tuvimos que dar marcha atrás porque estaba cerrado, y ya sabes que odio las prohibiciones.

Brisa odiaba las prohibiciones y él odiaba no saber a qué atenerse. Diez millones de euros era exactamente la cantidad que su padre le había dejado en el *trust* maltés. Aquello no podía ser una coincidencia. Teóricamente, solo él mismo y el estrafalario amigo de Brisa podían conocer ese dato. En tal caso, Peter habría actuado en Malta como un caballo de Troya preparado para comunicar cuanto viera y oyera a sus amos en las sombras. Era la opción más probable y, sin embargo, había algo que chirriaba. Peter podía haberle engañado a él, pero dudaba mucho de que hubiera sido capaz de hacer otro tanto con Brisa.

Las palabras de su amigo Pepe resonaron en sus oídos con el timbre de la verdad: «Hay mujeres que siempre guardan una sorpresa en la recámara, y Brisa es una de ellas».

Capítulo 94

La torre de hormigón repleta de antenas electrónicas en la parte más elevada de Tel-Aviv, visible desde las montañas de Judea, constituye el eje de todas las comunicaciones militares, diplomáticas y secretas de Israel. Los increíbles avances tecnológicos de aquel diminuto país han resultado clave para su supervivencia, pero todavía no son capaces de sustituir el factor humano cuando se trata de tomar decisiones.

—La operación Brisa ha resultado un fiasco —afirmó Emmanuel, contrariado.

—Así es —reconoció Ariel Shavit, entrelazando las manos.

—¿De verdad crees que su padre no le dejó ningún documento comprometedor? —preguntó Emmanuel.

—Mi trabajo es desconfiar de todo. Me pagan para eso.

—Y, pese a ello, insistes en levantar el dispositivo de seguridad alrededor de Brisa.

—Sabes que desde el principio he sido partidario de importunar a esa chica lo menos posible. Si algo está claro, es que su padre siempre la mantuvo al margen de sus turbias relaciones.

Emmanuel jugueteó con la estilográfica y sonrió irónicamente.

—No me dirás que a estas alturas de tu vida te dejas influir por escrúpulos morales.

—Digamos más bien que prefiero guiarme por consideraciones prácticas —replicó Ariel—. Creo que tenemos mejores opciones de conseguir la información por otras vías, y prefiero concentrarme en ellas. Nuestros recursos no son ilimitados y tenemos que cubrir muchos frentes.

—Lo sé tan bien como tú, pero el presidente nos está presionando para que le ofrezcamos la lista completa de nombres.

—Ya tiene algunos. Si todo sale como espero, dentro de menos de una semana le ofreceremos el resto en una bandeja de plata. Confía en mí.

Emmanuel tamborileó sobre la mesa con los dedos y respiró profundamente.

—De acuerdo. Haremos las cosas a tu modo. Espero que no te equivoques.

Capítulo 95

—Tu nuevo trabajo en Londres te va a entusiasmar —vaticinó Dragan—. Allí experimentarás lo que implica estar en el centro del poder.

Mario asintió satisfecho, con una media sonrisa. Le habían hecho una gran oferta para integrarse en el grupo gestor de uno de los fondos de inversión más importantes del mundo, y tenía la intención de aceptarla.

Aunque estaba prohibido, era sabido que las cúpulas directivas de los grandes fondos se reunían en secreto para concertar políticas comunes. La cantidad de dinero que podían llegar a movilizar en cuestión de segundos era tan colosal que, *de facto*, se convertían en la mítica mano invisible que regula los precios del mercado. Colaborar como una manada de lobos tenía recompensa: podían apostar a que los precios de cualquier producto bajarían o subirían sin miedo a equivocarse.

Su fuerza, aplicada de golpe en el momento preciso, era como la corriente desbordada de un maremoto. Imparable. Hundir divisas, ahogar empresas, quebrar países, dar vida a cualquier proyecto, manipular el precio de las materias primas y el valor de los alimentos... Nada estaba fuera de su alcance. Aquello era poder en estado puro.

Las teorías de Adam Smith sobre el libre mercado se habían convertido en el nuevo opio del pueblo, en una fe sin fundamento que permitía a los más fuertes imponer su ley en la selva capitalista. La ley del más fuerte era la única fe verdadera. El poder no atendía a sentimientos ni códigos morales, sino a la potencia implacable.

—Tú y yo somos iguales —afirmó Dragan—. Por eso dejé que te encargaras de Brisa en Londres. Sabía que harías un buen trabajo. De otro modo, no hubieras insistido en realizar personalmente una tarea más propia de sicarios…

A modo de respuesta, Mario lo miró de forma cómplice. Según le había explicado a Brisa, había actuado así para evitar que matones profesionales le infligieran daños físicos severos. Sin embargo, había algo más: la embriagante droga del poder… Experimentar la sensación de tener completamente dominada a su mimada hermanastra, quebrantar su voluntad, ser dueño de su vida, oler el sudor de su cuerpo desnudo, observar el miedo reflejado en sus pupilas y violar su espíritu sin llegar a tocarla… era algo que deseaba. Nada podía compararse al néctar del poder desmedido.

—La relación que se establece entre el verdugo y la víctima es muy intensa —prosiguió Dragan—. Tan intensa que a veces crea adicción. Eso de haber seguido intimando con Brisa a vuestro regreso de Londres no deja de ser una exquisita perversión…

Mario sonrió nuevamente con fingida superioridad, aunque se reprochaba a sí mismo el haberse dejado llevar por absurdas emociones en su relación con Brisa. El hecho de que ambos fueran hermanos de sangre le había influido más de lo debido. Él siempre había sido un lobo solitario, acostumbrado a cazar sin respetar a sus presas ni las normas de la manada. Descubrir que tenía una hermanita tan solitaria como él mismo despertó su curiosidad y, en último término, le llevó a involucrarse demasiado en una relación más peligrosa de lo que parecía a simple vista. Un craso error que descubrió demasiado tarde.

Lo que despertó inicialmente su interés no fue un cándido sentimentalismo, sino el crudo egoísmo del superviviente profesional. Durante años, había sido el encargado de gestionar las sociedades y cuentas que Arturo Gold, su padre, mantenía abiertas en la isla de Man. Al principio, cegado por su juventud e inexperiencia, creyó que el propio Arturo Gold era el verdadero titular de todas ellas. Sin embargo, con el paso del tiempo, le resultó evidente que eran otros quienes controlaban el flujo monetario que alimentaba las transferencias e inversiones.

Cuando se percató de lo que se escondía tras aquellas cuentas y sociedades, exigió mantener una reunión con sus auténticos titulares. Richard, un elegante norteamericano, fue el encargado de tranquilizarle. Los personajes que movían los hilos tras las bambalinas eran demasiado poderosos para que nadie los denunciara. Mario se mostró de acuerdo con sus explicaciones —él entendía muy bien ese tipo de lenguaje—, pero exigió una pequeña comisión a cambio de asumir los riesgos y mantener la boca cerrada.

Durante años, todo funcionó con la monótona precisión de un reloj suizo, pero la violenta muerte de Arturo Gold y la irrupción en escena de Brisa, como heredera, lo complicó todo. Al insistir en querer saber más de la cuenta, resultó evidente que debía ser amenazada con la suficiente intensidad como para que desistiera para siempre de sus temerarios propósitos.

Todo se desarrolló tal como había imaginado, pero, tras conseguir que Brisa cancelara las cuentas de la isla de Man, cometió un error de cálculo. Espoleado por la curiosidad, quiso saber más acerca de su hermana, la única hija legítima reconocida por su padre. Curiosamente, la educación recibida no había sido tan distinta de la suya. Arturo Gold también había sido un padre ausente para Brisa. Un padre al que le costaba menos esfuerzo pagar las facturas y enviarla a caros colegios extranjeros que ser cariñoso y dedicarle tiempo. No era el único punto que compartían.

Brisa, a su modo, también sentía la atracción del lado oscuro, despreciaba los usos sociales por los que se guiaba el rebaño y era capaz de interpretar en cada momento el papel más conveniente para alcanzar sus objetivos. El problema es que había actuado demasiado bien, atrayéndole a una trampa en la que había caído como un colegial en celo. Todavía maldecía el momento en que se había dejado embaucar con la representación de la supuesta amante de Brisa. Por fortuna para él, Dragan no podía sospechar lo que había sucedido de verdad.

—Ya sabes cómo soy —se jactó Mario—. Siempre me ha gustado conquistar a las mujeres, y a ellas les gustan mis juegos...

—Esa Brisa es casi tan juguetona como tú. ¿Sabías que también se entiende con tu amigo Roberto?

Mario rio ostentosamente, buscando ganar tiempo antes de contestar a lo que podía ser una pregunta con segundas intenciones.

—Roberto siempre ha sido un idiota en asuntos de mujeres —dijo al fin, con aspecto despreocupado—. Un idiota capaz de enamorarse de mujeres que para mí solo son buenas para divertirse un rato con ellas.

Roberto podía ser un poco inocente, pero no era ningún idiota, pensó Dragan. Por el contrario, había sido su privilegiada cabeza y su bien ganada fama la que le había llevado a tratar con él personalmente, pues en un principio temió que pudiera descubrir la trama última que se ocultaba tras el peritaje judicial que le habían encargado. Al final todo había salido a pedir de boca: la competencia marroquí había sido encarcelada e incluso había logrado que Roberto continuara colaborando con ellos. Indudablemente, aquel inspector estaba predestinado a seguir ascendiendo en el escalafón de la Agencia Tributaria y en el futuro les podría resultar muy útil. Había ingresado en una familia en que la puerta de entrada era tan grande como angosta la de salida.

—Así que no tienes celos de Roberto —bromeó Dragan.

—Ya sabes que me gusta cambiar de menú —repuso Mario guiñándole un ojo—. Y en Londres abundan los restaurantes exquisitos…

Tal como estaban las cosas, prefería cambiar de aires. Los mejores jugadores son aquellos que saben cuándo es el momento de dejar la partida y poner tierra de por medio. La organización mafiosa que había utilizado a su padre como testaferro era muy poderosa, y Brisa, una inconsciente.

Era brillante, pero demasiado temeraria. Si insistía en buscar venganza, acabarían por destruirla. Lo peor del asunto es que podían torturarla antes de darle el pasaporte definitivo. En ese caso, tal vez les confesara que estaban unidos por vínculos de sangre y que fue él quien la advirtió de que no debía entregar a nadie documentación comprometedora de su padre. Mario se tranquilizó a sí mismo. Era una acusación que siempre podría negar, y, además, había tenido la prudencia de no dar ningún nombre propio. En principio, no tenía nada que temer.

Capítulo 96

—Quería contarte la verdad sobre lo sucedido en la isla, y este camino de ronda me parecía el lugar más apropiado, porque fue aquí donde te hablé por primera vez de la misteriosa frase que escribió mi padre: «Gozo encierra sufrimiento».

—Solo aceptaré escucharte si me prometes que ya no habrá más mentiras ni medias verdades —afirmó Roberto con gesto adusto.

—Prometido —aseguró Brisa, levantando la mano derecha como si estuviera jurando sobre el cielo—. En Gozo no te pude revelar la verdad porque Peter era un espía a sueldo de los asesinos de mi padre y, si os hubiera mostrado los documentos altamente peligrosos que encontré en su caja del banco maltés, nos hubieran matado sin vacilar. Al hacerles creer que no existía ningún documento comprometedor, ya no tienen ningún motivo para eliminarme ni prestarme atención. Para protegerme desde su tumba, mi padre incluyó en la caja fuerte aquella carta manuscrita con la que poder engañar a cuantos la leyeran. Naturalmente, también mentí respecto al *trust*. Su capital supera en mucho los diez millones de euros, pero de momento no podré utilizarlo, ni para abrir un centro de terapias convencionales ni para nada que llame la atención. Si descubrieran que los engañé respecto a la cantidad depositada en el *trust*, concluirían que también pude mentirles sobre todo lo demás y volvería a estar en peligro.

El viento soplaba con fuerza y se filtraba entre las costuras de sus jerséis. Sol y nubes mantenían una especie de duelo singular en las alturas, donde el cielo, completamente encapotado, se abría a intervalos formando pequeños claros a través de los cuales resplandecía la luz.

Roberto se preguntó si todos los hombres y mujeres reproducían paisajes similares en el interior de su alma; paisajes de nubes espesas con rayos de esperanza. Conocer a fondo a una persona implicaba ir quitando, poco a poco, las capas de nubes que las cubrían, pero no siempre era posible.

—¿Cómo supiste que Peter era un traidor?—preguntó Roberto, receloso—. Un amigo de la juventud con el que se han compartido vivencias muy especiales no se vende al otro así como así.

Brisa concentró su mirada en el majestuoso vuelo de unas gaviotas que sobrevolaban el mar con las alas extendidas al viento.

—Algunas personas son como las gaviotas —respondió—. Su vuelo es elegante, pero basta con que el sol refleje el brillo de una sardina bajo el agua para que viren su rumbo y se precipiten en picado a devorar a su presa. Siempre admiré el vuelo de Peter: era brillante, atrevido, resuelto... Por eso logró engañarme al principio, cuando vino a Barcelona. Luego comencé a atar cabos que me hicieron sospechar de sus verdaderas intenciones. Externamente, seguía vistiendo igual, pero se hospedó en un hotel de cinco estrellas, algo que el Peter al que yo conocía no hubiera hecho jamás. Su concepción del dinero había cambiado y ya no le importaba trabajar para las mismas empresas a las que robaba información como *hacker*. Parecía evidente que el nuevo Peter, como el dios Jano, poseía dos cabezas que miraban a lados opuestos. ¿Cómo pasar por alto, entonces, que apareciera por Barcelona justo después de recibir en mi correo electrónico el mensaje del Bank of Valletta? Teniendo en cuenta que hacía más de un año que no sabía nada de él, mis sospechas se convirtieron en certezas cuando se ofreció a acompañarme a la isla de Gozo.

»Eso me llevó a preguntarme quién era Peter realmente. Es muy frecuente que los servicios secretos se infiltren entre los grupos radicales o subversivos que pueden ser peligrosos para el sistema. Al fin y al cabo, es su trabajo. Suelen infiltrar a algún agente inventándose una tapadera que no levante sospechas, tal como ha sucedido reiteradamente en Greenpeace. No obstante, también tientan a jóvenes comprometidos que, por diversas razones, deciden pasarse al lado oscuro y suministrar información a cambio de dinero. Y, desde luego, un portal como Wikileaks debía de estar en su punto de mira.

—¿Crees entonces que a tu novio le traicionó algún infiltrado en Wikileaks… o, incluso, Peter?

Los músculos faciales de Brisa se tensaron en un gesto adusto, como si su cara se hubiera transformado en un paisaje seco castigado por el sol.

—Me he formulado esa misma pregunta muchas veces, pero desconozco la respuesta. Quizá Paul murió por accidente y Peter se inventó toda la historia sobre su asesinato para tenderme un anzuelo con el que poder arrastrarme hasta los documentos de mi padre. Peter es uno de los hombres más inteligentes que he conocido, no le falta imaginación, y pudo muy bien urdir tal patraña para manipularme.

—Existen muchas formas de traición —afirmó Roberto con expresión sombría.

Tras haber alcanzado el final del camino, Brisa y Roberto optaron por descalzarse y cruzar la playa de Sa Conca con las zapatillas en la mano. La playa pronto quedó atrás. Unas arcadas de piedra, con enormes ventanales, que se elevaban sobre las rocas y el mar señalaron el inicio de un nuevo camino, muy diferente al anterior.

—¿Por qué no me advertiste antes de viajar a Gozo de las verdaderas intenciones de Peter? —preguntó Roberto.

Brisa le observó, aparentemente sorprendida, con esos ojos verdes capaces de hipnotizarle sin apenas proponérselo.

—Creía que era evidente. No eres tan buen actor como yo, y Peter es demasiado listo. Hubiera sospechado que le estábamos engañando y nos hubiéramos visto atrapados en un callejón sin salida.

Roberto negó con la cabeza, poco convencido.

—Aunque tengas razón, hubiera sido más justo avisarme de que tu antiguo amigo era un topo infiltrado, para que pudiera evaluar los riesgos con pleno conocimiento de causa.

—Sabías perfectamente los riesgos a los que te exponías. Durante nuestro paseo por el parque de Collserola te pedí que me escucharas antes de tomar la decisión de acompañarme. Te avisé de que estaba convencida de que habían intervenido mi ordenador y que, por tanto, las probabilidades de que siguieran mis pasos eran muy altas. Si te hubiera revelado mi plan, lo hubieras echado todo a perder. ¿O de verdad crees que tu expresión de alivio al creer que mi padre no me había dejado ninguna documentación hubiera sido tan genuina..., o tus piques con Peter tan creíbles? Si ellos hubieran tenido la más mínima sombra de duda, las consecuencias habrían sido funestas. Por el contrario, tu ignorancia y mi fingida confianza absoluta hacia mi «gran amigo» Peter eran las mejores llaves hacia el éxito. La carta de mi padre fue una baza inesperada en mitad de la partida, una suerte de comodín caído del cielo, pero te garantizo que, aun sin él, mi actuación hubiera sido tan convincente que no hubieran tenido razones para sospechar que todo era una farsa.

Roberto asimiló rápidamente lo que le había contado. Cuando viajó a Gozo, sabía muy bien que corría un gran riesgo, pues estaba convencido de que Brisa pretendía entregarle a Peter la documentación comprometedora que encontrara en el banco. El hecho de que nunca hubiera tenido intención de hacer tal cosa, sino de engañarle, había demostrado ser la mejor estrategia para conjurar los peligros.

—Ya sabes que yo prefería viajar sola —le recordó Brisa—, pero ¿qué hubiera ocurrido de no permitir que me acompañaras?

—No lo hubiera aceptado bajo ningún concepto —afirmó Roberto, tajante.

Brisa aminoró su paso, se aproximó hasta el borde del acantilado y miró en silencio hacia el horizonte, como si estuviera oteando el futuro que se escondía tras las nubes. Después se aproximó a él, le cogió de la mano y, durante un largo rato, permanecieron así, contemplando el grandioso espectáculo que se ofrecía a su vista. El mar parecía parpadear, reflejando en sus ondulaciones la luz que se filtraba desde lo alto. Roberto se preguntó si acaso el mar no sería una metáfora del cielo, un infinito azul en el que se daban cita más mundos posibles de los que nadie pudiera imaginar.

Tres gaviotas surcaron el cielo con sus alas blancas extendidas al viento. Volaban muy juntas unas de otras, como un escuadrón ejecutando maniobras militares. Planeaban sobre el aire sin esfuerzo, empujadas por el viento, como si fueran heraldos de un mundo más bello. De repente, como respondiendo a una señal invisible, las tres gaviotas plegaron sus alas, se abalanzaron en picado hacia el mar abierto y se sumergieron bajo las olas buscando saciar su hambre.

El hilo que separaba la ilusión de la realidad era muy tenue. Y no siempre era conveniente conocer la verdad. Existían muchas cosas que Brisa ignoraba porque él no se las había explicado. Le había ocultado que el mismo grupo mafioso vinculado a su padre también le había utilizado a él como confidente en el peritaje, y que, como inspector, se había comprometido a colaborar con ellos en el futuro. Brisa tampoco sabía que había contratado a un detective privado para seguir a Mario, y que este se había reunido con Dragan, uno de los cerebros de aquella organización criminal. También desconocía que existía un modo de golpear legalmente a esa organización criminal sin que sus nombres aparecieran implicados.

En efecto, rastreando la vida laboral de una ingente cantidad de trabajadores pakistaníes domiciliados en Barcelona, había logrado detectar quiénes eran los testaferros de las sociedades que actualmente utilizaba ese grupo mafioso para regularizar la situación de inmigrantes y blanquear dinero. Bastaba redactar una denuncia anónima recopilando dicha información y enviársela al inspector jefe: Joan Esteba era un tipo íntegro que no se casaba con nadie. Siempre había demostrado una gran valentía personal investigando a fondo asuntos muy turbios y complejos. Se podía confiar en él. Roberto lo conocía bien. En cuanto leyera una denuncia semejante, no vacilaría en impulsar una investigación a gran escala, de estar suficientemente documentada. Y de haber tenido acceso en Malta a documentos comprometedores, ¿no habría tenido la tentación de utilizar esa información en la denuncia anónima, para vengarse de quienes habían amenazado a su hija?

Roberto apartó la vista del horizonte y examinó el rostro de Brisa. Había muchas cosas que no le había dicho, cosas que podía contarle allí mismo, en aquel preciso momento. Pero no lo hizo. Se limitó a envolver con sus brazos la esbelta espalda de Brisa y apretarla con fuerza contra su pecho. Ella acercó sus cálidos labios a su rostro y Roberto la besó apasionadamente.

Cuando sus labios se separaron, Brisa sonrió, apretó su pelvis contra la de Roberto, arqueó la espalda ligeramente y se balanceó hacia atrás, dejando que las manos de él la sujetaran a la altura de su cintura.

—¿Y tú qué planes de futuro tienes? —preguntó con voz juguetona.

—Si te digo la verdad —se sinceró Roberto—, estoy planteándome pedir la excedencia como inspector. Últimamente, estoy tan harto de mi trabajo que preferiría dedicarme a cualquier otra cosa.

—¿Cómo acabar ese libro sobre la corrupción del que me hablaste en mi cumpleaños? —preguntó Brisa alegremente.

—Te aseguro que sería un libro muy bien documentado, aunque quizá fuera mejor olvidarme de las oscuras tramas financieras que devoran el mundo.

—Como me dijiste una vez: cuando se duda sobre el rumbo que se debe tomar, resulta aconsejable romper con la rutina y observar los problemas desde una perspectiva diferente. ¿Por qué no nos tomamos un par de semanas de vacaciones en alguna isla lejana y solitaria? Ambos nos lo merecemos, y allí podrías reflexionar tranquilamente sobre tu futuro.

—¿Y no echarías de menos a Joan Puny? —bromeó Roberto.

—No lo he visto desde que regresamos de Gozo —respondió Brisa, muy seria—. Y no pienso verle más —añadió tras una pausa—. He renunciado a seguir cavando tumbas.

Roberto agitó la cabeza con incredulidad, al tiempo que esbozaba una amplia sonrisa.

—No sé, pero todo esto me suena a un nuevo principio.

—El final siempre es un nuevo principio.